ताजमहल के आँसू

(उपन्यास)

सुनील विक्रम सिंह

जन्म : 29 अप्रैल, 1969, वाराणसी (चन्दौली), उ.प्र.

शिक्षा : उड़ीसा के कोरापुट जनपद में स्थित जयपुर शहर के मॉडल स्कूल से प्रारम्भिक शिक्षा, अकोला कला से प्राथमिक शिक्षा, अशोक इण्टर कालेज, बबुरी से माध्यमिक शिक्षा, इलाहाबाद विश्वविद्यालय से बी.ए., एम.ए., जे.आर.एफ. तथा बी.एच.यू. से पी-एच.डी. की उपाधि अर्जित।

गतिविधियाँ : एच.एस. कॉलेज, हवेली खड़गपुर, मुंगेर, टी.डी. कॉलेज, जौनपुर में अध्यापन। 3 जुलाई 2018 से इलाहाबाद विश्वविद्यालय के हिन्दी विभाग में एसोसिएट प्रोफेसर के पद पर कार्यरत।

साहित्य सेवा : 'आजकल', 'कादम्बिनी', 'वर्तमान साहित्य', 'नयी धारा', 'नवनीत' इत्यादि में रचनाएँ प्रकाशित। 'कांपता हुआ इन्द्र धनुष' (उपन्यास), 'तेरी कुडमाई हो गई?' (कहानी संग्रह), 'हिन्दी साहित्य का कथेतर गद्य' (आलोचना), 'मारिशस का कथा साहित्य और अभिमन्यु अनत' (आलोचना), 'सिमटता आकाश' (कविता संग्रह) आदि।

विदेश यात्रा : मारिशस की यात्राएँ (1995, 2012, 2016), मारिशस में आयोजित विश्व हिन्दी सम्मेलन (17-20 अगस्त 2018) में विदेश मंत्रालय के प्रतिनिधि के रूप में सम्मिलित।

पुरस्कार : 'प्रतापनारायण मिश्र युवा साहित्यकार सम्मान', 'हिन्दी सेवा सम्मान', 'साहित्य सारस्वत सम्मान' आदि।

ई-मेल : sunilvikramsinghhindi@gmail.com

ताजमहल के आँसू

सुनील विक्रम सिंह

लोकभारती पेपरबैक्स

लोकभारती पेपरबैक्स में
पहला संस्करण : 2021
This book is printed on **Print on Demand** Technology : 2024

लोकभारती पेपरबैक्स : उत्कृष्ट साहित्य के जनसुलभ संस्करण

लोकभारती प्रकाशन
पहली मंजिल, दरबारी बिल्डिंग, महात्मा गांधी मार्ग,
प्रयागराज–211 001
द्वारा प्रकाशित

शाखाएँ : 1–बी, नेताजी सुभाष मार्ग, दरियागंज, नई दिल्ली–110 002
अशोक राजपथ, साइंस कॉलेज के सामने, पटना–800 006
1, अनमोल सोराबजी संतुक लेन, धोबी तलाव, मरीन लाइंस, मुम्बई–400 002

वेबसाइट : www.lokbhartiprakashan.com
ई–मेल : info@lokbhartiprakashan.com

मूल्य : ₹250

TAJMAHAL KE ANSU
by Sunil Vikram Singh

ISBN : 978-93-90625-98-7

परम विदुषी, ओजस्वी वक्ता
पूर्व विदेशमंत्री सुषमा स्वराज
की स्मृति को नमन

1

चारों ओर सुनहरी धूप फैली हुई थी। हवा में हल्की-सी सिहरन थी। झील का पानी लहरा रहा था। पूर्णेन्दु शेखर ने आँख उठाकर देखा। -----चारों ओर बसन्त ऋतु का साम्राज्य फैला हुआ था। दूर-दूर तक फैले हुए सरसों के खेत, उन पीताभ फूलों को देखकर वह उदास हो गया। बसन्त के उल्लास में यह उदासी कैसी?

उसे ध्यान आया कि कुछ देर पहले वह 'शेष स्मृतियाँ' पढ़ता रहा था। उसने किताब का अवलोकन शुरू कर दिया। उसकी दृष्टि इन पंक्तियों पर टिक गयी-- "शाहजहाँ की सुहागरात की कहानी का भी अवसान हो जाता है। उसकी सबसे प्रिय बेगम उसकी नूर-ए-चश्म मुमताज महल की मौत हो जाती है। शाहजहाँ का दिल चीत्कार कर उठा। और----- ।"

आकाश में बगुलों का झुण्ड उड़ता जा रहा था, झील में तरह-तरह के पंछी तैर रहे थे।

"ताज में दफनाये गये मुगल साम्राज्य के तड़पते हुए युवा हृदय की धुकधुकाहट से यमुना के वक्षस्थल पर छोटी-छोटी तरंगें उठती हैं। आज भी यमुना नदी की धारा समाधि को चुनती हुई भग्न मानव जीवन की व्यथा को याद कर कभी-कभी यमुना नदी का हृदय प्रदेश उमड़ पड़ता है और उसके वक्षस्थल पर भी आँसुओं की बाढ़ आती है।"

पूर्णेन्दु शेखर उदास हो गया। परिवर्तन के चक्र से मानव जीवन अछूता नहीं रह सकता। बड़े-बड़े साम्राज्य ढह गये, सुन्दर महलों की चमक फीकी हो गयी। रघुवीर सिंह का गद्य गीत पढ़ते हुए पूर्णेन्दु शेखर का कल्पना विहग आगरा और फतेहपुर सीकरी के उन्मुक्त आकाश में उड़ान भरने लगा। पूर्णेन्दु शेखर ने ना तो आगरा देखा था और न फतेहपुर सीकरी। वह ताजमहल की कल्पना में डूब गया।

उसे लगा--शरद पूर्णिमा का चाँद नीले आकाश में अठखेलियाँ कर रहा है। आसमान में सितारे जगमगा रहे हैं। यमुना की लहरों पर रूपहली चाँदनी छिटकी हुई है। लहरें मन्थर गति से चल रही हैं। खामोश चाँदनी में ताजमहल निस्पन्द खड़ा है। उसकी आँखों में वैभव के सपने हैं। ताजमहल मानो कह रहा हो--

"मैं ताजमहल हूँ। शाहजहाँ के खूबसूरत ख्वाबों का शक्ले-जमील हूँ मैं। शायर, कलाकार और मोहब्बत करनेवाले मेरी खूबसूरती पर रिझते हैं? लेकिन क्या उन्हें मेरे दर्द का एहसास है? मेरी आँखों में आँसू हैं। मेरे आँसुओं में छिपा हुआ है उन कलाकारों का दर्द जिन्होंने रात-दिन एक करके एक बेहतरीन इमारत को शक्ल दिया। मुगलिया सल्तनत का निर्वासित सम्राट् शाहजहाँ जब मुसम्मन बुर्ज से एकटक तक मुझे देखा करता था तो मेरी आँखों में आँसू आ जाते थे। उस अभागे बादशाह की बेबसी पर मैं कितनी बार रोया हूँ, मेरा दिल ही जानता है। जिस बादशाह ने एक-से-एक नायाब इमारतों को बनवाया, वह अपनी जिन्दगी के कुछ आखिरी सालों में चुपचाप आँसू बहाता रहा।"

पूर्णेन्दु शेखर ने फिर झील की ओर देखा। झील के पास पीपल के पेड़ पर तोतों का झुण्ड बैठा हुआ था। शाम धीरे-धीरे ढल रही थी। झील का पानी लाल हो उठा था। खड़गपुर की पहाड़ियाँ सूरज की रोशनी में नहायी हुई थी। दूर ताड़ के पेड़ दिखायी दे रहे थे। मन्दिर पर शाम की पीली धूप चमक रही थी।

पूर्णेन्दु शेखर वहाँ से उठा और धीरे-धीरे कदमों से गेस्ट हाउस की ओर बढ़ने लगा। गेस्ट हाउस के पास नीम और इमली के कई पेड़ थे। पंछियों का गुंजार कानों को सुखद लग रहा था। हवा में हल्कीसी सिहरन थी। उसका रोम-रोम पुलकित था। वह पल-पल परिवर्तित प्रकृति के मौन संगीत को सुन रहा था। वह गेस्ट हाउस के बरामदे में कुछ देर तक बैठा रहा। बरामदे की दीवारों पर एक-से-एक खूबसूरत कैलेण्डर टँगे हुए थे। उसकी दृष्टि एक कैलेण्डर पर गयी। चारों ओर खूबसूरत पहाड़ियाँ हैं। पहाड़ियों के पास एक सुन्दर कॉटेज दिखायी दे रहा था। कॉटेज के सामने से एक रास्ता निकला था। रास्ते के दोनों ओर तालाब थे। उनमें कमल के फूल खिले हुए थे। एक तालाब में एक छोटी-सी नाव थी। तालाब के ऊपर पंछियों का झुण्ड उड़ रहा था। 'काश अभी मैं यमुना की लहरों को देख पाता, कैसी होगी जमुना की धारा' पूर्णेन्दु शेखर सोच रहा था।

दीवार पर एक और सुन्दर कैलेण्डर था। चारों ओर सागर का नीलापन फैला हुआ है। समुन्दर का नीला पानी ऐसा लग रहा था मानो वह अभी दीवार से कैलेण्डर पर रिसने लगेगा। डूबते हुए सूरज का लाल प्रतिबिम्ब, सागर की उत्ताल लहरों को चीर कर एक जलपोत आगे बढ़ रहा है। पूर्णेन्दु शेखर बाहर आया। सूरज का नारंगी

रंग का लालगोला पहाड़ी की चोटी पर अटका हुआ था। उसे देखकर ऐसा लगता था कि अभी वह लुढ़क कर नीचे गिर जायगा। झील खामोश थी। झील के उस पार आदिवासियों का एक गाँव था। गाँव वहाँ से दिखलायी नहीं पड़ता था। वहाँ के आदिवासी बड़े स्वाभिमानी और लड़ाकू थे। कुछ साल पहले उस गाँव के एक युवक को पुलिस ने चोरी के आरोप में गिरफ्तार कर लिया था। पूरा गाँव उत्तेजित हो गया था। हथियारों से लैस आदिवासियों ने थाने को चारों ओर से घेर लिया था। जिला मुख्यालय को फोन करने पर काफी संख्या में पुलिस के जवान वहाँ पहुँचे। युवक के छोड़े जाने पर ही आदिवासियों के आक्रोश पर काबू पाया जा सका।

अपनी कल्पनाओं में वह इतिहास के गलियारे में भटक रहा था। उसे लगा मानो मुमताज की रूह फुसफुसा के कह रही हो। ''दुनियावालों को मोहब्बत का पैगाम देने के लिये शाहंशाह ने ताजमहल बनवाया लेकिन कभी फुर्सत के लम्हों में उन्होंने मुझसे गुफ़्तगू की। मेरा खूबसूरत जिस्म उनके लिये मन बहलानेवाला खिलौना था। हक़ीक़त यह है कि शाहंशाह को मुझसे नहीं बल्कि मेरे जिस्म से लगाव था।''

पूर्णेन्दु शेखर बेचैन हो गया। वह सोचने लगा--''आज मेरे जेहन में इस तरह के ख्याल क्यों आ रहे हैं? अब मुझे यहाँ से चलना चाहिए।''

वह ढलान से नीचे उतरने लगा। सूरज डूब चुका था। अँधेरा गहराने लगा था। एक गड़ेरिया भेड़ों के रेवड़ को हाँककर ले जा रहा था। गाय और भैंसों का झुण्ड वापस लौट रहा था। आसमान में चाँद निकल आया था। कहीं-कहीं बादलों के टुकड़े दिखायी दे रहे थे। ''मैं मुगलकालीन परिवेश पर कहानी या उपन्यास जरूर लिखूँगा।'' ऐसा सोचते हुए वह सड़क के बायी ओर स्थित नीम के पेड़ के पास आ गया। वहाँ पर उसकी साइकिल थी। ''साइकिल सही सलामत बच गयी'' उसने राहत की साँस ली। उसने साइकिल को तेज गति से आगे बढ़ाया। उसे जल्दी-से-जल्दी घर पहुँचने की बेचैनी थी। आँखों में बसन्ती सपने लिये हुए वह साइकिल से मानो उड़ा जा रहा था।

2

पूर्णेन्दु शेखर मुंगेर जिले का रहनेवाला था। वह कविताएँ और कहानियाँ लिखता था। उसे रेखांकन का भी शौक था। उसके पिता डॉ. अनुपम शेखर कॉलेज में अंग्रेजी साहित्य के प्रोफेसर थे।

अपने बहुआयामी अध्ययन और उच्च कोटि की वक्तृत्त्व कला के कारण वे छात्रों में अत्यन्त लोकप्रिय थे। अनुपम शेखर की दिली-ख्वाहिश थी कि उनका बेटा पूर्णेन्दु सिविल सेवा में जाय। लिहाजा उन्होंने अपने बेटे का दाखिला 'पूर्व का ऑक्सफोर्ड' कहे जानेवाले इलाहाबाद विश्वविद्यालय में करवाया। केन्द्र में पहली बार गैर कांग्रेसी सरकार का गठन हुआ था।

युवाओं की आँखों में बड़े-बड़े सपने थे। 'लोकनायक जयप्रकाश, जिन्दाबाद-जिन्दाबाद' के नारे इलाहाबाद की गली-गली में सुनायी पड़ते थे। देश की सर्वोच्च सेवा की परीक्षा केवल अंग्रेजी भाषा के माध्यम से दी जा सकती थी लेकिन केन्द्र की नयी सरकार ने एक बड़ा फैसला किया कि अब सिविल सेवा की परीक्षा हिन्दी माध्यम से भी दी जा सकती है।

केन्द्र सरकार के निर्णय से डॉ. अनुपम शेखर बेहद खुश थे। पूर्णेन्दु शेखर की पढ़ाई हिन्दी मीडियम के स्कूलों में हुई थी और वह अत्यन्त कुशाग्र बुद्धि का था। वह अपनी कक्षाओं में हमेशा प्रथम स्थान पाता था। अनुपम शेखर को लगा कि भाषाई बाधा हट जाने से उनका होनहार बेटा आई. ए. एस. हो ही जायगा।

इधर पूर्णेन्दु शेखर की आँखों में साहित्य की दुनिया में शोहरत हासिल करने के सपने थे। इलाहाबाद उसके ख़्वाबों का शहर था। उसने कहीं पढ़ा था कि अंग्रेजी के प्रसिद्ध कवि रूडयार्ड किपलिंग ने इलाहाबाद को 'ऊँघता हुआ शहर' कहा था। किपलिंग का जन्म इलाहाबाद में हुआ था और वह कई साल तक इलाहाबाद में रहे थे।

अपने ख्वाबों के शहर इलाहाबाद में आकर पूर्णेन्दु शेखर बहुत खुश था। यह शहर साहित्य का केन्द्र था, संगीत का केन्द्र था, राजनीति का केन्द्र था, प्रशासनिक परीक्षाओं का केन्द्र था। यहाँ चाय की दुकानों पर भी साहित्य, संगीत, इतिहास, क्रिकेट, राष्ट्रीय और अन्तरराष्ट्रीय राजनीति की चर्चा होती थी। पूर्णेन्दु शेखर को इलाहाबाद की दुनिया दिलचस्प लगी। मुंगेर से लेकर पटना तक कहीं भी उसे ऐसा बहुआयामी बौद्धिक माहौल नहीं मिला था।

वह कविताएँ और कहानियाँ लिखता था। रंगमंच में भी उसकी रुचि थी। अरिन्दम घोष एक अच्छे नाटककार के साथ-साथ कुशल अभिनेता भी थे। उन्होंने बँगला के कई नाटकों का सुन्दर मंचन किया था। इसके अतिरिक्त उन्होंने 'अन्धायुग', 'आषाढ़ का एक दिन' और ' एक और द्रोणाचार्य' जैसे प्रसिद्ध नाटकों की रंगमंच पर सुन्दर प्रस्तुति की थी।

बी.ए. करने के दौरान पूर्णेन्दु शेखर की मधुमिता चटर्जी से दोस्ती हुई और यह दोस्ती प्रगाढ़ होती गयी।

मधुमिता को गायन में बहुत रुचि थी। बी.ए. में उसका एक विषय संगीत भी था। शुरू में वह बँगला भाषा के गीतों को गाती थी लेकिन बाद में उसने शास्त्रीय संगीत पर आधारित गीतों और गजलों को गाना शुरू किया। उसके घर का परिवेश संगीतमय था। मधुमिता की माँ स्नेहमयी चटर्जी का रवीन्द्र संगीत पर अच्छा अधिकार था। प्रसिद्ध पार्श्व गायक मन्ना डे के गीतों को वह बहुत सुन्दर ढंग से गाती थी। मधुमिता के पिता सौमित्र चटर्जी रंगमंच के अच्छे कलाकार थे। स्नेहमयी कलकत्ता की ही रहनेवाली थी। सौमित्र चटर्जी ने कलकत्ता विश्वविद्यालय से ही अंग्रेजी साहित्य में एम. ए. किया था। दोनों सहपाठी थे। बाद में दोनों ने कोर्ट मैरिज कर लिया। स्नेहमयी के परिवार ने तो इस विवाह को सहर्ष स्वीकार कर लिया लेकिन सौमित्र के पिता ने इस विवाह का बहुत विरोध किया। सौमित्र की माँ अपने पति को लगातार समझाती रहीं और उनके अथक प्रयास से सौमित्र के पिता का हृदय परिवर्तन हुआ। विवाह के लगभग एक साल बाद सौमित्र अपनी पत्नी स्नेहमयी के साथ इलाहाबाद लौटे। उनका परिवार एलेनगंज में रहता था। इस मकान को सौमित्र चटर्जी के पिता ने बनवाया था। मकान एक मंजिला था लेकिन अपने सुन्दर स्थापत्य से लोगों को आकर्षित करता था। घर के सामने सुन्दर लॉन था। गुलमोहर और मौलश्री के पेड़ मौसम आने पर फूलों से लद जाते थे। वहाँ पर पंछियों का मनोरम संसार था। गौरैया, बुलबुल, देसी मैना, सिरौली मैना, कोतवाल, हुदहुद, फूलसुँघनी अपनी गुंजार से वातावरण को गुंजायमान कर देते थे। मकान के पिछले हिस्से में लाल कनेर के दो पौधे थे। घर के छोटे बच्चे कनेर की पत्तियों को बजाते थे।

पूर्णेन्दु शेखर मधुमिता के घर जाया करता था। मधुमिता के पिता सौमित्र चटर्जी उससे बहुत स्नेह करते थे। उसे स्नेहमयी का भी स्नेह मिलता था। स्नेहमयी उसे पुत्रवत् प्यार करती थी। पूर्णेन्दु शेखर और मधुमिता चटर्जी दोनों अंग्रेजी साहित्य से एम. ए. कर रहे थे। कक्षाएँ समाप्त होने के बाद दोनों साथ निकलते। कभी-कभी दोनों विभाग के सामने स्थित खूबसूरत लॉन की मखमली घास पर बैठकर एक स्वप्निल दुनिया में खोये रहते। पूर्णेन्दु शेखर में थोड़ा-सा शर्मीलापन था लेकिन मधुमिता में शोखी और चंचलता थी। बातचीत के दौरान वह कभी-कभी मौन होकर कुछ सोचने लगता था। इस पर मधुमिता उसे चिढ़ाते हुए कहती थी--''कहाँ खो गये मेरे देवदास? सपनों की दुनिया से बाहर लौटो।'' ''देर हो रही है। चलो, बन्द रोड तक तुम्हारे साथ चलता हूँ, फिर मैं अपने छात्रावास लौट जाऊँगा।''

पूर्णेन्दु शेखर के ऐसा कहने पर मधुमिता खिलखिलाकर हँस पड़ती थी। ''मेरी फिक्र ज्यादा मत करो। मैं अकेले चली जाऊँगी।'' पूर्णेन्दु शेखर उदास हो जाता था। ''अरे! नाराज हो गये क्या? मैं तो मजाक कर रही थी। बन्द रोड क्या, मैं तो एलेनगंज चौराहे तक तुम्हारे साथ चलूँगी।'' पूर्णेन्दु शेखर थोड़ा-सा परेशान हो जाता। उसे लगता कि रास्ते में आते-जाते लोग उन दोनों को देख रहे हैं, लोग अपने घरों से उन्हें देख रहे हैं। अल्हड़ मधुमिता उसकी पीठ पर धौल जमाते हुए कहती थी--

''तुम कुछ परेशान लग रहे हो। अगर तुम्हें मेरे साथ चलने में शर्म आ रही है तो मैं अकेले चलती हूँ।'' ''नहीं, नहीं ऐसी कोई बात नहीं है। मुझे तो तुम्हारे साथ चलने में आनन्द आता है।'' मधुमिता को उसकी इस मासूमियत पर आनन्द मिलता था। वह जानती थी कि पूर्णेन्दु शेखर शर्मीला है लेकिन उसके रोमाण्टिक होने में कोई सन्देह नहीं है। एक दिन पूर्णेन्दु शेखर ने कहा था--

''मुझे पी.बी. शैली की ये पंक्तियाँ बहुत पसन्द हैं।'' ''कौन-सी पंक्तियाँ?'' मधुमिता ने बीच में टोका था। कुछ क्षणों की चुप्पी के बाद पूर्णेन्दु शेखर ने कहा था--''आई वाण्ट टू डाइ व्हेन यू लव मी'' इस पर मधुमिता देर तक हँसती रही।

''इसमें हँसने की क्या बात है? मैं गम्भीर बात कर रहा हूँ और तुम्हें हँसी आ रही है?'' ''क्यों न हँसूँ ? कवि ने क्या खूब कहा है? जब तुम मुझे प्यार करोगी, तो मैं मरना चाहूँगा। क्या मासूम कल्पना है? मुझे तो प्रेम में मरने की बात बिल्कुल पसन्द नहीं है।'' मधुमिता का जवाब था। मधुमिता जानती थी कि पूर्णेन्दु शेखर अन्तर्मुखी और भावुक है। वह शर्मीला भी है। कुरेदने पर ही वह कुछ बोलता है। पूर्णेन्दु शेखर अक्सर एलेनगंज चौराहे से लौट जाता था। मधुमिता के ज्यादा जिद करने पर वह उसके घर जाता था। यद्यपि उसे मधुमिता के घर जाना रोमांचित करता

था। मधुमिता की छोटी बहन शेफाली बेहद खूबसूरत थी। उसकी बड़ी-बड़ी आँखें और घुँघराले बाल प्रथम दृष्टया ही आँखों को आकर्षित करने की क्षमता रखते थे। उसका भोलापन और मासूमियत उसके सौन्दर्य में चार चाँद लगा देते थे। शुरू में वह पूर्णेन्दु शेखर के सामने आने में शर्माती थी लेकिन बाद में उसकी झिझक दूर हो गयी लेकिन वह बहुत कम बोलती थी। पूर्णेन्दु शेखर उसे चिढ़ाते हुए कहता था--''प्रिय कुछ तो बोलो, अपना मुँह खोलो'' इस पर वह मधु मुस्कान बिखेरते हुए वहाँ से चली जाती थी। मधुमिता ने एक दिन शेफाली की उपस्थिति में पूर्णेन्दु शेखर से कहा--

''तुम्हें नहीं पता होगा कि शेफाली कविताएँ लिखती है। सुनो शेफाली तुम अपनी कविताएँ पूर्णेन्दु को दिखला दिया करो। ये साहित्य मर्मज्ञ और भविष्य के महान् साहित्यकार हैं।'' मधुमिता को अपनी ही बात पर हँसी आ गयी। पूर्णेन्दु शेखर ने कोई जवाब नहीं दिया।

''तुम्हें शायद नहीं पता है कि तुम भविष्य के 'साहित्य अकादमी' और 'ज्ञानपीठ पुरस्कार' विजेता से रूबरू हो। इस पर पूर्णेन्दु शेखर ने कहा--''अब बख्श दो मुझे। मेरी इतनी खिंचाई करने के बाद भी तुम्हारा मन नहीं भरा?

''इसमें नाराज होने की क्या बात है? मैं तुम्हारी खिंचाई नहीं कर रही हूँ बल्कि तुम्हें प्रेरित कर रही हूँ। मैं गलत कहाँ हूँ? 'साहित्य अकादमी' और 'ज्ञानपीठ पुरस्कार' तो तुम्हारा सपना है ही। तुमने मुझसे एक बार कहा था--'मैं सपने में कई बार नोबेल पुरस्कार पा चुका हूँ' साहित्य में तुम कहाँ पहुँचोगे, यह तो वक्त ही बतायेगा लेकिन इतना निश्चित है कि तुम अति महत्त्वाकांक्षी हो। तुम्हारे अन्दर प्रतिभा भी है और जुनून भी। इतना तो तय है कि तुम साहित्य जगत् में काफी शोहरत पाओगे।''

पूर्णेन्दु शेखर का चित्त प्रफुल्लित हो गया लेकिन उसने बनावटी मन से कहा--''तुम जितना समझती हो उतनी साहित्यिक प्रतिभा मुझमें नहीं है।''

उस दिन अपने हॉस्टल लौटने के बाद पूर्णेन्दु शेखर बहुत खुश था। मधुमिता की बात से उसका आत्मविश्वास बहुत बढ़ गया था। शरद पूर्णिमा की रात थी। उसकी आँखों से नींद गायब थी। आसमान में चाँद अपना पूरा यौवन दिखा रहा था। उसके कमरे की खिड़की के पीछे इमली का पेड़ था। चाँद की स्निग्ध चाँदनी इमली के पत्तों से छनकर नीचे आ रही थी। कुछ देर तक वह लॉन में टहलता रहा। उसके अन्दर न जाने कैसी अतृप्ति थी, छटपटाहट थी। वह डायरी लिखने बैठ गया। ''सब लोग सो रहे हैं और मेरी आँखों में नींद नहीं है। दुनिया इसे पागलपन ही कहेगी। मधुमिता मेरी दोस्त है लेकिन शेफाली भी मुझे अच्छी लगती है। शेफाली से जो लगाव

है उस सम्बन्ध को मैं क्या नाम दूँ? शेफाली मुझे पूर्णेन्दु दा कहती है। तो क्या करूँ? क्या उससे दूर रहने की कोशिश करूँ? और मधुमिता उसे तो मेरी साहित्यिक प्रतिभा पर अगाध विश्वास है। उसका विश्वास मेरे लिये प्रेरणा भी है और चुनौती भी। तो मुझे मधुमिता की चुनौती स्वीकार करना चाहिए और शेफाली! ओह मेरा दिल दोलायमान हो रहा है। मैं इस अन्तर्द्वन्द्व से मुक्त होने की पूरी कोशिश करूँगा।''

डायरी लिखने के बाद उसका मन थोड़ा हल्का हो गया था। लेकिन उसकी आँखों में अभी भी नींद नहीं थी। वह हॉस्टल के लॉन में चला आया। चारों तरफ सन्नाटा पसरा हुआ था। कोई बाहर दिखलायी नहीं दे रहा था। झींगुरों की झनकार सुनायी पड़ रही थी। चाँदनी बरस रही थी। पूर्णेन्दु शेखर इमली के पेड़ के नीचे आकर खड़ा हो गया। इमली की पत्तियों से छनकर चाँदनी नीचे आ रही थी। ''इस समय यदि कोई मुझे देख ले तो वह मुझे पागल ही समझेगा।'' निसन्देह वह पागल ही तो था। 'जब सारा आलम सोता है तो पागल ही तो रोता है' उसने मन-ही-मन बुदबुदाया। वह सोच रहा था--'''पिता जी का ख्वाब है कि मैं सिविल सेवा में जाऊँ। माँ कहती है कि बेटा जो तुम्हें पसन्द हो वही करना। पढ़ी-लिखी ना होने पर भी माँ की सोच कितनी बड़ी है जबकि पिता जी की सोच?

मधुमिता मुझसे कहती है कि अपनी लक्ष्य से डिगना मत।'

वह लॉन में आकर बैठ गया। चाँद का सौन्दर्य और निखर आया था। तारे ऊँघ रहे थे। आसमान में बादलों के एकाध टुकड़े तैर रहे थे। अजीब तरह का सन्नाटा पसरा हुआ था। पुलिस की गाड़ियों का सायरन कभी-कभी उस सन्नाटे को भंग कर देता था। यह अर्द्धरात्रि के बाद का समय था लेकिन पूर्णेन्दु शेखर को सुमित्रानन्दन पन्त की साँझ पर लिखी गयी कविता की ये पंक्तियाँ याद आ रही थीं--

''नीरव सन्ध्या में प्रशान्त
डूबा है सारा ग्राम प्रान्त
पत्रों के आनत अधरों पर
सो गया निखिल वन का मर्मर।''

3

पूर्णेन्दु शेखर को नाटकों में विशेष रुचि थी। एम. ए. तक आते-आते वह 'चन्द्रगुप्त', 'स्कन्दगुप्त', 'ध्रुवस्वामिनी', 'कोणार्क', 'आषाढ़ का एक दिन', 'एक और द्रोणाचार्य', 'रक्षाबन्धन', 'लहरों के राजहंस' इत्यादि हिन्दी नाटकों का अध्ययन कर चुका था। इसके अतिरिक्त उसने कालिदास के 'अभिज्ञान शाकुन्तलम्', भवभूमि के 'उत्तररामचरितम्' का भी अध्ययन किया। बचपन में उसे नौटंकी देखने का बहुत शौक था। वह नाट्य मण्डलियों का दौर था। बिहार और उत्तर प्रदेश में नाट्य मण्डलियाँ बहुत लोकप्रिय थीं। शादी के अवसर पर इन मण्डलियों की बहुत माँग थी। शादी तय हो जाने पर लड़कीवाले वर पक्ष से पूछते थे कि वे अपनी बारात में कौन-सी नाट्य मण्डली लायेगे। किसी भी बारात में नाट्य मण्डली का होना उस दौर का स्टेटस सिम्बल था। 'सत्यहरिश्चन्द्र', 'वनदेवी' तथा 'सुल्ताना डाकू' नाट्य मण्डलियों के प्रिय नाटक थे। मुंगेर, बेगूसराय से लेकर भागलपुर तक कई नाट्य मण्डलियाँ बड़े जोर शोर से चल रही थीं। शादी के अवसर पर जब नाट्य मण्डली आती थी तो आसपास के बहुत से गाँवों के लोग नाच देखने आते थे। मनोरंजन का भरा पूरा आलम होता था। क्या नहीं था उसमें? नृत्यांगनाओं का नृत्य, जोकर का हास्य, गायन और अन्त में नाटक का खेला जाना। पूर्णेन्दु शेखर देर से घर लौटता था तो उसके पिता जी उसको बहुत डाँटते थे और कहते थे "वाह बेटा! तुम मेरा नाम खूब रोशन करोगे। नचनियाँ लोगों को देखकर तुम्हें क्या मिलेगा? यह सस्ता मनोरंजन मुझे पसन्द नहीं है। मेरी ख्वाहिश है कि तुम आई. ए. एस. बनो।" अपने पिता की बात को नजरअन्दाज करते हुए पूर्णेन्दु शेखर नाट्य मण्डलियों का कार्यक्रम देखने जाता था। उसके पिता डॉ. अजय शेखर जब बार-बार नाट्य मण्डलियों पर व्यंग्य करने लगे तो पूर्णेन्दु शेखर से रहा नहीं गया। उसने अपने पिता को दो टूक जवाब दिया--"आप तो साहित्य के प्रोफेसर हैं। आपको इतना तो पता ही होगा कि

नाटक भी एक कला है, साहित्य की एक विधा है, नाट्य मण्डलियों के कार्यक्रम में साहित्य संगीत और कला इन तीनों का समन्वय होता है तो फिर आप इसकी निन्दा क्यों करते हैं?'' अपने बेटे का जवाब सुनकर अजय शेखर तिलमिला गये। उन्हें शेक्सपियर और जॉर्ज बर्नार्ड शा जैसे अंग्रेजी भाषा के नाटककारों पर गर्व था। कालिदास, भवभूति, शूद्रक और विशाखदत्त जैसे नाटककारों को उन्होंने पढ़ा ही नहीं था और न पढ़ना चाहते थे। जो व्यक्ति कालिदास जैसे विश्वविख्यात रचनाकार को तवज्जो न दे उससे यह उम्मीद करना मूर्खता थी कि वह हिन्दी साहित्य के नाटकों को महत्त्व दे। उनके अपने पूर्वाग्रह थे। वे अंग्रेजी और अंग्रेजीयत के अन्धभक्त थे। ''अंग्रेजी दुनिया की सबसे समृद्ध भाषा है। शेक्सपीयर, किट्स शैली, वर्ड्सवर्थ, टेनिसन और मिल्टन जैसे कवि दुनिया की किसी भी भाषा के साहित्य में दुर्लभ हैं।'' शेखर ने करारा जवाब दिया--''पिता जी संकीर्णता से मुक्त होकर सोचिये, आपको शायद नहीं पता है कि संस्कृत साहित्य इतना समृद्ध है कि उसके आगे अंग्रेजी और यूरोप के कई भाषाओं का साहित्य कहीं नहीं ठहरता। यूरोप के विद्वानों ने भी संस्कृत साहित्य के गौरव का लोहा माना है।'' डॉ. अजय शेखर ने फिर कोई जवाब नहीं दिया। उन्हें लगा कि शायद मेरे बेटे की बातों में सच्चाई हो। उन्होंने सोचा--''मैं इस विषय पर मन्थन करूँगा। हो सकता है कि बेटा सही कह रहा है और मुझे जानकारी नहीं है।''

इस घटना से एक बदलाव यह आया कि डॉक्टर अजय शेखर बाद में अपने बेटे को नहीं टोकते थे। वे उससे सिर्फ इतना कहते थे--''तुम नाट्य मण्डलियों का कार्यक्रम देखो इस पर मुझे कोई आपत्ति नहीं है। मेरी केवल इतनी ही सलाह है कि अपने एकैडेमिक कैरियर पर ध्यान देना और प्रतियोगी परीक्षाओं में जरूर बैठना।''

गाँवों में रामलीला खेलनेवाली मण्डलिया भी आती थीं। लोग बड़े चाव से रामलीला देखने जाते थे। लोगों में गजब का उत्साह देखने को मिलता था। रामलीला खत्म होने के बाद मण्डली के व्यास जी एक माला उठाते थे और पूछते थे-

''हमारी मण्डली कल किसके यहाँ अन्न जल ग्रहण करेगी?'' कुछ देर बाद गाँव का कोई आदमी उस माला को उठाता था। उसी आदमी के घर पर मण्डली के लोग अगले दिन भोजन करते थे। यह क्रम रोज चलता था। इस तरह वह रामलीला मण्डली लगभग एक महीने तक गाँव में रहती थी।

पूर्णेन्दु शेखर अपने बचपन को याद करता था, तो वह रोमांचित हो जाता था। वह अपने गाँव की प्राथमिक पाठशाला में पढ़ता था। वे शैशव के मासूमियत के दिन थे। स्कूल से छूटने के बाद वह अपने दोस्तों के साथ वह गाँव के बाहर घूमने निकल जाता था। वे तितलियाँ पकड़ते, पेड़ों पर ढेला प्रहार करते। सूखे हुए

तालाब में चेचर (जमीन के अन्दर उगनेवाला एक फल) खोदकर निकालते। गर्मी की दुपहरिया में गुल्ली डण्डा खेलते हुए वे दूसरे गाँव की सीमा में पहुँच जाते। उनकी दादी बहुत परेशान रहती थी। दोपहर को वे पूर्णेन्दु को सुलाने का प्रयास करती थी। पूर्णेन्दु शेखर सोने का अभिनय करता था। जब दादी खर्राटे लेने लगती तो वह धीरे से उठकर घर से बाहर निकल जाता और उन शरारती बच्चों की टोली में सम्मिलित हो जाता जो बड़ी लगन और तन्मयता से दोपहर से लेकर शाम तक उपद्रव करते थे।

पूर्णेन्दु और उसके साथी हिन्दी की पाठ्यपुस्तक की कहानियों का नाट्य रूपान्तरण भी करते थे। उन्हें रंगमंच की जानकारी नहीं थी लेकिन वे अपने ढंग का मौलिक अभिनय करते थे। इस तरह से पूर्णेन्दु को बचपन में ही रंगमंच का संस्कार मिल गया था।

उनके एक अत्यन्त प्रिय मित्र अजीत कुमार ने उससे एकदिन कहा--"तुम्हें नाटक देखने का बहुत शौक है ना! तुम तो नाटकों में अभिनय करना भी चाहते हो। तुमने 'नटरंग' की प्रस्तुतियाँ देखी हैं लेकिन तुम्हें अभिनय करने का अवसर नहीं मिला है। मेरे पिता जी के दोस्त अरिन्दम घोष की एक संस्था है 'नटरंग'। वे हिन्दी और बाँग्ला के नाटकों का मंचन करते हैं।" "वे मुझे जानते हैं लेकिन तुम कहते हो तो एक बार तुम्हारे साथ चलूँगा। लेकिन मेरे साथ मधुमिता चटर्जी भी रहेगीं। यह भी नाटकों में अभिनय करना चाहती हैं।"

शाम को पूर्णेन्दु शेखर मधुमिता चटर्जी के साथ अरिन्दम घोष के आवास पर पहुँचा। अजीत कुमार वहाँ पहले ही पहुँच गया था। दोनों ने अभिवादन किया। अरिन्दम घोष ने दोनों को अन्दर आने के लिये कहा। वे अपने ड्राइंग-रूम में बैठे हुए थे।

ड्राइंग-रूम अत्यन्त सुन्दर और कलात्मक था। दीवार के एक ओर शोभा सिंह द्वारा निर्मित कई तैल चित्र लगे थे। दूसरी ओर रवीन्द्रनाथ टैगोर, बंकिमचन्द्र, शरतचन्द्र चट्टोपाध्याय, सुभाष चन्द्र बोस, जगदीश चन्द्र बोस, ईश्वर चन्द्र विद्यासागर, की तस्वीरें टँगी हुई थीं। ड्राइंग-रूम के दोनों ओर रोशनदान थे। "कहो कैसे आना हुआ अजीत?" पूर्णेन्दु शेखर ने ध्यान से देखा। अरिन्दम घोष पचास साल के अत्यन्त आकर्षक युवक थे। उनका दमकता हुआ गोरा रंग था। उनके घुँघराले बाल खूबसूरती को और अधिक बढ़ा रहे थे। "सर मैं इन दोनों को आपसे मिलवाने लाया था। यह मेरा मित्र पूर्णेन्दु शेखर है। यह इसकी दोस्त मधुमिता चटर्जी है। दोनों को रंगमंच की प्रस्तुतियाँ देखने का बहुत शौक है। यह दोनों रंगमंच पर अभिनय भी करना चाहते हैं।" अजीत कुमार की बात सुनने के बाद अरिन्दम घोष ने बड़े गौर

से पूर्णेन्दु और मधुमिता को देखा कुछ क्षणों के लिये खोये-खोये से रहे। उन्होंने पूर्णेन्दु से पूछा--''आपको नाटकों का शौक कब से है? क्या आपने कभी अभिनय भी किया है?''

''सर हिन्दी और संस्कृत के नाटकों का अध्ययन मैंने इण्टरमीडिएट में पढ़ने के दौरान शुरू कर दिया था। इधर दो सालों से मैंने बँगला साहित्य के नाटकों को पढ़ना प्रारम्भ किया है। थियेटर में अभिनय करने का अवसर नहीं मिला है लेकिन मैंने रामलीला में कई बार अभिनय किया है।'' ''और आपकी दोस्त मधुमिता का नाटक के क्षेत्र में क्या योगदान है?'' पूर्णेन्दु कुछ देर के लिये घबरा गया था लेकिन अरिन्दम घोष ने हँसकर माहौल को हल्का किया। ''घबराने की कोई बात नहीं पूर्णेन्दु। मैं मधुमिता का इण्टरव्यू नहीं लूँगा। हमारे थियेटर का नाम है 'नटरंग'। दस साल पहले मैंने इसकी स्थापना की थी। हबीब तनवीर साहब मेरे पिता जी के बहुत अच्छे दोस्त हैं। हबीब तनवीर से प्रेरित होकर ही मैं रंगमंच के क्षेत्र में आया हूँ लेकिन तुम लोग तो देख ही रहे हो कि रंगमंच के सामने कितनी चुनौतियाँ हैं। नयी पीढ़ी सिनेमा का शौक रखती है लेकिन उसके पास रंगमंच के लिये समय नहीं है। वैसे इसके लिये नयी पीढ़ी के बच्चे कम दोषी हैं। ज्यादा दोषी है हमारी सामाजिक व्यवस्था और हमारी शिक्षा नीति। एक सीमित दायरे में पाठ्यक्रम का अध्ययन करके परीक्षा पास करना और नौकरी पा जाना ही हमारी जिन्दगी का मकसद रह गया है। जिन्दगी की गाड़ी चलाने के लिये नौकरी या व्यवसाय जरूरी है लेकिन यह हमारी जिन्दगी के साधन हैं साध्य नहीं। हमारे समाज के अधिकांश अभिभावकों को रचनात्मक लेखन, गायन, वादन, चित्रकारी, और अभिनय के महत्त्व के बारे में कोई जानकारी नहीं है। उनकी जिन्दगी में सिर्फ वस्तुओं का हस्तक्षेप है। उनके लिये स्कूटर, मोटरसाइकिल, कार और फ्रिज जरूरी है लेकिन उनके घर का एक कोना किताबों के लिये नहीं है।'' अरिन्दम घोष भावुक हो गये थे। उन्होंने अपनी पत्नी मिताली घोष से कहा--''हम लोगों के लिये चाय-पान की व्यवस्था करो। मैं तो लम्बा भाषण देने लगा। ये लोग ऊब गये होंगे।'' ''ऐसी बात नहीं है सर आप बिल्कुल ठीक कह रहे हैं। हिन्दी भाषी समाज जड़, यथास्थितिवादी और जातिवादी है। यहाँ पर साहित्य, संगीत और कला उनके एजेण्डे में नहीं है।'' पूर्णेन्दु शेखर की बात पर सहमति जताते हुए अरिन्दम घोष ने कहा--''मैं तुम्हारी बात से पूरी तरह सहमत हूँ लेकिन हमें निराश नहीं होना चाहिए। साहित्यकार, कलाकार और रंगकर्मी और अध्यापक यदि ईमानदारी से प्रयास करें तो हिन्दी भाषी क्षेत्र की जड़ता दूर होगी।''

शाम ढल रही थी। पश्चिम के आकाश में नाम मात्र की लालिमा शेष रह गयी थी। ड्राइंग-रूम काफी हवादार था। अरिन्दम घोष ने पैकेट से सिगरेट निकाला। सिगरेट का एक कश लेने के बाद उन्होंने कहा-- ''

''मेरे पिता जी की हार्दिक इच्छा थी कि मैं इंजीनियर बनूँ लेकिन मैं तो उनके अरमानों पर पानी फेरने के लिये पैदा हुआ था। विज्ञान और गणित से तो मुझे एलर्जी थी। हाईस्कूल करने के बाद मैंने साइंस साइड को अलविदा करना ही उचित समझा क्योंकि हिन्दी, अंग्रेजी और संस्कृत में मेरे बहुत अच्छे अंक थे लेकिन विज्ञान और गणित में मुझे सन्तोषजनक नम्बर मिला था। पिता जी ने बहुत समझाया कि साइंस की पढ़ाई जारी रखो। मेहनत करोगे तो सफलता मिलेगी लेकिन मैंने तो ठान लिया था कि मैं अपना मनपसन्द विषय पढ़ूँगा। अंग्रेजी साहित्य में एम. ए. करने के बाद मैंने दो साल तक कॉलेज में पढ़ाया लेकिन मुझे अध्यापन का पेशा नितान्त नीरस और उबाऊ लगा। मैंने अध्यापकी की नौकरी को लात मार दी। पिता जी बहुत नाराज हुए लेकिन मैं उन्हें समझाने में सफल रहा कि मैं रंगमंच के क्षेत्र में अपना नाम रोशन करूँगा।''

मिताली घोष मुस्कराते हुए ड्राइंग-रूम में आयी और बोलीं--

''तुम्हारे प्रवचन से तो ये बच्चे बोर हो जायेंगे। मैं एक बार फिर चाय बना देती हूँ। इन बच्चों को अब मुक्त करो।''

ठीक है भाई, अब मैं इन्हें बोर नहीं करूँगा। पूर्णेन्दु! तुम मधुमिता के साथ 'नटरंग' आया करो। दो-तीन बार नाटकों का मंचन देखने के बाद तुम उसकी बारीकियाँ समझ जाओगे।'' उधर मधुमिता किचन के अन्दर चली गयी थी। मिताली जी के मना करने के बावजूद उसने उनका सहयोग किया। अरिन्दम घोष अब इस हास-परिहास के मूड में आ गये थे। ''अच्छा मिताली, यह बतलाओ कि तुमने कभी किसी नाटक में अभिनय किया है।'' अरिन्दम घोष के इस सवाल पर मिताली घोष ने कहा--

''मैं नाटकों में अभिनय करती तो क्या तुम्हारी शादी मुझसे हो पाती। मैं कम-से-कम बँगला फिल्मों की हीरोइन बन ही जाती। हो सकता था कि मुझे हिन्दी फिल्मों में कोई महत्त्वपूर्ण रोल मिल जाता।''

''अब तुम अपनी औकात से ज्यादा उड़ रही हो। तुम्हारे पिता जी समझदार थे जिन्होंने मेरे जैसा सुयोग्य दामाद चुना, वरना आज के दहेज लोभी समाज में दहेज न लेनेवाला गधा उन्हें कहाँ से मिलता?''

वहाँ उपस्थित सभी लोग हँस दिये। मिताली घोष के चेहरे पर मन्द-मन्द मुस्कान तैर गयी। अरिन्दम घोष का प्रवचन जारी था--

''जानते हो पूर्णेन्दु कि मैंने कॉलेज की लेक्चरशिप क्यों छोड़ दी? सुकून की नौकरी थी लेकिन कभी-कभी मुझे लगता था इस जिन्दगी में तो ठहराव है, जड़ता है। यह ठहराव शान्त तालाब की तरह है लेकिन मेरा मन तो उन्मुक्त था। वह तो नदी के जल की तरह बहना चाहता था। मैंने यह ध्यान दिया कि कॉलेज का अध्यापक कूपमण्डूक और निष्क्रिय प्राणी है। कॉलेज के लगभग सभी अध्यापक 'साहित्य संगीत कला विहीन' सम्प्रदाय के अनुयायी थे। उनके बातचीत का दायरा सीमित था।'' अरिन्दम घोष ने सिगरेट का कश खींचते हुए कुछ क्षणों के लिये गम्भीर मुद्रा धारण कर ली थी। पूरा माहौल कुछ देर के लिये बिल्कुल ठहरा हुआ-सा लग रहा था। ''फिलासफर महोदय, वर्तमान में लौटो। इन बच्चों को कब तक बोर करोगे?'' मिताली घोष की बात सुनकर अरिन्दम घोष के चेहरे पर मुस्कान तैर गयी। पूर्णेन्दु शेखर बोला--''ऐसी बात नहीं है मैडम! हम लोग बोर नहीं हो रहे हैं। हम लोग बतरस का आनन्द ले रहे हैं। ऐसी बातें सुनने का सौभाग्य हमें कहाँ मिलता है? हम लोग तो केवल कैरियर की बात सुनते-सुनते तंग आ चुके हैं।'' अरिन्दम घोष का जोरदार ठहाका गूँज उठा है-''

''तुम नहीं समझोगी मिताली कि नयी पीढ़ी क्या चाहती है। पूर्णेन्दु शेखर का जवाब सुनकर मेरा हौसला और बढ़ा है। यह पीढ़ी बहुत डाइनेमिक और ऊर्जावान् है। यह कुछ नया करना चाहती है।''

''चलो, मैं तुम्हारी बात मान लेती हूँ कि नयी पीढ़ी तेज और गतिशील है। लेकिन शायद तुम भूल गये हो कि हम एक जगह डिनर पर आमन्त्रित हैं।''

पूर्णेन्दु शेखर, मधुमिता चटर्जी और अजीत कुमार के साथ वहाँ से निकला और सभी लोग अपने गन्तव्य पर चले गये।

पूर्णेन्दु शेखर अपने छात्रावास में लौट आया। भोजन करने के बाद कुछ देर तक वह लॉन में टहलता रहा। इसके बाद वह डायरी लिखने बैठ गया--

''क्या लिखूँ? मन में तरह-तरह के भाव उमड़ रहे हैं। एक उपन्यास लिखना चाहता हूँ। मन में अन्तर्द्वन्द्व है। ऐतिहासिक उपन्यास लिखूँ या सामाजिक? यह मेरा पहला उपन्यास होगा। उपन्यास लिखना अपने आप में एक चुनौतीपूर्ण काम है लेकिन मैं इस चुनौती को स्वीकार करता हूँ। साहित्य के बाद इतिहास मेरा दूसरा विषय है। इतिहास में भी खासकर मुगलकालीन इतिहास से मुझे विशेष लगाव है। सम्राट् अकबर की धार्मिक सहिष्णुता की नीति, जहाँगीर कालीन मुगल चित्रकारी, शाहजहाँ के समय की भव्य इमारतें ये सभी मेरा ध्यान आकर्षित करते हैं। और मुगलकालीन स्थापत्य कला का गौरव ताजमहल--कवियों और शायरों की सुन्दर कल्पनाओं में समाहित ताजमहल का क्या कहना!

इतिहासकार बतलाते हैं कि ताजमहल के निर्माण में लगभग बाईस साल लगे। सैकड़ों कलाकारों ने अपना खून पसीना बहाकर एक बेशकीमती इमारत का निर्माण किया लेकिन उन्हें मिला क्या? इतिहास की किताबों में इन कलाकारों का नाम नहीं मिलता। कवियों और शायरों का ताज के प्रति नजरिया अलग-अलग है। रवीन्द्र नाथ टैगोर ने ताज को काल के कपोल पर ठहरी हुई 'आँसू की बूँद' कहा है तो सुमित्रानन्दन पन्त की दृष्टि में ताजमहल 'मृत्यु का अमर अपार्थिव पूजन' है। साहिर लुधियानवी अपनी एक नज्म में कहता है--'मेरी महबूब कहीं और मिलाकर मुझसे।' उसकी नजर में एक शाहंशाह ने हसीन ताजमहल बनवाकर हम जैसे गरीबों की किस्मत का मजाक उड़ाया है। मैं इतिहास के उन अनछुये पहलुओं पर रोशनी डालूँगा जिन पर लोगों ने ध्यान नहीं दिया। मैं उन किरदारों पर भी लिखूँगा जिनके ऊपर किसी ने कलम नहीं चलायी।"

पूर्णेन्दु शेखर अपने उपन्यास के कथानक की बुनावट को लेकर चिन्ता करने लगा। उसे अपने उपन्यास का शीर्षक नहीं सूझ रहा था। पहले उसने सोचा कि उपन्यास लिखना शुरू कर दूँ, शीर्षक बाद में समझ में आ जायगा। कमरे की लाइट बन्द करके उसने सोने की कोशिश की लेकिन काफी देर तक लेटने के बाद भी उसे नींद नहीं आयी। उसके टेबिल पर विमल मित्र के उपन्यास 'मुजरिम हाजिर' के दोनों खण्ड रखे हुए थे। उपन्यास का पहला खण्ड वह पढ़ चुका था। उसने दूसरे खण्ड का अध्ययन प्रारंभ किया लेकिन कुछ पृष्ठ पढ़ने के बाद उसने पढ़ना बन्द कर दिया। एकाएक उसके दिमाग में उपन्यास का शीर्षक कौंध गया--'ताजमहल'।

4

पानीपत के प्रथम युद्ध में बाबर की विजय और इब्राहीम लोदी की पराजय से मुगल साम्राज्य की नींव पड़ चुकी थी। बाबर की धमनियों में इतिहास के दो महान् योद्धाओं का खून बह रहा था। वह पितृ पक्ष से तैमूर का वंशज था तथा माँ की ओर से चंगेज खाँ से सम्बन्धित था। बाबर ने दिल्ली और आगरा पर अधिकार कर लिया था। लेकिन बाबर को अभी एक बड़ी चुनौती से रूबरू होना था। दुर्धर्ष राजपूत योद्धा राणा सांगा ने कुछ अफगान सामन्तों और हसन खाँ मेवाती जैसे कुशल सेनापति के साथ खानवाँ के युद्ध में बाबर को कड़ी टक्कर दी। मुगल साम्राज्य के लिये यह निर्णायक युद्ध था। यदि राणा सांगा की जीत हो गयी होती तो भारतीय इतिहास की दशा और दिशा कुछ और होती। उत्कृष्ट युद्ध कौशल और दृढ़ संकल्प के कारण बाबर अपनी सेना से मजबूत राजपूत सेना को हराने में सफल रहा। बाबर के व्यक्तित्व के बारे में लेनपूल लिखता है-

"एशिया के दो महान् विध्वंसकों-चंगेज और तैमूर का रक्त उसकी नसों में मिश्रित था। खानाबदोश तारतार के साहस एवं विरामहीनता में उसने पारसी की संस्कृति एवं शिष्टता मिला दी। उसने मंगोल की शक्ति तथा तुर्क के साहस एवं योग्यता का प्रयोग और असावधान हिन्दू को पराधीन बनाने में किया।"

भारत की राजपूत शक्ति एवं मुगलों की विरोधी अफगान शक्ति यदि संयुक्त रूप से लड़ती तो भारत में मुगल साम्राज्य स्थापित ही न हो पाता। लेकिन इतिहास को तो कुछ और ही मंजूर था।

बाबर ने आगरा को अपनी राजधानी बनाया। बाबर की आत्मकथा से पता चलता है कि उसे काबुल बहुत प्रिय था। उसकी नजर में काबुल जैसी सुखदायक जलवायु दुनिया में कहीं नहीं है। काबुल की तुलना में आगरा एक गर्म स्थान था, फिर भी बाबर ने आगरा का चयन किया। मुगलकाल में आगरा बहुत खूबसूरत शहर

माना जाता था। आगरा अपने खूबसूरत बाजारों के लिये जाना जाता था। इतिहासकार रॉल्फ फिच लिखता है--"आगरा तथा फतेहपुर दो बहुत बड़े शहर हैं। इनमें से प्रत्येक लन्दन से बहुत बड़ा तथा ज्यादा घना आबाद है।"

बाबर ने आगरा को ही मुगलों की राजधानी क्यों बनाया? दिल्ली तो उससे बेहतर विकल्प हो सकता था। दिल्ली को भारत का दिल कहा जाता था। बहादुर शाह जफर ज़ौक़ को शायरी में अपना उस्ताद मानते थे। ज़ौक़ को दिल्ली से इतना लगाव था कि उन्होंने लिखा है--'कौन जाय जौक़ ये दिल्ली की गलियाँ छोड़कर?' दिल्ली बार-बार बनती रही और उजड़ती रही। मीर तकी मीर ने लिखा--'दिल्ली जो *इक शहर था आलम में इंतिखाब,*

हम रहनेवाले हैं उसी उजड़े दयार के।'

बाबर ने आगरा को राजधानी इसलिये बनाया क्योंकि वह वहाँ से राजस्थान के राजपूत राजाओं को नियन्त्रित कर सकता था। राजपूत मुगलों के लिये सबसे बड़ी चुनौती थे।

तारीख में पढ़ने को मिलता है कि आगरा शहर की स्थापना सिकन्दर लोदी ने 1506 ई. में की थी। ऐसा कहा जाता है कि जब सुल्तान सिकन्दर लोदी तख्त पर बैठे तो उन्होंने बयाना को अपनी राजधानी बनायी। उस समय बयाना में बावन परगने आते थे। आगरा तो बयाना का सिर्फ एक परगना था।

पूर्णेन्दु शेखर आगरा के ऐतिहासिक वैभव को देखना चाहता था। वह मुगलकालीन इमारतों खासकर ताजमहल को विशेष रूप से देखना चाहता था।

'क्या ताजमहल को देखे बिना उस पर उपन्यास लिखना सम्भव है?' यह सवाल उसके जेहन में बार-बार आता था। उसके एकाध मित्र सलाह देते थे कि ताजमहल पर उपन्यास लिखने के लिये ताजमहल को देखना जरूरी नहीं है। रचनाकार अपनी कल्पना शक्ति से ताजमहल के परिवेश का जीवन्त चित्र खींच सकता है। उसके मित्र शैलेश कृष्ण ने कहा--"सुदर्शन ने 'एथेन्स का सत्यार्थी' नामक कालजयी कहानी लिखी। सुदर्शन को कभी यूनान जाने का अवसर नहीं मिला लेकिन इस कहानी में सुदर्शन ने यूनान के परिवेश का सुन्दर चित्रण किया है। प्रेमचन्द्र जी भारत से बाहर कभी नहीं गये लेकिन उन्होंने अपनी कई कहानियों में विदेशी परिवेश का जीवन्त चित्रण किया है।"

"अरे यार, प्रेमचन्द्र और सुदर्शन बड़े लेखक हैं, वे अपनी कल्पना शक्ति से परिवेश का चित्रण कर सकते हैं। हमारे जैसे छोटे रचनाकारों के लिये ऐसा सम्भव नहीं है।"

''पूर्णेन्दु शेखर के ऐसा कहने पर उसके दूसरे मित्र परिजात ने कहा--''मैं पूर्णेन्दु से सहमत हूँ। ताजमहल को देखे बिना उपन्यास लिखा तो जा सकता है लेकिन उस रचना में अधूरापन रहेगा। जब तुम ताजमहल को विभिन्न अन्दाज में देखोगे तो तुम्हारी कल्पना शक्ति और प्रखर होगी। मेरा तो यह मानना है कि तुम शाहजहाँ के किरदार को महसूस करो। आगरा के किले में मुसम्मन बुर्ज है। तुम मुसम्मन बुर्ज पर बैठकर बड़ी तन्मयता से ताजमहल को देखना। यमुना की लहरों के विलास को देखना।'' पूर्णेन्दु शेखर ने यह निश्चय किया कि आगरा जाना ही चाहिए। वह सोच रहा था--'मैं आगरा अकेले जाऊँ या मधुमिता के साथ?

क्या मधुमिता के घरवाले उसे मेरे साथ जाने की अनुमति देंगे?' पूर्णेन्दु शेखर की चिन्ता वाजिब थी।

मधुमिता की माँ स्नेहमयी चौधरी खुले विचारों की महिला थीं। वह पूर्णेन्दु को भावुक और समझदार युवक मानती थीं। मधुमिता के पिता सौमित्र चटर्जी उदार थे लेकिन वह समाज से थोड़ा बहुत डरते थे। स्नेहमयी ने सौमित्र चटर्जी को समझाया--

''पूर्णेन्दु और मधुमिता प्रतिभाशाली और समझदार हैं। दोनों ने वर्षों से एक-दूसरे को समझा है, दोनों की रुचियाँ एक हैं तो हम लोग मोहल्लेवालों की परवाह क्यों करें। और फिर तुम अपनी कहानी भूल गये। हमारा तो प्रेम विवाह हुआ था। तुम्हारे परिवार की तरफ से बहुत विरोध हुआ लेकिन फिर स्थिति सामान्य हो गयी।''

काफी माथा-पच्ची के बाद यह निर्णय हुआ कि मधुमिता को पूर्णेन्दु शेखर के साथ आगरा जाने दिया जाय। सौमित्र चटर्जी ने 'उद्यान आभा तूफान एक्सप्रेस' में दोनों का आरक्षण करवा लिया था। फरवरी का दूसरा सप्ताह चल रहा था। गुलाबी जाड़ा पड़ रहा था। पूरा कम्पनी बाग रंग-बिरंगी फूलों से सुसज्जित था। आम्र मंजरियों की खुशबू दूर-दूर तक फैली हुई थी। दोपहर का वक्त था। पूर्णेन्दु शेखर और मधुमिता चटर्जी कम्पनी बाग में बैठे हुए थे। राजकीय पुस्तकालय की भव्य इमारत सुनहली धूप में चमक रही थी। पूर्णेन्दु शेखर ने काली पैण्ट और सफेद हाँफ शर्ट पहन रखा था। उसका रंग साँवला था लेकिन उसका चेहरा आकर्षक था। उसके चेहरे की मासूमियत पर बहुत-सी लड़कियाँ फिदा थीं लेकिन वह इन सब की परवाह नहीं करता था। मधुमिता चटर्जी बेहद खूबसूरत और अल्हड़ लड़की थी। आज वह और ज्यादा खूबसूरत लग रही थी। उसने काले रंग का सूट पहना था।

वह अक्सर कम्पनी बाग आया करता था। वह यहाँ अकेले आता था। आज पहली बार वह किसी लड़की के साथ यहाँ आया था। यह उसके लिये रोमांचकारी अनुभव से कम नहीं था। '' तुम ताजमहल पर उपन्यास लिखना चाहते थे। तुम्हारी तैयारी कैसी चल रही है?''

"अभी तो लिखना शुरू नहीं किया है। मुगलकालीन इतिहास की बहुत-सी किताबों का अध्ययन कर रहा हूँ। इस उपन्यास के शीर्षक के सम्बन्ध में तुमसे बात करना चाहता हूँ। मैंने अभी इस उपन्यास का शीर्षक दिया है--'ताजमहल'। क्या यही शीर्षक रहने दूँ या तुम कुछ बतलाओ।" कुछ क्षणों तक मौन छाया रहा। मधुमिता चटर्जी बोली--

"मैं तुम्हारी तरह रचनाकार नहीं हूँ लेकिन तुम मुझसे सुझाव माँग रहे हो तो मुझे कुछ सोचना होगा। मेरी समझ में एक शीर्षक यह भी हो सकता--'मुमताज की वेदना'।"

"शीर्षक तो अच्छा है लेकिन इसमें समस्या यह आयेगी कि मेरा पूरा उपन्यास मुमताज महल पर कन्द्रित हो जायगा जबकि 'ताजमहल' शीर्षक रहने पर मुझे उपन्यास लिखने पर आसानी रहेगी फिर भी तुम्हारे द्वारा दिया गया शीर्षक बहुत अच्छा है। मैं इस पर विचार करूँगा।" माहौल में अजीब तरह की मादकता थी। आज की धूप भी अलग लग रही थी। मधुमिता चटर्जी ने काले रंग का सूट पहना था। उसके गोरे रंग पर काले रंग का सूट बहुत फब रहा था। उसकी बड़ी-बड़ी आँखों में मादकता टपक रही थी। उसके बायें गाल पर तिल का निशान था। मधुमिता के व्यक्तित्व में बंगबाला के अल्हड़पन और इलाहाबादी आभिजात्य का सुन्दर समन्वय था। उसके घुँघराले बाल उसकी खूबसूरती को और अधिक निखार रहे थे। आसमान में बगुलों का झुण्ड उड़ रहा था। पूर्णेन्दु शेखर ने कहा--

"महादेवी वर्मा ने वर्षा ऋतु में आसमान में उड़ते हुए बगुलों के लिये बहुत सुन्दर उपमा दी है--'बक-पाँतों का अरविन्द हार।' आसमान में उड़ते हुए बगुलों की पंक्तियाँ वर्षा-सुन्दरी के गले की हार हैं। जीवन की आपाधापी में बहुत से लोग प्रकृति के इस नैसर्गिक सौन्दर्य से वंचित रह जाते हैं। वस्तुओं की दुनिया में वे इस कदर व्यस्त रहते हैं कि प्रकृति की ओर उनका ध्यान नहीं जाता। प्रकृति से कटकर इन्सान कितना स्वार्थी, आत्मकेन्द्रित और असंवेदनशील होता जा रहा है।" थोड़ी देर की चुप्पी के बाद मधुमिता बोली--

"तुम साहित्यकार लोग प्रकृति प्रेमी के साथ-साथ सौन्दर्य प्रेमी भी होते हो। तुम लोग नाजुक दिल के होते हो।" पूर्णेन्दु शेखर का चेहरा खिल गया। उसने मुस्कराते हुए कहा--"मैं तुम्हारी बात से सहमत हूँ और दूसरी बात यह है कि तुम्हारे जैसी रूपसी का साथ पाने पर पत्थर दिल इन्सान भी प्रेमी हो जाता है। मैं तो साहित्य, संगीत और सौन्दर्य का पुजारी हूँ। कवियों और कलाकारों के इश्क के चर्चे अक्सर सुनायी पड़ते हैं। कवि और कलाकार उम्र की भी परवाह नहीं करते। वैसे कवियों और कलाकारों के विषय में आचार्य रजनीश ने बहुत सही कहा है--'कवि, कलाकार

लगभग हर दिन प्रेम में पड़ते रहते हैं। उनका प्रेम गुलाब के फूल की तरह होता है। जब तक होता है, तब तक इतना सुगन्धित होता है, इतना जीवन्त, हवाओं में, बारिश में, सूरज की रोशनी में नाचता हुआ, अपने सौन्दर्य की घोषणा करता हुआ लेकिन शाम होते-होते मुरझा जायेगा और उसे रोकने के लिये तुम कुछ नहीं कर सकते।''

''तब तो कवियों और कलाकारों से प्रेम करना खतरनाक काम है। उनसे तो दोस्ती करने लायक भी नहीं है क्योंकि दोस्ती कब प्रेम में तब्दील हो जाय, कुछ कहा नहीं जा सकता'' पूर्णेन्दु शेखर को बड़ी जोर की हँसी आयी। मधुमिता भी हंसने लगी। मानों बसन्त की प्रकृति उस हँसी में सम्मिलित हो गयी। पूर्णेन्दु शेखर ने महसूस किया कि बसन्त की प्रकृति और भी अधिक मनोरम, मादक और उल्लासपूर्ण लग रही थी। माहौल में आम्रमंजरियों की मादकता थी। बासन्ती हवा का कोमल स्पर्श उसके तन-मन को रोमांचित कर रहा था।

''अब हमें चलना चाहिए। मुझे कुछ जरूरी काम है।'' मधुमिता की आवाज से पूर्णेन्दु की तन्द्रा टूटी। दोनों राजकीय पुस्तकालय के सामनेवाले रास्ते पर चलने लगे। कुछ लोग पुस्तकालय में जा रहे थे और कुछ लोग वहाँ से निकल रहे थे। पश्चिम का आकाश सिन्दूरी हो गया था।

''अपने उपन्यास का शीर्षक 'ताजमहल' ही रखना। मुझे भी यह लगता है कि 'मुमताज की वेदना' की तुलना में यह शीर्षक ज्यादा बेहतर होगा।'' ''मुझे भी लगता है कि 'ताजमहल' शीर्षक ही ज्यादा अच्छा है। ताजमहल के बहाने मैं कलाकारों की पीड़ा उद्घाटित कर सकूँगा।'' दोनों धीरे-धीरे चल रहे थे। कम्पनी बाग के पेड़-पौधों और वनस्पतियों की एक विशेष गन्ध पूर्णेन्दु शेखर को आनन्दित कर रही थी।

''कल शाम को 'नटरंग' संस्था विजय तेन्दुलकर के चर्चित नाटक 'घासीराम कोतवाल' का मंचन कर रही है। यह कार्यक्रम जगत् तारन गर्ल्स डिग्री कॉलेज में होगा। अरिन्दम घोष ने हम दोनों को आमन्त्रित किया है। उन्होंने मुझसे यह भी कहा कि शहर के युवा नाटककार शाहिद परवेज ने 'मुमताज महल' नाटक लिखा है। इस नाटक का रिहर्सल होली के बाद शुरू होगा। अरिन्दम घोष ने उस नाटक में हम दोनों को अभिनय करने के लिये कहा है।'' ''ठीक है, हम लोग आगरा से लौटने के बाद उस पर विशेष चर्चा करेंगे। मैं कल तुम्हारे साथ 'घासीराम कोतवाल' का मंचन देखने चलूँगी।''

5

'घासीराम कोतवाल' का मंचन होगा, यह जानकर इलाहाबाद के थियेटर प्रेमी दर्शक बहुत उत्साहित थे। इलाहाबाद के सारे अखबारों में इस मंचन की सूचना छपी थी। शहर में कई जगह पोस्टर भी लगे थे। शाम को मधुमिता के साथ पूर्णेन्दु शेखर 'उत्तर मध्य सांस्कृतिक केन्द्र' के सभागार में पहुँचा। दर्शकों की संख्या बहुत थी। पूर्णेन्दु ने देखा कि अरिन्दम घोष अपनी पत्नी मिताली घोष के साथ बैठे थे। शहर के कई प्रमुख रंग निर्देशक भी पहली पंक्ति में बैठे थे। पूर्णेन्दु और मधुमिता दूसरी पंक्ति में बैठे। पहली पंक्ति में सांस्कृतिक केन्द्र के कुछ अधिकारी भी बैठे थे। 'घासीराम कोतवाल' नाटक का मंचन बहुत ही सफल रहा। खासकर घासीराम कोतवाल की भूमिका में गौरीनाथ गोस्वामी ने श्रोताओं को बहुत प्रभावित किया। गौरीनाथ मूलतः कवि थे लेकिन उन्हें अभिनय का भी शौक था। वे कविताएँ भी नाटकीय अन्दाज में पढ़ते थे। एक साल पहले इलाहाबाद विश्वविद्यालय के सीनेट हाल में 'अन्धायुग' का मंचन हुआ था। गौरीनाथ ने अश्वत्थामा की भूमिका में दर्शकों को रोमांचित कर दिया था।

अपने गाँव की रामलीला में वह रावण की भूमिका में रहता था। इलाहाबाद में उसके विरोधी उसे 'रावणवा' विशेषण से विभूषित करते थे लेकिन गौरीनाथ फक्कड़ और मनमौजी किस्म का इन्सान था। वह अपने विरोधियों की आलोचनाओं की परवाह नहीं करता था। गौरीनाथ बहुमुखी प्रतिभा का धनी था। वह चित्रकारी भी करता था और जगजीत सिंह की गजलों को बहुत अच्छा गाता था। सभागार के बाहर पूर्णेन्दु शेखर की मुलाकात गौरीनाथ से हुई। पूर्णेन्दु के साथ मधुमिता भी थी।

"आपने तो गजब का अभिनय किया है। नाटक की सफलता में आपको ज्यादा श्रेय जाता है।" "शुक्रिया, तुम लोगों की दुआएँ हैं, वरना यह नाचीज इतना अच्छा अभिनय कैसे कर पाता। अच्छा पूर्णेन्दु, तुमने अपनी दोस्त का तो परिचय ही नहीं करवाया।" गौरीनाथ के पूछने पर पूर्णेन्दु जवाब दिया--"ये मधुमिता चटर्जी हैं।

आपने सौमित्र चटर्जी का नाम जरूर सुना होगा। ये उन्हीं की बेटी हैं। इनके परिवार में साहित्य और संगीत का सुन्दर माहौल है।'' ''ओह! मुझे खुशी है कि मैं सौमित्र दा की बेटी से मिल रहा हूँ। सौमित्र दा से मैं कई बार मिला हूँ लेकिन अभी तक उनके घर जाने का सौभाग्य कभी नहीं मिला।'' गौरीनाथ की बात सुनकर मधुमिता ने प्रफुल्लित होते हुए कहा--

''मेरे घर में आपका स्वागत है। आप पूर्णेन्दु के साथ कभी मेरे यहाँ आइये।'' ''जी, जरूर आऊँगा।'' पूर्णेन्दु और मधुमिता वहाँ से बाहर निकले। हवा में हल्की-हल्की सिहरन थी। आम्र मंजरियों की खुशबू से सराबोर मौसम था। कभी-कभी कोयल की कूक सुनायी पड़ रही थी। ''तुमसे एक जरूरी बात कहनी थी। मैं शाहिद परवेज के नाटक 'मुमताज महल' में मुमताज की भूमिका कैसे निभा पाउँगी? इधर कई सालों से मैंने अभिनय भी नहीं किया है।'' पूर्णेन्दु शेखर ने जवाब दिया--''इसमें डरने की कोई बात नहीं है। जब तुमने पहले अभिनय किया है तो अब भी कर लोगी। तुम्हारी रगों में सौमित्र चटर्जी जैसे अभिनेता का लहू दौड़ रहा है। तुम्हारी माँ भी अच्छी गायिका हैं। यहाँ तो अभिनय और गायन का सुन्दर समन्वय है। मैं तो तुम्हारे अभिनय के प्रति तो पूर्ण आश्वस्त हूँ। मुझे तो अपने अभिनय को लेकर आशंका है।'' पूर्णेन्दु की बात पर मधुमिता खिलखिलाकर हँस दी। ''तुम शब्दों का जाल अच्छा बुन लेते हो। रही अभिनय की बात, तो तुम्हारी हर अदाओं में अभिनय है। तुम भोलेपन का भी अच्छा अभिनय कर लेते हो जबकि मैं जानती हूँ कि तुम कितने शातिर हो। मेरे जैसी सीधी-सादी लड़की तुम्हारे भोलेपन पर ही मुग्ध होकर तुमसे जुड़ गयी।'' कुछ क्षणों तक मौन छाया रहा। ''ओह! मैं शातिर भी हूँ, मुझे तुम्हारी बातों से पता चला। दूसरी बात ये भी पता चली कि कोई सीधी-सादी लड़की भी किसी शातिर लड़के को अपनी ओर खींच सकती है।'' दोनों धीरे-धीरे आगे बढ़ रहे थे।

''मैं तो इस शहर को छोड़ने की कल्पना मात्र से उदास हो जाता हूँ। इलाहाबाद की सुबह, दोपहर और शाम और रात सभी मुझे सम्मोहित करते हैं।'' मधुमिता ने देखा--पूर्णेन्दु उदास था। ''एक शहर के प्रति इतना मोहासक्त होना ठीक नहीं है। भावुकता अच्छी चीज है लेकिन यह हमें बेचैन कर देती है। वैसे जिस शहर को तुम इतना चाहते उसकी एक कमी भी है। रूडयार्ड किपलिंग ने इसे उँघता हुआ का शहर कहा था। बनारस रात भर जागता रहता है लेकिन इलाहाबाद के अधिकांश हिस्से में एक तरह का सन्नाटा छा जाता है।'' मधुमिता चटर्जी के इस कथन पर पूर्णेन्दु शेखर ने जवाब दिया--

“इलाहाबाद के सन्नाटे में भी मुझे अलौकिक आनन्द की अनुभूति होती है। मुझे तो इलाहाबाद का सूनापन आकर्षित करता है।”

पूर्णेन्दु शेखर जानता था कि मधुमिता को भी इलाहाबाद से उतना ही लगाव है लेकिन वह अपने मन को भुलाने के लिये ऐसा कह रही है। “जिस शहर में हम रहते हैं, उससे लगाव हो ही जाता है। शहर का अपना एक मिजाज होता है लेकिन जब उस शहर से प्रिय लोग धीरे-धीरे दूर चले जाते हैं तो अजीब-सा खालीपन छा जाता है। वहीं सड़कें, वही गलियाँ हमें अतीत के गलियारे में भटकाती तो हैं लेकिन कुछ चेहरों के न होने से हम पे एक उदासी-सी छा जाती हैं।” पूर्णेन्दु शेखर को ऐसा लग रहा था कि मधुमिता की आवाज दूर से आ रही है। उसे मालूम था कि परिचित और दुनियादारी में काम आनेवाले बहुत मिलते हैं लेकिन स्वभाव से परिचित और दिल की बात करनेवाले बहुत कम मिलते हैं।

उसे मजाज़ लखनवी की ये पंक्तियाँ बरबस याद आ रही थीं-

“नहीं ये फिक्र कोई रहबरे-कामिल नहीं मिलता
कोई दुनिया में मानूसे-मिज़ाज़े दिल नहीं मिलता
कभी साहिल पे रहंकर शौक़ तूफानों से टकराएँ
कभी तूफ़ाँ में रहकर फिक्र है साहिल नहीं मिलता।”

पूर्णेन्दु शेखर को लग रहा था कि उसे तो तूफानों से डर लगता है। वह लहरों का आनन्द लेना चाहता है लेकिन दूर से। उसे साहिल अच्छा लगता है लेकिन वह साहिल के पास जाने से डरता है। “मेरी मम्मी ने एक दिन मुझसे पूछा था--‘क्या तुम पूर्णेन्दु शेखर को पसन्द करती हो?’ मैं इस प्रश्न से चौंक गयी। मैं तुरन्त जवाब नहीं दे पायी। मम्मी ने कहा--‘मेरी अनुभवी आँखों ने भाँप लिया है कि मेरी बेटी पूर्णेन्दु को बेहद चाहती है। देखो बेटी, मेरा और तुम्हारे पापा का प्रेम विवाह हुआ था। तुम्हारे दादा ने इस विवाह का जबरदस्त विरोध किया। उन्होंने तो तुम्हारे पापा से हमेशा-हमेशा के लिये सम्बन्ध विच्छेद की धमकी भी दे डाली। पूरे एक साल तक हम लोग बहुत परेशान रहे। शादी के बाद एक महीने तक तुम्हारे पापा मेरे घर रहे लेकिन बाद में उन्होंने किराये के मकान में रहने का निर्णय किया। नयी-नयी गृहस्थी थी। तुम्हारे नाना ने सहायता की लेकिन तुम्हारे पापा स्वाभिमानी हैं, उन्होंने शुरू में मजबूरी में सहायता स्वीकार की लेकिन बाद में उन्होंने स्वावलम्बी बनना स्वीकार किया। वे सुबह और शाम ट्यूशन पढ़ाते थे। उधर इलाहाबाद में तुम्हारी दादी परेशान

थीं। वे अपने बेटे को पत्र लिखती थीं। तो पता नहीं क्यों मैं अपना प्रेम-पुराण तुम्हें सुनाने लगी?' कुछ देर की चुप्पी के बाद मम्मी ने कहा--'बेटी, पूर्णेन्दु भावुक और साहित्यिक युवक है। जिन्दगी भावुकता और साहित्यिक प्रतिभा से नहीं चलती। तुमसे सिर्फ इतना कहना है कि जल्दबाजी में कोई निर्णय मत करना।' मैंने जवाब दिया--मम्मी, अभी मैंने कुछ नहीं सोचा है। हम दोनों अच्छे दोस्त हैं, अभी भविष्य की चिन्ता में माथापच्ची क्यों करें?''

दोनों 'उत्तर मध्य सांस्कृतिक केन्द्र' के काफी आगे निकल आये थे। ''तुम्हारी मम्मी ठीक कहती हैं मधुमिता। यह जरूरी नहीं है कि प्रेम की परिणति विवाह में ही हो। मेरा मानना है कि प्रेम एक विशिष्ट वस्तु है जबकि विवाह एक सामान्य सामाजिक घटना। प्रेम का कोमल पौधा गृहस्थी के कठोर झंझावातों को सम्भाल नहीं पाता।'' मधुमिता चटर्जी को हँसी आ गयी।

''तुम तो प्रेम पर व्याख्यान देने के मूड में आ गये थे इसलिये मुझे बीच में हस्तक्षेप करना पड़ा। अभी हमें भविष्य की चिन्ता नहीं करनी चाहिए। जो होगा, देखा जायगा। हाँ मैं तुम्हें एक जरूरी बात बतलाना भूल गयी। कल शेफाली का जन्मदिन है। मम्मी ने तुम्हें विशेष रूप से बुलाया है। घर के लोगों के अतिरिक्त उसके जन्मदिन के अवसर पर मुश्किल से सात-आठ लोग रहेंगे जिसमें ज्यादातर शेफाली की सहेलियाँ ही होंगी। मम्मी ने तुम्हें गिफ्ट लाने के लिये मना किया है।''

''मम्मी ने आमन्त्रित किया है, तुमने नहीं? जहाँ तक गिफ्ट का सवाल है, देखा जायगा। शेफाली के बर्थडे पर कुछ न देना उसके साथ नाइन्साफी होगी।''

मधुमिता के चेहरे पर लालिमा छा गयी लेकिन कुछ ही क्षणों में उसने अपने आपको सँभालते हुए कहा--''ऐसी कोई बात नहीं है। मम्मी तो भूल गयी थीं, मैंने ही उनको याद दिलाया। अच्छा तो हम चलते हैं। कल फिर मुलाकात होगी। सी यू गुड बाइ।''

मधुमिता रिक्शे पर बैठ गयी थी। पूर्णेन्दु ने हाथ हिलाकर उसके अभिवादन का उत्तर दिया। वह रिक्शे को तब तक देखता रहा, जब तक वह आँखों से ओझल नहीं हो गया। कुछ क्षणों तक वह खोया-खोया-सा रहा। उसे अपने अन्दर खालीपन महसूस होने लगा। वह सोचने लगा--''किस तरह का खालीपन है यह? मधुमिता के प्रति मेरा आकर्षण दिन-प्रतिदिन क्यों बढ़ता जा रहा है? जब मैं पहली बार मुंगेर से इलाहाबाद पढ़ने आया था, तब इलाहाबाद में किसी से लगाव नहीं था। पहले साल मैं लोगों से कटा-कटा रहा। इसी दौरान अभिनव सिंह से उसकी दोस्ती हुई। इस दोस्ती ने मुझे ताकत दी। और मधुमिता चटर्जी------ इस सम्बन्ध को क्या नाम दूँ

मै?'' उस दिन वह सिविल लाइन्स पहुँचा। वह काफी देर तक वहाँ अकेले घूमता रहा। सिविल लाइन्स में सड़कों के किनारे स्थित नीम और इमली के पेड़ उसे सम्मोहित करते थे। उसका आवारा मन सिविल लाइन्स का चप्पा-चप्पा छानकर भी अतृप्त ही रहता था।

अगले दिन शेफाली का जन्मदिन था। काफी देर तक वह अनिश्चय की स्थिति में था कि शेफाली के लिये वह कौन-सा गिफ्ट ले जाय। उसकी व्यक्तिगत राय थी कि जन्मदिन पर किताब देना चाहिए। पूर्णेन्दु शेखर के अजीज दोस्त अभिनव की भी यही राय थी। अभिनव ने एक दिन कहा था--''हिन्दी भाषी क्षेत्र में पठनीयता का संकट है। उच्च वर्ग और मध्य वर्ग के पास कार, टी.वी., फ्रीज और अन्य संसाधनों के लिये पर्याप्त पैसा है लेकिन उनके घरों में साहित्यिक कृतियाँ एक भी दिखलायी नहीं देतीं। हम लोगों को चाहिए कि हम दूसरों को किताब पढ़ने के लिये प्रेरित करें। हमें किसी के जन्मदिन पर उपहार के रूप में किताबें देनी चाहिए।'' कटरा स्थित 'ज्ञानभारती' नामक दुकान पर वह देर तक पुस्तकें तलाशता रहा। उसकी नज़र 'छाया मत छूना मन' पर पड़ी। हिमांशु जोशी के इस उपन्यास को उसने पढ़ा था। 'शेफाली के जन्मदिन पर मैं उसे यही उपन्यास दूँगा।' पूर्णेन्दु शेखर ने सोचा। उसने इस उपन्यास को विधिवत् पैक करवा लिया। शाम को वह मधुमिता चटर्जी के घर पहुँचा। मधुमिता ने ही दरवाजा खोला। ''ओह! मुझे खुशी है कि तुम आ गये। मैं तो इस बात को लेकर डर रही थी कि तुम्हारे जैसा मनमौजी जीव आये या न आये।''

पूर्णेन्दु शेखर ने मधुमिता को भरपूर नज़रों से देखा। नीली साड़ी में वह बला की खूबसूरत लग रही थी। ''कहाँ खो गये मेरे देवदास, अन्दर चलोगे या यहीं से लौटने का इरादा है?'' मधुमिता के कहने पर उसका मोहासक्त मन सामान्य हुआ। ''ऐसी कोई बात नहीं है। चलो अन्दर चलते हैं।'' पूर्णेन्दु शेखर ने ध्यान दिया कि मधुमिता के घर का ड्राइंग-रूम अत्यन्त कलात्मक था। दीवार में चार खिड़कियाँ थीं जहाँ से उसके घर के लॉन का सुन्दर दृश्य दिखलायी देता था। दीवार के ऊपर दो तरफ झरोखे बने हुए थे जिससे ड्राइंग-रूम और अधिक हवादार हो गया था। दीवार के एक ओर कलात्मक पेण्टिंग्स लगी हुई थी।

''नमस्कार दादा आपके आने से मुझे विशेष खुशी हुई।'' पूर्णेन्दु ने शेफाली के अभिवादन को स्वीकार किया।

''जन्मदिन मुबारक हो शेफाली। तुम्हारे जन्मदिन पर मैं छोटा-सा उपहार लाया हूँ। इसे स्वीकार करो।'' शेफाली ने पैकेट खोलकर देखा तो उसका चेहरा प्रफुल्लित

हो गया। ''ओह! 'छाया मत छूना मन' तो क्या मैं इसको छू सकती हूँ। पूर्णेन्दु दादा, मैंने तुमसे और दीदी से इस उपन्यास की बहुत तारीफ सुनी थी।'' पूर्णेन्दु ने जवाब दिया--''तुम्हें यह विशेष जानकारी दे दूँ कि इस उपन्यास का शीर्षक गिरिजा कुमार माथुर की कविता 'छाया मत छूना मन' से लिया गया है।''

इस पर शेफाली ने पूछा--''पूर्णेन्दु दा, क्या आपको इस कविता की कुछ पंक्तियाँ याद हैं? मैं सुनना चाहती हूँ।'' ''ह्वाइ नॉट? मुझे यह कविता बेहद पसन्द है। इस कविता की चन्द पंक्तियाँ हैं-

''छाया मत छूना, मन
होगा दुख दूना मन
जीवन में हैं सुरंग सुधियाँ सुहावनी
छवियों की चित्र गन्ध फैली मनभावनी
तन सुगन्ध शेष रही बीत गयी यामिनी
कुन्तल के फूलों की याद बनी चाँदनी।''

''वाह! खूब, कितनी मार्मिक पंक्तियाँ हैं। वाकई हिमांशु जोशी ने बहुत खूबसूरत शीर्षक दिया है। मैं इस उपन्यास को इत्मीनान से पढ़ूँगी।''

पूर्णेन्दु शेखर ने आगे बढ़कर सौमित्र चटर्जी और स्नेहमयी चौधरी का अभिवादन किया। शेफाली का जन्मदिन अलग ढंग से मनाया गया। स्नेहमयी चौधरी प्रसिद्ध गायक मन्ना डे की जबरदस्त फैन थीं इसलिये उन्होंने मन्ना डे का यह गीत 'आजा सनम मधुर चाँदनी में हम' बहुत भाव-विभोर होकर गाया। स्नेहमयी के गायन के बाद पूर्णेन्दु शेखर ने उस महफिल से निकलना चाहा लेकिन मधुमिता चटर्जी ने उसे यह कहकर रोक लिया--''माँ ने विशेष रूप से काफी स्वादिष्ट खाना बनाया है। तुम खाना खाकर ही अपने हॉस्टल जाना।''

''मैडम, आपकी आज्ञा शिरोधार्य है।'' शेफाली के जन्मदिन पर गिने-चुने लोग आमन्त्रित थे। रात आठ बजे तक सभी मेहमान जा चुके थे। मैंने सुना है कि आप बहुत अच्छा गाते हैं। मुझे कुछ सुनाइये।'' ''तुमसे किसने कहा कि मैं गाता भी हूँ। मैं तो मूलतः रचनाकार हूँ।'' अपने बचाव में पूर्णेन्दु ने कहा लेकिन शेफाली उसे कहाँ छोड़नेवाली थी। शेफाली की जिद पर उसने मोहम्मद रफी का बेहतरीन गीत 'महबूबा तेरी तस्वीर किस तरह मैं बनाऊँ' गाकर सुनाया। पूर्णेन्दु शेखर ने इस गीत को बेहतरीन ढंग से गाया। शेफाली की आँखों में आँसू थे। ''तुमने तो अपने बेहतरीन गायन से मेरी बहन को रुला दिया। यह तुम्हारे गायन की सफलता है।''

मधुमिता चटर्जी ने हँसते हुए कहा। गाना शुरू होने के थोड़ी देर बाद स्नेहमयी चौधरी भी आ गयी थीं।

"बेटे, तुम तो कमाल के गायक हो।" पूर्णेन्दु शेखर की नजर एक कैलेण्डर पर टिकी हुई थी। निर्मल जल से युक्त तालाब में कमल के फूल खिले हुए थे। उस पर छोटा-सा पुल बना हुआ था। पुल के ठीक दूसरी तरफ खूबसूरत काटेज था। पार्श्व भाग मे सुरम्य पर्वत श्रृंखलाएँ दिखलायी दे रही थीं। पूर्णेन्दु शेखर इस चित्रकारी पर मुग्ध था। "कहाँ खो गये पूर्णेन्दु?" मधुमिता के पूछने पर पूर्णेन्दु ने जवाब दिया--"कहीं नहीं। जल्दी से खाना लगा दो। खाना खाकर मैं तुरन्त हॉस्टल लौट जाऊँगा।"

खाना बेहद स्वादिष्ट था। खाने के बाद वह अपने हॉस्टल लौट गया।

6

होली बीत चुकी थी। अपने कक्ष के सामने बैठा हुआ पूर्णेन्दु शेखर प्रकृति के सौन्दर्य को देख रहा था। ताड़ का वृक्ष शान्त खड़ा था। पीपल के पत्तों पर धूप पसरी हुई थी। सेमल का पेड़ लाल-लाल फूलों से सुशोभित था। आसमान में थोड़े-बहुत परिन्दे उड़ रहे थे। इधर बहुत दिनों से मधुमिता से उसकी मुलाकात नहीं हुई थी। शेफाली का मासूम चेहरा भी उसे याद आ रहा था। बहुत दिनों से उसकी अभिनव से भी मुलाकात नहीं हुई थी। उसने सोचा 'आज अभिनव से मिलता हूँ। यदि सम्भव हुआ तो आज सिनेमा भी देखा जायगा।'

अभिनव उसका सबसे प्रिय मित्र था। दोनों की दोस्ती उस वक्त हुई जब वे बी. ए. प्रथम वर्ष के छात्र थे। अभिनव गाजीपुर जिले का रहनेवाला था। उसका रंग गोरा था। उसके घुँघराले बाल थे। उसकी बड़ी-बड़ी आँखों में दार्शनिक की रहस्यमयता नजर आती थी। वह भावुक और कल्पनाशील युवक था। उसके पिता जी प्राथमिक विद्यालय में अध्यापक थे। पहली मुलाकात में उसने बतलाया था--

''मेरे पिता जी की हार्दिक इच्छा है कि मैं प्रशासनिक अधिकारी बनूँ लेकिन मुझे प्रशासनिक नौकरी पसन्द नहीं है। मुझे प्रोफेसर बनना पसन्द है। मेरे बड़े भैया भी मेरे साथ रहते हैं। वे मुझसे सात साल बड़े हैं। हम दोनों अल्लापुर में रहते हैं।''

यह दोस्ती निरन्तर प्रगाढ़ होती चली गयी। क्लास से छूटने के बाद चर्चलेनवाले रास्ते से धीरे-धीरे चहलकदमी करते हुए दोनों लौटते थे। चर्चलेन की हरियाली और वहाँ के खूबसूरत घरों को देखकर दोनों देर तक सम्मोहित रहते।

''बचपन से ही मुझे पत्र-पत्रिकाओं को पढ़ने का शौक रहा है। मेरे घर पर 'धर्मयुग', 'साप्ताहिक हिन्दुस्तान', 'सारिका', 'दिनमान' और 'कादम्बिनी' जैसी पत्रिकाएँ आती थीं। हम लोग बड़े चाव से उन पत्रिकाओं को पढ़ते थे। धर्मयुग में मैंने प्रसिद्ध कवि रामेश्वर शुक्ल 'अंचल' जी का एक संस्मरण पढ़ा था, जिसका

शीर्षक था 'मेरे जिये शहर इलाहाबाद'। इस संस्मरण को पढ़ने के बाद मुझे इलाहाबाद शहर के प्रति विशेष लगाव हो गया। साहित्यिक पुस्तकों को पढ़ने से मुझे इलाहाबाद के साहित्यिक परिदृश्य की जानकारी थी ही।'' पूर्णेन्दु शेखर ने एक दिन अभिनव सिंह से यह बात कही थी।

''इलाहाबाद में इस समय हिन्दी साहित्य की कौन-कौन विभूतियाँ हैं ?'' अभिनव सिंह के पूछने पर पूर्णेन्दु शेखर ने जवाब दिया--

''कविता, कहानी, उपन्यास, निबन्ध, आलोचना आदि विधा में सक्रिय कई नाम हैं जिन्होंने हिन्दी साहित्य में अपनी पहचान बनायी है। जैसे--महादेवी वर्मा, रामकुमार वर्मा, अमृतराय, उपेन्द्रनाथ अश्क, भैरवप्रसाद गुप्त, अमरकान्त, मार्कण्डेय, दूधनाथ सिंह, रवीन्द्र कालिया, ममता कालिया, जगदीश गुप्त, शेखर जोशी, डॉक्टर रघुवंश, मोहन अवस्थी, रामस्वरूप चतुर्वेदी, लक्ष्मीकान्त वर्मा, केशवचन्द्र वर्मा आदि। नरेश मेहता का इलाहाबाद आना-जाना लगा रहता है इसलिये उनको इलाहाबाद के खाते में रखा जाय या नहीं, यह निश्चित नहीं है।''

छात्रावास से निकलने के बाद वह चर्चलेन की ओर बढ़ा। उनकी दृष्टि नीम के एक पेड़ पर पड़ी। उस पर बहुत अधिक संख्या में तोते बैठे हुए थे। उसे अपना बचपन याद आ गया। गर्मी की दोपहर में वह अपने गाँव के बाहर उत्तर की ओर स्थित एक तालाब पर जाता था। तालाब के एक तरफ पीपल का एक विशाल पेड़ था। देसी आम के भी दो ऊँचे-ऊँचे पेड़ थे। तीनों पेड़ों पर झुण्ड-के-झुण्ड तोते बैठते थे।

वह अभिनव सिंह के कमरे पर पहुँचा। उसने अभिनव के बड़े भैया को प्रणाम किया। अभिनव ने कहा--

''ये मेरे बड़े भैया जितेन्द्र हैं। भैया! ये मेरा दोस्त पूर्णेन्दु शेखर है। इलाहाबाद विश्वविद्यालय में अंग्रेजी साहित्य से एम. ए. कर रहा है। कविताएँ और कहानियाँ लिखता है।'' अभिनव के कमरे पर वह कई बार आया था लेकिन उनके बड़े भाई से उसकी यह पहली मुलाकात थी। उसके बड़े भैया लम्बे कद के थे लेकिन उनका रंग अभिनव की तुलना में थोड़ा-सा दबा हुआ था।

''एम. ए. करने के बाद आपका क्या इरादा है? आप एकैडेमी क्षेत्र में जायेंगे या प्रतियोगी परीक्षाओं की तैयारी करेंगे?''

''भैया! प्रशासनिक सेवा में मेरी कोई रुचि नहीं है। एम. ए. करने के बाद मैं रिसर्च करूँगा और विश्वविद्यालय या कॉलेज में अध्यापन करूँगा।''

दोनों वहाँ से निकले। अभिनव का मकान ढलान पर था। दोनों बक्शी बाँध वाली सड़क पर घूमने निकले। सड़क के दाहिनी ओर अल्लापुर का विस्तार था

जबकि बायीं ओर खेतों का साम्राज्य फैला हुआ था। उधर कई बगीचे भी थे। पश्चिम का आकाश धीरे-धीरे लाल हो रहा था। बगीचों से कोयल की कूक सुनायी दे रही थी।

"मधुमिता चटर्जी का क्या हाल चाल है? पूर्णेन्दु तुम भाग्यशाली हो कि तुम्हें मधुमिता जैसी खूबसूरत और प्रतिभाशाली दोस्त मिली है। ऐसा बहुत कम होता है कि कोई लड़की खूबसूरत भी हो और प्रतिभाशाली भी।"

पूर्णेन्दु शेखर आसमान में उड़ते हुए बगुलों को देख रहा था। उसने देखा कि अभिनव के चेहरे पर मन्द-मन्द मुस्कान तैर रही थी।

"हर प्रेमी दूसरे प्रेमी को ज्यादा खुशनसीब मानता है। इसमें कोई शक नहीं है कि मधुमिता की खूबसूरती और प्रतिभा का मैं प्रशंसक हूँ लेकिन मैं समझ नहीं पा रहा हूँ कि सामाजिक बन्दिशों के बीच हमारा सन्बन्ध कब तक चलेगा। तुम्हारी पढ़ाई कैसी चल रही है और शालिनी जी कैसी हैं?"

पूर्णेन्दु शेखर के सवाल पर अभिनव कुछ क्षणों के लिये निरुत्तर हो गया लेकिन अपने को सँभालते हुए उसने उत्तर दिया--

"देखो पूर्णेन्दु! प्रेम बड़ी चीज है लेकिन कभी-कभी मुझे ऐसा लगता है कि गालिब साहब ने ठीक कहा है--'कहते हैं जिसको इश्क खलल है दिमाग का।' शालिनी से दोस्ती धीरे-धीरे आगे बढ़ रही है। कल हम दोनों कम्पनी बाग में मिले थे। कल दोपहर को हम 'पैलेस' में फिल्म देखेंगे।"

" ओह! तुम तो छुपे रुस्तम निकले। कोई बात नहीं है, मुझे खुशी है कि मेरा दोस्त अपने प्रेम की पारी की शुरुआत शानदार ढंग से कर रहा है।"

"ये सब तो ठीक है यार लेकिन पिता जी प्रतियोगी परीक्षाओं की तैयारी के लिये दबाव बना रहे हैं लेकिन मुझे भी तुम्हारी तरह अध्यापन ही पसन्द है। एम. ए. करने के बाद मैं भी शोध करना पसन्द करूँगा। देखो पूर्णेन्दु! मुझे लगता है कि कैरियर के लिये हम दोनों ने सही विश्वविद्यालय का चयन नहीं किया है।" पूर्णेन्दु शेखर को आश्चर्य हुआ कि अभिनव अपने चयन पर पछता रहा है। उसने अभिनव का हौसला बढ़ाते हुए कहा--

"ऐसी बात नहीं है अभिनव! हमें तो इस बात पर गर्व होना चाहिए कि हम उस विश्वविद्यालय के छात्र हैं जिसे 'पूरब का ऑक्सफोर्ड' कहा जाता है।"

दोनों दारागंज में महाकवि निराला की मूर्ति के सामने खड़े थे। इसी मोहल्ले में निराला जी का घर भी था। पूर्णेन्दु शेखर कल्पना करने लगा कि ग्रीष्म की चिलचिलाती धूप में एक स्त्री पत्थर तोड़ रही है। महाकवि निराला उसे देख रहे थे। यानी 'तोड़ती पत्थर' नामक कविता का सृजन यहीं हुआ होगा।

'कहाँ खो गये पूर्णेन्दु?' अभिनव के प्रश्न पर पूर्णेन्दु शेखर का ध्यान भंग हुआ।

''मैं यह कह रहा था कि इलाहाबाद विश्वविद्यालय में पढ़ने का हम दोनों का निर्णय सही है। खासकर अपने लिये तो मैं यही मानता हूँ कि यही वह जमीन है जिसकी मुझे वर्षों से तलाश थी। यदि पूर्वजन्म का सिद्धान्त सच है तो उस जन्म में मेरा इस शहर में बहुत ही गहरा सम्बन्ध रहा होगा। यहाँ की चौड़ी-चौड़ी सड़कें पता नहीं क्यों मुझे सम्मोहित करती हैं। यहाँ की दुपहरिया का सन्नाटा भी मुझे अपनी ओर खींचता है। मैंने इलाहाबाद के सौन्दर्य को दिन के अलग-अलग समयों में देखा है। सिविल लाइन्स की चमकीली दोपहर, सिविल लाइन्स की ही हसीन शाम, कम्पनी बाग में विविध प्रकार के फूलों का सौन्दर्य, सरस्वती घाट की शान्ति, जार्जटाउन का सन्नाटा, चौक और कटरा की गुलजार शाम। इलाहाबाद विश्वविद्यालय के कला और विज्ञान संकाय का खूबसूरत प्रांगण--कितनों रूपों में मैंने इलाहाबाद को देखा है।'' दोनों गंगा तट पर बैठे थे। शाम ढल रही थी। बहुत कम लोग इस समय दिखलायी पड़ रहे थे।

''पूर्णेन्दु! तुमने इलाहाबाद की खूबसूरती को बड़े काव्यात्मक अन्दाज में प्रस्तुत किया है। जी करता है कि इस शहर का ही बाशिन्दा बनकर रहा जाय।'' अभिनव के ऐसा कहने पर पूर्णेन्दु बोला--

''जिन्दगी सिर्फ भावनाओं से नहीं चलती मेरे दोस्त। मैं भी इलाहाबाद में रहना चाहता हूँ लेकिन हमें यह पता नहीं है कि वक्त को क्या मंजूर है। मेरी तुमको यह सलाह है कि अपने पिता की इच्छा का सम्मान करते हुए प्रतियोगी परीक्षाओं में बैठना लेकिन एकैडेमिक क्षेत्र के जॉब को नजरअन्दाज मत करना।''

''तुम्हारी बात मानूँगा पूर्णेन्दु लेकिन अफसोस इस बात का है कि हम वैसे समाज में रह रहे हैं जहाँ पर रुचि के अनुसार जॉब चुनने का सिस्टम नहीं बना है।'' अँधेरा गहराने लगा था। दोनों वहाँ से लौट आये।

7

शाम ढल रही थी। सूरज का नारंगी रंग का गोला पश्चिम के आकाश में अटका हुआ था। आज शहजादा खुर्रम बेचैन था। इसका कारण यह था कि कल वह मिर्ज़ा ग़ियासबेग की कोठी में गया था। वहाँ उसने मुगलिया सल्तनत के वज़ीरे आज़म आसफ़ खाँ की बेटी आर्जुमन्द बानो को देखा था। वह उसके हुस्न पर फिदा हो गया था। अपने दिल की बात वह किससे कहे? अपने दिल की बात वह कुछ ख़ास लोगों से कह सकता था। वह अपने दादाजान सम्राट् अकबर का बहुत मुँहलगा था लेकिन वे अब इस दुनिया में नहीं थे। आज उसे अपने दादा की बेपनाह याद आ रही थी। बादशाह अकबर अपने इस पोते को बहुत चाहता था। वह अपने इस पोते के कारण खुद को खुशनसीब समझता था। इसका कारण यह था कि इसके जन्म के बाद से ही शाहंशाह को बेशुमार खुशियाँ मिल रही थी। मुल्तान, सिन्धु प्रदेश, कश्मीर से उड़ीसा से मुगलों के फतह की खबरें मिल रही थीं। अकबर ने अपने इस पोते का नाम रखा--खुर्रम। 'खुर्रम' का मतलब होता है--'खुशियाँ देनेवाला।' खुर्रम की पैदाइश के बाद अकबर ने खूब जमकर अपनी खुशी का इजहार किया। पूरे राज्य में जश्न मनाया गया। गरीबों को दान दिया गया। इस शहजादे की जन्मपत्र देखकर नुजूमियों ने घोषणा की थी--''यह बालक अपने समय में मुगल बादशाह का नाम रौशन करेगा और इसका भविष्य असाधारण रूप से उज्ज्वल होगा।''

खुर्रम को वह घटना याद आ रही थी, जब वह महज सात साल का था। उसके अब्बाजान जहाँगीर मेवाड़ के विरुद्ध अभियान में गये थे। बालक खुर्रम चेचक की चपेट में आ गया था। उसकी स्थिति बहुत नाजुक हो गयी थी। अपने पोते की हालत देखकर शाहंशाह अकबर और रुकैया सुल्ताना बेगम की बेचैनी और घबराहट बढ़ गयी। रुकैया सुल्ताना बेगम निःसन्तान थी। निःसन्तान होने का दर्द उन्हें सालता

था। औलाद की खुशी से महरूम बेगम का दुख शाहंशाह अकबर से देखा नहीं जा रहा था इसलिये वह एक ज्योतिषी से मिला तो ज्योतिषी ने कहा--

''शाहंशाह! आपसे एक गुजारिश कर रहा हूँ। यदि आप चाहते हैं कि बेगम खुश रहें तो शहजादा सलीम इस बच्चे को रुकैया बेगम की गोद में डाल दें। इससे इस बच्चे का भविष्य उज्ज्वल होगा। बेगम की तन्हाई भी समाप्त होगी।'' शहजादा सलीम अपने दिल पर पत्थर रखकर ऐसा करने के लिये राजी हो गया। बाद में खुर्रम की माँ जगतगोसाइं ने बालक खुर्रम को रुकैया सुल्तान बेगम की गोद में डाल दिया और कहा--

''आज से आप ही इसकी माँ हैं। मैं अपनी इस अमानत को आपके हवाले करती हूँ।'' बहुत कोशिश करने के बावजूद जगतगोसाईं की आँखें भर आयीं। रुकैया सुल्ताना बेगम ने जगतगोसाईं की हौसला आफजाई करते हुए कहा--''बहू, तुमने मेरे ऊपर जो एहसान किया है, उसे मैं कभी नहीं भूल पाऊँगी। मैं इसकी परवरिश में किसी भी प्रकार की कमी नहीं आने दूँगी।''

अपने पौत्र की बीमारी से दोनों घबरा गये थे। हकीम मुनीम खाँ और वैद्य रघुनाथ जी जान से शहजादे की तीमारदारी में जुट गये। अकबर ने भी अपने पोते की सलामती के लिये अल्लाह से दुआ माँगी। दवा और दुआ का धीरे-धीरे असर होने लगा और खुर्रम पूरी तरह चंगा हो गया। उसी दिन शाहंशाह अकबर ने गरीबों और फकीरों को दान दिया, भण्डारा हुआ, कपड़े बाँटे गये। अपने पोते के स्वस्थ होने की खुशी में अकबर ने कैदियों को रिहा कर दिया।

आज खुर्रम को अपने दादा और दादी दोनों की याद आ रही थी। जगतगोसाईं की नजर अपने बेटे पर पड़ी। उन्होंने देखा कि आज खुर्रम उदास है।

''क्यों उदास हो बेटा? मुझे तुम्हारी चंचलता अच्छी लगती है, रोनी सूरत नहीं।''

खुर्रम ने देखा उसकी माँ पास आ गयी है। ''कोई बात नहीं है अम्मी जान! मैं तो ढलते हुए सूरज को देख रहा था।'' जगतगोसाईं ने बेटे का मस्तक चूमते हुए कहा--

''अपनी अम्मी से झूठ मत बोलो। तुम बिना किसी संकोच के अपनी परेशानी मुझे बतलाओ।''

खुर्रम आश्वस्त हो गया। उसके चेहरे पर रौनक आ गयी! उसे लगा कि अम्मी जान के सामने अपना दर्द बयान करने का यह सही अवसर है, फिर भी उसने कहा--

''अम्मी जान! मैं मानसिक रूप से परेशान तो हूँ लेकिन तुमसे कहने में संकोच हो रहा है।''

''बेटा! मैं तुम्हारी माँ हूँ। मैं नहीं समझूँगी तो कौन तुम्हारी वेदना को समझेगा।

तुम बिना किसी संकोच के अपनी बात को कहो।'' जगतगोसाईं की बात से खुर्रम का हौसला बढ़ा और उसने कहा--

''दरअसल मैं अर्जुमन्द बानो के हुस्न से घायल हूँ। उसका दिलकश हुस्न मुझे अपनी ओर खींच चुका है। आँखों के सामने उसी की शक्ल नजर आती है। मैं अपने दर्दे दिल की दास्तान अब्बू जान से नहीं कर पाऊँगा। अम्मीजान! अब आप ही मेरा सहारा हैं।'' बेटे की बात सुनकर जगतगोसाईं के चेहरे पर मधुर मुस्कान फैल गयी।

''ओह! तो यह बात है। मेरा बेटा अब जवान हो गया है और किसी खूबसूरत औरत को उसने अपने ख़्वाबों में बसा लिया है। अब तुम्हें परेशान होने की जरूरत नहीं है। मैं इस सल्तनत के वजीरे आज़म आसफ़ खान से उसकी बेटी तुम्हारे लिये माँगूँगी।'' खुश होकर खुर्रम अपनी माँ से लिपट गया। महारानी जगतगोसाईं की आँखों में आँसू थे--''मुझे पूरा विश्वास है कि आसफ़ खाँ तुम्हें अपना दामाद बना लेगा। सियासत बहुत बुरी चीज़ है बेटा। राजमहल में निरन्तर षड्यन्त्र हो रहे हैं। मेरी दिली ख्वाहिश है कि सम्राट् जहाँगीर के बाद दिल्ली का तख्त तुम्हें मिले।''

''मुझे से कोई लगाव नहीं है अम्मीजान! मुझे तो सिर्फ अर्जुमन्द बानो की ख्वाहिश है।'' ''तुम्हें यह बात नहीं मालूम है कि तुम्हारे शाह बाबा ने एक दिन क्या कहा था? मेरे साथ रुकैया सुल्ताना बेगम भी थीं। शाहंशाह अकबर ने कहा--

''बहू, यह मेरी भविष्यवाणी है कि यह विलक्षण बालक एक दिन दिल्ली का तख्त सँभालेगा। मुझे यह भी विश्वास है कि इसकी बहादुरी और सूझ-बूझ से मुगलिया सल्तनत का परचम पूरे हिन्दुस्तान में फहरेगा। मेरा ख़ुर्रम अपने दादा और अपने बाप से भी ज्यादा मशहूर सम्राट् साबित होगा।''

''तुम्हें तो मालूम ही है कि शाहबाबा मेरे अब्बा की बगावत से बहुत ख़फा थे। जब वे बीमार थे तो मैं रात-दिन उनकी तीमारदारी में लगा रहा। मैं एक पल भी वहाँ से हटना उचित नहीं समझता था। शाहबाबा अब्बा हुजूर की बेसब्री से इन्तजार कर रहे थे। उन्होंने मुझसे कहा था--

''खुर्रम! मैं एक बदनसीब बाप हूँ। मेरा बेटा सलीम क्यों बागी हो गया है, मैं समझ नहीं पा रहा हूँ। मैंने सलीम को अच्छी-से-अच्छी तालीम दिलवायी लेकिन इसने मेरे साथ ऐसा व्यवहार किया। इसने मेरे अजीज दोस्त अबुल फज़ल की हत्या करवा दी। मैं कई दिनों तक गमगीन रहा। हिन्दुस्तान का इतना बड़ा बादशाह अपने बेटे के सामने लाचार हो गया। खुर्रम! तुम्हारे अब्बाजान को मालूम है कि मेरे न रहने पर हिन्दुस्तान का तख्त और ताज उसे ही मिलेगा फिर भी यह बागी हो गया है। इसके बावजूद मैं तुम्हें यह तालीम दे रहा हूँ कि जो व्यवहार सलीम ने अपने इस बाप के साथ किया, वैसा तुम उसके साथ मत करना। ऐसे कारनामों से मुगलिया

सल्तनत के यश पर धब्बा लगता है। मैं अल्लाह से दुआ माँगता हूँ कि दुनिया का कोई भी बेटा अपने बाप के साथ ऐसा व्यवहार न करे।''

अम्मीजान! उस समय शाह बाबा की आँखों में आँसू थे।'' जगतगोसाईं की आँखों में आँसू थे।

''तुम्हारे शाह बाबा एक महान् शासक और दरियादिल इन्सान थे! काश! तुम्हारे अब्बाजान उनकी दरियादिली का कुछ अंश ही पा जाते। खैर, इन बातों को छोड़ो। मैं कल सुबह ही वजीरे आज़म आसफ़ खाँ को सन्देशा भेजवाती हूँ। अब तुम निश्चिन्त रहो।''

ख़ुर्रम अपनी खुशी को रोक नहीं पाया। वह दौड़ते हुए किले के बाहर निकल गया। अँधेरा गहराने लगा था। यमुना के किनारे नौकायें लगी हुई थीं। यमुना के पानी में हल्की-हल्की चाँदनी झिलमिला रही थी। शहजादा ख़ुर्रम एक नाव में बैठ गया। उसकी कश्ती साहिल को बहुत पीछे छोड़ चुकी थी। यमुना की चंचल लहरों से हिचकोले खाती हुई नाव बहुत दूर जा चुकी थी। अर्जुमन्द बानों की खूबसूरती खुर्रम को बार-बार सम्मोहित कर रही थी।

वह बार-बार उसको भुलाने की कोशिश कर रहा था लेकिन वजीरे आज़म की बेटी का खूबसूरत चेहरा जेहन में तैर जाता था। ''आप उदास क्यों हैं? मैं हमेशा आपको खुशमिजाज देखता था।'' नाविक के ऐसा पूछने पर ख़ुर्रम ने टालने के अन्दाज में कहा--''ऐसी कोई बात नहीं है। दरअसल मैं जमुना की लहरों पर फैली हुई चाँदनी को देखकर मुग्ध हूँ इसलिये गम्भीर हूँ।'' नाविक ने दोबारा पूछने की हिम्मत नहीं की। वह समझ गया कि शहजादे की उदासी का कारण कोई विशेष बात या घटना है। लहरों को चीरती हुई नौका आगे बढ़ रही थी। काफी देर हो चुकी थी। यमुना के पारदर्शी जल में आगरे का किला प्रतिबिम्बित हो रहा था। शहजादा ख़ुर्रम सोच रहा था--'मेरी तो बस एक ही ख्वाहिश है--अर्जुमन्द बानो जैसे हमसफर की प्राप्ति। हुस्न की मलिका अर्जुमन्द बानो, उसके ख्वाबों की शहजादी! मुझे तख़्त और ताज़ की परवाह नहीं है। मैं इस नायाबमोती से दूर नहीं रह पाऊँगा। मुझे अपनी अम्मी जान पर पूरा विश्वास है, वे अपने इस लाड़ले बेटे से वादाखिलाफी नहीं करेंगी।' कुछ देर बाद शहजादा ख़ुर्रम ख्वाबों की दुनिया से यथार्थ की दुनिया में लौट आया और उसने नाविक से कहा--

''बहुत देर हो गयी है, अब हमें लौटना चाहिए।'' शहजादा अपने महल में लौट आया। वह पूरी रात बेचैन रहा। कुछ देर के लिये आँख लगती थी तो सपने में अर्जुमन्द बानो आती थी। फिर नींद टूट जाती थी। उसे गुस्सा आता था कि कमबख़्त नींद को क्या हो गया है। बहुत देर तक यह सिलसिला चलता रहा। भोर में वह

गहरी नींद में था। उसने देखा----पूर्णिमा का चाँद आसमान में अपनी रौनक बिखेर रहा है। अर्जुमन्द बानो अपने हाथ में गुलाब का फूल लेकर उसके पास आयी। उसने देखा कि जन्नत की कोई अप्सरा उसके सामने खड़ी है। उसके शरीर से भीनी-भीनी-सी खुशबू आ रही थी।

'ओह! तो तुम हो मेरे ख्वाबों की मलिका. यह हक़ीक़त है या सुन्दर सपना, मैं समझ नहीं पा रहा हूँ।'

अर्जुमन्द बानो के खूबसूरत चेहरे पर मुस्कान तैर गयी है। 'यह हक़ीक़त है शहजादे, सपना नहीं। यदि आप इजाज़त दें तो मैं यह आपको भेंट करूँ।'

ख़ुर्रम को यकीन ही नहीं हो रहा था। 'आप मुझे शर्मिन्दा न करें। आपका यह खूबसूरत तोहफा मैं कुबूल करता हूँ।' ख़ुर्रम ने अर्जुमन्द बानो की नाजुक अँगुलियों को चूम लिया। ''आपने मुझसे जिस खूबसूरत तरीके से प्रेम का इज़हार किया है, मैं समझ नहीं पा रही हूँ कि कैसे आपका शुक्रिया अदा करूँ।'' कुछ क्षणों तक मौन छाया रहा। चाँदनी बरस रही थी और आसमान में तारे टिमटिमा रहे थे। अर्जुमन्द बानो के होंठों पे शीरीं मुस्कान थिरक रही थी।

'ओह! तो यह सपना था। काश यह सपना सच साबित होता।' ख़ुर्रम की नींद टूट चुकी थी लेकिन इस सुन्दर सपने के कारण वह ऊर्जा से लबरेज था।

8

शाम ढल रही थी। वजीरे आज़म आसफ़ खाँ रानी जगतगोसाईं से मिलने आया था। एक दिन पहले महारानी ने अपनी दासी से सन्देशा दिलवाया था। खोजा ने आसफ़ खाँ को महारानी जगतगोसाईं के सामने हाजिर किया। बाहर बैठके में मसनद लगी हुई थी। महारानी को सलाम करके आसफ़ खाँ मनसद पर बैठ गया। इत्र की भीनी खुशबू आ रही थी। ''मैं खुशनसीब हूँ कि हिन्दुस्तान की मलिका ने मुझे याद किया।'' आसफ़ खाँ ने अपने चेहरे पर मुस्कान बिखेरते हुए कहा।

''आपको तो पता चल गया होगा कि शहजादा ख़ुर्रम आपकी बेटी अर्जुमन्द बानो का दीवाना हो गया है। मेरी दिली ख़्वाहिश है शहजादा ख़ुर्रम का निक़ाह अर्जुमन्द बानो से ही हो। दोनों खूबसूरत हैं, जहीन हैं। इन दोनों की जोड़ी बहुत जमेगी।''

आसिफ खाँ का चेहरा खुशी से प्रफुल्लित हो उठा। ''शुक्रिया महारानी साहिबा! मैं खुशनसीब हूँ कि आपने अर्जुमन्द बानो को मुगलिया हरम की शानो-शौकत के लायक समझा। ये रिश्ता हमें और मजबूत बनायेगा। हमारा खानदान ईरान जैसे पाक मुल्क से जुड़ा है। आपकी रगों में उस बहादुर राजपूत कौम का लहू दौड़ रहा है जिसने अपनी बहादुरी का परचम पूरे हिन्दुस्तान में लहराया है। आपने इस रिश्ते को क़ुबूल करके हमें जो इज्जत बख्शी है, उसका एहसान चुकाना हमारे लिये बहुत मुश्किल है।'' जगतगोसाईं के चेहरे पर मुस्कान तैर गयी।

''वजीरे आजम, हमने कोई एहसान नहीं किया है। आपकी बेटी वो नायाब हीरा है जिसे पाकर कोई भी शख़्स अपने आपको खुशनसीब समझेगा।'' जगतगोसाईं ने बान्दी से कहा कि वह आसफ़ खाँ के लिये शरबत लाये।

''वजीरे-आज़म! आपसे एक जरूरी बात करनी थी। हालांकि इस बात का अर्जुमन्द बानो से कोई सम्बन्ध नहीं है। मुगलों को अपनी जातीय श्रेष्ठता पर बड़ा गर्व है। वे राजपूत लड़कियों से निकाह तो करते हैं लेकिन अपनी लड़कियाँ राजपूतों को नहीं देते। यह दोगलापन कब तक चलेगा? हमारी शहजादियों को क्या आप खुशनसीब समझते हैं? महलों में शानो-शौकत की जिन्दगी जीती हैं लेकिन वे तनहायी में रहती हैं। इश्क़ खुदा का अनमोल रतन है। लेकिन मुगलिया सल्तनत की बेटियों पर किसी शाहंशाह ने ध्यान नहीं दिया।'' आसफ़ खाँ ने सोचा कि महारानी जगतगोसाईं ठीक ही तो कह रही हैं।

''रानी साहिबा! आप ठीक कह रही हैं। एकतरफा सम्बन्धों से दिलों में दूरियाँ बनी रहेंगी। अपनी तअ़य्युश के लिये इन शाहंशाहों ने अपने हरम को आबाद रखा लेकिन वे भूल गये कि उनकी शहजादियों का क्या होगा? मुझे यकीन है कि जिस दिन मुगल अपना दम्भ छोड़कर राजपूतों को अपनी बेटियाँ भी देंगे, उस दिन से हिन्दुओं और मुसलमानों में भाईचारे की एक मिसाल कायम होगी।''

कुछ क्षणों तक ख़ामोशी छायी रही। ''इस शादी में सबसे बड़ी रुकावट है आपकी छोटी बहन मेहरून्निसा। मेरे शौहर आलमपनाह जहाँगीर उस पर फ़िदा हैं। जब तक बाप अपना शौक पूरा नहीं कर लेता है, बेटे की शादी कैसे हो पायेगी।

अजीब है शाहंशाहों के शौक! जवान बेटे की शादी नहीं हुई है लेकिन बाप को दूसरी शादी का शौक चर्राया है।'' जगतगोसाईं का चेहरा गुस्से से तमतमा गया था। ''आप सही फरमा रही हैं महारानी साहिबा लेकिन क्या किया जाय? राजपूत राजाओं ने भी ऐसा ही किया है। फिलहाल तो मेरी यही दरख्वास्त है कि आप मेरी बेटी को अपने चरणों में स्थान दें। अब रहा मेहरून्निसा का सवाल! मेरी बहन बहुत जिद्दी स्वाभिमानी है। वह अपने शौहर के कातिल शाहंशाह को स्वीकार नहीं कर पा रही है। वक्त हर घावों का मरहम होता है। मुझे पूरा यकीन है कि मेहरून्निसा का मसला हल हो जायेगा।'' आसफ़ खाँ के चेहरे पर बेचैनी झलक रही थी।

''अब मुझे यहाँ से जाने की इजाज़त दे रानी साहिबा। आप आलमपनाह से निवेदन करें कि वे शाहजादा ख़ुर्रम की अर्जुमन्द बानो से जल्दी सगाई करा दें। रही मेहरून्निसा की बात, तो हमारा परिवार उसे समझा-बुझाकर शाहंशाह से निकाह के लिये राजी कर लेगा।''

महारानी जगतगोसाईं को सलाम करके आसफ़ खाँ चला गया। जगतगोसाईं अपने शयनकक्ष में चली गयीं। उनको अपने बेटे की शादी और उसके राजनीतिक भविष्य की चिन्ता होने लगी। वे देख रही थीं कि राजदरबार में षड्यन्त्र चल रहे थे। मेहरून्निसा शाही हरम में शामिल हो चुकी। शाहंशाह जहाँगीर से उसका निक़ाह नहीं हुआ था लेकिन वह उनकी आँखों की पुतली थी। वह अपनी बेटी लाड़ली बेगम की शादी शहज़ादा शहरयार से करवाना चाहती थी। उधर आमेर की राजकुमारी मानबाई का बेटा खुसरो बगावत कर रहा था। वह भी राजगद्दी का जबरदस्त दावेदार था। जगतगोसाईं ने दृढ़ संकल्प किया--

''मैं एक क्षत्राणी हूँ। मैं हार नहीं मानूँगी। शहजाद ख़ुर्रम का निकाह अर्जुमन्द बानो से होकर रहेगा और तख्तोंताज भी मेरे बेटे को ही मिलेगा। इन सारे शहजादों में खुर्रम सबसे ज़हीन भी है और खूबसूरत भी। मैं मेहरून्निसा के मंसूबों को कामयाब नहीं होने दूँगी।'' जगतगोसाईं कुछ देर तक बरामदे में टहलती रहीं। उसके बाद वे अपने शयनकक्ष में चली गयीं।

दीवाने आम में शाही दरबार लगा था। इस्लाम खाँ, शाहनवाज खाँ, अलीमर्दान खाँ इत्यादि मनसबदार यथास्थान खड़े थे। वज़ीरे आज़म आसफ़ खाँ वहाँ पहुँचा और उसने जहाँगीर को सलाम करने के बाद कहा--

''आलमपनाह! आपका खिदमतगार आसफ़ खाँ आपसे कुछ अर्ज़ करने की इजाज़त चाहता है।'' बादशाह के होंठों पे हल्की-सी मुस्कान तैर गयी। उसके संकेतों में ही इजाज़त मिल गयी।

''जहाँपनाह! आपसे अपनी बात कहने में संकोच हो रहा है लेकिन कहना पड़ रहा है। आपसे अर्ज़ है कि आप मेरी बेटी अर्जुमन्द बानो का निक़ाह शहजादे ख़ुर्रम से करने की कृपा करें।''

कुछ क्षणों के लिये दीवाने आम में सन्नाटा छा गया। सबकी निगाहें बादशाह की ओर थीं। बादशाह ने जवाब दिया--''आपकी पेशकश हमें मंजूर है। वैसे हमारी बेगम जगतगोसाईं ने भी मुझसे कहा था कि शहज़ादा ख़ुर्रम का निक़ाह अर्जुमन्द बानो से कर दिया जाय। शहजाद की ख़्वाहिश का हम सम्मान करते हैं। कल शाम को सगाई की रस्म को अंजाम दिया जायेगा।''

आसफ़ खाँ की खुशी का ठिकाना नहीं था। उसकी लाड़ली बेटी अब शाही खानदान की बहू बन जायगी। ''आलमपनाह! मेरे प्रस्ताव को स्वीकार करके आपने मेरे परिवार पर जो एहसान किया है, उसकी भरपाई हम कभी नहीं कर

पायेंगे लेकिन इतना हम जरूर कहेंगे कि हमारी अर्जुमन्द बानो मुगल खानदान के यश में चार-चाँद लगा देगी।''

आसफ़ खाँ अपने महल में लौट आया। महल के सामने खूबसूरत बगीचा था। उसमें आम, अमरूद, कटहल, के बहुत से पेड़ थे। आम में टिकोरे लग गये थे। कोयल, बुलबुल, तोता और मैना की आवाज से फ़िजा का रंग बदल गया था। महल में प्रवेश करते ही उसका सामना अकबरी बेगम से हुआ। आसफ़ खाँ के चेहरे की रौनक देखकर वह समझ गयी कि कोई खुशखबरी है।

''जहाँपनाह ने आपकी अर्ज़ी को स्वीकार कर लिया?'' आसफ़ खाँ ने अकबरी बेगम के गुलाबी गालों को चूम लिया। वह झेंप गयी। ''अपनी उम्र का तो ख़्याल रखिये। बेटी जवान हो गयी हैं और आप मुझसे इश्क फ़रमा रहे हैं?''

''इश्क़ करने की कोई उम्र नहीं होती। ऐसे दिलकश हुस्न को देखकर कौन नहीं मतवाला हो जायगा। ख़ैर छोड़ो इन बातों को। हमारे लिये खुशखबरी है कि शाहंशाह जहाँगीर ने शहजादे ख़ुर्रम का निकाह अर्जुमन्द बानो से करने की इजाज़त दे दी है लेकिन निक़ाह अभी नहीं हो पायेगा। कल सगाई की रस्म अदा की जायगी। जब तक मेहरून्निसा का निक़ाह नहीं हो जाता है, तब तक अर्जुमन्द को इन्तजार करना पड़ेगा।''

अकबरी बेगम के चेहरे पर चिन्ता की लकीरें दिखलायी देने लगीं। ''आपकी बहन भी अजीब है। शाहंशाह उसे हिन्दुस्तान की मलिका बनाना चाहते हैं और ये है कि नख़रे दिखा रही हैं।'' आसफ़ खाँ ने बनावटी गुस्सा दिखाते हुए कहा--''हमारी बहन के लिये ऐसा मत कहो बेगम! वह बहुत स्वाभिमानी और वचन की पक्की है। वह अपने पहले शौहर अली कुलीबेग की मौत के सदमे से अभी भी उबर नहीं पायी है। उस पर दबाव डालना ठीक नहीं है। वह शाही हरम में शामिल हो गयी है तो एक-न-एक दिन निक़ाह के लिये राजी हो जायगी।'' अकबरी बेगम के चेहरे पर खींची हुई तनाव की रेखाएँ कुछ कम हुई।

''क्या आपको पूरा यक़ीन है कि आलमपनाह जहाँगीर के बाद शहजादा ख़ुर्रम उनका उत्तराधिकारी होगा।''

''ओह! बेगम, यह सियासत का मसला है, इसके लिये ज्यादा माथापच्ची मत करो। अर्जुमन्द की सगाई हो जाने के बाद हम लोग मेहरून्निसा पर दबाव बनायें कि वह जल्दी-से-जल्दी शाहंशाह जहाँगीर से शादी कर ले ताकि अर्जुमन्द के निकाह में कोई रुकावट न हो।'' आसफ़ खाँ ने उत्तर दिया। कुछ देर की खामोशी के बाद आसफ़ खाँ बोला ''वैसे तो हिन्दुस्तान के तख़्तोताज़ के कई दावेदार हैं।

जैसे--ख़ुर्रम, खुसरो और शहरयार लेकिन मैंने ठान लिया है कि मैं शहजादे ख़ुर्रम को तख़्तानशीन करके ही रहूँगा। मेरी छोटी बहन मेहरून्निसा भी अपने इस भाई का साथ देगी।''

अकबरी बेगम का चेहरा खुशी से खिल उठा।

''ख़ुदा करें ऐसा ही हो, तब तो हमारी बेटी हिन्दुस्तान की मल्लिका बनेगी।'' आसफ़ खाँ रोमानियत के अन्दाज में आ गया था।'' ''बेगम! तुम्हारा गुदाज़ बदन और नीमबाज़ आँखें मुझे मदहोश कर रही हैं।'' उसने अकबरी बेगम को अपने आलिंगन में लेना चाहा लेकिन वह मुस्कराते हुए वहाँ से निकल गयी।

9

अर्जुमन्द बानो बेगम की सगाई ख़ुर्रम से हो गयी। शहजादे ख़ुर्रम की ख़ुशी का ठिकाना नहीं था। ख़ुशी के इस अवसर पर बादशाह जहाँगीर ने अपनी होनेवाली बहू की अँगुली में हीरे की एक बेशकीमती अँगूठी पहनायी।

इस पर शहजाद ख़ुर्रम की माँ जगतगोसाईं ने मजाक करते हुए कहा—"जहाँपनाह! ऐसी अँगुठी तो आपने अपनी इस बीवी को भी नहीं पहनायी। मेरी बहू इस मामले में भाग्यशाली है कि उसे आप जैसा दिलदार ससुर मिला। मुझे तो अर्जुमन्द बानो के भाग्य पर ईर्ष्या होती है।"

बादशाह जहाँगीर के चेहरे पर मुस्कान फैल गयी। आसफ़ ख़ाँ ने जगतगोसाईं को सगाई की मुबारकबाद देते हुए कहा—"बेगम साहिबा! अब तो आप हमारी समधिन बन गयी हैं। अब हमारी कोशिश होनी चाहिए कि शहजादा ख़ुर्रम और अर्जुमन्द बानो का जल्द-से-जल्द निक़ाह हो जाय।" जगतगोसाईं ने मजाकिये लहजे में कहा—"ख़ाँ साहब! आप अपनी जिद्‌दी और नखरेवाली बहिन मेहरून्निसा को समझाये कि वह बादशाह जहाँगीर से निक़ाह कर ले ताकि मेरी चाँद जैसी खूबसूरत बहू जल्दी मेरे पास आ जाय।"

"ऐसा ही होगा रानी साहिबा! मेहरून्निसा जिद्‌दी है लेकिन दिल की बुरी नहीं है। मैं उसको जल्दी-से-जल्दी निक़ाह के लिये राज़ी कर लूँगा।"

चाँदनी रात थी। चाँद अपने पूरे शबाब पर था। बादशाह जहाँगीर जगतगोसाईं के शयनकक्ष में पहुँचा। शमा जल रही थी। जगतगोसाईं की आँखों में नींद नहीं थी। ज्योंही जहाँगीर ने शयनकक्ष के अन्दर प्रवेश किया, जगतगोसाईं शैय्या से उठ गयी।

"जहाँपनाह! मैं ख़ुशकिस्मत हूँ कि आपने मुझे याद किया। एक बात कहूँ, बुरा तो नहीं मानेंगे। आमेर की राजकुमारी मानबाई मुझसे खूबसूरत भी हैं और उम्र में भी छोटी हैं। उसके दिलकश हुस्न को छोड़कर शाहंशाह को आज मेरी याद कैसे आ गयी?"

"मुझे शर्मिन्दा न करो बेगम! मैं तुम्हें दिलोजान से चाहता हूँ।" ऐसा कहते हुए जहाँगीर ने जगतगोसाईं को प्रगाढ़ आलिंगन में ले लिया। जगतगोसाईं ने आलिंगन से

मुक्त होने की कोशिश की लेकिन उसे कामयाबी नहीं मिली क्योंकि बादशाह की जकड़ और मजबूत हो गयी। जहाँगीर के होंठ सुलग लग रहे थे। पूरे कक्ष में इत्र की भीनी-भीनी खुशबू आ रही थी। अब न कोई शाहंशाह था और न कोई बेगम साहिबा। कामाग्नि में दहकते हुए दो जिस्म थे। कामाग्नि अपनी पूरी दहकता से दोनों को जला रही थी। शयनकक्ष के रोशनदान से छनकर चाँदनी अन्दर आ रही थी। लहरों का शोर खत्म हो चुका था। सागर शान्त था।

"बेगम साहिबा, मैं आपसे बहुत खुश हूँ। मेरी दिली ख़्वाहिश है कि अर्जुमन्द बानो जल्दी-से-जल्दी हमारे खानदान का हिस्सा बन जाय। आप सोच रही होंगी कि मैं मेहरून्निसा के नखरे को कैसे सह रहा हूँ। असलियत यह है कि वह अपने पहले शौहर की मौत का कसूरवार मुझे ही मान रही है।" जगतगोसाईं का चेहरा खिल उठा था। "वक्त हर घावों का मरहम होता है शाहंशाह! मुझे पूरा यकीन है कि मेहरून्निसा जल्दी ही आपसे निकाह के लिये राजी हो जायेंगी। फिर हम बड़ी धूमधाम से खुर्रम और अर्जुमन्द बानो की शादी करेंगे।"

जगतगोसाईं कुछ देर के लिये खामोश थीं लेकिन उनके चेहरे को देखने से लगता था कि वे कुछ और कहना चाहती थीं।

"बेगम साहिबा, संकोच मत कीजिये। अपने दिल की बात खुलकर कहिये।" जहाँगीर के ऐसा कहने पर जगतगोसाईं बोलीं--

"आलमपनाह! सुनने में आया है कि आप खुर्रम की दूसरी सगाई मुजफ्फर हुसैन सफ़ावी की बेटी से कर रहे हैं। क्या यह सच है? अभी शहजादे का निकाह हुआ नहीं और आपने ऐसा कदम उठा लिया।"

जहाँगीर के चेहरे पर नाराजगी साफ-साफ झलक रही थी। "आपने जो सुना है, वो सच है। मुगलिया सल्तनत के लिये यह कोई नयी बात नहीं है। फिलहाल यह सियासत का मसला है, आपको इस पचड़े में नहीं पड़ना चाहिए।"

"आप ठीक फरमा रहे हैं शाहंशाह। इस सगाई के पीछे आपका कोई-न-कोई ख़ास मक़सद होगा। हम औरतों को चुप रहना चाहिए। हमारा कोई वजूद नहीं है। जिस बच्चे को हमने नौ महीने तक अपने गर्भ में पाला, उसकी जिन्दगी के अहम् फैसले में हमारी कोई जरूरत नहीं है।" जगतगोसाईं की आँखें भर आयीं।

"आप तो नाराज हो गयीं बेगम साहिबा। मेरा इरादा आपको नाराज करने का नहीं था। खुर्रम पर हम दोनों का बराबर हक़ है। आप मेरी नीयत पर शक मत कीजिये। ये तल्ख़ सच्चाई है कि हम मुगल विलासी और ऐयाश हैं।" जगतगोसाईं के होंठों पर मधुर मुस्कान फैल गयी। "औरतों को खुश करने का आपका अन्दाज काबिले तारीफ है।" चाँदनी रात में जहाँगीर और जगतगोसाईं की हँसी की खिलखिलाहट गूँज उठी।

10

पूर्णेन्दु शेखर के अन्दर यह व्याकुलता थी कि वह मधुमिता चटर्जी से जल्दी-से-जल्दी मिले और उपन्यास का लिखा हुआ अंश उसे दिखलाये। अप्रैल का अन्तिम सप्ताह चल रहा था। भयंकर गर्मी पड़ रही थी। गर्मी की दोपहर उसे सम्मोहित करती थी। दुपहरिया की एक अजीब तरह की आवाज़ सुनते हुए वह भावुक हो जाता था। उसके रूम में जालीदार खिड़की लगी हुई थी। खिड़की के पीछे इमली के दो विशालकाय पेड़ थे। दोपहर में वह किताबों की दुनिया में खोये रहना पसन्द करता था। वह बरामदे के पास कुर्सी निकालकर बैठ जाता था। सामने हॉस्टल का खूबसूरत लॉन था। सामने पंक्षियों का मनमोहक कलरव होता रहता। दोपहर की उसकी अपनी दुनिया में दूसरे का हस्तक्षेप सहन नहीं होता था। शाम होते-होते कल्पनाओं की उस दुनिया में बदलाव हो जाता और उसके पैरों में मानो पंख लग जाते और वह यूनिवर्सिटी रोड से लेकर बालसन चौराहा और वहाँ से लल्ला चुंगी तक कभी अकेले तो कभी अपने किसी दोस्त के साथ भ्रमण करता रहता। हॉस्टल में उसकी छवि एक सौम्य और शालीन लड़के की थी लेकिन खूबसूरत और हसीन लड़कियों का दूर से दीदार करना उसे बहुत पसन्द था। उसे सागर पसन्द था, सागर की लहरें पसन्द थीं लेकिन वह किनारे से तूफान का नज़ारा करता था क्योंकि सागर की लहरों में उतरना उसके वश की बात नहीं थी। पूर्णेन्दु शेखर के विषय में उसके मित्र शशांक पाण्डेय कहा करता था--

''पहले ये देख-देखकर छुपते थे लेकिन अब छुप-छुपकर देखते हैं।''

उसके हॉस्टल से एलेनगंज की दूरी अधिक नहीं थी। शशांक पाण्डेय से एक बार उसने कहा था।

''मुझे ट्रिपल 'स' से बहुत लगाव है। मेरा नाम भी 'स' वर्ण से शुरू होना चाहिए था। ''ट्रिपल 'स' को स्पष्ट करो।'' शशांक पांडेय के पूछने पर उसके होंठों पर मुस्कान फैल गयी और उसने जवाब दिया--

"साहित्य, संगीत और सौन्दर्य। साहित्य में कविता, कहानी, उपन्यास, नाटक, आत्मकथा, संस्मरण, यात्रा वृत्तान्त, गद्यगीत सभी मुझे सम्मोहित करते हैं। संगीत में शास्त्रीय संगीत और सुगम संगीत दोनों पसन्द हैं। इसके अतिरिक्त सितार वादन, तबला वादन, बांसुरी वादन और इन सबकी तबले के साथ अलग-अलग जुगलबन्दी भी मुझे बेहद पसन्द है।"

उसकी बात को बीच में टोकते हुए शशांक पाण्डेय ने पूछा--"और सौन्दर्य के बारे में तुम्हारी क्या राय है?"

" 'ए थिंग ऑफ ब्यूटी इज ए ज्वाय फॉरइवर' जॉन कीट्स की इन पंक्तियों को उद्धृत करते हुए कहना चाहूँगा कि सौन्दर्य को परिभाषित नहीं किया जा सकता लेकिन सौन्दर्य शब्द का प्रयोग मैं दो अर्थों में करता हूँ-नारी सौन्दर्य और प्राकृतिक सौन्दर्य।"

शशांक पाण्डेय मजाकिया स्वभाव का युवक था और वह अक्सर पूर्णेन्दु शेखर को कुरेदता था। शशांक पाण्डेय की बातों से पूर्णेन्दु शेखर में साहस का संचार होता था।

विश्वविद्यालय परिसर के अन्दर घूमते हुए वह बाहर निकला। काफी चहल-पहल थी। जब वह एलेनगंज पहुँचा, अँधेरा हो चुका था। गुलमोहर के दो पेड़ थे। उनमें लाल-लाल फूल लगे हुए थे। पूर्णेन्दु शेखर कुछ देर तक बाहर खड़ा रहा। "क्या लौट जाऊँ? कल मैं मधुमिता से मिलूँगा।" उसने सोचा लेकिन उसने अपने आपको तत्काल सँभाल लिया। उसके हाथ में डायरी थी। उसने बेल बजाया। दरवाजा मधुमिता ने खोला।

" 'उपन्यास' सम्राट् का स्वागत है। आओ पूर्णेन्दु।"

दोनों ड्राइंग-रूम में बैठे। "तुम मजाक भी अच्छा कर लेती हो। चलो अच्छी बात यह है कि तुम्हारी नजर में मैं 'उपन्यास सम्राट्' हूँ। प्रेमचन्द जी के बाद मेरे जैसे शख़्स को यह सम्मान नसीब हुआ है, मैं भावविभोर हूँ।" मधुमिता को बहुत तेज हँसी आयी। "मैं अपनी डायरी लाया हूँ। मैंने उपन्यास लिखना शुरू कर दिया है, तुम इसे देखना चाहोगी?"

"अभी नहीं, तुम अपने उपन्यास को पूरा कर लो। खण्ड-खण्ड में देखने पर रचना का पूरा मजा नहीं आता। उपन्यास में तारतम्यता होती है इसलिये इसे पढ़ने का आनन्द समग्रता में ही है।"

पूर्णेन्दु शेखर को मधुमिता की साहित्यिक समझ पर खुशी हुई। "मैं तुमसे सहमत हूँ मधुमिता। उत्साह वश मैं अपने आपको रोक नहीं पाया था लेकिन अब मुझे महसूस हो रहा है कि मैं जल्दबाजी कर रहा था।" पूर्णेन्दु शेखर के

ऐसा कहने पर मधुमिता के चेहरे पर आश्वस्ति के भाव दिखे। ''अभी मैं चाय बनाकर लाती हूँ फिर हम इत्मीनान से बात करते हैं। पूर्णेन्दु शेखर की नजर एक कैलेण्डर पर अटक गयी। यमुना का सुन्दर किनारा, कृष्ण कदम्ब के पेड़ के नीचे गोपी के साथ खड़े हैं। उनके होठों पर बाँसुरी है। कदम की डालियाँ फूलों से लदी हैं। कृष्ण के पीछे एक गाय खड़ी है। ''कहाँ खो गये मेरे देवदास।''

मधुमिता की आवाज से उसका ध्यान भंग हुआ। उसने देखा कि मधुमिता ट्रे लेकर खड़ी है। उसने प्याला सहित कप आगे बढ़ाया। ''आपके स्वागत में उष्णपेय हाजिर है। साथ में है बिस्किट और नमकीन।'' पूर्णेन्दु शेखर ने मुस्कराते हुए हाथ आगे बढ़ाया।

पूर्णेन्दु शेखर ने बड़े ध्यान से देखा। मधुमिता आज पहले से भी अधिक खूबसूरत लग रही थी। वह समझ नहीं पाया कि उसका सौन्दर्यबोध बढ़ गया है या उसे वहम हो गया है। पूर्णेन्दु शेखर को महाकवि भारवि की यह पंक्तियाँ याद आ रही थीं--

''क्षणे-क्षणे यन्न्वतामुपेति, तदैव रूपं रमणीयताया।''

अर्थात क्षण-क्षण में जहाँ नवीनता की प्राप्ति हो, वही सुन्दरता का रूप है। मधुमिता की बड़ी-बड़ी आँखों में एक अजीब तरह का सम्मोहन है। उसके केश खुले हुए थे। उसका गोरा रंग दमक रहा था और ऊपर से मैरून कलर का सूट यह तो उसके सौन्दर्य में चार चाँद लगा रहा था।

''मुझे बहुत ध्यान से देख रहे हो। क्या मैं इतनी सुन्दर हूँ?'' पूर्णेन्दु शेखर कुछ क्षणों के लिये निरुत्तर हो गया।

''सौन्दर्य तो प्रभावित करता ही है और फिर कवि और कथाकार हो तो बात ही अलग है। मैंने पढ़ा भी है और सुना भी है कि कवियों और कलाकारों का सौन्दर्य बोध विशिष्ट होता है। ओह! तो मैं अपने को खुशनसीब समझूँ?'' पूर्णेन्दु शेखर मधुमिता की इस मासूम शरारत पर मुस्कराने लगा।

''ऐसी कोई बात नहीं है।

सामान्य आदमी का भी अपना सौन्दर्य बोध होता है। विशिष्ट होना अच्छी बात है लेकिन विशिष्ट होने का बोध हमें अहंवादी भी बनाता है। भूख और वक्त की मार ने आम आदमी के सौन्दर्य बोध को नष्ट कर दिया है। सौन्दर्य बोध जगाने के लिये हमें प्रकृति को बचाना होगा। प्रकृति के बीच जाने पर ही इन्सानियत का स्तर और ऊँचा उठेगा। आज हम प्रकृति से कटते जा रहे हैं, यह अत्यन्त चिन्ता का विषय है।''

पूरे मकान में सन्नाटा था, केवल तीव्र गति से चलते हुए सीलिंग फैन की आवाज आ रही थी। "मैं तुम्हारी भावनाओं को समझती हूँ पूर्णेन्दु। तुम्हारी रचनात्मक प्रतिभा और कलात्मक रूझान काबिले तारीफ है। सच तो यह है कि साहित्यिक प्रतिभा के कारण ही मैं तुमसे आकर्षित हुई। आज के युग में अधिकांश युवक भौतिकता की अन्धी दौड़ में शामिल हैं। उन्हें साहित्य, संगीत, कला और प्रकृति से कोई लगाव नहीं है। वे येन-केन-प्रकारेण धन कमाना ही जीवन का साध्य मानते हैं। वहीं पर तुम्हारे जैसे युवक भी हैं जिनके लिये धन साधन है, साध्य नहीं।"

पूर्णेन्दु शेखर ने ध्यान से देखा कि मधुमिता के चेहरे पर गम्भीरता का भाव था। गम्भीरता ने उसके सौन्दर्य में चार चाँद लगा दिया था। उसके बालों की एकलट उसके बायें गाल पर पड़ रही थी। उसके शरीर से सौन्दर्य टपक रहा था। वह अचानक उठा और उसने मधुमिता के गालों को चूम लिया। मधुमिता ने प्रतिरोध नहीं किया लेकिन पूर्णेन्दु शेखर को ऐसा लगा कि वह कुछ क्षणों के लिये असहज हो गयी है। पूर्णेन्दु शेखर को समझ नहीं आया कि अभी वह क्या करे? मधुमिता कुछ देर पहले वहाँ से जा चुकी थी। उसने सोचा--

"मधुमिता मुझसे नाराज तो नहीं हो गयी? लेकिन मुझे भी ऐसा नहीं करना चाहिए। वह मेरे बारे में यह धारणा बना लेगी कि पूर्णेन्दु एक घटिया इन्सान है।" उसका दूसरा मन कह रहा था--'तुम व्यर्थ में परेशान हो। सौन्दर्य के प्रति इतनी आसक्ति तो सामान्य सी बात है। चुम्बन करना कोई अपराध नहीं है। यदि प्रेम में इतना भी न हो तो उस प्रेम का मतलब क्या है?

या यह भी हो सकता है कि मैं व्यर्थ में परेशान हो रहा हूँ, मधुमिता को अच्छा लगा होगा।' उसकी बेसब्री बढ़ रही थी। आधे घण्टे बाद मधुमिता ड्राइंग-रूम में आयी। ट्रे में गिलास थी और एक प्लेट। उसने ध्यान से देखा--गिलास में मैंगो शेक था और प्लेट में सन्देश मिठाई।

"ओह! मैंगो शेक! तुम जानती हो कि मैंने इसका बहुत ही सुन्दर अनुवाद प्रस्तुत किया है।" तो उपन्यासकार महोदय, यह बतलाने का कष्ट करें कि आपने मैंगो शेक का हिन्दी अनुवाद क्या किया है?"

मधुमिता के चेहरे पर मधुर मुस्कान खेल रही थी। "आम्र कम्पन। तुम देखो कि कितना लालित्यपूर्ण अनुवाद है यह।" मधुमिता को तेज हँसी आयी। "एक बार मैं अपने मित्र अजीत के साथ कटरे की एक दुकान में गया। हम दोनों को शरारत सूझी। दुकान में कई खूबसूरत लड़कियाँ बैठी हुई थीं।

अजीत ने दुकानदार से कहा--"दो आम्र कम्पन दीजिये।" दुकानदार हम दोनों का मुँह देखने लगा। उसने हम दोनों को नमूना समझा या अव्वल दर्जे का बेवकूफ।

लड़कियाँ हँस दीं। दुकानदार अचकचा गया। उसने पूछा--''आप लोगों को क्या चाहिए?'' दोबारा लड़कियों का ठहाका गूँजा। ''इन दोनों को 'आम्र कम्पन' चाहिए।'' दुकानदार झुँझला गया। तब मैंने जवाब दिया--''हम लोगों को मैंगो शेक चाहिए।'' इस पर दुकानदार ने कहा--''आपको साफ-साफ कहना चाहिए था। 'आम्र कम्पन-फम्पन' को भला मेरे जैसे लोग कैसे समझेंगे।'' माहौल सरस हो गया था। बाद में मेरा यह अनुवाद हॉस्टल में पॉपुलर हो गया था।''

''तुम देखने में सीधा और शर्मीला लगते हो लेकिन भरपूर शरारती भी हो।'' बातचीत के दौरान पूर्णेन्दु शेखर कई सन्देश खा चुका था। मैंगो शेक काफी स्वादिष्ट था। पूर्णेन्दु शेखर का मन सन्तुष्ट हो गया।

मधुमिता पास में ही पलँग पर बैठ गयी। ''कल मम्मी तुम्हारे बारे में बात कर रही थी। 'पूर्णेन्दु सौम्य, शालीन और प्रतिभाशाली लड़का है। तुम दोनों में बहुत अच्छी दोस्ती भी है लेकिन सवाल यह है कि तुम दोनों का सम्बन्ध कहाँ तक चलेगा?

हम दकियानूसी समाज में रह रहे हैं। बहुत कम लोगों को मानवीय सम्बन्धों की सही समझ है। तुम यह मत समझना कि मैं तुम्हारा विरोध कर रही हूँ। मैं सिर्फ यह चाहती हूँ कि तुम दोनों बहुत समझदारी से रहना और बेहतर तो यह होगा कि इस रिश्ते को कोई नाम मिले। कुछ देर तक मैं चुप रही। उसके बाद मैंने जवाब दिया--'मम्मी, तुम डरो मत। हम दोनों समझदार हैं। पहली बात तो यह है कि हमने यह सोचकर दोस्ती नहीं की है कि इसका कोई परिणाम निकले। दूसरी बात यह है कि दोस्ती की नहीं जाती है बल्कि एक अनजान चुम्बकीय आकर्षण होता है जो दोस्ती में तब्दील हो जाता है।' मम्मी मेरा चेहरा देखने लगीं। उन्हें उम्मीद नहीं थी कि उनकी बेटी इतनी होनहार है। उन्होंने मुझसे सिर्फ इतना कहा--

''तुम तो समझदार हो, मेरी बातों का बुरा मत मानना। धैर्य और समझदारी से काम लेना।''

पूर्णेन्दु शेखर ने चुटकी ली--''तुम्हारी मम्मी खुशनसीब हैं कि उन्हें मधुमिता जैसी बुद्धिमान्, तेजस्वी और समझदार बेटी मिली है। दूसरी बात यह है कि माँ और बेटी में एक बिन्दु पर समानता है। माँ ने प्रेम विवाह किया है तो बेटी को अपनी माँ से पीछे नहीं रहना चाहिए। ''ओह! तुम तो बहुत शरारती हो। तुम मेरी मम्मी के प्रेम का उल्लेख कर रहे हो, इसमें सच्चाई है लेकिन क्या इसे कहना जरूरी है?''

''क्यों, इसे कहने में क्या बुराई है? प्रेम करना कोई गुनाह नहीं है बल्कि वे लोग खुशनसीब हैं जिन्होंने प्रेम किया। दुर्भाग्य है कि हम लोग प्रेम विहीन समाज में रहते हैं। हमारी सोच सकारात्मक नहीं बल्कि नकारात्मक है। हमें यह नहीं बतलाया जाता कि क्या करना चाहिए बल्कि यह बताया जाता है कि क्या नहीं करना चाहिए। धर्म

के ठेकेदार और समाज के तथाकथित नियन्ता प्रेम करनेवालों पर बन्दिशें लगाते हैं। न उन्हें साहित्य से लगाव है और न संगीत से। बहुरंगी प्रकृति की ओर इनकी दृष्टि जाती ही नहीं। समाज की विघटनकारी शक्तियाँ धार्मिक उन्माद फैलाकर घृणा का प्रचार कर रही हैं। इन सबके बावजूद यदि प्रेम का बिरवा पनपता है तो यह हमें आश्वस्त करता है।''मधुमिता चटर्जी पूर्णेन्दु शेखर की बातों को बड़े ध्यान से सुन रही थी। काफी देर हो चुकी थी।

''अब मैं चलता हूँ मधुमिता। फिर मिलते हैं। ''पूर्णेन्दु शेखर के ऐसा कहने पर मधुमिता बोली--''इतनी भी क्या जल्दी है? खाना खाकर जाना।'' ''नहीं, आज नहीं। अगली बार आऊँगा तो खाना जरूर खाऊँगा।''

पूर्णेन्दु शेखर वहाँ से चल दिया। उसने निश्चय किया कि इस बार वह विश्वविद्यालय परिसर होते हुए नहीं जायगा। उसके कदम धीरे-धीरे बढ़ रहे थे लेकिन उसके मन में खुशियों का समन्दर हिलोरें ले रहा था। आसमान में पीला चाँद चमक रहा था। वह महिला छात्रावास के पास पहुँचा। उसने देखा कि मिलनातुर प्रेमियों की भीड़ कम थी। बहुत से दर्शनार्थी लौट चुके थे और थोड़े बहुत जल्दी ही लौटनेवाले थे। महिला छात्रावास के परिसर में इन्दिरा प्रियदर्शिनी और सरोजिनी नायडू ये दो हॉस्टल थे। पूर्णेन्दु शेखर दायेंवाली पटरी के सामने खड़ा हो गया। उसे महिला छात्रावास के परिसर में प्रवेश करने का अवसर कभी नहीं मिला था या यूँ कहा जा सकता है कि वहाँ जाने की उसकी हिम्मत ही नहीं थी। अपने दोस्तों से वह महिला छात्रावास में रहनेवाली लड़कियों को भटकती आत्माएँ कहता था। सच्चाई यह थी कि खुद पूर्णेन्दु शेखर अतृप्त आत्मा था। दिन भर अध्ययन करने के बाद शाम को देर तक अकेले घूमना उसकी आदत में शुमार था।

वह ज्यादातर कम्पनी बाग में घूमता, सिविल लाइन्स में घूमता, इलाहाबाद विश्वविद्यालय के कला संकाय के परिसर में घूमता। कभी-कभी वह लल्ला चुंगी तक घूमने आता था लेकिन इधर उसके लिये गुंजाइश कम थी। इसका कारण यह था कि उसके पास कोई गर्लफ्रेण्ड नहीं थी। उसकी दोस्ती मधुमिता चटर्जी से थी लेकिन गर्ल्स हॉस्टल में कोई दोस्त न होने का अभाव उसे खटकता था। उसके कई दोस्त महिला छात्रावास में आते थे और उसे अपनी यशगाथा सुनाते थे।

अब उसके कदम बैंक रोड की ओर बढ़ चले थे। आसमान में चाँद अब और सुन्दर लग रहा था। वह नीम के पेड़ के नीचे खड़ा हो गया। नीम की पत्तियों से छनकर चाँदनी नीचे आ रही थी। पूर्णेन्दु शेखर को मधुमिता की बात याद आ रही थी। ''मैं शाहिद परवेज के नाटक 'मुमताज महल' में मुमताज का किरदार जरूर निभाऊँगी। इस नाटक का मंचन होली के बाद होना था लेकिन हो नहीं पाया। देखें

कब होता है? इस नाटक में तो तुम्हें भी अभिनय करना है।''कुछ क्षणों की चुप्पी के बाद पूर्णेन्दु शेखर बोला--''अभी मैं इस नाटक के बारे में कुछ कहने की स्थिति में नहीं हूँ। मेरा पूरा ध्यान अपने उपन्यास पर केन्द्रित है। लेकिन अरिन्दम दा की बात टालना मेरे लिये सम्भव नहीं है। उनकी बात का सम्मान करते हुए मैं 'मुमताज महल' नाटक में अभिनय करूँगा लेकिन उसके बाद मेरे लिये किसी नाटक में अभिनय करना सम्भव नहीं। उपन्यास पूरा करने के बाद सोचूँगा कि रंगमंच में अभिनय करूँ या नहीं।''

उसके कदम आगे बढ़ते गये। कुछ देर तक वह चाय की दुकान में बैठा रहा। चाँदनी उसे बेचैन कर रही थी। वह बेचैन भी था और आह्लादित भी।

11

लगभग एक साल बाद पूर्णेन्दु शेखर अपने गाँव पहुँचा था। घोसपुर गाँव को प्राकृतिक सौन्दर्य विरासत में मिला था। गाँव के चारों ओर ताड़ के पेड़ थे। उत्तर दिशा के रास्ते से गाँव में प्रवेश करने पर दो घने-घने बाग राहगीरों का स्वागत करते थे। पहाड़ियाँ सुरम्य लगती थीं। घोसपुर से दो किलोमीटर दूर एक खूबसूरत झील थी जो खड़गपुर की झील के नाम से मशहूर थी।

आषाढ़ चढ़ चुका था। एकाएक तेज हवा चलने लगी और आसमान में काले-काले मेघ घुमड़ आये।

हवा के तेज झोंकों के साथ बारिश होने लगी। पूर्णेन्दु शेखर पहली मंजिल के बरामदे में बैठकर बारिश के सौन्दर्य का आनन्द लेने लगा। ''सुनो पूर्णेन्दु, मुझे तुमसे कुछ बातें करनी हैं।'' वह चौंककर उठा। पूर्णेन्दु शेखर के पिता अनुपम शेखर चारपाई पर बैठ गये। ''तुम्हारा एम. ए. पूरा हो चुका है। आगे क्या करने का इरादा है? मेरी तो अभी भी हार्दिक इच्छा है कि तुम सिविल सेवा की तैयारी करो।'' कुछ देर पूर्णेन्दु शेखर चुप रहा। वह इस समय बातचीत की मनःस्थिति में बिल्कुल नहीं था। वह तो प्रकृति के सौन्दर्य पर मुग्ध था। उसके पिता जी ने इस समय आकर उसके आनन्द में बाधा डाल दी फिर अपने आपको सामान्य रखते हुए उसने जवाब दिया--

''अभी एक साल तक तो मुझे किसी भी नौकरी के बारे में सोचने तक का समय नहीं है। मेरी पूरी कोशिश रहेगी कि मैं अपना उपन्यास एक साल में पूरा कर लूँ। आपको तो पता ही है कि प्रशासनिक नौकरी से मुझे कोई लगाव नहीं है। जीविकोपार्जन के लिये मेरे पास दो विकल्प हैं--अध्यापन या पत्रकारिता।'' अनुपम शेखर अपने बेटे के जवाब से असहज हो गये। उन्हें बहुत गुस्सा आया लेकिन अपने गुस्से को काबू करते हुए उन्होंने कहा--''देखो बेटा, मैं तुम्हारी भलाई के लिये ही

कह रहा हूँ। तुम्हारे ऊपर आदर्शवाद का जो भूत है, वह जिन्दगी के यथार्थ से टकराकर उतर जायगा। तुम मेधावी हो और परिश्रमी भी। मुझे पूरा विश्वास है कि यदि तुम ईमानदारी से तैयारी करोगे तो आइ. ए .एस. या पी.सी.एस. जरूर बनोगे।''

पूर्णेन्दु की माँ आनन्दी देवी भी आ गयीं। ''आपको तो अपना स्वार्थ ही दिखलायी देता है। एक साल बाद बेटा घर आया है, उससे दूसरी बातें भी की जा सकती हैं लेकिन आपको यह कहाँ समझ में आता है।''

पूर्णेन्दु शेखर का हौसला बढ़ा। आनन्दी देवी ने मिडिल तक पढ़ा था। वे होनहार थीं लेकिन उनके जमाने में लड़कियों की शिक्षा की स्थिति बहुत खराब थी। आनन्दी देवी साहित्यिक अभिरुचि की थीं। वे प्रेमचन्द, शरदचन्द्र, जयशंकर प्रसाद, सुदर्शन, फणीश्वरनाथ रेणु की कहानियों को बड़े चाव से पढ़ती थीं। भक्तिकाल से लेकर भारतेन्दु युग तक की कविताएँ वे पढ़ती थीं। ''तुम्हीं ने इसका मन बढ़ाया है। साहबजादे को भौतिक दुनिया की सच्चाई का पता ही नहीं है। इन्हें भ्रम है कि ये उपन्यास सम्राट् बन जायेंगे। साहित्य की दुनिया में आगे बढ़ना नामुमकिन है जबकि सरकारी नौकरी का रास्ता उसकी तुलना में बहुत आसान है।'' पूर्णेन्दु शेखर को अपने पिता की बात बिल्कुल पसन्द नहीं आयी। उसने सोचा कि काफी तीखा जवाब दिया जाय लेकिन अपने आपको सहज रखते हुए उसने जवाब दिया--

''मैं 'उपन्यास सम्राट्' तो नहीं बनूँगा लेकिन मुझे पूरा विश्वास है कि मैं साहित्य जगत् में अच्छा नाम कमाऊँगा। आप जैसे लोगों को मेरा हौसला बढ़ाना चाहिए लेकिन अफसोस की बात यह है कि हौसला बढ़ाना तो दूर, आप मुझे हतोत्साहित कर रहे हैं। क्या हमारा समाज ऐसा ही जड़ रहेगा? क्या सभी लोगों को एक ही धारा में बहना चाहिए? आपके चाहने पर भी ऐसा नहीं होगा।

कुछ लोगों के अन्दर रचनात्मक और कलात्मक प्रतिभा होती है। कविता लिखना, कहानी लिखना, चित्रकारी करना, गायन करना या वाद्य यन्त्र को बजाने में प्रवीण होना विशेष योग्यता है यह। नौकरी पाना विशेष योग्यता नहीं है। यह एक तात्कालिक भौतिक उपलब्धि है।'' डॉ. अनुपम शेखर समझ गये कि वे अपने होनहार बेटे को तर्क में पराजित नहीं कर सकते हैं इसलिये झुँझलाकर नीचे चले गये।

बारिश थम चुकी लेकिन आसमान अभी भी बादलों से ढँका हुआ था। ''अपने पिता की बातों का बुरा मत मानना बेटा! हर आदमी की अपनी-अपनी सोच होती है। आज नहीं तो कल तुम्हारे पिता तुमको समझ जायेंगे। तुम अपना काम ईमानदारी से करते रहना। मेरा पूरा सहयोग तुम्हें मिलेगा।'' पूर्णेन्दु शेखर की आँखें छलछला गयीं। उसे अपनी माँ से असीम प्रेम उमड़ आया।

अगले दिन पूर्णेन्दु शेखर इलाहाबाद लौट आया। उसे पता चला कि इलाहाबाद में बहुत बारिश हुई थी। शहर के कई इलाकों में जल भराव की स्थिति हो गयी थी। विश्वविद्यालय का एरिया ऊँचाई पर था इसलिये वहाँ पर कोई समस्या नहीं थी।

सुबह पूर्णेन्दु शेखर इलाहाबाद के प्रसिद्ध रंगकर्मी अरिन्दम घोष से मिलने पहुँचा। अरिन्दम घोष का आवास जार्जटाउन में था। आसमान बिल्कुल साफ था। मौसम सुहाना था, ठण्डी-ठण्डी हवा चल रही थी। वहाँ की सड़क बहुत चौड़ी थी। सड़क के दोनों ओर नीम और इमली के पेड़ थे। अरिन्दम घोष के घर के सामने खूबसूरत लॉन था। उनके घर के मुख्य द्वार के एक ओर गुलमोहर का पेड़ था तो दूसरी ओर मौलश्री का। घर के पिछले हिस्से में आम के दो पेड़ थे। बरामदे के बाहर बहुत से गमले थे। उन गमलों में विविध प्रकार के पौधे लगे थे। बेल बजाने पर अरिन्दम घोष ने दरवाजा खोला। उन्होंने सफेद पैण्ट और गुलाबी रंग का कुर्ता पहन रखा था। इन दो रंगों के सौजन्य से उनका गोरा रंग और दमक रहा था। ‘‘आओ पूर्णेन्दु, तुम तो ईद के चाँद हो गये। तुम्हारा दर्शन दुर्लभ हो गया है।’’

पूर्णेन्दु ड्राइंग-रूम में पहुँचकर सोफे पर बैठ गया। ‘‘ऐसी बात नहीं है सर! उपन्यास लिखने के कारण इन दिनों मेरी व्यस्तता बहुत बढ़ गयी है। बहुत दिनों से आपसे मिलना चाहता था लेकिन कोई-न-कोई काम आ पड़ता था।’’ अरिन्दम घोष सिगरेट पी रहे थे।

‘‘हमने सोचा है कि अगले महीने ‘मुमताज महल’ नाटक का मंचन किया जाय। कल शाम को शाहिद परवेज मेरे यहाँ आया था। नाटक के प्रति उसका जुनून काबिले तारीफ है। वो चाहता है कि पन्द्रह अगस्त के बाद इस नाटक का मंचन किया जाय। मंचन के लिये उत्तर मध्य सांस्कृतिक केन्द्र के सभागार को चुना गया है। तुम्हें और मधुमिता को भी इस नाटक में अभिनय करना है।’’ पूर्णेन्दु शेखर ने सोचा कि नाटक से भागना सम्भव नहीं है फिर भी वह बोला--

‘‘दादा, आप मुझे नाटक से मुक्त रखेंगे तो बड़ी मेहरबानी होगी। इस समय मैं अभिनय करने की स्थिति में नहीं हूँ। मैं सोच रहा था कि अपने उपन्यास को पूरा करने के बाद ही मैं किसी दूसरे काम में लगूँ। मैं इस नाटक में भले ही न रहूँ लेकिन मधुमिता तो इसमें रहेगी ही। वह मुमताज की भूमिका निभाने के लिये बेहद उत्साहित है।’’

मिताली घोष ट्रे में चाय लेकर ड्राइंग-रूम में आयी। नीली साड़ी में उनका गोरा रंग चमक रहा था। ‘‘कैसे हो पूर्णेन्दु? तुमने तो यहाँ आना ही छोड़ दिया, हम लोगों से नाराज हो क्या?’’ मिताली घोष की बात को सुनकर पूर्णेन्दु शेखर को कुछ देर के लिये अपराध बोध हुआ। ‘तो क्या वाकई मुझसे गलती हो गयी है? यह परिवार

कितना स्नेह लुटाता है मुझ पर लेकिन मैं ही स्वार्थी हूँ।' चाय की चुस्की लेते हुए पूर्णेन्दु बोला--

"ऐसी बात नहीं है मैडम। पहली बात तो यह है कि इधर मैं उपन्यास लिखने में व्यस्त हो गया हूँ और दूसरी बात यह है कि मैं लापरवाह हूँ। और कोई बात नहीं है।"

"मुझे अभी कई काम है, अब मुझे निकलना चाहिए।" अरिन्दम घोष और मिताली घोष को प्रणाम करके पूर्णेन्दु शेखर बाहर निकला। बाहर निकला तो देखा कि आसमान में घने बादल छाये हुए हैं। जगत् तारन गर्ल्स डिग्री कॉलेज तक पहुँचते-पहुँचते तेज बारिश शुरू हो गयी। वहीं रुककर वह बारिश का सौन्दर्य देखने लगा। शुरुआत में हवा के तेज झोंकों के साथ बारिश हुई लेकिन थोड़ी देर बाद हवा का बहना रुक गया और बारिश की रफ्तार और तेज हो गयी। उसे अपने गाँव के बारिश की याद आयी। बारिश में मन-मयूर नाचने लगता था। वह अपने गाँव के लड़कों के साथ बारिश में भींगते हुए गाँव के सीवान में चला जाता था। वे सब ताल और तलैया को कूदते फाँदते हुए जाते थे। बारिश में भीगते हुए उसका मन-तन पुलकित हो जाता था। वर्षा रानी द्वारा सृजित संगीत उसके रोम-रोम में गूंजने लगता। बगीचे में गाँव के बच्चों के साथ वह भींगता, पानी से भरे हुए खेतों में उछल कूद करते हुए वे सब अपना हर्षोल्लास व्यक्त करते। शैशव के उस अल्हड़पन में कितनी निश्छलता थी। जिन्दगी की आपाधापी में शैशव पीछे छूट गया था। बारिश थम चुकी थी। आसमान में अर्द्धवृत्ताकार इन्द्रधनुष उग आया था। पूर्णेन्दु शेखर प्रकृति के इस नैसर्गिक सौन्दर्य को देखकर मन्त्रमुग्ध हो गया था। वह सोच रहा था-'इन्द्रधनुष सतरंगी होता है, वह बहुरंगी प्रकृति का सुन्दरतम रूप है। हमारी कल्पनाएँ भी इन्द्रधनुष की तरह खूबसूरत और बहुआयामी होनी चाहिए।'

'नटरंग' संस्था बड़े जोर-शोर से 'मुमताज महल' नाटक के मंचन का प्रचार-प्रसार कर रही थी। शहर के कई इलाकों में बैनर लगाया गया था, होर्डिंग्स लगे थे। पूर्णेन्दु शेखर अपने अजीज दोस्त श्वेताभ सुमन के साथ बहुत ही सक्रिय था। उन दोनों ने विश्वविद्यालय के सारे छात्रावासों में इस नाटक के मंचन की सूचना दे दी थी। अरिन्दम घोष भी इस नाटक को लेकर पूरी तरह आश्वस्त थे। शाहिद परवेज इस नाटक को लेकर विशेष उत्साहित था। उसके नाटक का पहली बार मंचन होने जा रहा था। शहर के लगभग सारे अखबारों में इस नाटक के मंचन की सूचना छपी थी।

शुक्रवार को शाम पाँच बजे उत्तर मध्य सांस्कृतिक केन्द्र के सभागार में नाटक का मंचन होनेवाला था। तीन दिनों तक वातावरण में भयंकर उमस थी। शुक्रवार की सुबह दो घण्टे तक जोरदार बारिश हुई थी और उसके बाद भी आसमान में बादल

छाये हुए थे। सभी चिन्तित थे कि बारिश के कारण नाटक में व्यवधान आ जायेंगा। किसी तरह मंचन किया भी जाता है तो बहुत कम दर्शक आयेंगे। लेकिन खुशकिस्मती से शाम चार बजे तक बादल छँट चुके थे और आसमान में सूरज दिखलायी देने लगा था। एक अच्छी बात यह थी कि मौसम काफी खुशनुमा था।

सभागार खचाखच भर गया था। मंच सज्जा अत्यन्त भव्य और आकर्षक था। पर्दा हटते ही मंच पर मुगल बादशाह शाहजहाँ का शयनकक्ष सामने था। शयन कक्ष में शमा जल रही थी। ''आप मुझे बेइन्तहा प्यार करते हैं न। आपकी नजर में मैं हुस्न की मलिका हूँ, जन्नत की हूर हूँ लेकिन कभी आपने यह सोचा है कि मुमताज की ख्वाहिश क्या है? आप बुरा मत मानना, मैं आप पर शक नहीं कर रही हूँ। मैं सिर्फ अपने दिल की बात आपसे कर रही हूँ। आप मेरे खूबसूरत जिस्म को अपने मन को बहलानेवाला खिलौना समझते हैं। आपने कभी अर्जुमन्द बानो के दिल को समझने का प्रयास किया है ?''

शाहजहाँ ऐसे सवाल के लिये तैयार नहीं था। कुछ क्षण सम्भलने के बाद वह बोला--''ऐसा क्यों समझती हो मुमताज? मेरा प्यार सिर्फ जिस्मानी नहीं, रूहानी भी है। मैं तुम्हें दिलोज़ान से चाहता हूँ, मेरे प्यार में गलतफहमी के लिये गुंजाइश नहीं है।''

मुमताज महल के चेहरे पर फीकी मुस्कान थी।

''मैं आपके प्यार पर शक नहीं कर रही हूँ। मुझे मालूम है कि आप मुझसे बेपनाह मुहब्बत करते हैं और मेरी यह दिली-ख़्वाहिश है कि इस मुहब्बत को कुटिल संसार की नज़र न लगे। मैं आपसे एक दरख़्वास्त करती हूँ कि आप मुगल बादशाहों की पुरानी परम्परा को तोड़ें। मुगल शहजादियाँ कुँवारी रह जाती हैं, यह कितना बड़ा अन्याय है। मेरी दिली ख्वाहिश है कि आप मेरी बेटियों की शादी जरूर कराइयेगा। हमारी बेटियाँ हिना की खुशबू से मरहूम ना रहें।''

शाहजहाँ के ललाट पर चिन्ता की रेखाएँ थीं। वह किंकर्त्तव्यविमूढ़ था। ''बेगम, आपने मुझे धर्म संकट में डाल दिया। मुगल खानदान में शहजादियों की शादी का रिवाज नहीं है। इस विषय पर अभी मैं कुछ कहने की स्थिति में नहीं हूँ।''

सभागार में दर्शक मन्त्रमुग्ध थे। बाहर बारिश की आवाज सुनायी पड़ रही थी। पूर्णेन्दु शेखर ने शाहजहाँ के किरदार को निभाया था। मधुमिता चटर्जी ने मुमताज महल की भूमिका निभाया। इस नाटक में शाहजहाँ और मुमताज महल के अतिरिक्त अन्य पात्र थे--सतीउन्नीसा, जहाँगीर, नूरजहाँ, आसफ़ खाँ और दिलावर खाँ।

नाटक के सारे कलाकारों ने बेहतरीन अभिनय किया। अरिन्दम घोष और शाहिद परवेज दोनों बहुत खुश थे। ''आज मैं बेहद खुश हूँ अरिन्दम दा! मेरे नाटक

का मंचन हो, यह मेरा सपना था। आज मेरा सपना पूरा हुआ। मैं खुशनसीब हूँ कि अरिन्दम दा जैसे महान् निर्देशक ने मेरे नाटक का निर्देशन किया।'' अरिन्दम घोष के चेहरे पर मुस्कान तैर गयी। ''ऐसा क्यों कहते हैं परवेज भाई! आपने बेहतरीन नाटक लिखा तभी मैं उसका मंचन कर पाया। आप युवा हैं और आप में हुनर है। मुझे पूरा विश्वास है कि आप नाट्य लेखन के क्षेत्र में काफी नाम कमायेंगे।''

बारिश थमी नहीं थी इसलिये सभागार काफी भरा हुआ था। कुछ लोग बरामदे में आकर बारिश के थमने का इन्तजार कर रहे थे।

पूर्णेन्दु शेखर और मधुमिता चटर्जी अगल-बगल बैठे थे। कवि और नाटककार गौरीनाथ उनके पासवाली सीट पर आकर बैठ गया। ''तुम तो छा गये पूर्णेन्दु! लोग तुम्हारी तारीफ करते हुए थक नहीं रहे हैं। और मधुमिता जी का अभिनय भी काबिले-तारीफ है। आप दोनों के अपने जीवन्त अभिनय ने दर्शकों का दिल जीत लिया है। आप दोनों को इस शानदार नाटक के लिये बहुत-बहुत बधायी।''

गौरीनाथ नाटकीय अन्दाज में मुस्कराया। गौरीनाथ एक अच्छा अभिनेता भी था इसलिये उसकी बोल-चाल और भाव-भंगिमा में नाटकीय तत्त्वों का समावेश था।

''शुक्रिया गौरीनाथ जी! आप जैसे लोगों का आशीर्वाद हमारे साथ है लेकिन अभी आगे एक साल तक मैं किसी नाटक में अभिनय नहीं करूँगा। अभी मेरा पूरा ध्यान अपने उपन्यास पर केन्द्रित है।''

12

मेहरून्निसा शाही हरम में शामिल हो चुकी थी लेकिन वह जहाँगीर से शादी के लिये अभी तैयार नहीं हो रही थी। वह अन्तर्द्वन्द्व में जी रही थी। वह अपने शौहर अली कुलीबेग को भूल नहीं पा रही थी। अली कुलीबेग एक खूबसूरत और बहादुर जवान था। उसकी बड़ी-बड़ी आँखों में शौर्य और प्रेम दोनों एक साथ टपकते थे। उसकी आकर्षक देहयष्टि को देखकर कोई भी नारी उस पर आसक्त हो सकती थी। मेहरून्निसा ने अली कुलीबेग को पहली बार तब देखा था जब वह उसके पिता गियासबेग से मिलने आया था। जाड़े की खुशनुमा शाम थी। शाम ढल रही थी। अपने महल की छत पर बैठकर मेहरून्निसा आसमान की खूबसूरती को निहार रही थी। घोड़े के टापों की आवाज सुनकर उसने नीचे देखा। एक बलिष्ठ और खूबसूरत नौजवान घोड़े से उतरा। नौजवान की नजर भी मेहरून्निसा पर पड़ी। वह मुस्कराया! मेहरून्निसा शरमाकर नीचे भाग गयी। अपनी माँ अस्मत बेगम से उसे पता चला कि उस युवक का नाम अली कुलीबेग है। अली कुलीबेग के चले जाने के बाद मेहरून्निसा खोयी-खोयी-सी रहती थी। उसकी मुँहलगी सहेली शबनम ने एक दिन उससे पूछ लिया--''तुम्हारे चेहरे की रौनक कम दिखलायी दे रही है।

''क्या बात है मेहर! तुम बहुत परेशान दिखलायी दे रही हो। क्या बात है?''

मेहरून्निसा ने कोई जवाब नहीं दिया। ''तुम मुझसे कुछ छुपा रही हो। अपनी इस अज़ीज़ दोस्त को तुम हमेशा अपने दिल की बात बतलाया करती हो लेकिन आज ऐसा क्या हो गया है कि तुम मौन हो। कहीं इश्क़ का चक्कर तो नहीं है?'' मेहरून्निसा के चेहरे पर लालिमा दौड़ गयी। उसे लगा कि उसे अपने दिल की बात शबनम से कह देनी चाहिए।

''समझ लो ऐसा ही है शबनम! किसी ने मेरी आँखों की नींद चुरा ली है। हर समय उसका हसीन चेहरा मानो आँखों के सामने झलकता रहता है। वो मेरे ख्वाबों में आता है--और क्या कहूँ?''

शबनम के चेहरे पर मुस्कान तैर गयी। ''पहेलियाँ कब तक बुझाओगी? क्या मैं यह जान सकती हूँ कि वह खुशनसीब शख़्स कौन है। कौन है मेरी खूबसूरत सहेली के ख़्वाबों का शहजादा?'' मेहरून्निसा का चेहरा लाल हो गया। कुछ देर की चुप्पी के बाद उसने अपनी सहेली से सब-कुछ बतला दिया। मेहरून्निसा ने अपनी माँ अस्मत बेगम से भी बतला दिया था कि वह अली कुलीबेग को प्यार करती है और उसी से शादी करेगी। मेहरून्निसा अपने माँ-बाप की लाड़ली बेटी थी इसलिये उसकी शादी अली कुलीबेग से कर दी गयी। शहजादा सलीम उसका जिगरी दोस्त था। उसी ने अली कुलीबेग को 'शेर अफगन' की उपाधि दी थी।

मेहरून्निसा अपने शौहर शेर अफगन की मौत के लिये जहाँगीर को ही गुनहगार मानती थी। नौरोज के त्योहार के दिन जहाँगीर ने मेहरून्निसा को बाग में देखा था। वह उसकी खूबसूरती पर फ़िदा हो गया था। जहाँगीर ने उससे एक दिन कहा भी ''आप शेर अफगन की हत्या के लिये मुझे गुनहगार समझती हैं जबकि असलियत यह है कि उनकी हत्या महज एक संयोग है।'' मेहरून्निसा ने उस समय कोई जवाब नहीं दिया था। मेहरून्निसा इस बात के लिये भी परेशान थी कि उसकी भतीजी अर्जुमन्द बानो की सगाई काफी पहले हो गयी लेकिन उसकी शादी में इतना विलम्ब क्यों हो रहा है? नूरजहाँ की दिली ख़्वाहिश थी कि उसकी भतीजी जल्दी-से-जल्दी मुगल खानदान की बहू बन जाय लेकिन उसका एक मन आशंकित भी था। वह जानती थी कि सियासत बेरहम होती है, वह किसी के जज़्बात पर ध्यान नहीं देती। मेहरून्निसा ने एक दिन अर्जुमन्द बानो से पूछा था--

''तुम्हें कैसा लगेगा जब हम दोनों मुगल महलसरा में शामिल हो जायेंगी?'' अर्जुमन्द बानो ने तत्काल जवाब दिया--''कोई फ़र्क़ नहीं पड़ेगा फूफी जान! हम दोनों के रिश्तो में वही सरलता और पाक़ीज़गी बनी रहेगी! सियासत हमारे रिश्तों को खराब नहीं कर सकती।'' अपनी सरल और निश्छल भतीजी की बेवाकी पर मेहरून्निसा मुस्करायी।

''खुदा करे कि ऐसा ही हो लेकिन मुझे आशंका होती है आरजू कि कहीं सियासत का कुचक्र हमारे रिश्ते में दरार न डाल दे। सियासत बेरहम होती है, वह इन्सान के जज़्बात को नहीं समझती है। सियासत शतरंज का खेल है, उसमें शह और मात होती है। हम सभी शतरंज के मोहरे हैं। ख़ास बात यह है कि इन शाहंशाहों के लिये हम औरतें उनके मन बहलाव का साधन हैं।''

अर्जुमन्द बानो बड़े ध्यान से मेहरून्निसा की बातों को सुन रही थी। शाम ढल रही थी। कमरे में रोशनदान से हल्की-हल्की रोशनी आ रही थी। ''तुम्हें नहीं पता है आरजू की शाहंशाह जहाँगीर हमारे साथ किस तरह का खेल खेल रहे हैं। उन्होंने

मेरे शौहर शेर अफगन का कत्ल करवाया। उन्होंने मेरे सामने यह शर्त रखी है कि जब तक मैं बादशाह से शादी नहीं कर लेती हूँ, तब तक वे शहजादा ख़ुर्रम के साथ तुम्हारा निकाह नहीं करेंगे। मैं बहुत धर्म संकट में पड़ गयी हूँ। मैं नहीं चाहती कि मेरी वजह से तुम्हारा नुकसान हो। शाहंशाह के मुताबिक जब तक मैं उनसे निकाह के लिये राजी न हो जाऊँ, ख़ुर्रम से तुम्हारी शादी नहीं हो पायेगी।'' मेहरून्निसा के चेहरे पर चिन्ता की रेखाएँ साफ-साफ दिखलायी दे रही थी। अर्जुमन्द बानो भी गम्भीर थी।

''फूफी जान, आप मेरे लिये अपने जज़्बात से समझौता मत कीजिये। यदि आप शाहंशाह को नापसन्द करती हैं तो उनसे निकाह मत कीजिये। आप मेरी चिन्ता मत कीजिये। माना कि मैं ख़ुर्रम से प्यार करती हूँ और मेरी दिली ख़्वाहिश है कि मेरी शादी उसी से हो लेकिन उसके लिये मैं अपनी फूफीजान को धर्मसंकट में नहीं डालना चाहती हूँ। मुझे इतना तो मालूम ही है कि वही होगा जो ख़ुदा को मंजूर होगा।''

अपनी भतीजी के भोलेपन पर मुग्ध हो गयी मेहरून्निसा। उसने महसूस किया कि उसके खानदान की लड़कियाँ कितनी समझदार हैं। मेहरून्निसा को अपने भाई आसफ़ खाँ पर बहुत नाज़ था। ''किस सोच में डूब गयी हैं फूफीजान?'' मेहरून्निसा ने अर्जुमन्द बानो के चेहरे को गौर से देखा। बला की खूबसूरती है उसकी भतीजी में। उसकी बड़ी-बड़ी आँखों में मादकता थी, उसके सुर्ख़ लबों पे मासूम मुस्कान थी। उसे लगा कि कायनात ने एक खूबसूरत अप्सरा को सामने खड़ा कर दिया हो। मेहरून्निसा ने अर्जुमन्द बानो के माथे को चूम लिया। ''अपनी खूबसूरत और मासूम भतीजी के साथ नाइन्साफ़ी नहीं होने दूंगी मैं। मैं कल ही शाहंशाह जहाँगीर से शादी करने के लिये हामी भर दूँगी।''

सुबह मेहरून्निसा ने अपनी माँ अस्मत बेगम को अपना निर्णय सुना दिया। अस्मत बेगम के चेहरे पर रौनक आ गयी। ''हम खुशनसीब हैं कि हमारी बेटी मुगल खानदान की बहू बनेगी। ख़ुदा का लाख शुक्र है कि उसने हमें अच्छा दिन दिखाया।'' अस्मत बेगम ने अपनी बेटी को आलिंगन में ले लिया। मेहरून्निसा की भाभी अकबरी बेगम वहाँ मौजूद थी। वह मन्द-मन्द मुस्करा रही थी।

13

मेहरून्निसा का विवाह बहुत धूमधाम से हुआ। पूरे राज्य में इस शादी की चर्चा रही। बादशाह जहाँगीर ने उसे नूरजहाँ की उपाधि से अलंकृत किया। इस प्रकार मेहरून्निसा की जिन्दगी का एक नया अध्याय शुरू हुआ।

शहज़ादा ख़ुर्रम की माँ जगतगोसाईं को अपने बेटे की चिन्ता सताने लगी। उन्हें मालूम था कि नूरजहाँ अति महत्त्वाकांक्षी है। शाहंशाह भी उसी की बात ज्यादा मानते हैं।

शाम का समय था। महारानी जगतगोसाईं अपने महल की छत पर चुपचाप बैठी हुई थीं। पश्चिम के आकाश में हल्की-हल्की लालिमा थी! भादों का महीना था। तेज बारिश के बाद घने बादल छँट गये थे लेकिन पश्चिम के आसमान में सफेद रंग का बादलों का पहाड़ दिखलायी दे रहा था। परिन्दों का झुण्ड आसमान में उड़ान भर रहा था। यत्र तत्र जालीदार पंखोंवाली तितलियाँ उड़ रही थीं। महल के उत्तर दिशा में एक सुन्दर बगीचा था जो इस समय हजारों पक्षियों की गुंजार से गुंजायमान था। पदचाप सुनकर जगतगोसाईं का ध्यान भंग हुआ। उन्होंने निगाह उठाकर देखा--शहज़ादा ख़ुर्रम आ रहा था। भाव विह्वल होकर जगतगोसाईं ने बेटे के माथे को चूम लिया--"आप बहुत उदास लग रही थीं अम्मीजान, क्या बात है?"

ख़ुर्रम उन्नीस साल का सजीला जवान था। जगतगोसाईं ने बेटे को बड़े ध्यान से देखा और कहा--"मैं तुम्हारी शादी के लिये चिन्तित हूँ ख़ुर्रम! काफी पहले सगाई हो जाने के बावजूद शादी में देरी ठीक नहीं है। मेरी दिली-ख्वाहिश है कि अर्जुमन्द बानो से तुम्हारी शादी जल्दी-से-जल्दी हो जाय।

मुझे इस बात की भी फिक्र है कि बादशाह इस समय नूरजहाँ के इशारे पर काम कर रहे हैं।" जगतगोसाईं की आँखों से आँसू छलक पड़े। "आप फ़िक्र न करें अम्मीजान! मुझे अब्बाजान पर पूरा भरोसा है। दूसरी बात यह है कि बेगम नूरजहाँ

अपनी भतीजी का अहित करना क्यों चाहेंगी? आप खुदा पर भरोसा रखें, सब-कुछ ठीक-ठाक होगा।" जगतगोसाईं ने खुर्रम के कन्धे पर अपना हाथ रख दिया। उनका रोम-रोम पुलकित हो उठा। "तुम अभी मासूम हो बेटे! सियासत बहुत बुरी चीज है, वह इन्सानी रिश्तों में भी दरार डाल देती है। यह ठीक है कि अर्जुमन्द बानो नूरजहाँ की भतीजी है और नूरजहाँ अपनी भतीजी से प्रेम करती होंगी लेकिन शाही महलसरा में शामिल हो जाने पर उनके रवैये में जरूर बदलाव आ जायगा। मैं आज रात आलमपनाह से गुजारिश करूँगी कि वे अर्जुमन्द बानो से तुम्हारी शादी कर दें।" खुर्रम वहाँ से चला गया। जगतगोसाईं काफी देर तक अकेले बैठी रहीं। चाँदनी रात थी। आसमान में तारे झिलमिला रहे थे। यमुना की लहरें शान्त थीं। लहरों पर रुपहली चाँदनी छिटकी हुई थी। जगतगोसाईं सोच रही थीं-

'आलमपनाह मेरे बेटे की उपेक्षा तो नहीं कर रहे हैं? मैं क्षत्राणी हूँ, मैं हार नहीं मानूँगी। ख़ुर्रम की शादी अर्जुमन्द बानो से होकर रहेगी। आलमपनाह के बाद राजगद्दी का उत्तराधिकारी कौन होगा? शहरयार, परवेज या ख़ुर्रम? शहरयार तो उत्तराधिकारी हो ही नहीं सकता, वह तो एक रखैल के गर्भ से जन्मा है। ओह! मेरे दिमाग में इस तरह के भाव क्यों आ रहे हैं? कहीं मैं नूरजहाँ से सशंकित तो नहीं हूँ?

'नूरमहल, नूरजहाँ, मलिका ए तरन्नुम--कितनी खूबी है इस औरत में कि शाहंशाह उस पर फ़िदा हैं। मुझमें क्या कमी है, मैं भी तो खूबसूरत हूँ, मैं भी आलमपनाह को अपनी नज़ाकत से रिझा सकती हूँ। रही खानदान की बात तो मैं नूरजहाँ से बड़े खानदान की बेटी हूँ।'

काफी देर हो चुकी थी इसलिये जगतगोसाईं अपने शयनकक्ष में चलीं आयीं। काफी देर तक वह विचारमग्न थीं। उनका ध्यान भंग हुआ शाहंशाह जहाँगीर के कदमों की आहट से। जहाँगीर ने शयनकक्ष के अन्दर प्रवेश किया। जगतगोसाईं सम्मान में खड़ी हो गयीं।

"बैठिये बेगम साहिबा, इतना कष्ट करने की जरूरत नहीं है।" जगतगोसाईं ने देखा कि शाहंशाह के चेहरे पर कुटिल मुस्कान थी। "आलमपनाह को इस नाचीज की एकाएक कैसे याद आ गयी? हुस्न की मलिका नूरजहाँ के इश्क में गिरफ्तार शाहंशाह को भला इस दासी की याद तो आयी। तो क्या मैं अपने आपको खुशनसीब समझूँ ?"

जहाँगीर ने आगे बढ़कर जगतगोसाईं को अपने आलिंगन में लेने की चेष्टा की लेकिन जगतगोसाईं ने यह कहकर टाल दिया--"मुझे आपसे बहुत जरूरी बात करनी है। मुझे लगता है कि शाहंशाह को अपने बेटे ख़ुर्रम की चिन्ता नहीं है। वह उन्नीस

साल का हो गया है लेकिन आप अर्जुमन्द बानो से उसका निकाह क्यों नहीं करवा रहे हैं? ओह! मैं तो भूल ही गयी थी कि आलमपनाह अपनी ही दुनिया में मस्त रहनेवाले इन्सान हैं। आप मेहरून्निसा से शादी करने के लिये बेकरार थे लेकिन आप यह नहीं सोच पा रहे हैं कि आपका बेटा अर्जुमन्द बानो के प्रेम में पागल है।''

जहाँगीर के चेहरे पर तनाव की रेखाएँ झलक रही थीं। शयनकक्ष के रोशनदान से चाँदनी अन्दर आ रही थी। आज पूर्णिमा का चाँद अपने पूरे शबाब पर था।

''आप मुझे शर्मिन्दा कर रही हैं बेगम! ख़ुर्रम तो मेरी आँखों का नूर है, मैं उसकी बेकद्री करूँगा? शाही कामकाज में व्यस्तता के कारण मैं ध्यान नहीं दे पाया। मैं कल राजमहल में ख़ुर्रम और अर्जुमन्द बानो की शादी का ऐलान कर दूँगा। अब आप मुतमइन रहें।''

जहाँगीर ने जगतगोसाईं को आलिंगन में ले लिया। जगतगोसाईं की आँखों में खुशी के आँसू थे। थोड़ी देर बाद ही जहाँगीर गहरी नींद में चला गया क्योंकि वह बहुत थका हुआ था लेकिन जगतगोसाईं की आँखों में नींद नहीं थी। दरवाजे को आहिस्ते से खोलकर वह छत पर चली आयीं। बहुत ही ख़ुशनुमा मौसम था। यमुना की लहरों का स्पर्श पाकर हवा और शीतल हो गयी थी। चाँदी के गोल गेंद की तरह चाँद आसमान में अटका हुआ था। 'शाहंशाह ने ख़ुर्रम की शादी अर्जुमन्द बानो बेगम से करने की इजाज़त दे दी है। यह मेरे लिये बड़ी जीत है। अब मुझे ख़ुर्रम को ऐसी तालीम देनी है कि वह भविष्य में मुगलिया तख्त का वारिस बन सके। मैं राजपूतानी हूँ, मैं हार नहीं मानूँगी। नूरजहाँ मुझसे न तो सूरत में बेहतर है और न सीरत में।' जगतगोसाईं सोच रही थीं। नीले आसमान में तारे टिमटिमा रहे थे। वातावरण में खामोशी छायी हुई थी।

14

पूर्णिमा की रात थी। चाँद अपने पूरे शबाब पर था। आसमान में तारे झिलमिला रहे थे। चाँद की रोशनी में नहाया हुआ आगरा का किला बहुत ही खूबसूरत लग रहा था।

यमुना की लहरों में चाँदनी तैर रही थी। किले की दीवार, गुम्बद, कंगूरे और बुर्जियाँ चाँदनी में नहायी हुई थीं।

''अब तो आप खुश हैं ना बेगम साहिबा? अगले महीने ख़ुर्रम की शादी अर्जुमन्द बानो से होगी। पूरी रियासत में ख़बर दी जा चुकी है। मिर्जा गियासबेग और आसफ़ खाँ दोनों बहुत खुश हुए हैं। आप मुतमइन रहें बेगम साहिबा कि मुगल शाहंशाह भेदभाव नहीं करते। आपने ऐसा सोच कैसे लिया? मैं भी तो राजपूतनी की औलाद हूँ तो भेदभाव कैसे कर सकता हूँ।'' कुछ देर तक खामोशी छायी रही। ''मैं आपकी बातों पर यकीन कर रही हूँ आलमपनाह! एक माँ होने के नाते मेरे मन में कुछ आशंकाएँ थीं। क्षत्राणी होने के बावजूद जब मैं एक विधर्मी को अपने शौहर के रूप में क़बूल किया तो मुझे आप में यकीन होना ही चाहिए।''

जहाँगीर की आँखों से मादकता टपक रही थी। शयनकक्ष इत्र की भीनी-भीनी खुशबू से सराबोर था।

''आलमपनाह! मेरी दिली ख्वाहिश है कि आपके बाद शहजादा ख़ुर्रम ही तख्तानशीन हो। मैं यकीनन कह सकती हूँ कि वह मुगलिया सल्तनत का परचम पूरी दुनिया में फहरायेगा और आपका नाम रोशन करेगा।''

''इस विषय पर अभी बातचीत करना जायज नहीं है, यह बहुत बाद का मसला है, इसे बाद में हल करेंगे।

बेगम साहिबा, इस हसीन लम्हें में सियासत की बात करना ठीक नहीं है। फ़िज़ाओं में मदहोशी छायी हुई है। मेरे आगोश में आ जाओ बेगम! मैं आपके लबों

की जुम्बिश को महसूस करना चाहता हूँ। आसमान में चाँद का शफ्फ़ाक उजाला देखो। सितारों को भी नींद आ रही है।''

जहाँगीर ने जगतगोसाईं को आगोश में ले लिया। इत्र की भीनी-भीनी खुशबू में दो जिस्मों की गर्म-गर्म साँसें शामिल हो गयी थीं। उधर आसमान में चाँद का शबाब था और इधर दो जिस्मों का शबाब सागर की तरह मचल रहा था। रात के गहरे सन्नाटे में सागर आन्दोलित था। यहाँ शबाब के खेल की लयकारी थी, यहाँ दो बदन प्यार की आग में जल रहे थे, फिज़ाओं में अजीब तरह की खामोशी छायी हुई थी।

रात की खामोशी को परिन्दों की आवाजें भंग कर रही थीं।

''अब सो जाओ बेगम साहिब! अगले हफ्ते बड़ी धूमधाम से शहजादे ख़ुर्रम का अर्जुमन्द बानों से निकाह होगा।'' थोड़ी देर में जहाँगीर को नींद आ गयी लेकिन जगतगोसाईं की आँखों में नींद कहाँ! उनकी ख्वाबीदाँ आँखें आसमान से बरसती हुई चाँदनी को निहार रही थीं। पूरा माहौल बरसती हुई चाँदनी में नहाया हुआ था। ऐसा लगता था मानो पूरी कायनात में जादू-सा छा गया हो। जगतगोसाईं की आँखों में अपने बेटे के सुनहले भविष्य के सपने थे, वह अपने हौसले को डिगने नहीं देना चाहती थी। नूरजहाँ का षड्यन्त्र कामयाब नहीं हो पायगा। ''ओफ, मुझे क्या हो गया है। इतने खूबसूरत माहौल में भी मेरे दिमाग में सियासत हावी हो रही है। ऐ मेरे नादान दिल, दुनियावी फिक्र को छोड़कर कुदरत के इस शानदार नज़ारे का मजा लिया जाय। सियासत की बात अभी नहीं--अभी नहीं।''

15

शहजादा ख़ुर्रम और अर्जुमन्द बानों बेगम की शादी की तैयारी जोरों से चल रही थी। इस शादी से सबसे अधिक खुश थी आर्जुमन्द बानो की क़नीज सतीउन्निसा। साथ-ही-साथ वह इस बात को लेकर परेशान भी थी कि उसकी मालकिन और प्रिय सहेली उससे दूर चली जायगी।

अर्जुमन्द बानों ने उसे दिलासा दिया--"तुम मुझसे दूर नहीं रहोगी सतीउन्निसा। मैं तुम्हें अपने ससुराल में ले चलूँगी। तुम्हारे बिना मैं तन्हा हो जाऊँगी। शहजादा ख़ुर्रम भले ही मुझे दिलो जान से प्यार करें लेकिन वे तुम्हारा स्थान नहीं ले सकते। तुम फिक्रमन्द मत रहो, हम दोनों का साथ नहीं छूटेगा।"

सतीउन्निसा की आँखों में आँसू छलक पड़े।

"बेगम, मैं खुशनसीब हूँ कि आपने इस नाचीज को इस काबिल समझा। मैं आपकी शुक्रगुज़ार हूँ। मेरे लिये इससे बड़ी बात क्या होगी कि मैं हमेशा आपकी ख़िदमत में रहूँगी।"

अर्जुमन्द बानों ने सतिउन्निसा को अपने गले से लगा लिया। शहजादी और कनीज़ का फ़र्क मिट गया था! ये दो अन्तरंग सहेलियों का मिलन था, अलग-अलग दरख़्तों के शाखों का मिलन था। ऐसा लग रहा था मानो डार से बिछड़े हुए पंछी मिल रहे हो। कितना लम्हा बीत गया, पता ही नहीं चला। दोनों की आँखें आँसुओं से तरबतर थीं।

"तुम उदास मत होना सती! शाही महल में तुम मेरे साथ छाया की तरह रहोगी। दुनिया की नज़र में भले ही मैं बेगम रहूँ लेकिन तुम्हारे लिये तो तुम्हारी अज़ीज सहेली ही रहूँगी। मैंने अम्मीजान से कह दिया है कि सतीउन्निसा साथ में ही ससुराल चलेगी और हमेशा मेरे साथ रहेगी। कुछ देर के लिये तो अम्मीजान मुझसे नाराज हो गयीं थीं लेकिन बाद में उन्होंने रज़ामन्दी दे दी। उन्हें इस बात का एहसास था

कि उनकी बेटी सतीउन्निसा के बिना नहीं रह पायेगी।'' शाम ढल रही थी। सूरज का लाल गोला पश्चिम के आकाश में अटका हुआ था। बहुत से बच्चे पतंग उड़ा रहे थे।

''मैं खुशनसीब हूँ कि आप इस नाचीज़ को इतना तवज्जो देती हैं वरना साधारण इन्सान को भला कौन पूछता है। हमारा बचपन बड़ी गरीबी में बीता। मेरे अब्बाजान ने छोटे-मोटे काम करके हम भाई-बहनों की परवरिश की। मुझे याद है कि एकाध बार तो हमें भूखे पेट सो जाना पड़ा। बाद में उन्होंने पतंग बनाने का काम शुरू किया! वे आगरा की गली-गली में जाकर पतंग बेचते थे। पतंग बेचते हुए वे एक बार आपकी हवेली के पास गुजर रहे थे। आप अपने अब्बाजान की गोद में थीं। आप पतंग के लिये मचलने लगीं, मेरे अब्बाजान ने दो पतंगें दे दीं। उन्होंने पैसा लेने से इनकार कर दिया।

''बिटिया की खुशी में ही मेरी खुशी है। साहब! मेरी जिन्दगी में पहली बार ऐसा हो रहा है कि रोजगार करते हुए भी पैसा लेने का मन नहीं कर रहा है। मेरी भी एक छोटी-सी बेटी है, बिटिया रानी में मुझे अपनी बेटी की सूरत नज़र आ रही है।'' आपके अब्बाजान मेरे अब्बाजान के व्यवहार से इतने खुश हुए कि उन्होंने कहा--

''तब तो मैं तुम्हारी बेटी को जरूर देखना चाहूँगा। कल अपनी बेटी के साथ मेरी हवेली पर जरूर आना।''

उस समय मैं सात साल की थी। अगले दिन मैं अपने अब्बाजान के साथ आपके हवेली पर पहुँची थी। थोड़ी देर में ही मैं आपसे इतना घुल-मिल गयी कि आपके अब्बाजान ने कहा--''ये दोनों तो सगी बहनें लग रही हैं। मैं चाहता हूँ कि ये मेरी बेटी के साथ खेला करें। इसके बाद मेरे अब्बाजान अक्सर मुझे आपकी हवेली पर छोड़ जाते थे। और इसके बाद तो मैं आपके परिवार के सदस्य की तरह रहने लगी।''

काफी देर हो चुकी थी। थोड़ी देर में आसमान में चाँद निकल आया था। आसमान में कहीं-कहीं बादल दिखलायी पड़ रहे थे। चाँद कभी बादलों में छिप जाता था और कभी बादलों के घूँघट से मुग्धा नायिका की तरह निकलता था।

इस तरह आसमान में चाँद और बादलों में लुका छिपी का खेल जारी था। ''वो देखिये, आसमान में चाँद अपना जलवा बिखेर रहा है, कुछ देर बाद मेरी यह खूबसूरत सहेली भी मुगल बादशाह को अपने चाँद से रोशन चेहरे से गुलजार कर देगी।

अर्जुमन्द, तुम शाही महलसरा का सबसे नायाब मोती बनोगी।'' अर्जुमन्द बानों ने सतीउन्निसा के गालों को चूम लिया।

16

ख़ुर्रम और अर्जुमन्द बानो बेगम की शादी हो गयी। शहजादा ख़ुर्रम की दुनिया में रौनक आ गयी थी। उसके ख़्वाबों की मलिका उसके दामन में आ गयी थी। अर्जुमन्द बानों में बला की खूबसूरती थी। उसके सौन्दर्य में अल्हड़पन नहीं बल्कि संजीदगी थी। उसके यौवन में शोखी नहीं बल्कि पाक़ीज़गी झलकती थी। सुहागरात के दिन ख़ुर्रम के तन-मन में एक अजीब तरह का नशा तारी था। धीमे कदमों से उसने शयनकक्ष में प्रवेश किया। नयी नवेली दुल्हन पलँग के एक कोने में सिमटी हुई-सी बैठी थी। रोशनदान से छनकर चाँदनी अन्दर आ रही थी। अर्जुमन्द पलंग से उतरकर कालीन पर खड़ी हो गयी। ख़ुर्रम ने उसे पलँग पर बैठने के लिये कहा। वह शहजादा कुछ लम्हों तक खड़े रहकर हुस्न की मलिका को निहारता रहा। कुछ समय तक तो उसके मुँह से बोल नहीं फूटे।

"मैं समझ नहीं पा रहा हूँ कि यह सपना है या हक़ीक़त? लेकिन हक़ीक़त तो सपने से भी ज्यादा खूबसूरत है। तुम तो गुलाब की खुशबू की मानिन्द हो। तुम्हारा पाक़ीज़ा हुस्न मुझे अपनी ओर खींच रहा है। तुम्हारे होंठों की तबस्सुम फ़लक के सितारों की तरह है। मैं कितना खुशनसीब हूँ कि मुझे अर्जुमन्द बानो जैसी हुस्न की मलिका मिली।"

अर्जुमन्द बानो के होंठों पर मुस्कान फैल गयी।

"इतनी तारीफ मत कीजिये कि मैं अपनी औकात ही भूल जाऊँ। मैं खुशनसीब हूँ कि मुझे आप जैसा शौहर और इतना बड़ा खानदान मिला। मेरे अब्बाजान ने विदाई के समय मुझसे कहा था--"तुम जिस खानदान में जा रही हो, वे लोग बड़े रोशनख़्याल हैं। तुम यहाँ से विदा हो रही हो तो हम रंजीदा हैं लेकिन हमें इस बात पर नाज़ है कि उस मुगलिया सल्तनत की बहू बन रही हो जिसके शोहरत का आफ़ताब पूरे हिन्दुस्तान में चमक रहा है।' हिन्दुस्तान की सरज़मीं पर तख़्तोताज

बड़ी मुश्किल से मिलता है। आलम में जिसकी शोहरत हो, उस खानदान की बहू बनना किसी चमत्कार से कम नहीं है। मैंने तो यह ख़्वाब भी नहीं देखा था।''

चाँदनी झिलमिला रही थी। फ़ज़ा में खामोशी छायी हुई थी।

''तुम ऐसा क्यों सोचती हो बेगम? तुम अपने को कम मत आँको। तुम वो खूबसूरत गुल हो जिसकी खुशबू बड़े मुकद्दर वालों को मिलती है। तुम लाजवाब हो। मेरी दिली ख़्वाहिश है कि अर्जुमन्द बानो अपनी खूबसूरती और नेकदिली के लिये मशहूर हो जाय, मेरी ख़्वाहिश है कि आज से मैं तुम्हें 'मुमताज महल' नाम से पुकारूँगा।''

ख़ुर्रम ने मुमताज महल की दोनों हथेलियों को चूम लिया। हिना की खुशबू से वह रोमांचित हो गया। ''मेरी दिली ख़्वाहिश है कि आप हिन्दुस्तान के शाहंशाह बनें, बड़ी ईमानदारी से रिआया की सेवा करें। मुझे सियासत की बहुत जानकारी नहीं है लेकिन इतना तो जानती ही हूँ कि सियासत का रास्ता काँटों से भरा होता है। मैं चाहती हूँ कि मुगल-तारीख़ में आपका नाम एक नेकदिल बादशाह के रूप में दर्ज़ हो। मैं आपसे बहुत बड़े अहमियत की तलबगार नहीं हूँ। मैं मलिका-ए-हिन्दुस्तान बनना नहीं चाहती। मैं तो सिर्फ इतना चाहती हूँ कि मैं अपने कर्त्तव्यों से ग़ाफ़िल न रहूँ। जैसे भी हालात हों मैं आपकी ख़िदमत में रहना चाहूँगी। मैं आपके सफर में हमसफर बन सकूँ, यही मेरी ख़्वाहिश है।'' शहजादा ख़ुर्रम भाव-विह्वल हो गया। मुमताज महल की आँखों में आँसू थे। यह ग़म के नहीं बल्कि खुशी के आँसू थे। ख़ुर्रम ने मुमताज महल के आँसू पोंछते हुए कहा--

''तुम्हारी आँखों में आँसू अच्छे नहीं लगते मुमताज। तुम्हारे शीरीं सुख़न होठों पर मुस्कान अच्छी लगती है। तुम्हारी ख़्वाहिश पूरी होगी। मुगल सल्तनत का बादशाह बनने पर मैं पूरी ईंमानदारी से अवाम की ख़िदमत करूँगा। यह मेरी दिली-ख़्वाहिश है कि मैं इस मुल्क के लिये एक-से-एक बेशकीमती इमारतों को तामीर करा सकूँ।'' कुछ देर तक मौन रहा। ''अच्छा, एक बात कहूँ, आप बुरा तो नहीं मानेंगे? पता नहीं क्यों मुझे ऐसा लगता है कि मेरी मौत आपके सामने होगी। मेरे मरने के बाद एक ऐसी बेश्क़ीमती इमारत बनवायेगा जिसे इतिहास हमेशा याद रखें।'' ख़ुर्रम ने मुमताज महल के मुँह पर अपनी हथेली रख दी।

''बेगम, अब भूलकर भी ऐसी बात मत कहियेगा। खुशी के इन लम्हों में ऐसी बातें अच्छी नहीं लगतीं। जिन्दगी और मौत तो ऊपरवाले के हाथों में है। कौन पहले मरेगा, यह इत्तिफाक़ की बात है। ओफ! मैं भी अपने आपको रोक नहीं पाया। आज खुशी की रात है फिर उदासी की बात क्यों? आसमान के चाँद और सितारे भी हमारी खुशी में शामिल हैं। तुम हुस्न की मलिका हो, तुम्हारे रुख़्सार पर जो यह लालिमा

है, इसके सामने आसमान की लालिमा फीकी पड़ जाती है। मुगल खानदान का गुलशन तुम्हारे जैसे खूबसूरत फूल को पाकर अपने आपको खुशनसीब समझ रहा है।'' मुमताज महल के होंठों पर मुस्कान तैर गयी। ''तारीफ करना कोई आपसे सीखे। आपका अन्दाज़े बयाँ शायराना है। मैं आपसे वादा करती हूँ कि आज के बाद मैं कभी आपसे ऐसी निराशाजनक बातें नहीं करूँगी।''

शहजादा ख़ुर्रम ने शयनकक्ष की छत पर निगाह डाली। रंग-बिरंगी छटा बिखेरने वाले फानूस लगे हुए थे। ख़ुर्रम कुछ क्षणों के लिये शयनकक्ष से बाहर निकला। चाँदनी बरस रही थी। वह शयनकक्ष में लौटा। उसने देखा कि मुमताज महल को नींद आ गयी थी। वह उसे एकटक देखता रहा। ख़ुर्रम ने मुमताज की पलकों को धीरे से चूम लिया।

17

अपने सबसे प्रिय कनीज़ सतीउन्निसा के साथ मुमताज महल अपने शयन कक्ष के बाहर बरामदे में बैठी हुई थी। सामने खूबसूरत फुलवारी थी जिसमें बहुत तरह के खूबसूरत फूल खिले हुए थे। सुबह की धूप बरामदे में आ रही थी। माघ लग चुका था। रात को बारिश हुई थी जिसके कारण जमीन गीली थी। कदम के पेड़ पर बुलबुलों का झुण्ड बैठा हुआ था। "ये पंछी कितने आजाद हैं सतीउन्निसा। बुलबुल तराना गा रही है, गौरैया फुदक रही है, फुलसुँघनी फूलों पर उड़ रही है और इधर हम हैं कि राजमहल की चकाचौंध में कैद हैं।" सतीउन्निसा ने आहें भरते हुए कहा--"तुम अभी नहीं समझोगी मुमताज कि शाही महलों की चमक-दमक के पीछे जो खोखलापन है, वह कितना भयावह है। शाही हरम में रौनक है, चहल-पहल है लेकिन औरत के जज़्बातों को समझने की कोशिश कोई नहीं करता लेकिन तुम तो खुशनसीब हो कि शहजाद ख़ुर्रम तुमसे बेपनाह मोहब्बत करते हैं।"

"मुझे मुमताज मत कहो सतीउन्निसा। तुम मेरी बचपन की सहेली हो, जब तुम मुझे अर्जुमन्द कहती हो तो आत्मीयता झलकती है।" सतीउन्निसा उसके और पास आ गयी।

"तब तो मैं तुम्हें अर्जुमन्द ही कहूँगी। तुम्हें याद है न अर्जुमन्द कि बचपन में हम दोनों घरौंदे बनाते थे और फिर उन्हें बिगाड़ देते थे। मेरे अब्बाजान हम दोनों को साथ खेलते देखकर कितना खुश होते थे। उन्होंने एक दिन कहा--

"मेरी बेटी कितनी खुशनसीब है कि उसे इतने बड़े खानदान के लोगों का दुलार मिल रहा है। भले ही वह अर्जुमन्द की ख़िदमत में रखी गयी है लेकिन उसे सबका लाड़ प्यार मिलता है।" उनकी आँखों में खुशी के आँसू थे। तुम्हें याद है न कि हम दोनों चोरी-छुपे जमुना के किनारे आ जाते थे और जमुना की लहरों में कागज की क़श्ती छोड़ देते थे। लहरों में तैरती हुई उन क़श्तियों को देखकर हम कितने खुश

थे। बचपन के सुनहले दिन कब बीत गये, पता ही नहीं चला।'' दोनों कुछ देर तक खामोश रही। धूप में नहायी हुई सारी कायनात बड़ी खूबसूरत लग रही थी।

''दुनियावालों की नज़र में मैं बहुत भाग्यशाली हूँ, मैं हिन्दुस्तान के बादशाह जहाँगीर की बहू हूँ। मैंने सपने में भी नहीं सोचा था कि मुझे इतना बड़ा खानदान मिलेगा। यहाँ दौलत है, शोहरत है, चमक-दमक है लेकिन मुगलों ने अपनी बेटियों पर कभी ध्यान नहीं दिया। क्या उन शहजादियों के सपने नहीं थे? मुझे तो लगता है कि उनके अरमानों का ख़ून किया गया। ये लोग राजपूत औरतों को अपनी बीवी बनाते गये लेकिन इनकी कोई शहजादी राजपूत युवक से यदि शादी कर ले तो इनकी नाक कट जायगी। इसे दोगलापन कहते हैं। यदि मेरी बेटियाँ हुईं तो मैं उन्हें हिना की खुशबू से वंचित नहीं होने दूँगी।'' मुमताज महल के मुख पर उत्तेजना झलक रही थी। उसके गोरे रंग में अतिरिक्त लालिमा आ गयी थी। सतीउन्निसा उसकी बात सुनकर आश्चर्यचकित थी। उसने मुमताज के विद्रोही तेवर को पहली बार देखा। वह मुमताज महल को बचपन से देख रही थी। सीधी-सादी इस लड़की में विद्रोह के बीज कहाँ छिपे थे?

''तुम सच कह रही हो मुमताज लेकिन क्या तुम कुछ कर पाओगी? मर्दों ने हम औरतों को कितनी इज़्ज़त बख़्शी है? राजाओं और बादशाहों ने अपनी ऐयाशी के लिये हरम में सैकड़ों औरतों को रखा। उनके लिये औरत महज़ खिलौना है। तुम तो खुशनसीब हो अर्जुमन्द कि तुम्हें ख़ुर्रम जैसा शौहर मिला। वे तुम्हें बेहद चाहते हैं। तुम कोशिश जारी रखना, हो सकता है कि ख़ुर्रम तुम्हारे ज़ज़्बात को समझकर उस पर अमल करें।'' कुछ क्षणों तक मौन छाया रहा। ''मैं मानती हूँ कि शहजाद मुझसे बेइन्तिहा मोहब्बत करते हैं लेकिन उनकी रगों में मुगलों का ही खून दौड़ रहा है। मैं कैसे विश्वास करूँ कि ये अपने खानदान की परम्परा से अलग रास्ता अख़्तियार कर पायेंगे। काश! शाहंशाह एक नयी रवायत डालते। मैं शाहंशाह को समझाऊँगी कि वे बेटे और बेटी में फ़र्क़ ना करें। यदि बेटियाँ हुईं तो उनकी शादी जरूर करें। राजपूत एक बहादुर कौम है। शहजाद की माँ भी तो राजपूत हैं। यदि मुगलों की बेटियाँ भी राजपूतों के यहाँ जायेंगी तो हिन्दुस्तान में दोस्ती की एक नयी मिसाल कायम होगी।'' सतीउन्निसा न जाने किस सोच में डूबी हुई थी। पीपल के पेड़ पर तोतों का झुण्ड कलरव कर रहा था। ''काश ऐसा होता लेकिन मुझे आसार अच्छे नज़र नहीं आ रहे हैं। राजमहल में लगातार षड्यन्त्र चल रहे हैं। भाई-भाई का दुश्मन बन गया है। मैं तो ख़ुदा से दुआ माँगती हूँ कि जहाँपनाह जहाँगीर के बाद शहजाद ख़ुर्रम ही हिन्दुस्तान के सम्राट् बनें।'' मुमताज महल के चेहरे पर रौनक आ गयी थी। उसने सतीउन्निसा को गले लगा लिया।

"कुछ देर के लिये सियासत की बातों को छोड़ दिया जाय। अच्छा यह बतलाओ कि तुम्हारे अब्बाजान कैसे हैं?"

"इधर अब्बाजान का हाल-चाल नहीं मिल पाया है। आप किसी से सन्देशा भेजवाकर कल उन्हें राजमहल में बुला लेतीं तो अच्छा होता।" मुमताज महल भावुक हो उठीं। उसने कहा--

"तुम निश्चिन्त रहो। मैं कल तुम्हारे अब्बाजान को बुलवाती हूँ।" मुमताज महल कुछ देर तक टहलती रही। "तुमने गुलों पर शबनम की बूँदों को तो देखा होगा। शबनम की बूँदें ढुलक जाती हैं लेकिन फूल मुस्कराते रहते हैं, उन पर फ़र्क़ नहीं पड़ता। शबनम क्या है? वह फूल का आँसू है। हम औरतें गुल नहीं बल्कि शबनम हैं, काश हम गुल होतीं।" सतीउन्निसा ने मुमताज महल के चेहरे को ध्यान से देखा। उसने सोचा नहीं था कि मुमताज महल इतनी गम्भीर बातें कर सकती हैं। "आप ऐसा न सोचें अर्जुमन्द! आप मुगलिया गुलशन की वो फूल हैं जिसकी खुशबू हमेशा रहेगी। और जहाँ तक औरतों का सवाल है तो मेरा यह मानना है कि हम औरतें इतनी कमजोर नहीं हैं। मर्द हमें कमतर न आँकें।" मुमताज महल ताजे फूल के मानिन्द खिल उठी।

18

जनवरी का महीना था। कड़ाके की ठण्डक पड़ रही थी। एक हफ्ते तक जबरदस्त कुहरा छाया रहा। लोग धूप के लिये तरस गये थे। आज अच्छी धूप निकली थी। हिन्दुस्तानी एकैडेमी में काव्य-गोष्ठी आयोजित थी। एक लम्बे अन्तराल के बाद पूर्णेन्दु शेखर किसी साहित्यिके गोष्ठी में शिरकत कर रहा था। पिछली गोष्ठियों की तुलना में आज श्रोता अधिक थे। काव्य गोष्ठी का संचालन प्रदीप श्रीवास्तव कर रहे थे। ''अब मैं युवा कवि पूर्णेन्दु शेखर को काव्यपाठ के लिये आमन्त्रित करता हूँ।'' कुछ क्षणों के लिये वह समझ नहीं पाया कि कौन-सी कविता सुनावे! 'कल ही तो मैंने ताजमहल पर कविता लिखी है, उसी को सुनाता हूँ।' पूर्णेन्दु शेखर ने सोचा। उसने 'ताजमहल' कविता का पाठ शुरू किया--

''एक शाहंशाह के
सपनों का महल ताज़महल
ताज तो इस वतन का नगीना है,

ताज मुमताज की यादों की निशाँ
ताज फ़नकार के
ख़्वाबों में बसा करता है।

मगर यमुना के किनारे मैंने
ताज की आँख में आँसू देखा

उसने तन्हाई में
एक दर्द छिपा रखा है,

आह! उस दर्द में
मुमताज का भी दर्द छिपा।

ताज़ के दर्द को
फ़नकार समझ सकता है,

मौत के ज़श्न को
फिर कौन समझ सकता है?

जिसने बनवाया
मोहब्बत की इस निशानी को
वह बदनसीब मुसम्मन बुर्ज से

आखिरी वक्त में
दीदार किया करता था,
अब न मुमताज है न शाहजहाँ

मौन यमुना है
अब आहें भरा करती है,
अब तो बियाबान में
कितने ही ताजमहल रोते हैं,

जिनके हाथों ने रचा ताजमहल
उनके मासूम तो
अब भुखमरी में सोते हैं।

अब न मुमताज है न शाहजहाँ
ताज तो इश्क की निशानी है

एक फ़नकार की रवानी है।
सोचता तस्वीर का दूसरा पहलू

ताज तो मौत का जश्न मुझे लगता है
इक फ़नकार का
सोया हुआ दर्द मुझे लगता है।

याद करेगी तारीख़ कभी
कितने ही बेबस
हाथ कटा करते हैं,
जब कभी ताजमहल बनते हैं।

फ़ज़ा का रंग है बदल गया
ताज की आँख में
अब आँसू बहा करता है,

बदनसीब आशिक का दिल
चाक हुआ करता है,

अब तो उम्मीद जगी जाती है
कब्र में सोयी हुई
मुमताज जगी जाती है,

एक फ़नकार की झंकार जगी जाती है।
अब तो यमुना का किनारा है
और ताजमहल

और फिर रोता है
उदास ताजमहल।"

कुछ क्षणों के लिये सभागार में खामोशी छा गयी। पूर्णेन्दु शेखर के काव्यपाठ का अन्दाज भी बहुत आकर्षक था। "अद्भुत कविता है यह। कवि ने ताजमहल को एक नये रूप में देखा है। कविता सुनते हुए ऐसा लग रहा था मानो हम यमुना के किनारे बैठे हों और ताजमहल के सामने मुमताज महल की छाया कृति दिखायी

दे रही हो।'' प्रदीप श्रीवास्तव ने टिप्पणी की। गोष्ठी में उपस्थित अधिकांश लोगों ने इस कविता की तारीफ की। अभिनव कवि और कहानीकार थे। वे पूर्णेन्दु शेखर के सबसे प्रिय मित्र थे।

''आज तुमने लाजवाब कविता सुनायी। इस कविता के आधार पर एक सुन्दर कहानी लिखी जा सकती है। तुमने शाहजहाँ की बेबसी का मार्मिक चित्रण किया है। मैं तुमसे एक बार पूछना भूल गया, तुमने मधुमिता को नहीं बतलाया कि आज काव्य पाठ है या कुछ और बात है?'' अभिनव सिंह की बात से पूर्णेन्दु शेखर नाराज नहीं हुआ। ''कोई विशेष बात नहीं है। मैं उसे काव्य गोष्ठी के विषय में बतलाना भूल गया। दो दिन पहले उसके घर पर मुलाकात हुई थी। आज शाम को 6 बजे हम दोनों सिविल लाइन्स में मिलेंगे। अभिनव सिंह ने घड़ी पर निगाह डाली। पौने छह बज रहे थे। ''अब तुम सिविल लाइन्स के लिये निकलो नहीं तो देर हो जायगी, बाद में ये भी कहोगे कि अभिनव ने बातों में उलझा लिया जिसके कारण मधुमिता को देर तक इन्तजार करना पड़ा।''

पूर्णेन्दु शेखर वहाँ से तुरन्त निकल पड़ा। अँधेरा बढ़ने लगा था। पूर्णेन्दु शेखर समझ नहीं पा रहा था कि आज वह मधुमिता से क्या बात करेगा। चारों तरफ रोशनियाँ जगमग रही थीं। 'पैलेस थियेटर' के पास मधुमिता से उसकी मुलाकात हुई। आज बहुत दिनों बाद दोनों मिले।

''काफी दिनों से तुम मेरे घर नहीं आये। सब लोग तुम्हें बहुत याद करते हैं। शेफाली कहती है--''पूर्णेन्दु भैया कब आयेंगे?'' वह तुम्हारा बहुत सम्मान करती है। उसे पूरा विश्वास है कि ''पूर्णेन्दु भैया साहित्य की दुनिया में बहुत आगे जायेंगे'' पूर्णेन्दु शेखर अपनी प्रशंसा सुनकर बहुत खुश हुआ लेकिन उसे संकोच भी हो रहा था। ''अब तो साहित्य के कंण्टका कीर्ण मार्ग पर निकल चुका हूँ तो पीछे हटने का सवाल ही नहीं उठता है। पिता जी मुझसे बेहद नाराज़ हैं लेकिन क्या करूँ? इस बात का सन्तोष है कि अम्माँ मेरा खुलकर साथ दे रही हैं। कॉलेज की नौकरी के लिये प्रयास करता हूँ या किसी अखबार में कोशिश करता हूँ।'' रेस्टोरेण्ट में बहुत कम भीड़ थी।

''मेरी समझ में अखबार में नौकरी करना ठीक नहीं है। पत्रकारों की जिन्दगी बहुत रफ-टफ तक होती है। तुम्हारे लिये लेक्चरशिप ही ठीक रहेगी।''

पूर्णेन्दु शेखर के चेहरे पर रौनक आ गयी। उसने मधुमिता के चेहरे को पढ़ने का प्रयास किया। कई दिनों से उसके जेहन में एक बात आ रही थी, उसने सोचा कि आज कह ही दूँ। ''हम दोनों ने एम. ए. कर लिया। अब तुमने क्या सोचा है?'' मधुमिता ने इठलाते हुए कहा--''कुछ नहीं सोचा है। मैं अपने भविष्य के बारे में अभी

ज्यादा नहीं सोचती।'' पूर्णेन्दु शेखर को लगा कि मन की बात कह देना ही ठीक है-

''मैं चाहता हूँ कि तुम एक योग्य लड़के से शादी करके अपनी दुनिया बसा लो और मुझको भूल जाओ।'' ''कैसी बात कर रहे हो पूर्णेन्दु? क्या तुमको भुलाना सम्भव है? मैं अपनी दुनिया बसाऊँ, यह अभी सम्भव नहीं है। तुम मुझसे ऐसा क्यों कह रहे हो? तुम इतने निष्ठुर मत बनो। सम्बन्ध बनाना और बिगाड़ना बच्चों का खेल नहीं है।'' मधुमिता चटर्जी की आँखों में आँसू थे। पूर्णेन्दु शेखर के चेहरे पर चिन्ता की रेखाएँ थीं।

''तुम्हारी भावनाओं को आहत करने का मेरा इरादा नहीं था। मैंने तो व्यावहारिक स्तर पर अपनी बात कही थी। तुमने कैसे समझ लिया कि मैं निष्ठुर हूँ। सच तो यह है कि मैं तुमको अपने से बहुत दूर नहीं देखना चाहता। मेरे लिये तुम क्या हो, इसे शब्दों में व्यक्त करना सम्भव नहीं है। मेरी तो दिली ख़्वाहिश है कि अभिनय की दुनिया में तुम्हें काफी शोहरत मिले। मैं भी साहित्य की दुनिया में आगे बढ़ता रहूँ। काश ऐसा होता कि हम दोनों एक अच्छे दोस्त की तरह ताउम्र साथ रहते।''

''हम दोनों भावुकता की दुनिया में जी रहे हैं। हमारा प्रेम निश्छल है लेकिन व्यावहारिक धरातल की सच्चाई कुछ और है। हमारा समाज यह स्वीकार नहीं कर पायेगा कि पुरुष और स्त्री अविवाहित रहकर पूरी जिन्दगी साथ-साथ रहें। हमारा पाखण्डी समाज भावनाओं को महत्त्व नहीं देता, वह रिश्ते को एक नाम देना चाहता है। तुम एक रचनाकार हो लेकिन इस सच्चाई को शायद नहीं जानते कि एक रचनाकार के कल्पना द्वारा निर्मित जगत् और बाह्यय जगत् में बहुत फ़र्क़ होता है। तुम्हारी रचनाओं के पात्र जैसी उल्लासमई जिन्दगी जीते हैं, क्या तुम्हारे लिये वह सम्भव है?'' पूर्णेन्दु शेखर ने महसूस किया कि मधुमिता के विचारों में कितनी स्पष्टता और निश्छलता है। ''मुझे मालूम है कि मेरे रचना के संसार और इस संसार में फ़र्क़ है लेकिन मैं क्या करूँ? मेरे पात्र मेरी अतृप्ति की आकांक्षा हैं, वे मुझे जिन्दादिली सिखाते हैं। काश ऐसा होता कि हम दोनों ऐसे ही उन्मुक्त भाव से रहते और प्रकृति के सुरम्य परिवेश में समय के साथ संवाद करते लेकिन ऐसा होता कहाँ है। हमारा यह समाज प्रेम और प्रकृति का शत्रु है, वह विचारों की स्वतन्त्रता को भी पसन्द नहीं करता।'' कुछ देर तक दोनों के बीच मौन छाया रहा। दोनों रेस्टोरेन्ट से बाहर निकले।

''क्या शाहजहाँ मुमताज महल से वाकई बहुत प्यार करता था? मुझे तो इस बात पर ताज्जुब है कि उसने मुमताज की सेहत का भी ध्यान नहीं दिया।'' मधुमिता के इस सवाल से पूर्णेन्दु शेखर चौंक गया। ''तुम्हारे इस सवाल का

जवाब देना अभी मेरे लिये सम्भव नहीं है। अगली मुलाकात में मैं इसका जवाब दूँगा।''

''तुम मेरे सवाल से भाग रहे हो। तुम्हें जवाब तो देना ही होगा'' पूर्णेन्दु शेखर के चेहरे पर छायी हुई गम्भीरता गायब हो चुकी थी। ''छोड़ो इस सवाल को। तुम मुझे यह बतलाओ कि तुम्हारे पिता जी तुम्हारी मम्मी की सेहत का ध्यान रखते हैं? सवाल पूछने के बाद उसे हँसी भी आ गयी। ''तुम तो मजाक के मूड में आ गये हो। ठीक है, मेरे सवाल का जवाब आज मत, बाद में देना।''

''हम दोनों ने ताजमहल को विधिवत् देखा है, ताजमहल पर शकील बदायूँनी की नज़्म मुझे बेहद पसन्द है।'' पूर्णेन्दु शेखर ने मुस्कराते हुए पूछा--

'कौन-सी नज़्म? उसकी कुछ पंक्तियाँ सुनाओ।' मधुमिता ने सुनाया--

'एक शाहंशाह ने बनवा के हँसी ताजमहल
सारी दुनिया को मोहब्बत की निशानी दी है

इश्क के साये में सदा प्यार के चर्चे होंगे
खत्म जो हो न सकेगी वो कहानी दी है।'

''शकील साहब ने बहुत अच्छा लिखा है लेकिन ताजमहल को एक दूसरे दृष्टिकोण से भी देखना जरूरी है। निसन्देह ताज प्यार की खूबसूरत निशानी है लेकिन इसके निर्माण में कलाकारों ने जो श्रम किया है, इतिहास वहाँ पर मौन है।''

पूर्णेन्दु शेखर के ऐसा कहने पर मधुमिता बोली--''तुम तो जज़्बाती हो रहे हो। यह सच है कि जिसने ताजमहल की डिजाइन बनायी होगी, उसको भी याद किया जाना चाहिए। हजारों मजदूरों ने अपना पसीना बहाया होगा तब ऐसी बेमिसाल इमारत साकार हो सकी लेकिन आज इस विषय पर चर्चा ठीक नहीं है। अब हमें चलना चाहिए।'' दोनों रेस्टोरेण्ट से बाहर निकले। रोशनी में जगमगाया हुआ सिविल लाइन्स और भी अधिक खूबसूरत लग रहा था।

19

काफी संघर्ष के बाद शाहजहाँ आगरा की गद्‌दी पर बैठ चुका था। काफी उठा पटक के बाद उसे यह राजगद्‌दी नसीब हुई थी। कई बेगुनाह शहज़ादों का खून बहाया गया था। ये सारी हत्याएँ शाहजहाँ के ससुर आसफ़ खाँ के आदेश पर हुई थीं। कुछ क्षणों के लिये शाहजहाँ चिन्तित हो उठा था। वह सोच रहा था--

"मेरे लिये कितने बेगुनाहों का ख़ून बहाया गया। क्या यह ठीक था? उन मासूमों ने क्या गुनाह किया था। सियासत कितनी बुरी चीज है, जिसके लिये अपनों का ख़ून बहाना पड़ता है।"

अजमेर प्रवास में उसके मन में तरह-तरह के विचार आ रहे थे। वह शेख मुईनुद्‌दीन चिश्ती के मज़ार तक पैदल ही गया था। उसके पिता जहाँगीर और दादा अकबर भी शेख साहब की मज़ार पर पैदल ही गये थे। शाहजहाँ के साथ उसके कई अनुचर थे लेकिन वह अपने आपको अकेला महसूस कर रहा था।

उसके प्यारे बच्चे उससे दूर थे। शीतकाल का समय था। उसके साथ महावत खाँ भी था। चारों ओर चाँदनी फैली हुई थी। "कितना खूबसूरत चाँद है और एक हम हैं कि इस कुदरती खूबसूरती से महरूम हैं। कितनी पाक़ीज़ा चाँदनी है और इधर हम हैं कि इन्सानों के ख़ून से धरती को कँपा दे रहे हैं।"

कुछ क्षणों के बाद महावत खाँ ने कहा--"सियासत संगदिल होती है शाहंशाह। वह इन्सानी जज़्बातों को नहीं समझती है। कामयाबी ही उसकी मंजिल है, चाहे वो सही ढंग से मिले या गलत ढंग से। आप इतने जज़्बाती न बनें। सियासत में यह सब चलता रहता है।" शाहजहाँ उसकी बातों से पूरी तरह आश्वस्त नहीं हुआ। "अब्बाजान की रूह को चैन नहीं मिलेगा महावत खाँ। वे मुझे बहुत प्यार करते थे लेकिन मैंने बगावत करके उनको परेशान किया। मैं

उनका आखिरी दीदार भी नहीं कर पाया। एक बाप के लिये इससे दुखद बात क्या होगी कि उसका बेटा बागी हो जाय लेकिन अब मुझे अपने कामों पर पछतावा हो रहा है।'' महावत खाँ समझ नहीं पाया कि वह क्या जवाब दें।

अगले दिन शाही लश्कर ने उज्जैन से आगरा के लिये प्रस्थान कर दिया था। इसके पहले शाहजहाँ ने महावत खाँ को अजमेर का सूबेदार नियुक्त कर दिया। मुमताज महल ने शाहजहाँ को याद दिलाया--मेवाड़ के अभियान के दौरान आपने वादा किया था कि आप अजमेर में एक शानदार मस्जिद का निर्माण करवायेंगे।'' शाहजहाँ के चेहरे पर मधुर मुस्कान फैल गयी।

''मुझे याद है बेगम, मैं कल मस्जिद बनाने का हुक्म जारी कर दूँगा। आप निश्चिन्त रहें।'' प्रचण्ड शीतलहर चल रही थी। शाही लश्कर का काफिला धीरे-धीरे आगे बढ़ रहा था। सारी परिस्थितियाँ शाहजहाँ के अनुकूल थीं। उसका ससुर आसफ़ खाँ उस समय लाहौर में था। दाराशिकोह, शुजा और औरंगजेब तीनों नूरजहाँ के आधिपत्य में थे। आसफ़ खाँ ने तीनों को नूरजहाँ के आधिपत्य से मुक्तकर दिया। आसफ़ खाँ ने उन्हें आगरा के किले में भेजवा दिया।

शाहजहाँ रथ पर बैठा हुआ था। उसके बगल में मुमताज महल बैठी हुई थी। सैकड़ों घुड़सवार साथ में थे।

''जहाँपनाह! मुझे अपने तीनों बच्चों की चिन्ता हो रही है। मेरे तीनों बच्चे महफ़ूज़ हैं या नहीं।'' शाहजहाँ के चेहरे पर शिकन नहीं आयी। ''घबराओ नहीं मुमताज! तुम्हारे अब्बाजान ने हमारे तीनों बच्चों को मलिका ए तरन्नुम नूरजहाँ के चंगुल से मुक्त कराकर आगरे के किले में भेज दिया है। आज सुबह एक हरकारा ने मुझे यह सूचना दी। राजगद्दी खाली न रहे इसलिये शहजादे दारबख्श को आगरा के तख्त पर बैठा दिया गया है। तुम्हारे अब्बाजान बहुत बड़े कूटनीतिज्ञ और शातिर दिमाग के हैं। सारी परिस्थितियाँ हमारे अनुकूल हैं। आगरा पहुँचते ही मैं बन जाऊँगा हिन्दुस्तान का सम्राट् और तुम साम्राज्य की मलिका।'' कुछ क्षणों तक खामोशी छायी रही। कारवाँ आगे बढ़ता गया। आगे एक बहुत बड़ा जलाशय था। शाहजहाँ ने अपना रथ रुकवा दिया। जलाशय के शफ्फ़ाक पानी में चाँदनी तैर रही थी। आसमान में पीला चाँद उग आया था। हल्की-हल्की हवा चल रही थी। शाहजहाँ जलाशय के पास आकर बैठ गया। मुमताज भी उसके पास आकर बैठ गयी।

''नीले आसमान में माहताब चमक रहा है लेकिन बेगम! हम सियासतदां लोग कुदरत की इस खूबसूरती से महरूम रहते हैं। उधर आगरा में उथल-पुथल

मची हुई है। तुम्हारे अब्बूजान ने दाबरबख्श को आगरा के तख्त पर बैठा दिया है। सियासत कितनी संगदिल होती है मुमताज। मैं बड़े भैया ख़ुसरो के ख़ून का गुनहगार हूँ। बड़े भैया मुझे बहुत मानते थे। ये तख्तो ताज़ तो मुझे मिल जायगा लेकिन इसकी कीमत चुकानी पड़ेगी मुझे।'' शाहजहाँ की आँखों में आँसू थे। ''आप अपने दिल को मजबूत बनाइये शाहंशाह। भावुक होना एक अच्छे इन्सान होने की निशानी है लेकिन यही भावुकता अभी आपको कमजोर बना देगी। आपको एक बहुत बड़े साम्राज्य की बागडोर सँभालनी है।''

शाहजहाँ ने आसमान की तरफ आँख उठाकर देखा। चारों ओर चाँदनी बरस रही थी। जलाशय में एक मुर्गाबी तैर रही थी। सतीउन्निसा पानदान लेकर शाहजहाँ की ख़िदमत में हाज़िर हुई। शाहजहाँ अन्यमनस्क था। उसने पान का एक बीड़ा उठाया और मुँह में रख लिया। शाहजहाँ खामोश चाँदनी को देख रहा था। उसे अपनी माँ जगतगोसाईं की याद आ रही थी। राजनीतिक उथल-पुथल में बहुत दिनों से वह अपनी माँ से नहीं मिल पाया था। ''अब तो हिन्दुस्तान का तख्तोताज मुझे मिल ही जायगा लेकिन मेरे अन्दर बेचैनी क्यों है? एक लम्बे अरसे से मैं अपनी औलादों को देख नहीं पाया हूँ। वाह री सियासत! तुझे इन्सानी रिश्तों की परवाह नहीं है।'' शाहजहाँ सोच रहा था। खामोश चाँदनी में झींगुरों की आवाज सुनायी पड़ रही थी। शाहजहाँ का दिल अपनी औलादों को देखने के लिये बेचैन था।

काफिला आगे बढ़ता जा रहा था। प्रचण्ड शीत लहर चल रही थी। शाहजहाँ का काफिला आगरा के नजदीक पहुँचा। वह दहआरा बाग में रुका। राजधानी में प्रवेश करने के लिये शुभ मुहूर्त्त की प्रतीक्षा थी। शाहजहाँ को ज्योतिषियों पर बहुत विश्वास था। ज्योतिषियों ने यह निश्चय किया कि नये सम्राट् का राजतिलक समारोह सोमवार चार फरवरी को आयोजित किया जाय। अपने लाव लश्कर के साथ शाहजहाँ ने आगरा दुर्ग में प्रवेश किया। 'शाहजहाँ जिन्दाबाद', 'आलमपनाह जिन्दाबाद' का गगनभेदी स्वर चारों ओर गूँज उठा। पूरा परिवेश हर्षोल्लास से भर उठा। शाहजहाँ के ससुर आसफ़ खाँ ने शाहजहाँ के नाम पर ख़ुतुबा पढ़वा दिया था लेकिन अब उसका विधिवत राजतिलक होने जा रहा था। शाहजहाँ अपने महलसरा में आया। मुमताज महल कई महिलाओं से घिरी हुई थी। उन महिलाओं ने शाहजहाँ का स्वागत किया और वहाँ से चली गयीं। मुमताज महल कक्ष में अकेली रह गयी। ''अल्लाह के फ़जल से यह मुबारक दिन आया है। मुझे ख़ुशी है कि हमारे बच्चे सही सलामत हैं। मुझे बहुत संघर्ष करना पड़ा बेगम लेकिन

खुशी है कि हम अपने मकसद में कामयाब हो गये। बस एक बात का ग़म है कि मैं अब्बा हुजूर का आखिरी दीदार नहीं कर पाया। फिर भी मुझे उम्मीद है कि अब्बाजान की रूह ने मुझे माफ कर दिया होगा।'' मुमताज महल की आँखों में आँसू थे। ''वे मुझे कितना प्यार करते थे, इसे शब्दों में बयान करना मुश्किल है। सियासत बहुत बुरी चीज है बेगम! यह ख़ून के रिश्तों में भी दरार पैदा कर देती है। सियासत सीधे-सादे लोगों को गुमराह कर देती है। रियासत के कुछ लोगों के कारण मुझे बार-बार बगावत करनी पड़ी। इन्हीं लोगों के कारण अब्बाजान और मेरे दरमियान गलतफहमी पैदा हो गयी।'' मुमताज महल ने अपने आँसुओं को पोंछा। उसके चेहरे पर प्रफुल्ललता आ गयी थी। ''अब ऐसी बात मत कहिये। एक लम्बे अरसे के बाद खुशी की घड़ी आयी है, पिछली बातों को भूलकर हम अब जश्न मनाएंगे। हमारे बच्चे भी सही सलामत आ गये हैं। आपसे यही अर्ज़ करती हूँ कि हिन्दुस्तान का शाहंशाह बनने के बाद रिआया के साथ इन्साफ कीजियेगा।''

शाहजहाँ दरबार में चला गया। सब लोग उसके सम्मान में खड़े हो गये। दरबार-ए-आम बहुत भव्य और खूबसूरत था। विभिन्न रंग के बारीक वस्त्रों से इसकी सजावट की गयी थी। दरबार-ए-आम का भवन सबके आकर्षण का केन्द्र बना हुआ था। शाहजहाँ स्वर्णजटित सिंहासन पर बैठा। चारों ओर जय-जयकार होने लगी। मुमताज महल झरोखे से इस मनोरम दृश्य को देख रही थी। खुदा का लाख-लाख शुक्र है कि आज शाहजहाँ हिन्दुस्तान के शाहंशाह बन गये हैं और मैं बन गयी हूँ सल्तनत की मलिका। खुशी के इन बेहतरीन क्षणों में मुझे फूफीजान की बहुत याद आ रही है। सियासत हमें अपनों से कितना दूर कर देती है कि हम कुछ कर नहीं पाते लेकिन मैं शाहंशाह से फूफीजान की भलाई के लिये अर्ज करूँगी। वे नेकदिल इन्सान हैं, जरूर इन्साफ करेंगे।'' मुमताज महल अपने आप से बातें कर रही थीं।

शाही ताज धारण करने के बाद शाहजहाँ को न्योछावरें दी गयीं। अमीरों और सरदारों के लिये खुशी के लिये तरह-तरह के जश्न की व्यवस्था की गयीं दावतों का क्रम चलता रहा। जश्न का यह कार्यक्रम आठ दिनों तक चलता रहा। आगरा, दिल्ली तथा लाहौर की जामा मस्जिदों में बादशाह शाहजहाँ के नाम से ख़ुतुबा पढ़ा गया। फ़कीरों को दान दिया गया। बादशाह शाहजहाँ की नज़र अपने उन सहयोगियों पर थी जिन्होंने विपत्ति काल में उसकी सहायता की थी। नूरजहाँ का भाई आसफ़ खाँ सम्राट् शाहजहाँ का ससुर था। उसने विप्लव के दिनों में

शाहजहाँ की खुलकर मदद की थी। बादशाह ने उसे रियासत का वज़ीर नियुक्त किया। उसे आठ हजार जात और आठ हजार सवारों का मनसब प्रदान किया गया।

महावत खाँ को सात हजार जात और सात हजार सवारों का मनसब प्रदान किया गया और साथ-ही-साथ उसे 'खानखाना' की उपाधि भी प्रदान की गयी। अब नूरजहाँ की बारी थी। शुरुआती दौर में नूरजहाँ ने शाहजहाँ को अपने गुट में रखा था लेकिन बाद में इनके बीच मनमुटाव बढ़ता गया और नूरजहाँ ने अपने दामाद शहरयार का खुलकर समर्थन किया। सारी कटुता को भूलकर शाहजहाँ ने दरियादिली का परिचय दिया। नूरजहाँ अपनी बेटी लाड़ली बेगम के साथ लाहौर में रह रही थीं।

''मेरी दिली ख्वाहिश है कि मलिका-ए-तरन्नुम और मेरी सौतेली माँ नूरजहाँ सुकून से रहें इसलिये मैं उनके लिये दो लाख रुपये के वार्षिक पेन्शन की घोषणा करता हूँ।'' पूरा शाही दरबार शाहजहाँ की इस दरियादिली से जोश में आ गया। 'हिन्दुस्तान के शाहंशाह का सितारा बुलन्द रहे', 'मुगलिया सल्तनत का सूरज चमकता रहे' के नारों से वातावरण गुंजायमान हो गया।

रात को शाहजहाँ अपने शयनकक्ष में आया। मुमताज महल ने खड़े होकर उसका अभिवादन किया। ''तकल्लुफ न कीजिये मलिका, बैठ जाइये।'' मुमताज की आँखों में आँसू थे। ''आपकी आँखों में आँसू क्यों हैं? आप खुश नहीं हैं मलिका? एक लम्बे अरसे के बाद ये खुशी के दिन आये हैं, मेरे बचपन का ख़्वाब पूरा हुआ है और आप-----।'' शाहजहाँ ने मुमताज के आँसू पोंछ दिये। शयनकक्ष के झरोखे से चाँदनी आ रही थी। ''आप बहुत दरियादिल हैं शाहंशाह लेकिन आपसे एक अर्ज़ है कि मैं एक बार उनसे मिलना चाहती हूँ। लाहौर जाना मुश्किल लग रहा है, माना कि फूफीजान ने गलतियाँ की हैं लेकिन क्या आप उन्हें माफ़ नहीं कर सकते?'' शाहजहाँ आश्चर्यचकित होकर मुमताज महल को देख रहा था। ''तुम उनकी तरफदारी क्यों कर रही हो? सियासत बहुत संगदिल होती है बेगम! उन्होंने मुझे कितना परेशान किया, आपको मालूम ही है। उन्होंने हमारी सन्तानों को अपनी कैद में रखा था फिर भी मैंने उन पर रहम किया यह समझकर कि वे मेरी माँ तो हैं, भले ही सौतेली ही क्यों न हों। मैं तुम्हें दिलोजान से मानता हूँ मुमताज इसलिये तुम्हें अपनी फूफीजान से मिलने का एक मौका जरूर दूँगा।'' कुछ देर के लिये दोनों शयनकक्ष से बाहर निकले। चारों ओर चाँदनी बरस रही थी। ठण्डी हवा के कारण सिहरन थी।

''तुम्हें शायद नहीं मालूम है कि छोटी अम्माँ मुझे बहुत प्यार करती थीं और मैं आज भी उनका बहुत सम्मान करता हूँ लेकिन हुकूमत ऐसे नहीं चलती है। छोटी अम्माँ ने खुलकर मेरा विरोध किया और मेरे बच्चों को नजरबन्द भी करा दिया था। उनका सम्मान इसी में है कि वे लाहौर में रहें और सुकून की जिन्दगी बितायें।'' शाहजहाँ चाँद को देख रहा था--''फिर भी फूफीजान ने हमारे बच्चों का बुरा तो नहीं किया। उन्होंने जो कुछ किया, अपनी बेटी और दामाद के लिये किया। ऐसा तो सभी करते हैं।'' शाहजहाँ की आँखों में आँसू थे। भयंकर शीतलहरी चल रही थी लेकिन दोनों इससे बेपरवाह अपनी दुनिया में मस्त थे।

''आप रो रहे हैं शाहंशाह? अभी तक मैंने यही सुना था कि राजा या सुल्तान अलग मिट्टी के बने होते हैं, वे जज़्बाती नहीं होते।'' आज का चाँद बहुत ही खूबसूरत लग रहा था। पूरी कायनात उसकी रोशनी में सराबोर थी। ''पता नहीं क्यों, आज मेरी आँखों में आँसू आ गये हैं। बेगम, सुल्तान भी तो एक सामान्य इन्सान ही होता है। लोग हमारे आस-पास रहते हैं लेकिन हमारे जज़्बात को नहीं समझ पाते, वे हमारा सम्मान करते हैं लेकिन भयवश! सत्ता का मोह किसे नहीं होता बेगम लेकिन सत्ता संगदिल क्यों हो जाती है। मैं भी एक भावुक इन्सान हूँ। मैं बगावत करना नहीं चाहता था लेकिन हालात ने मुझे बगावत करने के लिये मजबूर किया। मुझे लगने लगा था कि मेरे सपनों को मटियामेट कर दिया जायगा, शाही तख़्त से मैं महरूम हो जाऊँगा तब बगावत के सिवा कोई रास्ता ही नहीं बचा था। हाँ, मैं अपने को गुनाहगार मानता हूँ, मैं अपने खानदान के लोगों के कत्ल का गुनाहगार हूँ लेकिन क्या मैंने शौकवश ऐसा किया? ऐसा नहीं है बेगम। सियासत के खेल में ऐसा करना ही पड़ता है।'' मुमताज महल खामोश होकर शाहजहाँ को सुन रही थी। चारों ओंर झींगुरों की झंकार सुनायी पड़ रही थी।

''आप ऐसा न सोचें शाहंशाह। मैं जानती हूँ कि आप जज़्बाती हैं और दरियादिल इन्सान हैं। हालात ने आपको बागी बनाया था लेकिन अब तो आपके पास हिन्दुस्तान का तख्तोताज हैं। मैं आपसे सिर्फ इतना कहूँगी कि हिन्दुओं के साथ उदारता के साथ पेश आइयेगा।'' शाहजहाँ के चेहरे पर मुस्कराहट तैर गयी। शाहजहाँ सोच रहा था ''मेरी माँ राजपूतानी हैं, मैं हिन्दुओं से भेदभाव कैसे करूँगा? मेरी दादी भी, राजपूतानी थीं, इस तरह मेरी रगों में मुगलों और राजपूतों दोनों का लहू दौड़ रहा है।''

दोनों आहिस्ते-आहिस्ते शयनकक्ष की ओर बढ़ रहे थे। रात्रि का सन्नाटा अभेद्य लग रहा था लेकिन कभी किसी पक्षी की आवाज उस सन्नाटे को कुछ क्षणों

के लिये चीर देती थी। यमुना की लहरों पर चाँदनी तैर रही थी। ''आपने मेरी बात का बुरा तो नहीं माना। मैंने तो सामान्य रूप से ये बात कही थी। आप तो इतनी बड़ी सल्तनत के शाहंशाह हैं। एक बात पूछूँ, बुरा तो नहीं मानेंगे?'' शाहजहाँ अपने विचारों में खोया हुआ था, उसकी तन्द्रा भंग हुई। ''बुरा क्यों मानूँगा, आप पूछिये।'' मुमताज महल के चेहरे का नूर मानो कुछ क्षणों के लिये गायब हो गया।

''यदि मैं आपके पहले मौत के आगोश में चली जाऊँगी तो आप मेरी याद में क्या बनवायेगे? मेरी दिली ख़्वाहिश है कि आप एक ऐसी बेमिसाल इमारत बनवाइयेगा जिसकी शोहरत हिन्दुस्तान से बाहर सारे ज़हान में फैल जाय।'' शाहंशाह ने मुमताज महल को आलिंगन में ले लिया। ''आप ऐसा मत कहिये बेगम, आप मरने की बात न करें। ऊपर आसमान में खूबसूरत चाँद है, और इधर धरती पर भी उससे भी खूबसूरत चाँद है।''

20

अपने कक्ष में सतीउन्निसा के साथ बैठी हुई थी मुमताज महल। दोपहर का वक्त था। फागुन आ गया था। फागुन की अल्हड़ हवा पूरी कायनात को मदमस्त कर रही थी।

"हमारे पास सब-कुछ है सती लेकिन हम आम इन्सान की तरह आजाद नहीं हैं। यह सच है कि शाहंशाह मुझसे बेपनाह मोहब्बत करते हैं लेकिन मैं तो पिंजरे में बन्द उस बुलबुल की तरह हूँ जो चहक तो सकती है लेकिन खुले आसमान में उड़ नहीं सकती। बुलबुल तराना गाती है, हँसती है और चहकती है, फूलों से अठखेलियाँ करती है लेकिन हम औरतों की जिन्दगी क्या है? ख़ुदा ने हमें महज़ मर्दों की ख़िदमत के लिये बनाया है? तू तो मेरी बचपन की सहेली है, मेरी जिन्दगी के पल-पल की राजदार है। तुमने कभी सोंचा है कि मर्द लोग हमारे जज़्बात का ख़्याल क्यों नहीं करते।" मुमताज महल के हाथों में गुलाब का फूल था। उसकी आँखें बरस रही थीं। "आप ऐसा न सोंचें बेगम! आप खुशनसीब हैं कि आप हिन्दुस्तान की मलिका हैं, आपके शौहर शाहंशाह शाहजहाँ की शोहरत हिन्दुस्तान के बाहर तक फैल चुकी है। सियासत ऐसी ही होती है बेगम! शाहंशाह को बहुत कुछ देखना पड़ता है। हम औरतों की जिन्दगी ऐसी ही होती है बेगम! हम अपने वजूद की परवाह न करते हुए भी मर्दों का भला चाहती हैं---- ।" मुमताज महल ने सतीउन्निसा के चेहरे को अपने दोनों हाथों से पकड़ते हुए कहा--

"मुझे बेगम मत कहो सती, मैं तुम्हारे बचपन की सहेली अर्जुमन्द बानो हूँ। तुम्हें याद है न कि हम दोनों कागज की क़श्ती बनाते थे और उसे पानी में छोड़ देते थे। मैं कागज की क़श्ती बना नहीं पाती थी, मैं तुमसे बनवाती थी। कभी-कभी हम दोनों बहुत देर तक तालाब के पास रहती थीं, घर के नौकर हमें खोजते हुए चले आते थे और घर पहुँचने पर बहुत डाँट पड़ती थी। तालाब में नहाते वक्त मैं गहरे

पानी में चली गयी और डूबने लगी थी, तुमने मुझे डूबने से बचाया था। मैं तुम्हारा वह एहसान कभी नहीं चुका पाऊँगी।'' सामने गुम्बद पर कबूतरों का जोड़ा गुटरगूँ कर रहा था। थोड़ी देर पहले बगुलों का झुण्ड आसमान में उड़ रहा था। बुलबुलें फुदक रही थीं। ''एहसान की बात मत करो अर्जुमन्द। मैंने अपनी जिगरी दोस्त को बचाया था, उस दोस्त को जो मुझसे अपने दिल की हर बात कहती थी, मैं भी उससे अपने दिल की बात छिपाती नहीं थी। मैं तो एक गरीब की बेटी थी, तुम्हारे घरवालों ने मुझे सहारा न दिया होता तो आज न जाने मैं किस दशा में होती।''

मुमताज महल ने कुछ देर तक आँखें बन्द कर लीं। उसके खूबसूरत चेहरे पर खूबसूरती की पाक़ीज़गी निखर आयी थी। उसके सुर्ख होंठ मानो काँप रहे थे। उसका गोरा मुख चमक रहा था। ''आम लोगों को लगता होगा कि मुमताज महल तो हिन्दुस्तान की मलिका हैं, शानो शौकत से रहती हैं, उसे कोई ग़म नहीं होगा। जो बाहर से दिखलायी देता है, वही सच नहीं होता। शाहंशाह मुझसे बेपनाह मोहब्बत करते हैं लेकिन उन्हें मेरे नाजुक जिस्म की परवाह नहीं है। मेरी शादी के सोलह साल हो गये। मेरी कोख से बारह बच्चे पैदा हुए। मैं शाहंशाह के लिये बच्चे जनती रही और वे अपनी दुनिया में मस्त रहे। उनके पास इतना भी समय नहीं है कि मेरे साथ इत्मिनान से बातें कर सकें। सती, मुझे तो लगता है कि राजे-महाराजे ऐसे ही होते हैं। इन्हें औरत के जिस्म की जरूरत है, उसके जज़्बात की परवाह ये नहीं करते। हम औरतों की जिन्दगी भी अजीब है सती। जिनके इशारे पर पूरी सियासत नाचती थी, वे मेरी फूफीजान आज लाहौर में गुमनाम जिन्दगी जी रही हैं। मुझे फख्र है कि मैं मलिका-ए-तरन्नुम नूरजहाँ की भतीजी हूँ। आज वे हमसे बहुत दूर हैं, इस बात से हम ग़मजदा हैं। वे मेरी फूफीजान ही नहीं, रहवर भी हैं।'' मुमताज महल फूट-फूटकर रोने लगी। सतीउन्निसा घबरा गयी। उसने मुमताज महल को सान्त्वना देते हुए कहा--

''अब जी छोटा न करो अर्जुमन्द। तुम एक साधारण औरत नहीं बल्कि हिन्दुस्तान के शाहंशाह की बेगम हो। तुम्हारी हसीन आँखों में अफ़सुर्दगी अच्छी नहीं लगती। आप उदास हैं तो आपकी उदासी दूर करने के लिये शकुन्तला और मनोरमा जैसी अन्य क़नीज़ों को भी बुला लाऊँ?''

मुमताज महल ने इशारों में ही मना कर दिया। ममताज महल अपने शयनकक्ष में चली गयीं और अपनी शय्या पर अन्यमनस्क लेट गयीं। सतीउन्निसा सोच रही थी--''मुमताज महल को क्या हो गया है? इसके लबों पर मैंने हमेशा ताजगीवाली मुस्कान देखी है, आज इसे क्या हो गया है। खैर, आज इसे मैं अकेला छोड़ देती हूँ, रो-रोकर ये ग़म कम करें।'' सतीउन्निसा वहाँ से उठकर छत पर चली गयीं। फागुन

की हवा का अल्हड़पन कायम था। पूरा माहौल आम्र मंजरियों की मादक खुशबू से सराबोर था। सतीउन्निसा का रोम-रोम आनन्दित था लेकिन उसकी जिन्दगी क्या थी? वो तो मुमताज महल की क़नीज़ थी। मुमताज महल उसे बहुत मानती थी लेकिन उसकी अपनी जिन्दगी क्या थी। उसके अब्बूजान गुजर चुके थे। उसकी अम्मीजान आगरा के किले में रहने आ गयी थीं। उसकी कल्पनाओं में जिन्दगी के कई चित्र उभर आये। उसका छोटा भाई अरशद ज़ेहन में आ गया। सात साल की उम्र में उसने फ़ानी दुनिया को अलविदा कह दिया था। उसकी मौत पर कितनी रोयी थी वो। एक हफ्ते तक वह घर से नहीं निकली। बहुत ही मासूम और अल्हड़ था अरशद। वो उसे थपकी देकर सुलाती थी।

आज सालों बाद अरशद की याद क्यों आयी? उसकी आँखें छलक उठीं। "अरशद मेरे भाई, तुम जिस भी दुनिया में हो, मैं तुम्हारी सलामती की दुआएँ माँगती हूँ।"

21

फरवरी का दूसरा सप्ताह चल रहा था। पूर्णेन्दु शेखर देर से सोकर उठा। आज भी इलाहाबाद में मौसम खराब था। रुक-रुक कर बारिश हो रही थी।

कुछ देर के लिये बारिश रुकी थी, उसी समय पूर्णेन्दु शेखर लल्ला चुंगी तक चाय पीने आया था। तेज बारिश शुरू हो गयी थी। उस दौरान कई बार बिजली कड़की थी। सुबह के अखबार में उसने पढ़ा था कि पूर्वी उत्तर प्रदेश में आकाशीय बिजली गिरने से कई लोगों की मौत हो चुकी थी। पूर्णेन्दु शेखर सोच रहा था--

''आज मधुमिता की बड़ी शिद्दत से याद आ रही है। पता नहीं वह अपने ननिहाल से लौटी या नहीं। मैं बहुत दिनों से वहाँ जा भी तो नहीं पाया। सोच रहा हूँ कि आज शाम को वहाँ जाऊँ, हो सकता वह आ गयी हो। और शेफाली उसे देखकर न जाने कैसी अनुभूति होती है। कैसा आह्लादक है उसका शर्मीलापन। ओह! मैं क्या सोच रहा हूँ? वो मुझे 'दादा' कहती है और मैं न जाने क्या सोच रहा हूँ।''

पूर्णेन्दु शेखर एक स्वप्निल दुनिया में था, वह दुनिया जो उसे लुभाती थी और सम्मोहित करती थी। शाहजहाँ, मुमताज महल, सतीउन्निसा, जहाँआरा, उस्ताद ईसा, मधुमिता, शेफाली---कितने किरदार हैं जिन्दगी में। बारिश थम चुकी थी। हल्की-हल्की धूप निकल आयी थी। पूर्णेन्दु शेखर अपने छात्रावास में लौट आया। गैलरी में बैठकर वह प्रकृति के निर्व्याज सौन्दर्य को देख रहा था। फलों से लदे हुए बेर के पेड़ पर सुनहली धूप पड़ रही थी। उसकी टहनियों पर बुलबुल, मैना आदि पक्षी बैठे हुए थे। पूरा परिवेश उनके कलरव से गुंजायमान था। रेलिंग के उस पार बहुत अधिक संख्या में बबूल के पेड़ थे। मधुमिता चटर्जी ने उससे एक बार कहा था--''बबूल के पेड़ मुझे सम्मोहित करते हैं। 'बोया पेड़ बबूल का आम कहाँ से होय?' यह मुहावरा मुझे पसन्द नहीं है।''

पूर्णेन्दु शेखर अपने छात्रावास से निकला। चारों ओर उजली-उजली धूप खिली हुई थी। हवा में हल्की-हल्की सिहरन थी। पूर्णेन्दु शेखर आहिस्ता-आहिस्ता चल रहा था। एलेनगंज कब आ गया, उसे पता ही नहीं चला। मधुमिता के घर के आस-पास सन्नाटा था। कम ऊँची चहारदीवारी से घिरा हुआ मधुमिता का घर बहुत ही खूबसूरत था। सामने के हिस्से में गुलमोहर, मौलश्री और आम के पेड़ थे। घर के पिछले हिस्से में रंग-बिरंगे फूल खिले हुए थे। कुछ देर तक वह बाहरवाले गेट पर खड़ा रहा। मधुमिता के घर के पासवाले कैम्पस में सेमल के दो पेड़ लाल रंग के फूलों से लदे हुए थे। पूर्णेन्दु शेखर को इस बात पर आश्चर्य हो रहा था कि मधुमिता के यहाँ वह बहुत बार आया था लेकिन आज उसे संकोच क्यों हो रहा है। वह सोच रहा था 'घर में मधुमिता और शेफाली दोनों होंगी या सिर्फ मधुमिता? स्नेहमयी जी भी होंगी, सौमित्र जी तो आमतौर पर इस समय घर में नहीं रहते।''

पूर्णेन्दु शेखर ने देखा कि आम के पेड़ पर एक गौरैया अपने बच्चे के मुँह में दाना डाल रही है। उस दृश्य को देखकर बहुत भावुक हो गया पूर्णेन्दु शेखर। 'एक चिड़िया चोंच में तिनका लिये जा रही है, वह सहज में ही पवन उनचास को नीचा दिखाती' हरिवंश राय बच्चन की ये पंक्तियाँ उसे बरबस याद आ गयीं। चीं चीं की आवाज सुनकर उसका मन पुलकित हो गया। ''आओ पूर्णेन्दु बेटा, बाहर क्यों खड़े हो?''

स्नेहमयी जी की आवाज सुनकर पूर्णेन्दु शेखर का ध्यान भंग हुआ। वह परिसर के अन्दर आया। स्नेहमयी जी के साथ वह ड्राइंग-रूम में पहुँचा। मधुमिता चटर्जी ने बड़ी गर्मजोशी से उसका स्वागत किया। लाल टी शर्ट में मधुमिता चटर्जी बेहद आकर्षक लग रही थीं। उसके घुँघराले बाल सौन्दर्य में चार चाँद लगा रहे थे। उसके पूरे व्यक्तित्त्व में बंगबाला का अल्हड़पन दिखलायी दे रहा था। ''एक लम्बे अरसे के बाद जनाब का दीदार हुआ, हम तो धन्य हो गये। मम्मी तुम्हारा जिक्र बार-बार करती थीं, शेफाली भी पूछती थी कि पूर्णेन्दु दादा क्यों नहीं आ रहे हैं। तुम तो ईद के चाँद हो गये थे। शेफाली अपने हरीश दादा को बहुत याद कर रही थी। शेफाली बुआ के यहाँ गयी है, वह आती ही होगी।''

पूर्णेन्दु शेखर ने देखा कि मधुमिता के चेहरे पर शरारत टपक रही थी। ''उपन्यास लिखने में मैं इतना व्यस्त हो गया कि इतने दिनों तक तुम लोगों से कटा रहा। लेकिन क्या करूँ? किसी विशेष वस्तु पर केन्द्रित हो जाने पर कई जरूरी चीजें कुछ समय के लिये हमसे छूट जाती हैं।''

मधुमिता ने कोई जवाब नहीं दिया। वह चाय लाने के लिये अन्दर चली गयी। पूर्णेन्दु शेखर दीवार पर लगे कैलेण्डरों को देखने लगा। चीड़ के दो पेड़ निस्पन्द खड़े

थे। उसके बगल से धूल भरा रास्ता दूर तक चला गया था। सामने पहाड़ थे, रास्ते के दोनों ओर तालाब था। तालाब के लहराते हुए नीले पानी में लाल कमल खिले हुए थे। तालाब से थोड़ी दूरी पर एक खूबसूरत कॉटेज था। नीले आकाश में पंछी उड़ रहे थे।

पूर्णेन्दु शेखर उस चित्र में खोया हुआ था। चित्रकार उसे एक नयी दुनिया में ले गया था। ''कहाँ खो गये हो मेरे उपन्यास सम्राट्!'' मधुमिता की मधुर आवाज से पूर्णेन्दु शेखर की तन्द्रा भंग हुई। ''कुछ नहीं मधुमिता, बड़ा ही खूबसूरत कैलेण्डर है, इसे ही देख रहा था। सोच रहा था कि हम लोग प्रकृति से दूर होते जा रहे हैं। हमारे जीवन में कितना बनावटीपन है। गमले में पौधे उगाकर हम प्रकृति प्रेमी होने का दम्भ भरते हैं। मेरी कोमल कल्पनाओं में ऐसा ही घर है जिसके पास तालाब हो और उसमें कमल खिले हों। आसपास पेड़-पौधे हों, गौरैया, बुलबुल, तोता और मैना वहाँ रोज चहकते हों, ऐसा ही परिवेश मुझे चाहिए।''

मधुमिता चटर्जी के मुख पर गम्भीरता छा गयी थी। सामने नीम के पेड़ पर बगुलों का झुण्ड बैठा हुआ था। ''तुम दोनों के बीच यह कैसी चुप्पी छायी हुई है?'' स्नेहमयी की आवाज से दोनों का ध्यान भंग हुआ। ''ऐसी कोई बात नहीं है मम्मी। पूर्णेन्दु थोड़ा-सा संकोची और शर्मीला है। थोड़ी देर बाद यह बातचीत की रौ में आता है।'' स्नेहमयी को हँसी आ गयी। ''संकोची लड़के तो लड़कियों से दोस्ती भी नहीं करते। इसने तुमसे दोस्ती कैसे कर ली?'' तब तक शेफाली दिखायी पड़ी। पूर्णेन्दु को देखते ही वह चहक उठी--

''ओह! पूर्णेन्दु दा, कहाँ छिपे थे इतने दिनों तक?'' पूर्णेन्दु शेखर ने ध्यान से देखा। सामने था निर्व्याज सौन्दर्य। शेफाली की बड़ी-बड़ी आँखों में मासूम शरारत झलक रही थी। ''कहाँ खो गये मेरे देवदास?'' पूर्णेन्दु शेखर का भाव विभोर मन सामान्य हुआ। ''मैं कविताएँ लिखती हूँ, यह तो आपको पता है लेकिन आपको शायद नहीं पता होगा कि मैं सितार भी बजाती हूँ। आज आपको मेरा सितार वादन सुनना ही होगा पूर्णेन्दु दा।'' पूर्णेन्दु शेखर को बहुत अच्छा लगा।

''मुझे नहीं पता था कि शेफाली बहुआयामी प्रतिभा की है। मैं तुम्हारा सितार वादन जरूर सुनना चाहूँगा।'' शेफाली का कमरा ऊपर था। मधुमिता और शेफाली के साथ पूर्णेन्दु शेखर ऊपर पहुँचा। बहुत बड़ी छत थी। तोतों का झुण्ड उड़ते हुए दूर चला गया था। हल्की-हल्की हवा चल रही थी और सुन्दर धूप खिली हुई थी। शेफाली के कमरे में दो रोशनदान थे। शेफाली सितार लेकर दीवान के ऊपर बैठ गयी। उस तरफ की दीवार पर दो कैलेण्डर टँगे थे। एक में थे गुरुदेव रवीन्द्रनाथ टैगोर दूसरी तस्वीर में थे प्रेमचन्द। दीवान के सामनेवाली दीवार पर एक खूबसूरत

कैलेण्डर टँगा हुआ था। यमुना का लहराता हुआ नीला जल, यमुना के जल में नहाती हुई गोपियाँ, यमुना के किनारे खड़े कदम्ब के वृक्ष, कृष्ण बांसुरी बजा रहे हैं,-- मनोहारी दृश्य था।

शेफाली ने हाथ जोड़कर अभिवादन किया और फिर उसकी उंगलियाँ सितार पर थिरकने लगीं। लग रहा था कि सुरों की बारिश हो रही है। पूर्णेन्दु शेखर को इलाहाबाद कि वह खूबसूरत शाम याद आ गयी जब उसने प्रयाग संगीत समिति में शुजात खाँ का सितार वादन सुना था। तबले पर थे कलकत्ता के विक्रम घोष। सभागार खचाखच भरा हुआ था। गजब की जुगलबन्दी थी। उसको अफसोस था कि वह पण्डित रविशंकर और उस्ताद विलायत खाँ को नहीं सुन पाया था।

शेफाली के सितार वादन पर मन्त्रमुग्ध था पूर्णेन्दु शेखर।

पूर्णेन्दु शेखर ने देखा कि संगीत और सौन्दर्य का अद्भुत समन्वय। सौन्दर्य अपने आप में बड़ी चीज है। वह आकर्षित करता है, रोमांचित करता है और संवेदित करता है। यहाँ तो सौन्दर्य भी है और सुरों की बारिश भी हो रही है। ''कहाँ खो गये पूर्णेन्दु?'' मधुमिता की आवाज सुनकर उसका भावाकुल मन सामान्य हुआ। शेफाली का सितार वादन समाप्त हो चुका था। ''पूर्णेन्दु दा, आप अपना उपन्यास जल्दी पूरा कर लीजिये। मुझे पूरा विश्वास है कि आपका यह उपन्यास एक अनूठी रचना के रूप में याद किया जायगा।'' ''ओह! शेफाली, तुम्हें मेरी रचनाशीलता पर इतना विश्वास है। मैं तुम्हारी कसौटी पर खरा उतरने का प्रयास करूँगा।'' पूर्णेन्दु शेखर अपने छात्रावास लौट आया।

22

लाहौर में अपने महल के प्रकोष्ठ में उदास बैठी थी नूरजहाँ। लाड़ली बेगम ने उसे मुमताज महल का पत्र लाकर दिया। ''मन उदास है इसलिये मैं आपको ख़त लिख रही हूँ। शाहंशाह तो सियासी खेल में ही व्यस्त हैं, उन्हें मेरी भी परवाह नहीं है। मैंने उन्हें बहुत समझाया कि आप फूफीजान को गुनाहगार मत समझें लेकिन मेरी बातों का उन पर कोई फ़र्क़ नहीं पड़ रहा है। आपकी बड़ी शिद्‌दत से याद आ रही है फूफीजान! सियासत ने हमारे रिश्ते में दरार डालने की कोशिश की है लेकिन मेरा यकीन कीजिये कि मैं आपसे दूर नहीं हूँ, सरहद ने दूरी पैदा कर दी है लेकिन दिल में दूरी नहीं है। मेरी शादी के दो दिन बाद आपने मुझसे कहा था--'आरजू, हम बुआ-भतीजी उस खानदान की बहू हैं जिस खानदान के शहजादियों की शादी नहीं होती। कितनी नाइन्साफी है ये। अगर मुझे बेटी पैदा होती है तो मैं उसकी शादी जरूर करूँगी। आरजू, मैं तुम्हें भी एक नेक सलाह दे रही हूँ कि यदि तुम्हारे पास बेटी होगी तो उसकी शादी जरूर करना। हमें मुगलों की इस रिवाज को बदलना है।'' मुझे आपकी बात अच्छी तरह याद है और मैं उस पर अमल भी करूँगी। आज अपना जी छोटा मत कीजियेगा फूफीजान! वक्त ने हमें आमने-सामने खड़ा कर दिया है लेकिन आप मेरी तरफ से निश्चिन्त रहें। मुगलों को गरूर है कि वे सबसे बड़े खानदान के हैं इसलिये वे अपनी बेटियों की शादी अपने से निचले स्तर पर नहीं कर सकते। ये इनका झूठा दम्भ है। ये राजपूतानीयों को अपनी बेगम बना सकते हैं लेकिन इनकी बेटी राजपूतों के यहाँ नहीं जा सकती। मैं आपसे मिलने के लिये बेताब हूँ फूफीजान। मैं शाहंशाह से गुजारिश करूँगी वे मुझे लाहौर जाने की अनुमति दें।''

मुमताज महल का पत्र पढ़ते हुए नूरजहाँ की आँखें छलछला उठीं। शाम ढल रही थी। मीनार पर कबूतर का जोड़ा बैठा हुआ था। नूरजहाँ को अपना अतीत याद

आने लगा। शाहजहाँ सलीम से प्रथम मिलन के क्षण स्मृति में कौंध गये। कपोती का उड़ना याद आया। प्रगाढ़ आलिंगन को स्मरण करते हुए रोम-रोम पुलकित हो गया। वह सोच रही थी--

''आज शाहंशाह जहाँगीर इस फ़ानी दुनिया में नहीं हैं। मेरे पास हुनर था, ताकत थी लेकिन आज मैं लाचार हूँ। शाहंशाह थे तो मेरी दुनिया में रौनक थी, सियासत का मरकज मेरे पास था। आज मैं बेबस हूँ, तन्हा हूँ। अब तो ख़ुदा की इबादत में ही समय गुजारना है। शाहंशाह ने मेरा नाम रखा था नूरमहल। आज क्या है? मैं किसकी नूर हूँ? अफसोस है कि मैं दूसरों के रहमों करम पर गुज़ारा कर रही हूँ। ऐसी जिन्दगी से मौत अच्छी है। हे परवरदिगार! कब तक मेरा इम्तिहान लोगे----। ओह! मैं क्या सोच रही हूँ। मेरी जिन्दादिली कहाँ चली गयी? मेरे इशारों पर पूरी सत्ता चलती थी। आज दो लाख की सालाना रकम पर गुजारा कर रही हूँ।'

नूरजहाँ अपनी भतीजी को पत्र लिख रही थी--''क्या लिखूँ आरजू? यहाँ पर हम माँ-बेटी किसी तरह से दिन काट रहे हैं। वक्त-वक्त की बात है, कभी हम अर्श पर होते हैं तो कभी फ़र्श पर। तुम्हें देखने की दिली ख़्वाहिश है लेकिन यह मुमकिन नहीं लग रहा है। अब तुम हिन्दुस्तान की मलिका हो और तुम्हारे ऊपर बहुत जिम्मेदारियाँ हैं। दूसरी बात यह है कि मैं ख़ुर्रम को बख़ूबी जानती हूँ। वह तुम्हें लाहौर नहीं भेजेगा। वह बेहद जिद्दी है। फिर भी तुम कोशिश करो, हो सकता है कि वह राजी हो जाय। हम औरतों की अजीब दास्तान है आरजू। हम आजाद नहीं है। दुनिया की नज़र में मैं एक कामयाब औरत थी और लोग यह भी सोचते होंगे कि हुकूमत की असली ताकत नूरजहाँ में थी, जहाँगीर में नहीं। अब वे इस फ़ानी दुनिया में नहीं है, मैंने कभी भी शाहंशाह की बेअदबी नहीं की। वे मेरे शौहर ही नहीं, दोस्त भी थे।'' नूरजहाँ की आँखें भर आयीं। लाड़ली बेगम ने पूछा--

''आप उदास क्यों हैं अम्मीजान?'' ''कोई बात नहीं है लाड़ली। मैं कोशिश कर रही हूँ कि हमारी हसरतें काबू में रहें। शानो शौकत की जिन्दगी जीने के बाद आज हम मानो कैदखाने में हैं। अब यह जिल्लत भरी जिन्दगी जीना मुश्किल है बेटी।''

लाड़ली बेगम ने जवाब नहीं दिया। उसकी आँखों में आँसू थे। शाम का साया गहराने लगा था। दूर रावी की लहरों का शोर सुनायी पड़ रहा था।

''अब तो सिर्फ इतनी ही तमन्ना है कि एक बार आरजू को जी भरके देख सकूँ। हे परवरदिगार! मेरी यह ख़्वाहिश पूरी करना।''

23

दक्षिण में भीषण अकाल पड़ा था। इस अकाल का दायरा व्यापक था। अहमदनगर, गोलकुण्डा, गुजरात तथा मालवा के कुछ भागों की स्थिति बहुत खराब हो गयी थी। जनता त्राहि-त्राहि कर रही थी। रोटी के लाले पड़ गये थे। भूख की ज्वाला से जलते हुए इन्सान ने मानवता को शर्मसार कर दिया था। लोग एक-दूसरे के ख़ुन के प्यासे हो गये थे। खाद्य और अखाद्य का भेद मिट गया था। कुत्तों का मांस बिकने लगा था। उसको बकरे का मांस बताकर बेचा जा रहा था।

मुमताज महल को इस अकाल की सूचना मिली। उसकी कनीज़ सतीउन्निसा उससे मिलने आयी।

''दकन की हालत बदतर होती जा रही है आरजू। मैंने सुना है कि एक इन्सान दूसरे इन्सान का गोश्त खाने लगा है। चारों ओर अफरा-तफरी मची हुई है। आप शाहंशाह से कहिये कि वे हालात को काबू में रखने के लिये रिआया को दान दें।''

मुमताज महल के चेहरे पर शिकन आ गयी। दकन के हालात ने उसे व्यथित कर दिया। वह धार्मिक और दयालु महिला थी। ''मैं आज शाम को शाहंशाह से कहूँगी कि वे अपने राजकोष का एक हिस्सा अपनी रिआया के लिये खोल दें। इन्सानों की जहालत भरी जिन्दगी के बारे में सुनकर मेरी रूह काँप जा रही है।''

सतीउन्निसा वहाँ से चली गयी। मुमताज महल चिन्ता में निमग्न थी। कुछ देर बाद वह नींद के आगोश में थी। मध्याह्न का समय हो गया चुका था। शाहजहाँ अपने हरमसरा में पहुँचा। उसके कदमों की आहट से मुमताज महल की नींद खुल गयी। ''तुम्हारी तबीयत नासाज है मुमताज? चारों तरफ उथल-पुथल मची है।

खानजहाँ लोदी ने बुरी तरह परेशान कर दिया था। किसी तरह हमने उसका दमन किया। दकन और गुजरात के अकाल ने तो रिआया को बुरी तरह परेशान कर दिया है।''

चिराग जल रहा था। ''शाहंशाह, ऐसे हालात कैसे बने?'' शाहजहाँ ने दीर्घ निश्वास लेते हुए कहा--''पिछले वर्ष दकन और गुजरात में बारिश कम हुई थी। इस साल भी बारिश कम होने के कारण सूखे की स्थिति उत्पन्न हो गयी है। तुम चिन्ता मत करो आरजू, मैं इस मुश्किल हालात से रिआया को निजात दिलाऊँगा। जगह-जगह लंगर खोला जायगा, भूखे लोगों को रोटी और शोरबा दिया जायगा। हर सोमवार को गरीबों को पाँच हजार रुपये बाँटे जायेंगे। भूमि कर भी माफ कर दिया जायगा।''

मुमताज महल के चेहरे पर रौनक आ गयी। मुमताज महल का गोरा रंग दमक रहा था। उसकी तुलना में शाहजहाँ का रंग गेहुँआ था लेकिन उसकी भूरी आँखें अत्यन्त चमकदार थीं।

''एक बात पूछूँ, बुरा तो नहीं मानेंगे? जहाँआरा जवान हो रही है। मेरी दिली ख़्वाहिश है कि उसकी शादी देख सकूँ। आप महान् मुगलों में अजीब रिवाज है कि आप लोग अपनी बेटियों को कुँवारी रखते हैं, उनके जज़्बात की परवाह नहीं करते। मैं रोशनआरा की भी शादी करूँगी।'' शाहजहाँ आश्चर्यचकित होकर मुमताज महल को देख रहा था। ''देखो मुमताज, मैं वादा तो नहीं करता कि ऐसा करूँगा लेकिन मेरी कोशिश होगी कि तुम्हारे जज़्बात की कद्र हो सके। मेरे पुरखों ने क्या समझकर ऐसा किया, मुझे मालूम नहीं है।'' मुमताज महल के चेहरे पर मुस्कान तैर गयी। ''शाहंशाह, आप मुझसे झूठ बोल रहे हैं। आपको सब-कुछ पता है। आप लोगों को इस बात का घमण्ड है कि मुगल खानदान सबसे ऊँचा है। आप लोगों को लगता है कि अपनी बेटी किसे दें। इस्लाम को तहज़ीब ईरान ने दिया, आप ईरान के बड़े खानदान में अपनी बेटियों की शादी कर सकते हैं। राजपूत मुगलों से कम नहीं हैं, न बहादुरी में न तहज़ीब में। जहाँआरा और रोशनआरा की शादी किसी राजपूत से होती है तो मुझे उज्र नहीं होगा।'' शाहजहाँ के चेहरे पर गुस्सा झलक रहा था लेकिन उसने अपने आपको संयमित करते हुए कहा--

''तुम जज़्बाती हो बेगम लेकिन सियासत में ऐसा नहीं चलता। हमारे हाथों में पूरे हिन्दुस्तान की हुकूमत है और राजपूत रजवाड़े हमारी सरपरस्ती में हैं। अगर हम अपनी बेटियों की शादी वहाँ करने लगेंगे तो राजपूत अपने आपको हमारे बराबर समझेंगे। ऐसा मुमकिन नहीं है बेगम।''

चाँदनी रोशनदान से छनकर शयनकक्ष में आ रही थी। ''इस खुशनुमा माहौल में हम दोनों सियासत की बातें कर रहे हैं। देखो, आसमान में माहताब चमक रहा है और इधर मेरे सामने है माहताबीं मुमताज महल। तुम्हारे सुर्ख़ रुखसार मुझे मदहोश कर रहे हैं। ओह मुमताज।''

मुमताज महल थोड़ा दूर हट गयी।

''नहीं शाहंशाह, भले ही मौसम खुशनुमा है ख़्याल इश्क़ मिज़ाजी का है लेकिन आज मैं अलग ख़यालात में जी रही हूँ। मैं भूख से बेचैन इन्सानियत को देख रही हूँ। आप कल ही उन बेसहारा लोगों के लिये फ़रमान जारी कीजिये।'' शाहजहाँ को बुरा लगा लेकिन उसने कहा--''आप तो नाराज हो गयीं बेगम, कोई बात नहीं। मैं रिआया के लिये इतना करूँगा जितना आपने सोचा भी नहीं होगा।''

24

लगातार बच्चा जनत-जनते मुमताज महल के यौवन में पहले जैसी ताजगी नहीं रही। शाहजादी कुदसिया बेगम उसकी तेरहवीं सन्तान थी। पैदाइश के एक साल बाद वह गुजर गयी। शाहजहाँ अपनी बेगम मुमताज महल से बेपनाह मुहब्बत करता था लेकिन वह अब नयापन चाहता था। उसी दौरान वह दिलावर खाँ की बेटी शहनाज़ पर आसक्त हुआ। शहनाज़ का हुस्न दिलकश था। शाहजहाँ और शहनाज़ के इश्क के चर्चे दबी ज़ुबान से होने लगे थे। एकाध बार मुमताज महल ने विरोध किया था लेकिन शाहजहाँ ने उसे बहला दिया था। वह लगातार मौके की तलाश में रहने लगा। मुमताज महल कुछ दिनों के लिये मायके गयी थी। शाम का धुँधलका था। शहनाज दबे पाँव शयनकक्ष में दाखिल हुई। उसका गोरा रंग दमक रहा था। वह कायनात की खूबसूरत परी लग रही थी। शाहजहाँ ने शहनाज़ को अपने आगोश में ले लिया। शहनाज़ के दिलकश हुस्न में सराबोर था शाहजहाँ। शहनाज़ अल्हड़ और चुलबुली थी। उसकी आँखों से शरारत टपकती थी। ज्वार थम चुका था, सागर शान्त था। शाहजहाँ खिड़की से छनकर आती हुई चाँदनी को देख रहा था। रंगमहल में सन्नाटा था। यह महल शाहजहाँ का ख़्वाबगाह था।

"जहाँपनाह! आप तो ताज बीवी से बहुत प्यार करते हैं न?"

"क्यों ऐसा सवाल पूछ रही हो? क्या तुम्हें कोई शक है?" "एक बात पूछूँ, बुरा तो नहीं मानेंगे? क्या ताज बीबी आपको जिस्मानी सन्तुष्टि नहीं दे पा रही हैं?" शाहजहाँ भड़क गया "तुम अपनी औकात में रहो शहनाज़! आज मैं तुम्हारे साथ हूँ, इसका मतलब यह नहीं है कि मैं अब मुमताज को कम प्यार करता हूँ।"

शहनाज़ खिलखिलाकर हँस पड़ी। "गुस्ताखी माफ हो शाहंशाह। मैं तो मजाक कर रही थी।" शाहजहाँ खिड़की से छनकर आती हुई चाँदनी को देख रहा था। रंगमहल में सन्नाटा था। यह महल शाहजहाँ का ख़्वाबगाह था।

"तुम्हारा शबाब मदहोश करनेवाला है। तुम्हारे रुख़सार पर गुलाब का फूल लहकता है। ओह शाहनाज़--।"

"इतनी तारीफ मत करिये शाहंशाह। ताजबीवी की खूबसूरती के सामने मैं कहाँ टिक सकती हूँ। यह आपका बड़प्पन है कि मुझ नाचीज पर मेहरबानी कर रहे हैं।" शाहजहाँ ने बाहर देखा। चारों ओर चाँदनी बरस रही थी। शाहजहाँ की नज़र शहनाज़ के बाहों की मांसलता पर गयी। 'मुमताज बेहद खूबसूरत है फिर भी मेरा भटकाव क्यों? मुमताज और शहनाज़ में फ़र्क है? मुमताज एक नाजुक़ शगूफ़ा है तो शहनाज़ एक रक्कास शरारा है।" शाहजहाँ सोच रहा था। "किन ख़यालों में खोये हुए हैं शाहंशाह?" शहनाज़ की आवाज सुनकर शाहजहाँ का ध्यान भंग हुआ।

"शहनाज़ मैं मुमताज के साथ नाइन्साफी कर रहा हूँ। वह मुझे दिलोजान से चाहती है। मैं उसकी पाकीज़गी को सलाम करता हूँ। तुम मेरे पास मत आया करो शहनाज़।" शहनाज़ आश्चर्यचकित होकर शाहजहाँ को देख रही थी। वह शाहजहाँ की कामुकता को भली-भाँति समझती थी। "ऐसे खुशनुमा माहौल में आप यह बेसुरा राग क्यों छेड़ रहे हैं शाहंशाह? आप हिन्दुस्तान के मालिक हैं, आपके पास तख़्तोताज है। हम जैसे लोगों की क्या औक़ात है। हम तो ऐसे खिलौने हैं जिससे खेलने के बाद आप लोग उसे तोड़ या फेंक देते हैं। हम तो तारीख़ की तीरगी में गुम हो जाते हैं। आप लोगों को क्या फ़र्क़ पड़ता है।" शहनाज़ की आँखों में आँसू थे। शाहजहाँ भावुक हो गया। "ऐसा नहीं है शाहनाज़। सभी लोग ऐसे नहीं होते। हमारी भी कुछ मजबूरियाँ हैं। शहनाज़ का शिगुफ़्ता चेहरा हमें एक नयी रोशनी देता है लेकिन हम भी बेबस हैं। हमारे चारों ओर रिश्तों की दीवारें खड़ी हैं। तुम्हारे रुख़सार पर अश्क देखकर हम ग़मज़दा हैं। मुमताज के अलावा मैं तुम्हें भी बेहद चाहता हूँ लेकिन दुनिया की नज़र हमारे ऊपर रहती है। हम शाहंशाह हैं लेकिन हमारी जिन्दगी बेकार है। हम अऐयाशी कर सकते हैं लेकिन अपना ग़म बाँट नहीं सकते। हमें अपने बच्चों की परवरिश की भी चिन्ता है। जहाँआरा और रोशनआरा बड़ी हो रही हैं। इनकी भी शादी होनी चाहिए लेकिन हमारे खानदान में बेटियों की शादी का रिवाज नहीं है। मैं पूरी कोशिश करूँगा कि यह रिवाज बदले।"

शाहजहाँ शराब पीने का शौकीन था। तेईस साल की उम्र तक उसने मधुरा को होठों से नहीं लगाया था। जब वह चौबीस साल का हुआ तो अजमेर में उसकी सौर वर्षगाँठ का उत्सव मनाया गया। जहाँगीर के आग्रह पर उसने इसी अवसर पर पहली बार मदिरापान किया था। "नीले आसमान में महताब चमक रहा था और जमीन पर शहनाज़ का दिलकश हुस्न है। ओह शहनाज़, मैं तिश्ना हूँ, मेरी तिश्नगी बढ़ती ही जा रही है। मुझे मैकशी का शौक नहीं था लेकिन अब्बाजान के कहने पर मैंने

शराब को होठों से लगाया। उन्होंने मुझसे कहा कि शराब की लत मत डालना लेकिन कुछ ख़ास मौकों पर जरूर पीना। आज तो खास मौका है ही। आज तो मय भी है, मैकश भी है और साक़ी भी। कम-से-कम एक प्याला पिला दो।''

शहनाज़ की बड़ी-बड़ी आँखों से मादकता टपक रही थी। उसने प्याला आगे बढ़ाया, शाहजहाँ के हाथ काँप रहे थे। ''शाहंशाह! आपके हाथों में जुम्बिश क्यों है? मैं ही अपने हाथों से आपको पिलाती हूँ। मैं खुशनसीब हूँ कि मुझे हिन्दुस्तान के शाहंशाह की शाबाशी मिल रही है।''

रंगमहल का सन्नाटा और गहराता जा रहा था। चाँदनी और अधिक फैलती जा रही थी। यमुना की लहरों पर चाँदनी तैर रही थी। कभी-कभी परिन्दों की आवाज उस निःस्तब्धता को भंग कर देती थी। ''हम शानो शौकत से रहते हैं लेकिन हमारी जिन्दगी में गुलाब के फूल हैं तो बेशुमार काँटे भी हैं। सियासी दाँव-पेच में उलझन के कारण हम कायनात की खूबसूरती से महरूम रहते हैं। देखो शहनाज़! रोशनदान से छनकर आती हुई चाँदनी कितनी खूबसूरत लग रही है। अवाम समझती है कि सियासतदान लोग संगदिल होते हैं, लेकिन ऐसा है नहीं। काश! कोई हमारे जज़्बात को समझता। तुम समझ रही हो न शहनाज़?''

''आप सोगवार न हो शाहंशाह! मैं आपके जज़्बात को समझ रही हूँ। आपकी ख़िदमत में मैं अपने आपको खुशनसीब समझूँगी।'' शाहजहाँ ने शहनाज़ के जलते हुए होठों को चूम लिया।

25

खानजहाँ लोदी की बगावत के कारण शाहजहाँ बहुत परेशान हो गया। खानजहाँ आगरा से बुरहानपुर भाग गया था। शाहजहाँ शाही लश्कर के साथ बुरहानपुर पहुँचा। मुमताज महल भी साथ में थी। मुमताज महल के पाँव भारी थे। दाराशिकोह, शुजा और औरंगजेब भी साथ में थे। मुमताज महल की प्रिय सहेली और कनीज़ सतीउन्निसा भी साथ में थी। फागुन का महीना चल रहा था।

सतीउन्निसा मुमताज महल के शयनकक्ष में बैठी हुई थी। दोपहर का समय था।

''शहजादी कुदसिया बेगम को गुजरे अभी कुछ ही महीने हुए हैं। उसकी भोली सूरत भूलती ही नहीं है। सती, तुम तो देख ही रही हो कि औरत की जिन्दगी कितनी कठिन है। अब तक सात बच्चों को खो चुकी हूँ, मेरा दिल चाक हो गया है। सभी मेरे जिगर के टुकड़े थे। मुझे समझ में नहीं आ रहा है कि अल्लाह इतना संगदिल कैसे हो सकता है।''

सतीउन्निसा के चेहरे पर चिन्ता की रेखाएँ साफ दिखायी दे रही थीं। वह देख रही थी कि उसकी सहेली और हिन्दुस्तान की मलिका कितनी दुखी है लेकिन उसने सांत्वना देते हुए कहा--''आरजू, मैं तुम्हारा शगुफ़्ता चेहरा देखना पसन्द करती हूँ, तुम ग़मज़दा मत होना। लेकिन मेरी एक बात जरूर मानो। अपनी सेहत का जरूर ख़्याल रखो। हकीम दौलत खाँ ने एक बार मुझसे कहा था--'तुम तो मलिका की ख़ास हो इसलिये मैं तुमसे अर्ज़ करता हूँ कि वे अपनी सेहत का ख़याल रखें।'

''मैं तो अपने सेहत की फिक्र करती हूँ सती लेकिन शाहंशाह पता नहीं क्या सोचते हैं। मुझे जहाँआरा, दाराशिकोह, शुजा, रोशनआरा, औरंगजेब इन सभी की चिन्ता है। जहाँआरा और रोशनआरा में मनमुटाव रहता है। दारा और औरंगजेब के दरमियान भी अच्छे ताल्लुकात नहीं हैं।''

''आप इन दुनियावी चिन्ताओं में मत पड़ो आरजू। कल क्या होगा, कौन जानता है। हाँ, मैं तुमसे एक बात बताना भूल गयी थी। हकीम साहब ने कहा था कि अब आगे बच्चा नहीं होना चाहिए। जच्चा की ज़ान का खतरा हो सकता है।'' मुमताज महल के होठों पर फीकी-सी मुस्कान आयी और तुरन्त गायब हो गयी।

''जिन्दगी और मौत तो ऊपरवाले के हाथ में है। मैं अपनी सेहत का ख़याल रखूँगी सती क्योंकि मुझे अपने बच्चों की फिक्र है। मेरे न रहने पर कौन इनका ख़याल करेगा।'' कुछ देर तक खामोशी छायी रही। ''अब तुम आराम करो आरजू, मैं चलती हूँ।'' सतीउन्निसा शयनकक्ष से बाहर चली गयी।

जहाँआरा ने शयनकक्ष में प्रवेश किया। अपनी जवान बेटी को देखकर मुमताज महल का रोम-रोम पुलकित हो गया और उसकी आँखों में आँसू आ गये। ''आप रो रही हैं अम्मीजान? अब्बाजान को तो सियासत से फुर्सत नहीं मिलती। जब से हम यहाँ आये हैं, लगातार उथल-पुथल हो रही है।''

मुमताज महल ने अपने आपको संयत किया। ''शाहंशाह तुम सभी को बेइन्तिहा चाहते हैं। तुम सबसे बड़ी हो इसलिये तुम्हारे ऊपर ज़िम्मेदारी ज़्यादा है। मेरी जिन्दगी का कोई भरोसा नहीं है।'' मुमताज महल की बातों से जहाँआरा को आश्चर्य हो रहा था। ''आप सोगवार न हों अम्मीजान! आपको कुछ नहीं होगा। मैं सब सँभाल लूँगी।'' जहाँआरा अभी मात्र सत्रह साल की हुई थी। उसका लम्बा कद और गोरा रंग आकर्षक लगता था। उसकी बड़ी-बड़ी आँखों में किशोरावस्था की चंचलता झलकती थी। उसका माथा और नाक मुमताज महल से मिलते-जुलते थे। उसके दाहिने गाल पर तिल का निशान था। उसकी मुस्कान में निश्छलता झलकती थी। वह शाहजहाँ की दुलारी थी।

''अम्मीजान, आप हिन्दुस्तान की मलिका हैं, आप नाज़ुक दिलवाली न बनें। हम सबके लिये एक खुशखबरी भी है कि अब्बाजान ने खानजहाँ लोदी को हरा दिया है। उसने मुगल सल्तनत को कमजोर करने की भरपूर कोशिश की लेकिन वह कामयाब नहीं हो पाया। अब्बाजान का सितारा बुलन्दी पर है इसलिये आप अभी मरने की बात न करें।''

मुमताज महल की आँखों में आँसू ढुलक आये। उसे जहाँआरा की परिपक्व बुद्धि पर खुशी हुई। ''जिन्दगी और मौत ऊपरवाले के हाथों में है। मेरी दिली ख़्वाहिश है कि शाहंशाह का सितारा हमेशा बुलन्द रहे। सच कहूँ बेटी, मैं तुम्हारी शादी देखना चाहती हूँ लेकिन मुझे पता नहीं है कि ख़ुदा को यह मंजूर है कि नहीं। जहाँआरा अपनी अम्मीजान के चेहरे के भावों को समझने की कोशिश कर रही थी। ''आप अपने सेहत का ख़याल रखें अम्मीजान। मुझे अभी शादी नहीं करनी है। वैसे मैं इस

रस्म से सहमत नहीं कि मुगल शहजादियों की शादी न हो। हमारे खानदान के मर्दों ने अजीब रिवाज बना रखा है कि मर्दों की कई शादियाँ हो और शहजादियाँ शादी से महरूम रहें। मैं इस रिवाज पर अपना एतराज दर्ज़ करती हूँ। दरअसल मर्दों ने हम औरतों को बेजुबान गुड़िया समझ रखा है।" मुमताज महल अपनी बेटी की स्पष्टवादिता पर चकित थी। वह मन-ही-मन खुश भी हुई कि जहाँआरा अपना वजूद समझती है।

26

जून का महीना चल रहा था। भीषण गर्मी पड़ रही थी। ताप्ती नदी के किनारे स्थित यह शहर बुरहानपुर अपनी हरियाली से सबको सम्मोहित कर लेता था। मुमताज महल को बुरहानपुर में आये हुए एक साल से अधिक हो गया था। वह गर्भवती थी। उसके सारे बच्चे भी साथ में थे।

इधर कई महीनों से मुमताज महल का स्वास्थ्य लगातार खराब चल रहा था। कई हकीमों ने उसका इलाज किया लेकिन उसके स्वास्थ्य में सुधार नहीं हुआ। दौलत खाँ सबसे हुनरमन्द हकीम था। शुरुआत में उसकी दवा से मुमताज की तबीयत में थोड़ा-सा सुधार हुआ था लेकिन बाद में स्थिति बिगड़ गयी। कुदसिया बेगम की मौत के बाद हकीम दौलत खाँ ने मुमताज महल के सेहत का निरीक्षण किया और शाहजहाँ से एकान्त में कहा, ''गुस्ताखी माफ हो जहाँपनाह। मुमताज बेगम की तबीयत अच्छी नहीं है, मैं कोशिश कर रहा हूँ कि उनकी सेहत सुधर जाय। आपसे एक गुजारिश है कि बेगम साहिबा का विशेष ख़याल रखें। बेगम साहिबा का बदन बच्चा पैदा करने लायक नहीं है। बच्चा और जच्चा दोनों को ख़तरा है लेकिन अभी तो कुछ नहीं किया जा सकता लेकिन मैं उनके लिये बेहतर दवाओं की व्यवस्था करूँगा।'' शाहजहाँ के चेहरे पर चिन्ता की रेखाएँ स्पष्ट दिखलायी दे रही थी। ''हकीम साहब, मुमताज के बिना तख़्तोताज मेरे लिये कोई मायने नहीं रखता। काबुल, कन्धार और तेहरान जहाँ से भी काबिल हक़ीम मिलें, आप मुझे इत्तिला कर दें।''

''आप परेशान न हो शाहंशाह! मैं कोशिश करूँगा कि ताजबीबी सही सलामत रहें।''

सतीउन्निसा साये की तरह मुमताज महल के साथ रह रही थी। वह भगवान् से मुमताज महल के सलामती की दुआएँ माँग रही थी। लेकिन उसका अन्तर्मन जान

गया था कि मुमताज अब ज्यादा दिन जिन्दा नहीं रहेगी। वह अपनी सहेली का शगुफ़्ता चेहरा देखना चाहती थी। वह समझ गयी थी कि मुमताज महल की इस हालत का जिम्मेदार शाहजहाँ ही था लेकिन पुरुष प्रधान समाज में महिलाओं की आवाज कौन सुने। "हम औरतों की जिन्दगी क्या है सती। यह सच है कि शाहंशाह मुझसे बेपनाह मोहब्बत करते हैं लेकिन वे भी तो एक मर्द ही हैं। तख़्तोताज की चमक-दमक में वे अपनी मुमताज को कितना समय दे पाते हैं? मैंने एकाध बार मना भी किया था कि मैं अब और बच्चे नहीं चाहती लेकिन उन्होंने सुनकर भी अनसुनी कर दी। इसे मैं क्या समझूँ?"

"आप परेशान न हों मुमताज। मैं चलती हूँ, आप आराम करें।"

सतीउन्निसा चली गयी। मुमताज महल शय्या पर लेट गयी लेकिन उसकी आँखों में नींद नहीं थी। वह बरामदे में आ गयी। नील गगन में चाँद अठखेलियाँ कर रहा था और चारों ओर उन्मादिनी चाँदनी फैली हुई थी। उसे अपने मायके की हवेली याद आयी। हवेली के पीछे बड़ा-सा बाग था और सामने खूबसूरत तालाब।

तालाब का शफ़्फ़ाक पानी उसे लुभाता था। वह अपनी छोटी बहन शबनम के साथ देर तक तालाब के पास बैठती थी। मुमताज महल को तालाब के अन्दर जाने में डर लगता था जबकि शबनम खिलन्दड़े स्वभाव की थी और उसे तैराकी का भी शौक था। वह तैरते हुए तालाब के उस पार चली जाती थी। तालाब में कुमुदिनी के फूल भी थे। दोनों बहनें कुमुदिनी के फूल की माला बनाती थीं। बाग में आम, अमरूद, जामुन, आँवला और शरीफा के पेड़ थे। बाग के किनारे-किनारे चारों ओर करौन्दे के पौधे थे। बुलबुल, कोयल, पपीहा, गौरैया, तोता, मैना, नीलकण्ठ और फुलसुंघनी आदि पक्षियों का यह मनोरम संसार था। मुमताज महल की माँ अकबरी बेगम उसे बहुत मानती थीं और अक्सर कहा करती थीं--

"मेरी आरजू तो चाँद का टुकड़ा है। यह हिन्दुस्तान की मलिका बनेगी।" मुमताज महल के पिता आसफ़ खाँ ने एक बार जवाब दिया था--

"ख़्वाब देखना बुरा नहीं है बेगम लेकिन तुम्हारा ख़्वाब नामुमकिन है।" इस पर अकबरी बेगम ने जवाब दिया था--"इस जहान में नामुमकिन कुछ भी नहीं है।" वह शरमाकर भाग जाती थी। पीहर की जिन्दगी में बड़ी सरलता थी, स्वच्छन्दता थी। आज वह हिन्दुस्तान की मलिका है लेकिन वैसा आनन्द और वैसी स्वच्छन्दता अब कहाँ? उसे अपनी फूफीजान नूरजहाँ की बहुत याद आ रही थी। उसने नूरजहाँ को पत्र लिखा--

"आपकी बेहद याद आ रही है फूफीजान! मेरी तबीयत भी ठीक नहीं चल रही है। मैं आपसे कैसे मिल पाऊँगी? लाड़ली बहन कैसी हैं? आप हिन्दुस्तान की

मलिका थीं और मैं भी हूँ लेकिन क्या हम दोनों की ज़िंदगी खुशनुमा रही है? पता नहीं मैं क्यों ऐसा सोच रही हूँ। अगर मेरे पास फ़ाख्ता के पंख होते तो मैं उड़कर लाहौर चली आती। मुझे आपकी फ़िक्र है। यमुना की मौज रावी की मौज को पुकार रही है। लेकिन उनकी सदाओं को सुननेवाला कोई नहीं है। अभी तो मैं बुरहानपुर में हूँ लेकिन मेरी दिली ख्वाहिश है कि मैं जल्दी-से-जल्दी आगरा पहुँच जाऊँ। शादी के बाद से लेकर अब तक मैं साये की तरह अपने शौहर के साथ-साथ भागती रही लेकिन मुझे इसका मलाल नहीं है। इस उम्मीद में जी रही हूँ कि कभी-न-कभी आपका दीदार हो जायगा।''

27

शनिवार का दिन था। एक दिन पहले भीषण गर्मी पड़ रही थी लेकिन आज आसमान में घने बादल छाये हुए थे। ब्रह्म मुहूर्त्त में एक घण्टे तक मूसलाधार बारिश होने के कारण मौसम खुशनुमा हो गया था। मुमताज महल पिछली रात से ही परेशान थी। विगत एक सप्ताह से मुमताज महल के स्वास्थ्य में ज्यादा गिरावट आ गयी थी। गुलाब के फूल की तरह खिला हुआ चेहरा मलिन हो गया था। शाही हकीम दौलत खाँ ने मुमताज महल के स्वास्थ्य का परीक्षण किया और कहा--

"मैं कुछ दवाएँ दे देता हूँ, आप लोग मलिका की हौसलाआफ़जाई कीजिये।" हकीम की दवा से कुछ आराम मिला लेकिन दो घण्टे बाद मुमताज महल की प्रसव पीड़ा तेज हो गयी। महल की परिचारिकाएँ भागकर आयीं। मुमताज ने एक कन्या को जन्म दिया लेकिन उसके बाद उसकी हालत बिगड़ने लगी। जहाँआरा उसके सामने मौजूद थी। उसने उसको पास बुलाया और कहा--

"तुम्हारे अब्बूजान बगलवाले कमरे में हैं, उनको बुला लाओ। चिराग बुझने-वाला है, अभी थोड़ी-सी लौ बाकी है।" शाहजहाँ मुमताज महल के शयनकक्ष में आया। मुमताज अर्द्धनिद्रा में लेटी हुई थी। शाहजहाँ के कई बार पुकारने पर उसने आँखें खोलीं। "आप आ गये मेरे सरताज? आप जहाँआरा, रोशनआरा, दारा, औरंगजेब, मुराद, शुजा आदि का ख़याल करेंगे ही। मैं बहुत खुशनसीब हूँ कि मेरे जनाज़े को शाहंशाह का काँधा नसीब होगा।"

शाहजहाँ का पूरा चेहरा आँसुओं से तर हो गया। "ऐसा मत कहो मुमताज, तुम अभी मरोगी नहीं, मैं हिन्दुस्तान और बाहरी मुल्कों से भी हक़ीम बुलाऊँगा और अपनी मुमताज को बचाने के लिये जी जान लगा दूँगा।" मुमताज के चेहरे पर मुस्कान तैर गयी। "मैं अभी और जीना चाहती हूँ लेकिन शायद ख़ुदा को यह मंजूर न हो। मुझसे वादा कीजिये शाहंशाह कि मेरे मरने के बाद मेरी याद में एक ऐसी नायाब इमारत

तामीर करवाइयेगा जो तारीख़ में अपना नाम रोशन करे। मैं एक अधूरी ख़्वाहिश लिये हुए इस फ़ानी दुनिया को अलविदा करने जा रही हूँ। मैं अपने बेटे-बेटियों की शादी देख नहीं पायी। आपसे एक गुज़ारिश है कि अपने खानदान के रिवाज को दरकिनार करते हुए अपनी बेटियों की शादी जरूर कीजियेगा।----और क्या कहूँ? बोलने में तकलीफ हो रही है।'' शाहजहाँ की आँखों में आँसू आ गये। वह समझ गया कि उसके हृदय की मलिका, उसकी नूरेचश्म अब इस दुनिया से विदा हो जायगी। ''खुदा हाफ़िज़ मेरे सरताज----।''

मुमताज के आखिरी शब्द थे। उसके साँसों की डोर टूट चुकी थी। आसमान में पीला चाँद उग आया था। शाहजहाँ मुमताज के पार्थिव शरीर के पास बैठ गया। उन्नीस साल तक जो उसके साथ साये की तरह रही, अब वह मुमताज उससे बहुत दूर चली गयी थी। शाहजहाँ की आँखें बरस रही थीं। कमरे में सन्नाटा छाया हुआ था। जहाँआरा और सतीउन्निसा दोनों रो रही थीं। ''अपने आपको सँभालिये अब्बूजान! आप इस तरह रोयेंगे तो हम लोग कमजोर पड़ जायेंगे। आप मेरे अब्बाजान ही नहीं, हिन्दुस्तान के शाहंशाह भी हैं। अम्मीजान के इन्तकाल से सभी सोगवार हैं लेकिन आपको मजबूत बनना होगा।'' जहाँआरा की बात सुनकर शाहजहाँ वहाँ से उठा और पलँग पर बैठ गया। सतीउन्निसा ने अपने सबसे अच्छे दोस्त को खो दिया था। उसके मानस पटल पर बाल्यकाल से लेकर अब तक की स्मृतियाँ सजीव हो उठीं। वह मुमताज महल के पार्थिव शरीर के पास आकर बैठ गयी। उसके गालों पर ढुलके हुए आँसू मुमताज के मस्तक और बालों को भिगो रहे थे। ''आरजू, तुम्हारे जाने से मैं यतीम जैसी हो गयी हूँ। अब मैं अपने दिल की बात किससे कहूँ। तुम्हारी मौत मेरे अन्दर शिकस्तगी छा गयी है। ओह! आरजू, ये तुम्हारे जाने की उम्र थी?'' सतीउन्निसा अपने आप से बात कर रही थी। सतीउन्निसा ने अपनी उस सहेली को खोया था जो बचपन से लगातार उसके साथ थी। जहाँआरा की समझदारी देखते ही बनती थी। सत्रह साल वह लड़की दाराशिकोह, औरंगजेब, रोशनआरा, शुजा आदि को सान्त्वना दे रही थी। महलसरा की परिचारिकाएँ अपनी प्रिय रानी का दीदार करने के लिये इकट्ठा हो गयीं। सभी की आँखों में आँसू थे। एक दासी ने आकर कहा--

''सल्तनत के वजीर भीतर आना चाहते हैं।'' सभी परिचारिकाएँ बाहर निकल गयीं। आसफ़ खाँ गमगीन चेहरा लिये हुए अन्दर आया। जो उसके घर के आँगन में चिड़िया-सी फुदकती थी, जो उसकी नन्हीं परी थी, आज उसने दुनिया को अलविदा कह दिया था। जनाज़े की तैयारी होने लगी। महल के बाहर एक बड़े मंच पर ताबूत रखा हुआ था। चारों ओर शान्ति थी। बुरहानपुर के मुख्य सड़क से जनाज़ा

निकला। शाहजहाँ और आसफ़ खाँ ने भी शव को कन्धा दिया। आसफ़ खाँ ने रुँधे हुए गले से कहा, ''शाहंशाह, मैं दुनिया का सबसे बदनसीब बाप हूँ। जिस बेटी को मैंने अपनी गोद में खिलाया, आज अपना अफ़सुरदा चेहरा लिये हुए काँधे पे उसकी लाश लेकर चल रहा हूँ। ख़ुदा मुझे किस गुनाह की सजा दे रहा है।'' आसफ़ खाँ की आँखों से झर-झर आँसू बहने लगे। जुलूस काफी लम्बा था। शहजादा दाराशिकोह, शुजा, औरंगजेब भी जनाज़े के साथ चल रहे थे।

ताप्ती नदी के नजदीक जैनाबाद के पास जनाज़ा रुका। शाहजहाँ निश्चल और निस्पन्द-सा खड़ा था। कब्र पहले से ही तैयार थी। शाहजहाँ ने मुमताज महल के मस्तक को छुआ। यह उसका आखिरी स्पर्श था। मुमताज महल के शव को सिपुर्दे ख़ाक किया गया। खूबसूरत मज़ार तैयार थी। तेज हवाएँ चल रही थीं। वृक्षों की पत्तियाँ झरकर मज़ार पर गिर रही थीं। ऐसा लग रहा था मानो मुमताज महल के शोक में वृक्ष भी आँसू बहा रहे थे। शाहजहाँ एकटक मज़ार को देखता रहा। उसके अन्दर एक खालीपन-सा छाता चला गया।

''अपने आपको सँभालिये अब्बाजान! आपही हौसला नहीं रखेंगे तो हम लोगों का क्या होगा?'' दाराशिकोह की आवाज सुनकर शाहजहाँ चौंका। उसने फिर मज़ार की तरफ देखा। मज़ार पर फूल बिखरे हुए थे। ''तुम्हारी अम्मीजान की मौत पर मैं टूट चुका हूँ बेटे लेकिन मुझे अपने आपको मजबूत बनाना होगा। मुझे अपने बच्चों की परवरिश की फ़िक्र है, साथ ही हिन्दुस्तान की अवाम का भी ख़याल रखना है।''

दोनों आहिस्ता-आहिस्ता अपने कदम बढ़ा रहे थे। चाँदनी का उजाला बढ़ता जा रहा था। लोग जनाज़े से लौट रहे थे।

शाहजहाँ महल में लौट आया। वह अपने शयनकक्ष में गया। एक अजीब तरह के अवसाद ने उसे घेर लिया। वह हिन्दुस्तान का सम्राट् था लेकिन आज उसकी दशा उस सामान्य इन्सान की तरह थी जिसकी जिन्दगी की सबसे प्रिय चीज उससे दूर चली गयी हो। उसने ख़्वाजासरा को बुलाया और उससे कहा--

''जब तक मैं अगला हुक्म न दूँ, किसी को मुझसे मिलने की इजाज़त मत देना।'' उसने अपने कक्ष को बन्द कर दिया। ख़्वाजासरा आश्चर्यचकित होकर इस घटना को देखता रहा।

28

शाहजहाँ की दुनिया ही बदल गयी थी। उसकी और रानियाँ थीं लेकिन मुमताज सबसे प्रिय थी। मुमताज थी तो उसकी जिन्दगी में वसन्त का वैभव था, उसके चले जाने से शाहजहाँ को ऐसा महसूस हो रहा था कि वह बियाबान में भटक रहा है। उसने राजकीय वेशभूषा का त्याग कर दिया था। उसकी दिनचर्या में आमूलचूल परिवर्तन आ गया था। वह सूर्योदय से पहले जग जाता था और फिर वजू करने के बाद नमाज़ के लिये बैठ जाता था लेकिन अब वह देर से जागता था। उसने झरोखे से दर्शन देना भी बन्द कर दिया। उसने दीवाने आम और दीवाने ख़ास में जाना बन्द कर दिया। शाहजहाँ की इस हालत से सभी चिन्तित थे। यह स्थिति लगभग एक महीने तक चलती रहीं। आसफ़ं खाँ के चेहरे पर चिन्ता की लकीरें दिखलायी देने लगीं। सल्तनत का वकील होने के नाते उसकी जिम्मेदारियाँ अधिक थीं।

तनाव के कारण शाहजहाँ का चेहरा निस्तेज हो गया था और उसकी दाढ़ी के कुछ बाल पक गये जबकि वह महज उनतालीस साल का था। उसका गेहुआ रंग और दब गया था। जहाँआरा अपने बाप की इस दशा को देखकर बहुत व्यथित हुई। उसने कहा--

''अब्बाजान! आपने क्या सूरत बना रखी है। ज़रा आईना देख लीजिये, आपको पता चल जायेगा कि आपकी खूबसूरत चेहरे की रौनक गायब हो गयी है।''

शाहजहाँ आईना के सामने खड़ा हो गया। उसने देखा कि वह अपनी उम्र से पाँच साल बड़ा लग रहा था। दाढ़ी के काफी बाल सफेद हो गये थे। ''अब्बाजान, आपकी इस हालत को देखकर अम्मीजान की रूह बेचैन होगी। आप फौलादी इरादों वाले हैं इसलिये आपका अफ़सुदा चेहरा देखना हमें अच्छा नहीं लग रहा

है। मुसीबतों का बोझ आ पड़ा है हम पर, आप ही इस बोझ से हमें उबार सकते हैं। अपने अज़ीज़ के गुजर जाने का ग़म हमें सालता है लेकिन ग़म-आशना होना अच्छी बात नहीं है अब्बाजान। आज अम्मीजान की मज़ार पर चलते हैं।'' जहाँआरा की ऐसी बातें सुनकर शाहजहाँ की आँखों में खुशी के आँसू छलक पड़े। शाहजहाँ अपने कक्ष में आ गया। उसके सेवकों ने उसे तैयार किया। अच्छी वेशभूषा में वह बाहर निकला लेकिन उसके चेहरे की उदासी साफ झलक रही थी। बाहर पालकी तैयार थी। शाहजहाँ और जहाँआरा अलग-अलग पालकी में सवार हुए। आसफ़ खाँ अपने घोड़े पर बैठा। बारिश का मौसम था। शाम का धुँधलका था। मेढ़कों की टर्रटराहट सुनायी पड़ रही थी। बाग में मोरों की आवाज सुनायी पड़ रही थी। आज अमावस्या थी। तीनों मुमताज की मज़ार पर पहुँचे। चारों ओर सन्नाटा था। मुमताज की मज़ार पर पहुँचकर शाहजहाँ काफी देर तक शान्त रहा। थोड़ी देर बाद वह फूट-फूटकर रोने लगा। आसफ़ खाँ और जहाँआरा की आँखें भी छल-छला आयीं लेकिन दोनों ने अपने को बहुत संयम में रखा।

''आपका दुख मैं समझ सकता हूँ जहाँपनाह लेकिन मुझे भी देखिये। मैंने अपनी बेटी को खोया है। मैं तो जहाँदीदा इन्सान हूँ और आपसे उम्र में भी बड़ा हूँ। मेरी एक परी-सी बेटी थी, उसका नाम था रज़िया। वह दिन-भर चिड़िया की तरह फुदकती थी। मुझसे बहुत हिली-मिली थी। सिर्फ आठ साल की उम्र में उसने इस दुनिया को अलविदा कह दिया। उसकी मौत पर मैं कितना रोया, मेरा दिल ही जानता है। मेरी बीवी अकबरी बेगम को सहज होने में दो महीने लग गये थे। हम दोनों ग़मज़दा हैं। अपने ग़म का इज़हार करके हम तसल्ली पा सकते हैं।'' अँधेरा बढ़ रहा था। जुगनूँ चमक रहे थे। अँधेरे में वे हल्की रोशनी का आभास दे रहे थे। मज़ार पर फूल बिखरे हुए थे। शाहजहाँ मज़ार पर झुक गया, उसकी आँखों से आँसू की कुछ बूँन्दें टपक पड़ीं। ''जहाँआरा, तुम्हारी माँ के चले जाने से मेरा जहान उजड़ गया। अब तो मेरा राज-काज में मन नहीं लगता है, मुझे समझ में नहीं आ रहा है कि मैं क्या करूँ? जहाँआरा उड़ते हुए जुगुनुओं को देख रही थी। उन्हें देखकर ऐसा लग रहा था मानो घने अन्धकार में छोटे-छोटे अग्नि स्फुलिंग तैर रहे हों। ''इस ग़म से उबरिये अब्बाजान। आपने अम्मीजान से वादा किया था आप उनकी याद में एक ऐसी शानदार इमारत बनवायेंगे जो दुनिया में बेमिसाल हो। आपको याद है न? आज अम्मीजान इस दुनिया में नहीं है लेकिन यदि जन्नत का वजूद है तो वे जन्नत से देख रही होंगी कि उनकी मज़ार पर उनके बाप, बेटी, और शौहर खड़े हैं। उनकी पाक़ीज़ा रूह को कितना सुकून मिल रहा होगा।'' शाहजहाँ न जाने किन ख़यालों में खोया हुआ था। जहाँआरा की बात

सुनकर उसका ध्यान भंग हुआ। कुछ देर के लिये हवा का एक झोंका आया। मुमताज की मज़ार पर बिखरी हुई पत्तियाँ उड़ने लगीं। पेड़ों की डालियों से गिरकर कुछ फूल मज़ार पर आ गये। ''वक्त बड़ा बेरहम होता है जहाँआरा! मुमताज के चले जाने से मेरे बच्चों का बहुत नुकसान हुआ है।'' जहाँआरा और आसफ़ खाँ दोनों ने महसूस किया कि और ज्यादा देर तक मज़ार पर रुकना ठीक नहीं है। ''अब चलिये अब्बाजान! बहुत देर हो गयी है।''

बारिश की एकाध बूँदें टपकने लगी थीं। तीनों ने मज़ार से महल के लिये प्रस्थान किया।

29

शाहजहाँ धीरे-धीरे राजदरबार में जाने लगा। कुछ दिनों बाद झरोखा दर्शन भी शुरू कर दिया। उसके चेहरे की रौनक धीरे-धीरे लौट रही थी लेकिन उसके अन्तर्मन में दुख का सागर हिलोरें ले रहा था। जहाँआरा उसकी हौसलाआफ़ज़ाई करती थी। शाहजहाँ की आँखों में एक बड़ा सपना था। उसे हर हाल में यह सपना पूरा करना था। उसका सपना था कि वह अपनी बेगम की याद में एक ऐसी इमारत का निर्माण करवाये कि जिसे देखकर दुनिया वाह-वाह कर उठे।

शाहजहाँ ने यह निर्णय किया कि मुमताज महल के मकबरे का निर्माण आगरा में किया जाये। आसफ़ खाँ और वज़ीर खाँ ने शाहजहाँ को यह सुझाव दिया कि मुमताज की कब्र को बुरहानपुर से आगरा स्थानान्तरित किया जाय।

आसफ़ खाँ और जहाँआरा एक दिन शाहजहाँ के निजी कक्ष में उपस्थित हुए। शाहजहाँ ने सवाल किया--"आसफ़ खाँ, आप यह पता लगवाइये कि आगरा के किले के ठीक सामने यमुना के किनारे की जमीन पर मालिकाना हक किसका है?"

"जहाँपनाह! वह जमीन मिर्जा राजा जयसिंह की है। हम लोग उचित कीमत देकर उस जमीन को खरीद लेंगे।" "ठीक है, आप लोग कल आगरा के लिये रवाना हो जाइये और उस जमीन के लिये मिर्जा राजा जयसिंह से बात कर लीजिये।"

शाहजहाँ फिर उदास हो गया। बुरहानपुर में मुमताज की कब्र थी इसलिये वह इस जगह से भावनात्मक रूप से जुड़ गया था। वह प्रतिदिन मुमताज की कब्र पर जाता था और अपने आपको मुमताज की रूह से जुड़ा हुआ पाता था। यह जानकर कि मुमताज का ताबूत आगरा चला जायेगा, शाहजहाँ अपने अन्दर खालीपन महसूस करने लगा।

दिसम्बर का महीना था। प्रचण्ड शीतलहर चल रही थी। शाहजहाँ अपने शहजादों और शहजादियों के साथ जैनाबाद के उद्यान में पहुँचा। उसके साथ आसफ़

खाँ, वज़ीर खाँ और सतीउन्निसा भी थे। कब्र खोदकर मुमताज महल का ताबूत निकाला गया। ग़मगीन माहौल था। सैकड़ों सैनिक तैयार खड़े थे। शाहजहाँ खामोश होकर सब-कुछ देख रहा था। एक बहुत बड़ी शाही पालकी में मुमताज का ताबूत रखा गया। वज़ीर खाँ के नेतृत्त्व में कारवाँ रवाना हुआ। साथ में थे--राजकुमार शुजा और दिवंगत महारानी की प्रिय सखी सतीउन्निसा। दिसम्बर माह के अन्त में यह कारवाँ आगरा पहुँचा। यमुना के किनारे एक गाटे में मुमताज महल के शव को दफन कर दिया गया।

मुमताज महल का ताबूत आगरा चला गया, यहाँ शाहजहाँ का सुख चैन चला गया। वह एक पल के लिये भी बुरहानपुर में नहीं रहना चाहता था लेकिन सियासी हालात से उसे मजबूर कर दिया था।

''आसफ़ खाँ, दकन के हालात से मैं ऊब चुका हूँ। यहाँ की सियासी हालत बद-से-बदतर होती जा रही है। अब मेरी रूह को चैन नहीं है। मुमताज की मौत के बाद ऐसा लग रहा है कि मैं बियाबान में भटक रहा हूँ। अगर मेरे फाख़्ता के पंख होते तो मैं उड़कर आगरा चला जाता।''

''सब्र रखिये शाहंशाह! हालात जल्दी सुधर जायेंगे तब आगरा के लिये हमारी रवानगी हो जायगी।''

आसफ़ खाँ का जवाब सुनकर शाहजहाँ कुछ क्षणों तक खोया-खोया-सा रहा। ''आसफ़ खाँ, आप एक जरूरी काम जल्दी कर दीजिये। मुमताज का मकबरा कैसा बनेगा, इसके लिये अभी नक्शा तैयार नहीं है। मैंने कई मशहूर कलाकारों को इन्तिख़ाब कर लिया है। इनके नाम हैं--उस्ताद ईसा, अमानत खाँ शीराजी, उस्ताद मुहम्मद हनीफ़, इस्माइल खाँ, काज़िम खाँ, अमीर अली, मोहनलाल, मनोहर सिंह। इनको बुलाने के लिये ख़त तैयार कर रहा हूँ। मेरी दिली ख़्वाहिश है कि आगरा पहुँचने पर इन्हें दरबार में बुलाया जायगा और मुमताज के मक़बरे के नक्शे को आख़िरी शक्ल दिया जायगा।''

''ऐसा ही होगा शाहंशाह! मैं घुड़सवार सन्देशवाहकों को भेज दे रहा हूँ।''

इधर सियासी हालत ठीक नहीं थे और शाहजहाँ का मन बुरहानपुर से उचट चुका था। शाहजहाँ के आदेश पर आसफ़ खाँ ने एक बड़ी सेना लेकर बीजापुर पर धावा बोल दिया। शुरुआती सफलता के बाद बाधाएँ आने लगीं। बीजापुर के दुर्ग पर घेरा डाले बीस दिन हो गये थे लेकिन शाही सेना को सफलता नहीं मिल रही थी। दकन में अकाल पड़ने के कारण अनाज का दाम बहुत बढ़ गया था और चारे के अभाव में घोड़े और अन्य पशु मर रहे थे। यह अभियान महँगा साबित हो रहा था। दकन के अकाल और मुमताज की मौत के कारण शाहजहाँ टूट चुका था

इसलिये उसने बुरहानपुर छोड़ने का निर्णय किया। शाहजहाँ ने हरम सहित पूरे लश्कर को आगरा चलने का हुक्म दिया। अप्रैल के महीने में शाही लश्कर आगरा के लिये रवाना हुआ। भीषण गर्मी और मार्ग की बाधाओं को पार करते हुए लश्कर आगे बढ़ता रहा। दिसम्बर के प्रथम सप्ताह में लश्कर आगरा पहुँचा। शाहजहाँ के साथ थे--राजकुमार शुजा, वज़ीर खाँ, जहाँआरा और सतीउन्निसा। यमुना के किनारे एक गाटे में मुमताज महल के शव को दफ़न कर दिया गया। उस स्थान पर एक छोटी-सी मज़ार बना दी गयी। चारों ओर चाँदनी बरस रही थी और इधर शाहजहाँ की आँखें बरस रही थीं। सभी ने मुमताज़ की मजार पर फूल चढ़ाया। सतीउन्निसा अपनी सहेली की मज़ार पर फूट-फूटकर रोने लगी। जहाँआरा उसे सान्त्वना दे रही थी।

30

उस्ताद ईसा का जन्म तेहरान केशीआ मुसलमान परिवार में हुआ था। पाँच भाई-बहनों में वह सबसे छोटा था। उसके दादा जरथुस्त्र धर्म के अनुयायी थे लेकिन उसके पिता ने इस्लाम धर्म को स्वीकार कर लिया था। उसके पिता मुहम्मद अब्बास कुशल काष्ठ शिल्पी थे। उसके पिता के पास थोड़ी बहुत जमीन भी थी जिसमें गेहूँ, चावल और कपास पैदा होता था। उस्ताद ईसा के पिता के पास एक छोटा-सा बाग भी था जिसमें नारंगी और चेरी के पेड़ थे। कुल मिलाकर उसके परिवार की आर्थिक स्थिति ठीक-ठाक थी।

पाँच साल की उम्र में ही वह चित्रकारी करने लगा था। वह गोल मटोल था। उसके बाल घुँघराले थे। उसकी माँ उसे प्यार से ईसू कहती थीं। उसने अपने बगीचे का इतना सुन्दर चित्र बनाया था कि जिसे देखकर ईसा के पिता आश्चर्यचकित हो गये थे। ईसा की बहन ज़ैनब उससे आठ साल बड़ी थी। उसने उसे अपनी गोद में बहुत खिलाया था। वह बड़ी शान से कहा करती थी--

''ईसा बहुत बड़ा फ़नकार बनेगा, वह हमारे ख़ानदान का नाम रौशन करेगा। मेरा ईसू तो ऐसा चिराग़ है जो पूरी दुनिया में अपनी रौशनी बिखेरेगा।''

ईसा की माँ गज़ाला बेगम अपनी बेटी के दृढ़ विश्वास पर गर्व करती थीं। ''तुम सच कहती हो बेटी, हमारा ईसू ज़हीन और काबिल है।'' ईसा ने जवाब दिया--''अम्मीजान, मेरी दिली ख़्वाहिश है कि मैं एक मशहूर नक़्शानिकगार बनूँ। मैंने यह सुना है कि इस दुनिया में एक खूबसूरत मुल्क है, जिसका नाम हिन्दुस्तान है। वहाँ के मुगल बादशाह खूबसूरत इमारतों और बागों के शौकीन हैं। मैं एक बार जरूर हिन्दुस्तान देखना चाहूँगा।''

ईरान में सफ़वी शासकों का बोलबाला था। मुहम्मद हुसैन सफ़ावी की बेटी से शहजाद ख़ुर्रम की सगाई हुई थी। शाह अब्बास प्रथम इस वंश का सबसे महान

शासक था। उसकी मृत्यु के बाद उसका पौत्र शाह सफ़ी राजगद्दी पर बैठा। ईसा एक खूबसूरत और प्रतिभाशाली युवक था। उसकी सुगठित देहयष्टि और नीली आँखों को देखकर लड़कियाँ उससे बेहद आकर्षित होती थीं लेकिन वह इन सबसे लापरवाह ईसा अपनी चित्रकारी और गायन में व्यस्त रहता था। अपने पिता के साथ वह एक बार शाही दरबार में गया था। उस समय वह चौदह बरस का हो चुका था। उसके हाथ में शाह अब्बास का चित्र था। उस चित्र को देखकर शाह सफ़ी बहुत प्रभावित हुआ और उसने कहा--''तुम बहुत खुशकिस्मत हो उस्मान, तुम्हारा बेटा तो बहुत होनहार है। मुझे पूरा यक़ीन है कि यह बहुत बड़ा मुसव्विर बनेगा। तुम इसको कभी-कभार शाही दरबार में लाया करो।''

मुहम्मद अब्बास सम्राट् की इस दरियादिली पर भाव विभोर हो गया। ''आप हमारे मुल्क के शाहंशाह हैं। आपकी नज़रें इनायत हो जायगी तो हमारी तकदीर सँवर जायगी।''

ईसा जब घर लौटा तो वह बहुत खुश था। उसकी आँखों में बड़े सपने थे। उसका एक सपना हिन्दुस्तान जाने का भी था। उसके पिता एक धर्म परायण और नेकदिल इन्सान थे। गज़ाला बेगम एक कुशल गृहिणी और ख़ुशमिजाज महिला थीं।

जाड़े की खुशनुमा धूप में ईसा या तो नदी के किनारे टहलता या अपने बगीचे में घूमता रहता। सूरज की रोशनी में नहाया हुआ बगीचा बहुत खूबसूरत लगता था। बुलबुलों की मनोरम दुनिया उसे आह्लादित करती थी। वह रंग-बिरंगी तितलियों को देखता था। वह प्रकृति के पल-पल परिवर्तित रूप को देखकर भाव-विभोर हो जाता। सूर्योदय और सूर्यास्त को देखना ईसा के शौक में शामिल था। उसे बारिश का मौसम बहुत पसन्द था। जब आसमान में काले-काले बादल उमड़ने लगते तो उसका मन-मयूर नृत्य करने लगता था। बारिश में देर तक नहाना उसका शग़ल था। उसकी माँ उसको डाँटते हुए कहती थीं--

''बारिश तुम्हें पसन्द है लेकिन देर तक बारिश में रहने से तुम बीमार पड़ जाओगे।'' माँ के मना करने के बावजूद वह मानता नहीं था। ज़ैनब भी उसका साथ देती थी क्योंकि बारिश में भींगना उसे भी पसन्द था।

कभी-कभी आकाश में इन्द्रधनुष उग आता है। वह भाव-विभोर प्रकृति के इस रमणीय रूप को देखता था। यह दृश्य उसे स्वप्नलोक जैसा लगता।

माँ-बाप के प्यार और ज़ैनब के स्नेहिल व्यवहार से ईसा एक भावुक इन्सान और उच्चकोटि का चित्रकार बन चुका था। ईरान में उसकी चित्रकारी की धूम

मच गयी थी। उसकी दुनिया यहीं तक सीमित नहीं थी। उसकी आँखों में बड़े सपने थे। एक बेहतर भविष्य बड़ी बेसब्री से उसका इन्तज़ार कर रहा था। हिन्दुस्तान की धरती इस मशहूर चित्रकार और नक़्शानिगार से एक बड़ा काम लेने जा रही थी।

हिन्दुस्तान के बादशाह शाहजहाँ के निवेदन पर वह आगरा पहुँचा।

31

दीवाने ख़ास में आज बड़ी रौनक थी। देश-विदेश के बहुत से नक़्शानिगार बुलाये गये थे। शाहजहाँ की आँखों में एक बहुत बड़ा सपना था। अपनी प्रिय बेगम मुमताज महल की याद में वह एक ऐसी नायाब इमारत बनवाना चाहता था जिसे देखकर दुनियावाले 'वाह-वाह' कर उठें। सभी नक्शानिगारों ने अपने बनाये-बनाये मक़बरे के नक्शे पेश किये लेकिन शाहजहाँ को एक नक्शा भी पसन्द नहीं आया। शाहजहाँ ने आसफ़ खाँ के मुँह से उस्ताद ईसा की बहुत तारीफ सुनी थी। उसने सभी कलाकारों को विदा कर दिया और उस्ताद ईसा को रोक दिया। "उस्ताद ईसा, हमारे वज़ीर आसफ़ खाँ ने आपकी बहुत तारीफ की थी। उनकी नज़र में आप दुनिया के सबसे बड़े नक़्शानिगार हैं। आपका हुनर काबिले तारीफ है। अपनी मौत से पहले मुमताज ने मुझसे कहा था--'शाहंशाह! मैं अब इस फ़ानी दुनिया को अलविदा कह रही हूँ। मैं अभी और जीना चाहती थी लेकिन ख़ुदा को कुछ और ही मंजूर है। आपसे सिर्फ एक गुज़ारिश है कि मेरी याद में एक ऐसी नायाब इमारत बनवाइयेगा जिसकी तारीफ पूरी दुनिया करे और जिसकी तारीख़ में मिसाल दी जा सके।"

उस्ताद ईसा एक खूबसूरत नौजवान था। उसका लम्बा कद और गोरा रंग प्रथम दृष्टया ही लोगों को सम्मोहित कर लेता था। उसके घने बाल कन्धे तक फैले हुए थे। उसकी बड़ी-बड़ी आँखों में एक दार्शनिक की रहस्यमयता नजर आती थी। "जहाँपनाह! मैं आपकी ख़िदमत में हाजिर हूँ।

मैं मुमताज बेगम को देख नहीं पाया लेकिन उनकी सूरत और सीरत की तारीफ सुनकर मैंने उनका एक चित्र बनाया है। उनकी याद में आप जो इमारत बनवायेंगे, मैंने उसका नक्शा भी बनाया है।"

शाहजहाँ टकटकी लगाये उस्ताद ईसा को देख रहा था। ईसा ने पहले मुमताज का चित्र निकाला। चित्र को देखकर शाहजहाँ की आँखों में आँसू आ गये। ईसा ने नक़्शे को आगे बढ़ाया। अपनी आँखों को पोंछने के बाद शाहजहाँ ने नक़्शे पर नज़र डाली। ईसा की निगाहें शाहजहाँ के चेहरे पर टिकी हुई थीं। धीरे-धीरे शाहजहाँ के चेहरे पर मुस्कान तैरने लगी। ''उस्ताद ईसा! बहुत ही खूबसूरत नक़्शा बनाया है आपने। मैं ख़ुशनसीब हूँ कि मैंने आप जैसे नक़्शानिगार को पाया। यह नक़्शा मेरे ख़्वाब को पूरा करेगा। उस्ताद, मुमताज की रूह आपको दुआ देगी।'' कुछ क्षणों की खामोशी के बाद उस्ताद ईसा ने कहा--''आलमपनाह! इसमें सिर्फ मेरी क़ाबिलियत नहीं है। मैंने आपके सल्तनत के वज़ीर आसफ़ खाँ से गुजारिश की थी कि वे मुझे हुमायूँ का मक़बरा दिखलाये। उन्होंने मुझे हुमायूँ का मक़बरा दिखलाया। इस मकबरे की गुम्बद लाजवाब है। मैंने उनसे एत्मादुद्दौला का मकबरा दिखलाने के लिये भी कहा था। मैंने सफेद संगमरमर से बनी इस इमारत को भी देखा। मैंने पूरी कोशिश की है कि इस नक़्शे में दोनों इमारतों की खूबियाँ दर्ज़ हो जायें।''

दरबारे ख़ास में जहाँआरा ने प्रवेश किया! एक क्षण के लिये उस्ताद ईसा की नज़र जहाँआरा पर टिकी की लेकिन उसने अपने आप पर नियन्त्रण कर लिया। ''क्या ग़ज़ब की खूबसूरती है। लगता है कि पूरी कायनात की खूबसूरती एक शरीर में समा गयी है।'' उस्ताद ईसा सोच रहा था। वह शालीन और शर्मीला था। ''आलमपनाह, अब मैं चलता हूँ।''

''अभी कुछ देर और बैठिये उस्ताद ईसा। जहाँआरा, ये दुनिया के बेहतरीन नक़्शानिगार उस्ताद ईसा हैं। तुम्हारी अम्मीजान के मकबरे का बहुत ही खूबसूरत नक़्शा इन्होंने बनवाया है।'' जहाँआरा ने उस्ताद ईसा को देखा। जहाँआरा बेगम अपने शबाब से बेखबर थी। ''मामूजान से मैंने इनकी बहुत तारीफ सुनी है। उस्ताद ईसा जैसे फ़नकार से मिलकर मैं अपने आपको ख़ुशनसीब समझ रही हूँ।'' अपनी तारीफ सुनकर उस्ताद ईसा को संकोच होने लगा। ''अब मैं चलता हूँ आलमपनाह।'' झुककर प्रणाम करने के बाद ईसा वहाँ से चला गया।

''अब्बा हुजूर, आज अम्मीजान की बेहद याद आ रही है। अपनी मौत से एक दिन पहले उन्होंने मुझसे कहा था--'मेरे न रहने पर तुम्हारे अब्बूजान का ख़याल कौन करेगा? वे इतनी बड़ी सल्तनत के शाहंशाह हैं, वे चाहें तो कई शादियाँ और कर लें, ग़ालिबन कोई उनके जज़्बात को समझ न पाये। तुम तो उनको बेहतर ढंग से समझती हो। दुनिया उनको जो समझे लेकिन सच्चाई तो मैं जानती हूँ।

बाहर से वे भले ही सख़्त दिखते हैं लेकिन उनका दिल बच्चे जैसा नाज़ुक है। तुम्हारे सिवा उनकी ख़िदमत कोई नहीं कर सकता।''

शाहजहाँ बड़े गौर से जहाँआरा की बातों को सुन रहा था। दीवाने ख़ास में अँधेरा होने लगा था इसलिये वहाँ रोशनी कर दी गयी थी। ''मुमताज के इन्तकाल के बाद मुझे ऐसा लग रहा था कि मैं बियाबान में भटक रहा हूँ लेकिन मैंने जल्दी ही अपने आपको सँभाल लिया। चाहे ग़म का समन्दर उमड़ा हो लेकिन हमें जिन्दादिली से जीना ही होगा। तुम्हारी अम्मीजान इस दुनिया में नहीं हैं लेकिन अपनी औलादों की बेहतरी के लिये मैं कुछ भी करूँगा।''

''अब आप आराम करें अब्बाजान! अब मैं चलती हूँ।''

जहाँआरा अपने शयनकक्ष में चली आयी। आज चाँदनी रात थी। जहाँआरा को उस्ताद ईसा का खूबसूरत चेहरा याद आ रहा था। दार्शनिक अन्दाज़ बयान करती हुई उसकी आँखें जहाँआरा को सम्मोहित कर रही थी। वह युवा थी और उसका हुस्न दिलकश था लेकिन वह शहजादी थी। ''क्या शहजादियों का दिल नहीं धड़कता? उसकी आँखों में जादू है, वह आहिस्ते-आहिस्ते बोलता है तो ऐसा लगता है कि हवा के झोंकों से गुलाब की पंखुड़ियाँ आवाज कर रही हों।'' जहाँआरा सोच रही थी। वह माँ-बाप की दुलारी थी। उसे साहित्य और संगीत की अच्छी समझ थी। उस्ताद जमशेद से वह सितार सीखती थी। उस्ताद जमशेद ने शाहजहाँ से एक बार कहा था--''जहाँपनाह! आप बड़े ख़ुशनसीब हैं कि आपकी बेटी बेहद ज़हीन है। आप मौसिकी के कद्रदान हैं तो आपकी बेटी हुनरमन्द होगी ही।'' उस्ताद की बात सुनकर शाहजहाँ बहुत खुश हुआ लेकिन उसने जमशेद के सामने अपनी ख़ुशी का इजहार नहीं किया। शाहजहाँ को ध्रुपद गायन सुनना बहुत पसन्द था। लाल खाँ ध्रुपद गायन शैली का सर्वश्रेष्ठ गायक था। शाहजहाँ की हार्दिक अभिलाषा थी कि जहाँआरा ध्रुपद गायन सीखें। जहाँआरा ने लाल खाँ से कुछ दिनों तक ध्रुपद गायन सीखा लेकिन वह इसमें जल्दी ही ऊब गयी। ध्रुपद गायन की जटिलता से वह प्रभावित नहीं हो पायी। ''अब्बूजान! द्रुपद मेरे वश का नहीं है। मुझे सितार बजाना ही पसन्द है। सितार बजाने से मुझे सुकून मिलता है।''

जहाँआरा बड़ी शिद्दत से ईसा को याद कर रही थी। 'कितना हुनरमन्द है ईसा। अम्मीजान की कब्र पर जो इमारत बनेगी, उसका नक्शा ईसा ने ही तो बनाया है। उसको देखने से ही लग जाता है कि वह खूबसूरत ख़्वाब देख रहा हो।' जहाँआरा इस सोच में थी कि इमारत बनने जा रही है लेकिन अभी तक उसका नाम तय नहीं हो पाया है। वह बहुत देर तक सोचती रही लेकिन उसे कोई

नाम समझ में नहीं आया। उसके दिमाग में कई नाम उभरे। जैसे--'बीवी का मकबरा', 'मुमताज महल का मकबरा', 'अर्जुमन्द बानो का मकबरा'। इन सारे नामों के विषय में वो सोचती रही लेकिन कोई नाम पसन्द नहीं आया। उसकी आँखों में नींद नहीं आ रही थी। वह छत पर चली आयी। आसमान में चाँद निकला था। फागुन की अल्हड़ हवा उसके तन-मन को रोमांचित कर रही थी। दूर यमुना मन्थर गति से बह रही थी। ''अम्मीजान के मकबरे के लिये सबसे बेहतर नाम क्या हो सकता है?'' वह कल्पना के आकाश में उड़ रही थी। ''ताजमहल! अम्मीजान के मकबरे के लिये यह बेहतरीन नाम है।'' वह किलक उठी। वह इस तरह खुश हुई जैसे छोटा बच्चा तितली पकड़ने से खुश होता है। जहाँआरा हर्षातिरेक अवस्था में थी।

32

उस्ताद अब्दुल हमीद लाहौरी के नेतृत्त्व में ताज़महल का निर्माण जोरों से चल रहा था और अब लगभग आधा काम हो चुका था। देश-विदेश से आये हुए हजारों मजदूर काम में लगे हुए थे। अजमेर से जमाल नामक खूबसूरत युवक अपनी प्रेमिका तबस्सुम के साथ आगरा आया था। उसने जहाँआरा की बहुत तारीफ सुन रखी थी। तबस्सुम के साथ वह जहाँआरा से मिला। जहाँआरा इन दोनों से बहुत प्रभावित हुई। उसने सतीउन्निसा से कहा--''यह दोनों तम्बू में नहीं रुकेंगे। इनके रुकने की व्यवस्था अपने आस-पास करो।'' चारों ओर तम्बू लगे हुए थे। दिन-भर चहल-पहल रहती थी। कभी-कभी शाहजहाँ निरीक्षण करने जाता था। उनके साथ रहते थे आसफ खाँ और अब्दुल हमीद लाहौरी।

जमाल एक लम्बा, छरहरा आकर्षक युवक था। दमकता हुआ गोरा रंग उसकी खूबसूरती को और बढ़ा देता था। तबस्सुम औसत लम्बाई की एक चुलबुली लड़की थी। कुछ दिनों में ही सतीउन्निसा से उसकी अच्छी दोस्ती हो गयी। जहाँआरा भी तबस्सुम को बहुत मानती थी। जहाँआरा के आदेश पर जमाल और तबस्सुम को मजदूरी में नहीं लगाया गया। ये दोनों किले के अन्दर का जरूरी काम करते थे। एक दिन जमाल ने तबस्सुम से कहा--''शाहंशाह शाहजहाँ जिस इमारत को तामीर करवा रहे हैं, वह बेहतरीन कारीगरी के लिये जानी जायगी। यह महज बेजुबान इमारत नहीं होगी, यह तो मुहब्बत की निशानी होगी। मैं यकीनन कह सकता हूँ कि हिन्दुस्तान की तारीख़ में इस इमारत का नाम हमेशा के लिये दर्ज़ हो जायगा।''

''तुम इस बात को इतना यक़ीन के साथ कैसे कह रहे हो? शाहंशाह अपनी बीवी और माशूक़ा मुमताज महल की याद में एक बेहतरीन इमारत बनवा रहे हैं। जनाब! आप अपनी इस माशूक़ा के लिये क्या बनवायेंगे?'' जमाल अपनी प्रेमिका

की इस अदा पर कुर्बान हो गया। ''तुम तो जानती ही हो कि मैं एक जज़्बाती इन्सान हूँ। मेरे जज़्बात ऐसा महसूस करते हैं कि यह इमारत बेमिसाल होगी। तुम तो शगुफ़्ता गुल हो तबस्सुम! हम मरने की तमन्ना क्यों करें। वक्त को क्या मंजूर है, यह कौन जानता है? लेकिन मेरी कोशिश रहेगी कि मैं अपनी माशूक़ा को कोई बेशकीमती तोहफा दे सकूँ।''

जमाल और तबस्सुम प्रतिदिन कुछ समय के लिये निर्माण कार्य देखने जाते थे। जमाल देख रहा था कि हिन्दुस्तान का शाहंशाह अपने सपने को पूरा करने में लगा हुआ है। उसने यह सुन रखा था कि ताजमहल का नक़्शा उस्ताद ईसा ने बनाया है। वह उस्ताद ईसा से भी मिलना चाहता था। उसका समय आसानी से कट जा रहा था। काफी देर तक वह तबस्सुम से बातें करता। किले के अन्दर गायन और वादन होता रहता था, वह उसमें भी आनन्द लेता था। कभी-कभी वह अकेले यमुना के किनारे घूमने निकल जाता था। यमुना की लहरों का विस्तार देखकर वह भाव-विभोर हो जाता। यमुना के उस पार वह डूबते हुए सूरज को देखता। वह सोचता था-'क्या बड़े लोगों के ही सपने पूरे होते हैं? छोटे लोग सपने नहीं देख सकते? उसका सपना बहुत छोटा था। तबस्सुम से शादी और आगरा या उसके आसपास एक खूबसूरत आशियाना।

एक दिन वह ताजमहल के निर्माण कार्य में लगे एक मजदूर की झोंपड़ी में गया। वह मजदूर मुंगेर से आया था और उसका नाम था--परवेज। उसके साथ थी उसकी बीवी सकीना और दो बच्चे। उनकी गरीबी और बदहाली देखकर उसकी आँखों में आँसू आ गये। किसी तरह उनके तन ढँके हुए थे और उन्हें भरपेट भोजन नहीं मिल पा रहा था। ''जिनके खून और पसीने के बदौलत इतनी बड़ी इमारत तामीर हो रही है, उनकी मुफलिसी देखी नहीं जा रही है। क्या बड़े लोग इतने संगदिल होते हैं?''

''हमारे जैसे मजदूरों की जिन्दगी ऐसे ही चलती है जमाल भाई। दुनिया की बेहतरीन-से-बेहतरीन जो इमारतें हैं, उसमें हमारे ही खून-पसीने की गन्ध है लेकिन हम कर ही क्या सकते हैं। सियासत जज़्बात नहीं समझती, वह सिर्फ अपना स्वार्थ देखती है।'' परवेज की बात को बड़ी ध्यान से सुन रहा था जमाल। जमाल कई जगह घूमता और कभी-कभी मजदूरों से बातें करता था। बहुत से मजदूरों से मिलने के बाद उसकी इच्छा उन कारीगरों से मिलने की हुई जिनके हुनर के बदौलत दुनिया को एक बेशकीमती इमारत मिलनेवाली थी। उसने एक दिन जहाँआरा से कहा-

“रानी साहिबा, मैं आपसे उन कलाकारों का नाम जानना चाहता हूँ जिनके हुनर से ताजमहल बन रहा है।” जहाँआरा थोड़ी देर के लिये चौंकी लेकिन वह तुरन्त सहज हो गयी। “ताजमहल के बारे में जानने का तुम्हारा इरादा क़ाबिले तारीफ है। ताजमहल का नक़्शा उस्ताद ईसा ने तैयार किया है। कुछ और ख़ास कारीगरों का नाम बतला रही हूँ। ये हैं--इस्माइल खाँ रूमी, मुहम्मद शरीफ़ समरकन्दी, अता मुहम्मद सत्तार ख़ान, वहाब ख़ान, अब्दुल ग़फ्फार, मोहनलाल, मनोहर सिंह, छोटेलाल, चिरंगीलाल, मुन्नू लाल। ये सारे कलाकार अपने-अपने फ़न के उस्ताद हैं। जमाल! मुझे पूरा यकीन है कि अब्बाजान के अलावा इन कलाकारों का नाम भी तारीख़ में दर्ज़ रहेगा।” जमाल बहुत ध्यान से जहाँआरा को सुन रहा था। “उस्ताद ईसा एक बेमिसाल नक़्शानिगार ही नहीं, एक बेहतरीन इन्सान भी हैं। किसी इन्सान में एक साथ कई खूबियाँ नहीं होती। लगता है उस्ताद ईसा पर खुदा ने कुछ ख़ास ध्यान दिया है। उनमें हुनर है, खूबसूरती है और शीरीं जुबान है।” जमाल ने ध्यान दिया कि शहजादी जहाँआरा उस्ताद ईसा से विशेष प्रभावित हैं।

‘बड़े लोगों के विषय में हम क्यों सोचें? शहजादी साहिबा का उस्ताद ईसा से इश्क़ भी हो सकता है।’ वह सोच रहा था। वह हिन्दुस्तान के सबसे ताकतवर परिवार के यहाँ रह रहा है, यह सोचकर उसने अपने आपको गौरवान्वित महसूस किया।

अगले दिन दोपहर को जहाँआरा उस्ताद ईसा से मिलने गयी। जहाँआरा को देखकर ईसा को आश्चर्य हुआ। रोशनदान से सूरज की रोशनी कमरे में आ रही थी। उस्ताद ईसा ने महसूस किया कि जहाँआरा पहले से भी अधिक खूबसूरत लग रही थी। “रानी साहिबा! मुझे अपनी आँखों पर यकीन नहीं हो रहा है कि आप इस गरीब से मिलने आयी हैं। आप हिन्दुस्तान के शाहंशाह की बेटी हैं जबकि मैं एक अदना सा कलाकार हूँ।”

“आप मुझे शर्मिन्दा न करें उस्ताद ईसा। मुझे फ़क्र है कि मैं दुनिया के एक मशहूर नक़्शानिगार से मिल रही हूँ। आप जैसे फ़नकार किसी शाहंशाह से कम नहीं होते। एक कायनात खुदा रचता है, एक कायनात आप लोग रचते हैं। आप लोग बड़े ख़ुशनसीब इन्सान हैं।” उस्ताद ईसा की आँखों में एक दार्शनिक की रहस्यमयता नज़र आती थी। “ये तो आपकी दरियादिली है रानी साहिबा वरना हम जैसे कलाकारों को इतनी तवज्जो कहाँ मिलती है। आपसे सिर्फ इतनी गुजारिश है कि ताजमहल के बन जाने के बाद भी हमें आप जैसे कद्रदानों की

सरपरस्ती में रहना मुमकिन हो।" जहाँआरा ने यह महसूस किया कि उस्ताद ईसा का उसके प्रति एक रागात्मक संवेदना है लेकिन वह संकोचवश इसे व्यक्त नहीं कर पा रहे हैं। 'तो क्या मैं उस्ताद ईसा से खुलकर कह दूँ कि हिन्दुस्तान के शाहंशाह की बेटी आपसे मुहब्बत करती है। कह दूँ कि पूरे वतन के राजपूत शहजादे जिससे बात करने के लिये तरसते हैं, वो जहाँआरा आपको अपना दिल दे चुकी है।' "आपको फ़िक्र करने की जरूरत नहीं है उस्ताद ईसा। आप जैसे बेशकीमती नगीने को हम अपनी आँखों से दूर नहीं जाने देंगे।" यह कहकर जहाँआरा वहाँ से चली गयी। उस्ताद ईसा कमरे के बाहर एकटक देखता रहा। उसे अपने तन-मन की सुध-बुध नहीं रही। आज उस्ताद ईसा को अपना वतन याद आ रहा था। कई साल से वह अपने वतन से दूर था। अपनी माँ गजाला बेगम को याद करते हुए उसकी आँखों में आँसू आ गये। उसे बड़ी बहन ज़ैनब की भी याद आ रही थी। कभी-कभी उसकी माँ और जैनब का पत्र आता था। वह सोचता था--

"मैं अपने वतन और परिवार से इतनी दूर दूसरे मुल्क में रह रहा हूँ। मुझे शोहरत और दौलत चाहिए। क्या शोहरत और दौलत परिवार से बड़ी चीज है? यदि मेरे पास फ़ाख्ता के पंख होते तो मैं नीले आसमान में उड़ते हुए ईरान पहुँच जाता। क्या मैं अपने वतन लौट जाऊँ? तब कैसे देख पाऊँगा मैं ताजमहल को जिसका नक़्शा मैंने बनाया है। और जहाँआरा----नहीं, रानी साहिबा! दिल में अज़ीब-सा खालीपन महसूस हो रहा है। जहाँआरा का हुस्न मुझे अपनी ओर खींच रहा है, मैं क्या करूँ? वो तो हिन्दुस्तान के शाहंशाह की शहजादी हैं और मैं महज़ एक नक़्शानिगार!"

शाम को जमाल और तबस्सुम उस्ताद ईसा से मिलने गये। ईसा एक चित्र बना रहे थे। अस्ताचलगामी सूर्य का चित्र था यह। चारों ओर घने जंगल थे, बीच में एक बड़ा-सा सरोवर था। पक्षियों का झुण्ड चहचहा रहा था। उस्ताद ईसा ने सामने की ओर देखा। अभिवादन करने के बाद जमाल और तबस्सुम उनके कमरे के अन्दर आये। दोनों ने झुककर अभिवादन किया। उस्ताद ईसा ने दोनों को बैठने के लिये कहा।

"कहो, कैसे आना हुआ जमाल भाई?"

"आपसे अपने दिल की कुछ बातें साझा करना चाहता था उस्ताद ईसा। आप एक बड़े फ़नकार और मुगल सल्तनत के लिये आप बहुत बड़ा काम कर रहे हैं। ये जो इमारत तामीर हो रही है, इसमें आप जैसे कलाकारों की कल्पनाशीलता और

हजारों मजदूरों की मेहनत काम आ रही है। मैं बहुत से मजदूरों से मिला। उनकी मुफलिसी और तंगहाली देखकर मेरा दिल पसीज गया। मेरी दिली ख़्वाहिश है कि शाहंशाह तक उन मजदूरों की हालात का ब्यौरा पहुँचे।'' उस्ताद ईसा कुछ देर तक खामोश रहे। ''तुम जज़्बाती होते जा रहे हो जमाल। शाहंशाह और सुल्तानों के सामने हमारी हैसियत क्या है? ये अलग बात है कि शाहंशाह शाहजहाँ कला के कद्रदान हैं लेकिन उनके सामने और भी दुनियावी समस्याएँ हैं। मजदूरों का मुद्दा कौन उठायेगा? दुनिया में हजारों इमारतें बनीं, उनमें मजदूरों का नाम कहाँ है। मजदूर तो वे मेहनतकश इन्सान हैं जिनके मेहनत का फ़ायदा कोई और उठाता है। मिस्र के पिरामिड, कुतुबमीनार, गोलकुण्डा का किला ये सभी इमारतें मजदूरों के ख़ून और पसीने से बनी हैं। हम कलाकारों की हालत मजदूरों से बेहतर होती है लेकिन हमारी हालत भी बहुत अच्छी नहीं होती। शाही मनसबदारों और दरबार के कर्मचारियों की हालत हमसे बेहतर है। हमारे लिये एक सुकून की बात शायद यह हो सकती है कि तारीख़ में यह लिखा जायगा कि ताजमहल का नक़्शा उस्ताद ईसा ने बनाया था।'' उस्ताद ईसा की आँखों में चमक आ गयी थी। ''आपसे एक बात कहनी थी उस्ताद।''

''जो भी कहना हो, बेहिचक कहो।'' उस्ताद ईसा के आश्वासन के बाद जमाल कुछ क्षणों तक संकोचवश नहीं बोल पाया। ''उस्ताद! मैं तबस्सुम से बहुत मुहब्बत करता हूँ। हम दोनों अजमेर से आये हैं। रानी साहिबा की मेहरबानी से हमें किले के अन्दर रहने का मौका मिला है। हमारी दिली ख़्वाहिश है कि हमारा छोटा-सा आशियाना हो। आपसे एक गुज़ारिश है कि आप रानी साहिबा से जमीन का एक छोटा-सा टुकड़ा दिलवा दें। वह जमीन चाहे आगरा शहर में हो या उससे बाहर हो। हम आपके शुक्रगुजार रहेंगे।'' उस्ताद के माथे पर सिलवटें पड़ गयीं। ''मुझे ताज़्जुब है कि तुम इस बात पर यकीन करते हो कि मेरे कहने पर रानी साहिबा मान जायेंगी। मैं तुम्हारे जज़्बात की कद्र करता हूँ लेकिन तुम्हें यह बात नहीं मालूम है कि बड़े लोग उतने दरियादिल नहीं होते, जितना तुम उनको समझते हो फिर भी मैं तुम्हारे लिये कोशिश करूँगा।'' अभिवादन करके दोनों चले गये। ईसा अकेला हो गया। वह अपने कक्ष से बाहर निकलकर चबूतरे पर बैठा। पश्चिम के आकाश में सूरज का नारंगी रंग का गोला अटका हुआ था। गुम्बद पर कबूतर गुटरगूँ कर रहे थे। 'जहाँआरा ने मुझे बेशकीमती नगीना कहा! ओह! मैं कितना खुशनसीब हूँ। उनमें सूरत और सीरत दोनों है। मैं उनके दिलो-दिमाग में हूँ। जब मैंने पहली बार उनको देखा था, तभी से उनके लिये मेरे दिल में

चाहत-सी हुई लेकिन मैंने अपने जज़्बात पर काबू रखा। शाहंशाह की बेटी के बारे में मैं सोच सकता था? एक नक़्शानिगार ऐसी जुर्रत कैसे कर सकता था लेकिन अब मैं अपने जज़्बात को उनके सामने रखूँगा। मैं उनसे कहूँगा कि रानी साहिबा! मुझे आपसे इश्क़ है। ख़ुदा के अलावा मैं आपकी भी इबादत करता हूँ। लेकिन हमारे मुहब्बत को क्या जहाँपनाह कबूल कर सकते हैं?' उस्ताद ईसा सोच रहा था। सूरज डूब चुका था। आसमान में बादलों के टुकड़े दिखलायी दे रहे थे। अँधेरा घिरने लगा था। 'मेरे लिये इश्क का रास्ता आसान नहीं है। अगर शाहंशाह नाराज हो गये तो मैं कहीं का नहीं रहूँगा। तो क्या मैं बेगम साहिबा से साफ-साफ कह दूँ कि मैं आपकी इबादत करता हूँ लेकिन हम साथ रह पायेंगे, यह नामुमकिन है। तो क्या मैं अपने वतन लौट जाऊँ और अपने दिल पर पत्थर रखकर रानी साहिबा को भूल जाऊँ।''

33

फागुन की अलसायी हुई हवा चल रही थी, पूरा वातावरण आम्र मंजरियों की खुशबू से सराबोर था। गर्मी की उदास दोपहर थी। उस्ताद ईसा तन्मयतापूर्वक फिरदौसी का 'शाहनामा' पढ़ रहे थे। उन्होंने एक खुशगवार हवा का झोंका महसूस किया। जहाँआरा ने उनके कक्ष में प्रवेश किया। ईसा का दिल प्रफुल्लित हो गया। वह जहाँआरा के सम्मान में खड़ा हो गया लेकिन जहाँआरा बोली--"मुझे शर्मिन्दा न करें उस्ताद, आप बैठिये। आप मेरे लिये मोहतरमा हैं।" उस्ताद ईसा अपने साथ बैठ गये। जहाँआरा उनके बिल्कुल पास आकर बैठ गयी। उस्ताद ईसा को सुरभित साँसो के स्पर्श की अनुभूति हुई। उस्ताद ईसा नारियों से भौगोलिक दूरी बनाये रहते थे। कोई नारी उनके इतने पास नहीं आयी थी। उन्होंने महसूस किया कि जहाँआरा का सामीप्य सुखद लग रहा है।

"उस्ताद ईसा! मुगल सल्तनत के लिये आपकी कितनी अहमियत है, शायद आपको पता न हो। अम्मीजान की रूह आपको दुआएँ दे रहीं होगी। काफी समय से मेरे अन्दर कशमकश चल रहा है कि मैं अपने दिल के अरमान को आपसे कहूँ। उस्ताद ईसा! मैं आपसे बेइन्तिहा मुहब्बत करती हूँ। आपको जब मैंने पहली बार अब्बूजान के साथ देखा था, तभी से मेरी पारखी निगाहों ने समझ लिया था कि यही वो शख़्स है जिसका मुझे बरसों से इन्तजार था। हम शाही खानदान के लोग हैं। हमारी मजबूरियाँ कोई नहीं समझता। हमारे पास बेशुमार दौलत है, शानो-शौकत है फिर भी हम अन्दर से खाली हैं। अवाम हमें ख़ास समझती है इसलिये हमसे घुल-मिल नहीं पाती। जहाँआरा के आशिक़ बहुत हैं लेकिन वो किसी को तवज्जो नहीं देती। मैं तन्हा हूँ उस्ताद ईसा। ये तिश्नगी सिर्फ आपकी सोहबत से मिट सकती है।" ईसा एक दूसरी दुनिया में था। उसे विश्वास ही नहीं था कि जहाँआरा उससे प्रणय निवेदन करेंगी। उसे यह सब आशातीत लग रहा था।

"बेगम साहिबा! बहुत-बहुत शुक्रिया लेकिन मैं इसके काबिल नहीं हूँ। आप आलीशान महल में रहनेवाली मलिका हैं जबकि मैं एक अदना-सा फ़नकार हूँ। ईरान में मेरा एक छोटा-सा आशियाना है जहाँ पर मेरे परिवार के लोग रहते हैं। सच कहूँ रानी साहिबा! मैं भी आपसे मुहब्बत करता हूँ लेकिन हमारे मुहब्बत की राह आसान नहीं है। मेरी दिली ख़्वाहिश थी कि मैं एक ऐसी इमारत का नक्शा तैयार करूँ जिस पर हिन्दुस्तान की तारीख़ नाज़ करें। मैं खुशनसीब हूँ कि मेरा वह ख़्वाब पूरा हुआ। रानी साहिबा! हमारे इश्क़ का अंजाम क्या होगा, यह कहना बहुत मुश्किल है।"

जहाँआरा के चेहरे पर चिन्ता की लकीरें दिखलायी दे रही थीं लेकिन उसने मन को मजबूत करते हुए कहा--

"आप परेशान न हों उस्ताद ईसा। अब्बूजान मुझे बहुत चाहते हैं। मेरे शरीर में एक खरोंच भी लग जाय तो वे ग़मगीन हो जाते हैं। मुझे पूरा यकीन है कि मेरी खुशियों के लिये वे कुछ भी कर सकते हैं।"

"लेकिन रानी साहिबा! आपके शाही खानदान में एक रिवाज यह है कि यहाँ की शहजादियों की शादी नहीं होती। क्या शाहंशाह आपके लिये अपने खानदान के रिवाज को बदलेंगे?"

उस्ताद ईसा के सवाल पर जहाँआरा कुछ क्षणों तक चुप रही। सामने नीम के पेड़ पर तोतों का झुण्ड आराम कर रहा था। तोतों को देखकर अपनी माँ की स्मृतियों में खो गयी जहाँआरा। मुमताज महल इस्लामी तहज़ीब के दायरे में रहती थीं लेकिन वे पौराणिक आख्यानों और अन्य कहानियों में भी रुचि लेती थीं। जहाँआरा को उनसे कई बार तोता-मैना की कहानी सुनने का अवसर मिला था। उन्होंने एक तोता पाला था जिसका नाम उन्होंने शाह रखा था। बाद में उस तोते को बिल्ली ने काट खाया था। अपने प्रिय तोते की मौत पर बहुत रोयी थी मुमताज महल। आज इन तोतों को देखकर उसे उसकी अम्मीजान बहुत याद आयी थीं। "आप मुझे उस्ताद ईसा न कहा करें, सिर्फ ईसा कहिये।" जहाँआरा के होंठों पर मन्द-मन्द मुस्कान फैल गयी। "जनाब ईसा! अब मैं चलती हूँ।" जहाँआरा चली गयी। उस्ताद ईसा के दिल में झंझावात चल रहा था। वह एक कलाकार था। उसे मालूम था कि सौन्दर्य का उपासक होना एक बात है और उसे अंगीकार करना दूसरी बात है। बड़े-बड़े शाहंशाह कलाकार की वेदना को नहीं समझ सकते। "ताजमहल तामीर हो जायगा। शाहजहाँ और मुमताज महल का नाम सबके होंठों पर होगा। उस्ताद ईसा को कितने लोग याद रखेंगे? जिन मजदूरों के ख़ून और पसीने से ताजमहल बन रहा है, उनको क्या मिलेगा?"

जमाल और तबस्सुम यमुना के किनारे बैठे हुए थे। "उस्ताद ईसा ने रानी साहिबा से हमारे बारे में बातचीत की या नहीं, पता नहीं चल पाया।" यमुना के

किनारे चकवा और चकवी घूम रहे थे। बहुत से जल पंछी यमुना की धारा में तैर रहे थे।

"तुम ज्यादा फ़िक्र मत करो जमाल! यदि हम अपने मकसद में कामयाब नहीं हो पाये तो अजमेर लौट जायेंगे। इन्सान के सारे ख़्वाब पूरे ही हों, यह जरूरी तो नहीं है। शाहंशाह ताजमहल बनवा रहे हैं लेकिन मजदूरों की हालत ठीक नहीं है। हम दोनों बहुत से मजदूरों से मिले हैं, उनके जिस्म पर ठीक-ठाक कपड़े नहीं थे। दिन में वे चना चबाकर अपनी भूख मिटाते हैं और सिर्फ रात को उन्हें रोटी और सब्जी मयस्सर होती है। मुगल सरदार तो कितनी शानदार जिन्दगी जी रहे हैं। उनके पास क्या नहीं है। सैकड़ों नौकर-चाकर, विशाल हरम, घुड़साल, हथसाल वगैरह-वगैरह। शाही दरबार में चुगलखोरों का जमावड़ा है। इससे अधिक सुकून की जिन्दगी तो हम अजमेर में जी रहे थे।" जमाल आश्चर्यचकित होकर तबस्सुम को सुन रहा था। वह तबस्सुम को खिलन्दड़े स्वभाव की औरत समझता था। उसने बातचीत के विषय को बदलना ही उचित समझा "इन हसीन पलों में तुम बेसुरा राग क्यों अलाप रही हो?"

जमुना का शफ़्फ़ाक नीला पानी कितना खूबसूरत लग रहा है और हम दोनों साहिल के पास बैठकर मौजों का आनन्द ले रहे हैं। भूख और मुफलिसी की चर्चा अभी नहीं, अभी तो दो परवाने कुदरत के इस खूबसूरत नज़ारे को देख रहे हैं।" तबस्सुम ने सोचा कि जमाल तो ठीक ही कह रहा है। तबस्सुम के पिता का निधन कई साल पहले हो चुका था। वे मस्जिद में इमाम थे। चार भाई-बहनों में वह सबसे छोटी थी। उसके पिता के इन्तकाल के बाद भी मस्जिद की आय से परिवार चल रहा था। उसने अपनी माँ को बहुत मुश्किल से राजी कर लिया था कि वह जमाल के साथ आगरा जा रही है। "अम्मीजान! आगरा में ताजमहल तामीर हो रहा है, हम दोनों को वहाँ कोई-न-कोई काम मिल जायेगा।" जमाल ने अपने परिवारवालों को कुछ भी नहीं बतलाया था।

"तबस्सुम! मैं एक खूबसूरत चित्र बनाऊँगा। मैंने सुना है कि रानी साहिबा कला की बहुत बड़ी कद्रदान हैं। वह चित्र मैं रानी साहिबा को दूँगा। रानी साहिबा दरियादिल भी हैं, खुश होकर वे बड़ा इनाम भी दे सकती हैं। तब मैं अपना एक छोटा-सा आशियाना बनाऊँगा।" किले के बाहर स्थित पीपल के पेड़ से तोतों का झुण्ड उड़ने लगा। "इन परिन्दों की दुनिया कितनी बड़ी है। इनके सामने खुला पड़ा है नीला आसमान और इधर इन्सानों की हालत क्या है? हम लोग तंगदिल भी हैं और संगदिल भी। मैं तो ख्वाजा साहब की दरगाह पर जाकर मन्नत माँगूँगी कि इस जन्म में जमाल ही मेरा हमसफर रहे।" जमाल न जाने किन खयालों में डूबा हुआ था। काफी देर तक चुप्पी छायी रही। दोनों एकटक यमुना की लहरों को देख रहे

थे। ''मेरे फ़ाख़्ता के पंख होते तो मैं उड़कर अजमेर चला जाता। तुम सुन्दर हो, यह दरिया सुन्दर है, फ़ज़ा भी खूबसूरत है लेकिन पता नहीं क्यों अब्बू और अम्मी की याद बेइन्तिहा आ रही है।'' तबस्सुम की विवशता पर बहुत दुख हुआ जमाल को।

''मुझे तुम्हारा नूरानी चेहरा पसन्द है। तुम्हारे चेहरे पर अफ़सुरदगी अच्छी नहीं लगती। हमारी हालत थोड़ी-सी ठीक हो जाय तो हम दोनों जल्दी ही कुछ दिनों के लिये अजमेर चलेंगे। लेकिन हमें जल्दी ही उस्ताद ईसा से मिलना जरूरी है। उस्ताद ईसा की बात रानी साहिबा जरूर मानेंगी।'' शाम ढल रही थी। पंछी अपने नीड़ की ओर लौट रहे थे। गायों का झुण्ड भी अपने गन्तव्य की ओर लौट रहा था। दो दीवाने धीरे-धीरे किले की ओर लौट रहे थे। उनकी आँखों में बड़े सपने थे। एक ओर उनके दिल में आशा का दिया जल रहा था तो दूसरी ओर निराशा का अँधेरा भी था। उनको अपनी मंजिल का पता नहीं था। उनको मालूम था कि बड़े लोगों के मन का अन्दाजा लगाना मुश्किल है। यदि आगरा में आशियाना नहीं बन पाया तो अजमेर लौटना अवश्यम्भावी है।

''मैं तुमसे एक बात बताना भूल ही गयी थी। कल अम्मीजान का ख़त आया था। वह दोनों के लिये परेशान हैं। उनकी दिली ख़्वाहिश है कि हम दोनों शादी कर लें और आगरा से लौट जायँ।'' ''यह नामुमकिन है तबस्सुम! अजमेर हमारे पुरखों की धरती है, वहाँ आना-जाना लगा रहेगा लेकिन हम दोनों आगरा नहीं छोड़ेंगे। यह मशहूर और दिलचस्प शहर है। यहाँ लोदियों ने हुकूमत की और अब यह मुगलों की राजधानी है। शाही दरबार से हमारा गुजारा हो ही जायगा। खुदा ने चाहा तो हमारा छोटा-सा आशियाना हो ही जायगा। हमें रानी साहिबा के बारे में भी सोचना चाहिए। वह हमें कितना मानती हैं। इतने बड़े सल्तनत की राजकुमारी होने के बावजूद वे तन्हा हैं। बेशक शाहंशाह उन्हें बहुत मानते हैं लेकिन उनकी भी तो ज़ाती जिन्दगी है। हम दोनों रहेंगे तो वे अपने आपको अकेला नहीं समझेंगी। कभी-कभी मुझे ख़याल आता है कि काश! उनकी शादी उस्ताद ईसा से हो जाती। दोनों ज़हीन हैं और खूबसूरत हैं।'' जमाल कुछ क्षणों के लिये किंकर्त्तव्यविमूढ-सा हो गया। थोड़ी देर बाद उसने कहा--

''काश! ऐसा हो पाता। मुझे तो यह नामुमकिन लगता है। शाहंशाह लोग एक फ़नकारों की कद्र तो करते हैं लेकिन उनसे रोटी और बेटी का रिश्ता रखेंगे, ऐसा मुझे नहीं लगता लेकिन मैं एक अदना-सा-इन्सान हूँ, ख़ुदा नहीं। फिलहाल नामुमकिन तो कुछ भी नहीं है।''

34

इलाहाबाद विश्वविद्यालय के शताब्दी समारोह की तैयारी जोरों से चल रही थी। प्रोफेसर मलयज मिश्र विश्वविद्यालय के कुलपति थे। वे संस्कृत साहित्य के उच्चकोटि के अध्येता और प्रखर वक्ता थे। वे भारतीयता के बहुत बड़े पक्षधर थे। वे अक्सर कहा करते थे--''हमें अंग्रेजी आनी चाहिए लेकिन आंग्ल विद्वानों के सभी मतों से हमें सहमत नहीं होना चाहिए। मुझे मानसिक गुलामी बिल्कुल पसन्द नहीं है। हमें पढ़ाया जाता है 'कालिदास इज द शेक्सपियर ऑफ इण्डिया' यह कथन सही नहीं है। हमें कहना चाहिए 'शेक्सपियर इज द कालिदास ऑफ ब्रिटेन' कालिदास चौथी शताब्दी के हैं जबकि शेक्सपियर का जन्म सोलहवीं शताब्दी में हुआ था। समुद्रगुप्त को भारत का नेपोलियन कहा जाता है। सच्चाई यह है कि नेपोलियन को फ्रान्स का समुद्रगुप्त कहना चाहिए। राजनीतिक गुलामी से खतरनाक है मानसिक गुलामी।'' पूर्णेन्दु शेखर कुलपति जी का प्रशंसक था। मधुमिता चटर्जी के साथ कुलपति जी से वह कई बार मिला था। प्रोफेसर मिश्र अंग्रेजी साहित्य के भी अच्छे जानकार थे। जॉन कीट्स और पी. बी. शेली की कविताओं का इन्होंने विशेष अध्ययन किया था। प्रोफेसर मिश्र गौर वर्ण के लम्बे और आकर्षक व्यक्ति थे। वे फ्रेंच कट दाढ़ी रखते थे। उनको देखकर यूरोप के किसी प्रोफेसर का भ्रम हो जाता था। उनकी जीवन शैली में आभिजात्य और साधारण जन का समन्वय था। शताब्दी समारोह बेहतरीन ढंग से सम्पादित हो, इसके लिये उन्होंने साहित्यिक और कलाप्रिय प्रोफेसरों की एक टीम बना रखी थी।

सितम्बर का अन्तिम सप्ताह चल रहा था। पिछले पाँच सालों में इस साल इलाहाबाद में सबसे अधिक बारिश हुई थी। शहर के निचले इलाके कई दिनों तक जलमग्न थे। इलाहाबाद विश्वविद्यालय का छात्रसंघ भी शताब्दी समारोह के आयोजन में बहुत सक्रिय था। छात्रसंघ के अध्यक्ष आशुतोष तिवारी और महामन्त्री रविप्रकाश

सिंह ये दोनों बहुत अधिक सक्रिय थे। भारत के उपराष्ट्रपति को शताब्दी समारोह के उद्घाटन का मुख्य अतिथि बनाया गया था लेकिन कार्यक्रम के ठीक एक दिन पहले उपराष्ट्रपति का कार्यक्रम स्थगित हो गया। विश्वविद्यालय प्रशासन के सामने यह संकट खड़ा हो गया था कि मुख्य अतिथि किसे बनाया जाय। मुख्य अतिथि का कद भी देखना जरूरी था। विश्वविद्यालय प्रशासन ने विख्यात साहित्यकार डॉ रामकुमार वर्मा को मुख्य अतिथि बनाने का निर्णय लिया। शहर के प्रबुद्ध वर्ग ने विश्वविद्यालय प्रशासन के इस निर्णय की सराहना की। अंग्रेजी विभाग के प्रोफेसर अमिय बनर्जी ने कहा--"हम लोग केवल राजनेताओं को ही मुख्य अतिथि बनाते हैं, इस परपाटी को बदलना होगा। मैं यह नहीं कहता कि बड़े पदों पर आसीन राजनेताओं को मुख्य अतिथि न बनाया जाय, मेरा सिर्फ यह कहना है कि साहित्यकारों और अन्य विद्वानों को भी महत्त्व मिलना चाहिए। निराला, फिराक गोरखपुरी, सुमित्रानन्दन पन्त, महादेवी वर्मा, रामकुमार वर्मा, उपेंद्रनाथ अश्क, नरेश मेहता, जगदीश गुप्त, इलाचन्द्र जोशी, विजयदेव नारायण साही जैसी साहित्यिक विभूतियाँ इस शहर की धरोहर हैं। विश्वविद्यालय प्रशासन ने रामकुमार वर्मा जैसे रचनाकार और स्कॉलर को मुख्य अतिथि बनाकर बहुत ही बड़ा काम किया है।"

प्रोफेसर अमिय बनर्जी विलियम शेक्सपियर के नाटकों के मर्मज्ञ थे। वे विश्वविद्यालय के छात्रों में बेहद लोकप्रिय थे। सीनेट हाल में कार्यक्रम आयोजित था। शाम चार बजे मुख्य अतिथि रामकुमार वर्मा ने दीप प्रज्ज्वलित कर शताब्दी समारोह का उद्घाटन किया। पूर्णेन्दु शेखर इस कार्यक्रम में उपस्थित था। रामकुमार वर्मा ने बहुत ही सुन्दर व्याख्यान दिया। उन्होंने व्याख्यान के अन्त में कहा--

"इलाहाबाद साहित्य, संगीत और अध्यात्म का संगम है। यहाँ गंगा, यमुना और सरस्वती का संगम है लेकिन सरस्वती नदी हजारों साल पहले विलुप्त हो गयी। मेरा यह मानना है कि सरस्वती तो अन्तःसलिला है। सरस्वती ज्ञान की अधिष्ठात्री देवी हैं। सरस्वती नदी का भौतिक अस्तित्त्व भले न हो लेकिन इलाहाबाद के कण-कण में सरस्वती विद्यमान हैं। इलाहाबाद विश्वविद्यालय को 'पूरब का ऑक्सफोर्ड' कहा जाता है। इस विश्वविद्यालय में अध्यापन करके मैंने अपने आपको गौरवान्वित महसूस किया। आज इस ऐतिहासिक अवसर पर आप लोगों ने मुझे याद किया, मैं धन्य हो गया। मैं इस जीवन में इलाहाबाद विश्वविद्यालय के ऋण को चुका नहीं पाऊँगा।" अपने चालीस मिनट के व्याख्यान में रामकुमार वर्मा ने श्रोताओं को मन्त्रमुग्ध कर दिया। एक घण्टे के अन्तराल के बाद उस्ताद बिस्मिल्लाह खान का शहनाई वादन प्रस्तुत होना था। पूर्णेन्दु शेखर अपने कुछ साथियों के साथ सीनेट हॉल से बाहर निकला। दरभंगा भवन के सामने दिलचस्प माहौल था। विश्वविद्यालय के

एक छात्र नेता राधेश्याम उपाध्याय अपनी तुकबन्दी और अजीबोग़रीब हरकतों के कारण चर्चित थे। उन्होंने अपना उपनाम 'त्रिशूल' रखा था। एक मंच बना था। मंच के पीछे बैनर लगा हुआ था। बैनर पर लिखा हुआ था--'विश्वकवि त्रिशूल का एकल व्याख्यान' पूर्णेन्दु शेखर के मित्र प्रशान्त सिंह ने टिप्पणी की--

''अभी तक तो मैंने रविन्द्रनाथ टैगोर के नाम के साथ 'विश्वकवि' शब्द को सुना था। ये दूसरा विश्वकवि कहाँ से पैदा हो गया?'' महाकवि त्रिशूल की दो पंक्तियाँ चर्चित हुई थीं। वे पंक्तियाँ थीं--

''कवियों में सिरमौर हैं, महाकवि त्रिशूल।
औरों की औकात क्या, बाकी सब हैं फूल।''

कविता में प्रयुक्त शब्द 'फूल' हिन्दी का नहीं बल्कि अंग्रेजी का फूल था। महाकवि त्रिशूल की यह ख़ासियत थी कि वे गद्य में भी तुकबन्दी करते थे। चुनाव प्रचार के दौरान एक बार वे पी. सी. बनर्जी छात्रावास में गये थे। उस दौरान उन्होंने दिलचस्प टिप्पणी की थी--

मैं आया हूँ पी. सी. बनर्जी, आपसे करता हूँ एक अर्ज़ी। बाकी प्रत्याशी हैं फर्ज़ी, आप जिसको चाहे वोट दें, आपकी मर्ज़ी फिर भी मैं अपना काम करूँगा मनमर्जी।'' छात्रावास के कॉमन हाल में देर तक तालियाँ गूँजती रही थीं। तो ऐसे बहुआयामी प्रतिभा के धनी थे महाकवि त्रिशूल। महाकवि त्रिशूल ने तीन बार नारा लगाया--''प्रोफेसर साले अयोग्य हैं।'' लड़कों ने नारे को दोहराया। उन्होंने अपने भाषण में प्रोफेसरों को चुनौती देते हुए कहा-''इलाहाबाद का कोई भी प्रोफेसर मुझसे किसी भी टॉपिक पर बहस नहीं कर सकता। मैं प्रोफेसरों से शास्त्रार्थ करना चाहता हूँ।''

''इसकी बकवास सुनकर मजा आया, अब लौटते हैं और उस्ताद साहब का शहनाई वादन सुनते हैं।'' प्रशान्त के कहने पर पूर्णेन्दु शेखर सीनेट हाल की ओर बढ़ा। उस्ताद बिस्मिल्लाह खाँ का शहनाई वादन शुरू हो चुका था। सभागार खचाखच भरा हुआ था। सभाकक्ष के ऊपर स्थित बालकनी भी भरी हुई थी। शुरुआत में खाँ साहब ने शास्त्रीय संगीत पर आधारित धुनें सुनायी लेकिन उन्हें लगा कि नयी पीढ़ी के युवक शायद ऊब रहे हैं तो 'दिल का खिलौना हाय टूट गया' जैसे लोकप्रिय गीत के धुन को सुनाया। सभागार बार-बार तालियों की आवाज से गूँज उठता था। तबले पर संगत कर रहे थे उस्ताद करीम खाँ। लगभग एक घण्टे तक श्रोता वृन्द संगीत की सुर सरिता में गोता लगाते रहे। कुलपति प्रोफेसर मलयज मिश्र तन्मय होकर शहनाई वादन सुन रहे थे। उस्ताद बिस्मिल्लाह खाँ ने राग दुर्गा तीन ताल

सुनाकर शहनाई वादन का समापन किया। कार्यक्रम के समापन के बाद पूर्णेन्दु शेखर को एक बार फिर दरभंगा हॉल की याद आयी। महाकवि त्रिशूल का एकल कार्यक्रम अभी तक चल रहा था। श्रोताओं की संख्या सौ के आसपास थी। विश्वविद्यालय के ही एक छात्र दिनेश पाण्डेय ने मंच पर जाकर घोषणा की--

"त्रिशूल जी हमारे शहर और इलाहाबाद विश्वविद्यालय के गौरव हैं। हमारा यह दुर्भाग्य है कि हम अपनी इस प्रतिभा का सही मूल्याँकन नहीं कर पाये। साथियो! अब वक्त आ गया है कि हम त्रिशूल जी को यथोचित सम्मान दें। त्रिशूल जी को हम इलाहाबाद विश्वविद्यालय का कुलपति नियुक्त करते हैं।" महाकवि त्रिशूल जी को मालाओं से मालामाल कर दिया गया। त्रिशूल ने अपने आपको कुलपति समझ लिया। महाकवि त्रिशूल ने कुलपति कार्यालय की ओर प्रयाण किया। 'हमारा कुलपति कैसा हो, महाकवि त्रिशूल जैसा हो' का नारा लगाते हुए कुछ छात्र पीछे-पीछे चले।

"यार पूर्णेन्दु! मुझे तो लगता है कि आज बवाल होगा ही! यह पगलेट त्रिशूल जो न करा दे।" संस्कृत विभाग के डॉक्टर रमननाथ शास्त्री महाकवि त्रिशूल को 'अक्षणा काण' कहा करते थे। हुल्लड़बाजों द्वारा नियुक्त कुलपति त्रिशूल को कुलपति कार्यालय में घुसने नहीं दिया गया। कुलपति प्रोफेसर मलयज मिश्र अपने आवास पर जा चुके थे। महाकवि त्रिशूल अपनी विचित्र हरकतों के लिये जाने जाते थे। उन्होंने हिन्दी विभाग के अध्यक्ष डॉ कुमारसम्भव को शास्त्रार्थ के लिये ललकारा था। उनकी ललकार से कुमारसम्भव जी नतमस्तक हो गये थे। उन्होंने अपने पैड पर लिख कर दिया था--

"महाकवि त्रिशूल जी बहुआयामी प्रतिभा के धनी, विलक्षण प्रतिभा के विद्वान् हैं। इनकी वक्तृत्व कला अद्‌भुत है। इनके अगाध पाण्डित्य का लोहा बड़े-बड़े दिग्गज प्रोफेसर मानते हैं। मैं प्रमाणित करता हूँ कि महाकवि त्रिशूल जी प्रोफेसरों से योग्य हैं। मैं इनके मंगलमय भविष्य की कामना करता हूँ।" महाकवि त्रिशूल जी इस प्रमाण-पत्र को अपने दोस्तों और परिचितों को दिखाते रहते थे।

इलाहाबाद के एक कार्यक्रम में तत्कालीन राज्यपाल ने कहा था--"त्रिशूल जी हिन्दी साहित्य के गौरव हैं।" इन्होंने यह वाक्य व्यंग्य में कहा था लेकिन महाकवि त्रिशूल ने इसे अपने पक्ष में प्रचारित किया।

35

अपने छात्रावास के कमरे में बैठकर पूर्णेन्दु शेखर अध्ययन कर रहा था। जनवरी का प्रथम सप्ताह चल रहा था। बहुत ठण्ड पड़ रही थी लेकिन बाहर धूप खिली हुई थी। खिड़की के पीछे स्थित इमली के पेड़ निस्पन्द पड़े थे। कुछ देर पहले डाकिया उसे एक पत्र दे गया था। उसके पिता अनुपम शेखर ने पत्र लिखा था।

''प्रिय पूर्णेन्दु,

तुम्हारे ऊपर मुझे बहुत नाज़ था। हर बाप अपने बेटे की फ़िक करता है। मेरा सपना था कि तुम आयी. ए. एस. अधिकारी बनो लेकिन मैं जानता हूँ कि तुम जो ठान लेते हो, वही करते हो। तुम मैच्योर हो, अपना भला-बुरा समझते हो। तुमने जो राह चुनी है, उसकी डगर आसान नहीं है। मैं मानता हूँ कि तुम मुझसे एक कदम आगे हो। मुझे भी साहित्य में बहुत रुचि है लेकिन साहित्यिक अभिरुचि का होना और साहित्यकार होने में बहुत फ़र्क है। तुम साहित्य की दुनिया में आगे बढ़ोगे तो क्या मुझे खुशी नहीं होगी? जरूर होगी लेकिन बेटा भारत जैसे देश में साहित्य सृजन साध्य हो सकता है, साधन नहीं।

तुम्हारी माँ को तुम्हारी प्रतिभा और रचनाशीलता पर अटूट विश्वास है। एक माँ को अपने बेटे की क्षमता पर विश्वास होना ही चाहिए। तुम एकैडेमिक क्षेत्र में जाओ, मुझे कोई आपत्ति नहीं होगी बल्कि मुझे खुशी होगी। हिन्दी भाषी क्षेत्र के अभिभावकों की एक प्रमुख समस्या यह है कि वे अपने सपने को अपने बच्चों पर लादते हैं। जिसका जीवन है, वह उसे बेहतर समझ सकता है।

किसी विश्वविद्यालय या कॉलेज में लेक्चरर बनकर तुम बेहतर जिन्दगी जी सकते हो और निश्चिन्त मन से साहित्य सृजन भी कर सकते हो। और एक जरूरी बात तुमसे कहनी है। तुम्हारी माँ चाहती है कि अब तुम अपनी शादी के लिये भी

सोचो। शादी की एक उम्र होती है, उसका नौकरी से कोई भी सम्बन्ध नहीं होता। तुम होनहार हो, देर-सबेर लेक्चरशिप पा ही जाओगे। इधर बहुत दिनों से गाँव नहीं आये हो। पत्र की पंक्तियाँ पढ़ते-पढ़ते भावुक हो गया पूर्णेन्दु शेखर। आज उसे अपने गाँव घोसपुर की बहुत याद आ रही थी। वह प्रोफेसर नीलोत्पल बनर्जी के निर्देशन में विलियम वर्ड्सवर्थ की कविता पर शोध कर रहा था। मधुमिता चटर्जी भी डॉक्टर रामनारायण मेहरोत्रा के निर्देशन में टॉमस हार्डी के उपन्यासों पर शोध कर रही थीं। 'मधुमिता सुन्दर है, सौम्य है, प्रतिभाशाली है। हम दोनों की रुचियाँ मिलती हैं। एक दूसरे की भावनाओं को बखूबी समझते हैं हम। हमने कभी इस बात की चर्चा नहीं की कि हमारे भावी जीवन की दिशा क्या होगी? हम दाम्पत्य जीवन की डोर में बँन्धे या मित्र ही रहें? पिता जी की चिन्ता भी वाज़िब है, उनकी बातों पर गम्भीरतापूर्वक सोचने का समय आ गया है।'' पूर्णेन्दु शेखर सोच रहा था। छात्रावास का लॉन बहुत ही खूबसूरत लग रहा था। लॉन के बीच में एक सीमेण्टेड रास्ता था जो कॉमन हॉल तक जाता था। लॉन के चारों ओर ताड़, अशोक और आम के पेड़ थे। मधुमिता चटर्जी को विलियम वर्ड्सवर्थ की कविता 'आयी वण्डर्ड लोनली ऐज ए क्लाउड' की ये पंक्तियाँ बहुत पसन्द थीं--

''आई वण्डर्ड लोनली ऐज ए क्लाउड
दैट फ्लोट्स आन हाइ आवर वेल्स एण्ड हिल्स,
ह्वेन आल एट वन्स आइ सॉ ए क्लाउड
ए होस्ट आफ गोल्डन डैफोडिल्स।''

''वर्ड्सवर्थ की ये पंक्तियाँ मुझे भी पसन्द हैं लेकिन हिन्दी कविता का प्रकृति वर्णन भी उच्चकोटि का है। सेनापति ने प्रकृति के विविध रूपों को कलात्मक ढंग से उद्घाटित किया है। सूर, तुलसी और जायसी के काव्य में भी प्रकृति की बहुरंगी छवियाँ दिखलायी देती हैं। खासकर छायावाद ने प्रकृति को बहुत अधिक महत्त्व दिया। उसने प्रकृति की स्वतन्त्र सत्ता को स्थापित किया। मेरा यह मानना है छायावादी कवियों का प्रकृति-चित्रण रोमाण्टिक पोएट्री के प्रकृति चित्रण से कमतर नहीं है।'' इसके बाद काफी देर तक वे दोनों अंग्रेजी साहित्य की रोमाण्टिक पोएट्री पर बातचीत करते रहे।

पूर्णेन्दु शेखर को लगा कि अब वक्त आ गया है कि वह मधुमिता चटर्जी से अपने भावी जीवन के विषय में यथाशीघ्र बात कर ले।

अगले दिन पूर्णेन्दु शेखर मधुमिता चटर्जी के साथ अंग्रेजी विभाग के सामने स्थित लॉन में बैठा हुआ था। सफेद, लाल, पीला और कत्थई रंगों से रंगा हुआ अंग्रेजी विभाग बहुत ही खूबसूरत लग रहा था। गुम्बदों पर कबूतर बैठे हुए थे। अंग्रेजी

विभाग के सामने से लॉन में घुसते ही दोनों ओर क्रोटन के एक-एक पौधे थे। दाहिनी ओर गेंदे के फूल खिले हुए थे। लॉन के चारों ओर ताड़ के पेड़ निस्पन्द से खड़े थे।

लॉन के बाहर पीपल का एक विशाल पेड़ था जिसके पीछे पानी की एक बहुत बड़ी टंकी थी।

"प्रकृति कितनी खूबसूरत है पूर्णेन्दु! आज हम यहाँ दुनियावी चिन्ता से दूर होकर बैठे हुए समय के साथ संवाद कर रहे हैं।" लॉन के दूसरी तरफ सीनेट हॉल के ठीक सामने एक बड़ा मैदान था जिसमें स्थित ऐतिहासिक वटवृक्ष पक्षियों के कलरव से गुंजायमान था। लॉन के सामने स्थित मंच पर उसकी सीढ़ियों पर गमले रखे हुए थे। गमलों में तरह-तरह के फूल थे।

"काश! ऐसा होता कि हम ऐसे ही उन्मुक्त भाव से मिलते।" पूर्णेन्दु शेखर ने देखा कि पीली चोंचवाली दो देशी मैना घास पर फुदक रही हैं। कभी वे जमीन में चोंच मारती हैं तो कभी अपनी पाँखें खुजलाती हैं।

"काश! ऐसा ही होता मधुमिता लेकिन व्यावहारिक जिन्दगी में ऐसा होता नहीं है। हम दोनों कलात्मक अभिरुचि के हैं इसलिये ऐसा सोचते हैं। हम कल्पनाओं के रमणीय संसार में विचरण करते रहते हैं इसलिये हमें स्वनिर्मित संसार मनोरम लगता है। जयशंकर प्रसाद ने लिखा है--

"आह! कल्पना का सुन्दर वह
जगत मधुर कितना होता।"

तुमसे कुछ कहना था लेकिन संकोचवश नहीं कर पा रहा हूँ।" मधुमिता चटर्जी न जाने किन ख़्यालों में डूबी हुई थीं। "तुमने कुछ कहा? मैंने ध्यान नहीं दिया।" पूर्णेन्दु शेखर असमंजस की स्थिति में था कि वह अपनी बात कहे या न कहे। "कुछ दिन पहले पिता जी का पत्र आया था। उनकी इच्छा थी कि अब मेरे जीवन में स्थिरता आये। तुम तो जानती ही हो कि भारत का मध्य वर्ग क्या चाहता है। बेटे की नौकरी और उसकी शादी। हम दोनों युवा हैं, वयस्क हैं। हम अपनी जिन्दगी के बारे में निर्णय ले सकते हैं। पिता जी का कहना है कि यथाशीघ्र शादी कर लो, लेक्चररशिप तो आज नहीं तो कल मिल ही जायगी। मैं समझ नहीं पा रहा हूँ कि उनके पत्र का क्या जवाब दूँ। फिलहाल तो मेरा शादी करने का इरादा नहीं है लेकिन यदि शादी करने का निर्णय लेना ही पड़े तो मैं इसी शर्त पर शादी करूँगा कि मेरी शादी मधुमिता से हो।" मधुमिता चटर्जी के चेहरे पर न तो खुशी का भाव दिखा और न ग़म का। "हम दोनों अच्छे मित्र हैं। साहित्य, संगीत, कला और अन्य विषयों पर हमारी रुचियाँ मिलती हैं। जरूरी नहीं कि हम जीवन साथी के रूप में सफल हों। मैं मानती हूँ कि जीवन के सफ़र में हमसफ़र की जरूरत होती है लेकिन उसके लिये दाम्पत्य जीवन

की डोर में बँधना जरूरी नहीं है। मैंने अपनी राय दी है, निर्णय नहीं। तुम मुझे कुछ दिन का समय दो, सोचकर बतलाऊँगी।"

थोड़ी देर बाद दो मजदूर आ गये थे। लॉन के एक ओर मशीन से घास की कटाई हो रही थी। दोनों वहाँ से उठे। अंग्रेजी विभाग के बरामदे में अभी भी धूप थी। अन्दर-वाले लॉन में लाल कनेर के दो पौधे थे। उसमें कलियाँ थीं, फूल नहीं। अमरूद के पेड़ पर तोतों की आवाज गूँज रही थी।

"मुझे लेकर अन्तर्द्वन्द्व में मत रहो। एक अच्छा दोस्त मुश्किल से मिलता है, तुम वैसे ही अच्छे दोस्त हो। विवाह को लेकर मेरा जो विचार आज है, जरूरी नहीं है कि वह विचार स्थायी रहे। मुझे यह लगता है कि प्रेम में जो उल्लास और उमंग होता है, वह वैवाहिक जीवन में नहीं है। बाहर से बहुत खुश दिखायी देनेवाले परिवारों में भी अन्दर से खोखलापन है। दरअसल हमारी सामाजिक संरचना में ही कोई-न-कोई कमी है जिसके कारण वैवाहिक जीवन का निर्वाह करना एक रस्म अदायगी मात्र रह गयी है। हो सकता है कि मेरे विचार से और लोग सहमत न हों लेकिन मुझे जो महसूस होता है, तुमसे कह दिया।"

36

जहाँआरा के प्यार में उस्ताद ईसा ने अपने अन्दर बहुत बदलाव महसूस किया। वह समझ रहे थे कि पनघट की डगर आसान नहीं है। वे देख रहे थे कि इस रास्ते पर चलना तलवार की धार पर चलने के समान है। ''बेगम साहिबा में बला की खूबसूरती है। वे ज़हीन और हुनरमन्द हैं। बहुतों ने उनसे एकतरफा प्यार किया होगा लेकिन मैं कितना ख़ुशनसीब हूँ कि बेगम साहिबा ने मुझे अपने लायक समझा।''

उस्ताद ईसा कभी-कभी किले के बाहर घूमने जाते थे। एक दिन उनकी नज़र महन्त गिरिधरदास के आश्रम पर पड़ी। महन्त गिरिधरदास तेजस्वी व्यक्तित्व के धनी थे। वे भागवत के प्रकाण्ड पण्डित थे। वे कालिदास, माघ और भारवि के काव्य के भी मर्मज्ञ थे। वह बनारस जिले के एक गाँव से भागकर आगरा चले आये थे। उनका मन दुनियादारी में नहीं लगता था। उनके माँ-बाप ने उनकी शादी तय कर दी थी लेकिन शादी की एक सप्ताह पहले वे घर से भागकर मथुरा चले गये। महीनों मथुरा में इधर-उधर भटकने के बाद वे महन्त सेवादास के साथ आगरा चले आये। महन्त सेवादास ने उन्हें अपने आश्रम में शरण दी। सेवादास जी भागवत कथा के मर्मज्ञ थे। वे सप्ताह में एक दिन श्रीमद्‌भागवत पर प्रवचन देते थे। आसपास के मुहल्लों से काफी लोग उनको सुनने आते थे। आसपास के गाँव से भी कुछ लोग आते थे। आश्रम में ठीक-ठाक जगह थी इसलिये कुछ लोग रात को वहाँ रुक जाते थे। अपनी मौत से पहले सेवादास ने गिरिधरदास के मस्तक पर हाथ रखकर कहा था--

''तुम मेरे शिष्य ही नहीं बल्कि बच्चे की तरह भी हो। मैं इस नश्वर संसार को छोड़कर जा रहा हूँ, अब तुम्हारी जिम्मेदारी है कि इस आश्रम को बेहतर ढंग से चलाओ।'' गिरिधरदास अपने गुरु के विश्वास पर खरे उतरे।

उस्ताद ईसा जब आश्रम में पहुँचे तो प्रवचन चल रहा था। उस्ताद ईसा तन्मय होकर प्रवचन सुन रहे थे। श्रोतावृन्द भाव-विभोर थे। गिरिधरदास की वक्तृत्व कला अद्भुत थी। जब सारे श्रोता चले गये और गिरिधरदास अपने कक्ष की ओर जाने लगे तो उस्ताद ईसा ने अभिवादन किया। आचार्य ने कक्ष में चलने का इशारा किया।

''आचार्य जी, मैं मुगल सम्राट् शाहजहाँ का दरबारी उस्ताद ईसा हूँ। आपसे बहुत जरूरी बातें करनी थीं।'' गिरिधरदास ने बड़े ध्यान से उस्ताद ईसा को देखा। ईसा का आकर्षक चेहरा उन्हें प्रभावित कर रहा था।

''उस्ताद ईसा! ताजमहल के नक़्शानिगार! आपका बहुत नाम सुना था। कहिये, मैं आपकी क्या सेवा कर सकता हूँ?'' कोयल की कूक सुनायी पड़ रही थी। अखाड़े में पहलवान जोर-आजमाइश कर रहे थे। दीपकों की रोशनी में नहाया हुआ आश्रम बड़ा ही मनोरम लग रहा था। ''तुम निःसंकोच होकर अपनी बात कहो उस्ताद ईसा।'' गिरिधरदास के ऐसा कहने पर उस्ताद ईसा का साहस बढ़ा। ''आचार्य जी, हमारे जैसा साधारण फ़नकार बड़ा ख़्वाब देख रहा है। मैं अपना हुनर दिखाने तेहरान से आया था लेकिन यहाँ आकर एक अजीब झंझावात में फँस गया हूँ। मैं अपने हाले दिल की दास्तान कैसे बयान करूँ। मुझे शाहंशाह की बड़ी बेटी जहाँआरा से इश्क़ हो गया है। मैं इस बात से डर रहा हूँ कि जब शाहंशाह को इस बात का पता चलेगा तो इसका अंजाम क्या होगा। मुझे समझ में नहीं आ रहा है कि मैं क्या करूँ। या तो मैं बेगम साहिबा से साफ-साफ कह दूँ कि आप मुझे भूल जाइये या मैं चुपके से आगरा से निकल जाऊँ।'' गिरिधरदास के चेहरे पर मुस्कान की रेखा तैर गयी।

''मैं आपकी वेदना समझ सकता हूँ उस्ताद लेकिन हम साधु-सन्त दुनियादारी को बहुत कम समझते हैं लेकिन मैं इतना तो जानता हूँ कि प्यार करना कोई गुनाह नहीं है। भगवान कृष्ण और राधा का प्यार अमर है। हमारा भागवत पुराण तो प्रेमाख्यान का महासागर है। आपका गुनाह सिर्फ इतना है कि आप हिन्दुस्तान के बादशाह की बेटी से प्यार करते हैं। आप जहाँआरा को अपनी जीवनसंगिनी नहीं बना पायेंगे क्योंकि मुगल बादशाहों को इस बात का घमण्ड है कि वे सबसे ऊँचे खानदान के हैं। राजपूत जाति मुगलों से ज्यादा बहादुर और स्वाभिमानी है। बादशाह अकबर के समय से राजपूतों की बेटियाँ मुगलों की बेगम बनने लगीं लेकिन मुगल खानदान की एक भी लड़की राजपूत परिवार में नहीं गयी। ऐसा क्यों ?''

गिरिधरदास कुछ देर तक चहलकदमी करते रहे। ''क्या आप इस बात से आश्वस्त हैं कि शहज़ादी जहाँआरा भी आपसे प्यार करती हैं?'' उस्ताद ईसा के

मस्तक पर चिन्ता की लकीरें दिखायी दे रही थी लेकिन अपने आपको संभालते हुए उन्होंने जवाब दिया--

''बेगम साहिबा ने खुद अपने इश्क़ का इज़हार किया। मैंने उनसे यह पूछा था कि बादशाह शाहजहाँ आपकी बात मानेंगे तो उन्होंने कहा था कि उनके अब्बाजान उनकी खुशियों के लिये कुछ भी कर सकते हैं। उनकी बातचीत के लहजे से भी यह लगा कि मुझसे बेइन्तिहा मुहब्बत करती हैं। लेकिन इश्क़ की यह राह आसान नहीं है आचार्य जी! इस बारे में कुछ सलाह दीजिये।'' गिरिधरदास का चन्दन चर्चित भाल चमक रहा था। गेरूए वस्त्र में उनका गोरा रंग दमक रहा था। ''हम धर्म और अध्यात्म की दुनिया में रहनेवाले लोग हैं। हम लोग सियासत से कोसों दूर रहते हैं लेकिन सियासत के चरित्र को समझते हैं। जो मुगल राजपूत राजाओं से अपनी बेटी की शादी नहीं कर रहे हैं, वे आपको स्वीकार करेंगे, इसमें सन्देह है। दूसरी बात यह है कि मुगल सुन्नी हैं जबकि आप शीया। इस बात को आप मुझसे बेहतर समझते होंगे, एक बात यह भी है कि शाहजहाँ अपने दादा शाहंशाह अकबर की तरह उदार शासक नहीं हैं। एक व्यक्ति है जो आपकी सहायता कर सकता है। वह है राजकुमार दाराशिकोह। वह मुगल सल्तनत एवं ताज का वली अहद भी है। वे मेरे आश्रम पर दो बार आ चुके हैं। उसकी ज्ञान पिपासा प्रशंसनीय है। हो सकता है कि शाहंशाह उसकी बात मान लें लेकिन मूल समस्या है मुगलों की जातीय श्रेष्ठता का दम्भ।'' उस्ताद ईसा की आँखों में आँसू छलक आये थे लेकिन उन्होंने धीरे से उसे पोंछ लिया।

''अब मैं चलता हूँ आचार्य जी, आपसे फिर मिलूँगा।''

उस्ताद ईसा किले में लौट आये। वे बिस्तर पर लेटे लेकिन नींद उनसे कोसों दूर थी।

अगले दिन जहाँआरा दोपहर को उस्ताद ईसा के कमरे में आयी। उस्ताद ईसा एक चित्र बनाने में तन्मय थे। जहाँआरा के कदमों की आहट से उनका ध्यान भंग हुआ। ''आइये बेगम साहिबा! आपका आना सहरा में बहार आ जाने जैसा है।'' उन्होंने खड़े होकर अभिवादन किया और जहाँआरा को बैठने के लिये आसन दिया। बाहर पतझर का नजारा था। रोशनदान और खिड़की से कमरे के अन्दर भरपूर रोशनी आ रही थी। ''आपसे कुछ अर्ज़ करना चाहता हूँ बेगम साहिबा!---''जहाँआरा ने बीच में टोकते हुए कहा--

''आप मुझे बेगम साहिबा मत कहा कीजिये उस्ताद! सबके लिये मैं बेगम साहिबा हो सकती हूँ लेकिन आपके लिये तो जहाँआरा ही रहूँगी, शोख और अल्हड़ जहाँआरा।'' उस्ताद ईसा कुछ देर चुप रहे। उनके दिल के अन्दर झंझावात चल रहा

था। "मैं कोशिश करूँगा कि वैसा कह सकूँ। अभी तो आपसे एक जरूरी बात करनी थी। आप जमाल और तबस्सुम को जानते होंगे। दोनों अजमेर से आये हैं। दोनों की दिली ख़्वाहिश है कि आगरा में उनका छोटा-सा आशियाना हो। आप शाहंशाह से बात करके उनके लिये कुछ कीजिये।"

"उस्ताद ईसा! यह सच है कि अब्बाजान मुझे बहुत मानते हैं लेकिन वे मेरी सब बातें मान लें, यह जरूरी नहीं है। लोगों ने यह भ्रम फैला रखा है कि बादशाह शाहजहाँ मेरे इशारे पर हुकूमत करते हैं। हम शाही खानदान के हैं लेकिन हमारे दर्द को कौन समझता है। मैं महज चौदह साल की थी जब अम्मीजान गुजर गयी। अब्बाजान कितना टूट गये थे। उन्होंने हमें माँ और बाप दोनों का प्यार दिया। अम्मीजान की सहेली सतीउन्निसा ने हमारी हौसलाअफ़जाई की। शाही दरबार में लगातार षड्यन्त्र चलता रहता है। औरंगजेब पता नहीं क्यों दारा भैया से नाराज़ रहता है। मजहबी लोग उसे भड़काते रहते हैं। फिर भी मैं जमाल की बात अब्बाजान से कहूँगी। हो सकता है कि काम बन जाय।"

उस्ताद ईसा जहाँआरा को एकटक देख रहा था। 'लम्बा छरहरा बदन, बड़ी-बड़ी आंखें और बातचीत का खूबसूरत अन्दाज!' "अब मैं चलती हूँ उस्ताद ईसा।" जहाँआरा चली गयी और छोड़ गयी उस्ताद ईसा के लिये सूनापन। यहाँ उसका अपना कौन है? ईरान की सरजमीं से वह हिन्दुस्तान आया है। उसे याद आया कि अम्मीजान ने क्या कहा था--

"मेरा ईसा एक अनमोल हीरा है। वह हिन्दुस्तान जा रहा है एक बड़े मकसद से। मेरा बेटा दरख़्शाँ सितारा है। हे परवरदिगार! तुम मेरे ईसा पर रहमत की बारिश करना।"

ईसा को वह घटना बहुत अच्छी तरह से याद आ रही थी। उस समय वह दस साल का था। बारिश का महीना था। अपने भाई-बहनों के साथ वह घर से लगभग एक किलोमीटर दूर स्थित तालाब पर नहाने गया था। उस समय आसमान में थोड़े बहुत बादल थे लेकिन हल्की-हल्की धूप थी। ईसा तालाब की सीढ़ी के पास खड़ा था। एकाएक उसका पैर फिसल गया और वह तालाब में गिर पड़ा। वह किनारे आने की कोशिश करने लगा लेकिन उसे कामयाबी नहीं मिली। ज़ैनब की नजर पड़ी। वह तालाब में कूद पड़ी और उसने डूबते हुए अपने छोटे भाई को बचाया। ईसा घबराया हुआ था। उसके तीनों भाई पास आ गये। ज़ैनब सबसे बड़ी थी। उसने सबसे कहा-

"तुम लोगों से मेरी गुज़ारिश है कि इस घटना का जिक्र घर में मत करना। अब्बाजान और अम्मीजान बहुत नाराज होंगे। और ईसा! एक बात सुन लो। आगे

से तालाब की सीढ़ियों के पास मत खड़ा होना। खुदा न खास्ता, कोई अनहोनी हो जाती तो मैं अब्बाजान और अम्मीजान को क्या जवाब देती। खुदा का शुक्र है कि ईसा सही सलामत है।''

ईसा के अलावा चारों भाई-बहनों ने तालाब में स्नान किया और जल क्रीड़ा का आनन्द लिया। ईसा बुझे मन से उन सबको देख रहा था। 'काश! मुझे भी तैरना आता तो मैं लहरों का आनन्द लेता। अब मैं जल्दी तैरना सीखूँगा।'

थोड़ी देर बाद आसमान में घने बादल छा गये थे और तेज बारिश शुरू हो गयी। थोड़ी दूरी पर एक मस्जिद थी। कुछ देर तक वे लोग मस्जिद के बरामदे में रुके रहे। बारिश धीमी होने पर सभी लोग वहाँ से चल दिये।

उस्ताद ईसा ने दृढ़ निश्चय कर लिया कि वे अपने दिल की बात दो-तीन दिन के अन्दर दाराशिकोह से जरूर करेंगे।

37

चाँदनी रात थी। पूर्णिमा का चाँद नील गगन में अपनी आभा बिखेर रहा था। जहाँआरा अपने कमरे में बैठकर 'शाहनामा' का अध्ययन कर रही थी। "आदाब अर्ज़ बेगम साहिबा" कहकर सतीउन्निसा ने कमरे में प्रवेश किया। जहाँआरा ने उसे अपने बगल में बैठाया। "जानती हैं बेगम साहिबा! आज सुबह एक मजदूर खराब हालत में पाया गया। हकीम मुकीम खाँ ने उसका इलाज किया लेकिन उसे बचाया नहीं जा सका। काफी मजदूर इकट्ठा हो गये थे। उनका बागी तेवर देखकर सब लोग सहम गये थे लेकिन वज़ीरे आजम आसफ़ खाँ ने उन्हें समझा-बुझाकर शान्त कराया।" शमा जल रही थी। जहाँआरा को इस घटना के बारे में कोई जानकारी नहीं थी। "हम इस घटना से ग़मज़दा हैं। मुगल बादशाहों ने रिआया के साथ हमेशा इन्साफ किया है। तुम तो जानती ही हो कि मेरे दादा जहाँगीर के दरबार में न्याय की जंजीर होती थी। मैं कल वहाँ जाऊँगी और मजदूरों से मिलूँगी। अब्बाजान से भी कहूँगी कि मजदूरों की बेहतरी के लिये जो कुछ मुमकिन हो, वे करें।"

सतीउन्निसा समझ रही थी कि जहाँआरा ज़्यादा जज़्बाती हो रही है। जहाँ हजारों मजदूर काम कर रहे हों, वहाँ पर ऐसी एकाध घटना हो ही जाती है। आज उसे मुमताज महल की बहुत याद आ रही थी। मुमताज महल से पूर्व उसे अर्जुमन्द बानो की बेहद याद आ रही थी। अर्जुमन्द बानो के पिता की हवेली में बचपन से रहने लगी थी सतीउन्निसा। आज उसकी प्रिय सखी इस दुनिया में नहीं है लेकिन क्या उसे भुलाया जा सकता है।

"किन ख़यालों में खो गयी सतीउन्निसा? आप तो अम्मीजान की सबसे प्रिय कनीज़ थीं। आपको देखकर यह सुकून तो मिलता है कि अम्मीजान का कोई हमराज हमारे आसपास है वरना इस सियासत में सुकून कहाँ है। अम्मीजान कहा करती थीं कि मेरी दिली ख़्वाहिश है कि तुमको दुल्हन के वेश में देखूँ लेकिन उनकी तमन्ना

अधूरी रह गयी। वे अपनी अधूरी ख़्वाहिश लिये हुए इस फ़ानी दुनिया से विदा हो गयीं। हम औरतों की जिन्दगी क्या है सतीउन्निसा? हम तो पिंजरे की मैना हैं। हम लाख चाहें लेकिन क्या हमें आजादी मिलेगी?'' जहाँआरा सुबक रही थी। सतीउन्निसा की आँखों में भी आँसू आ गये। ''जब तक हम औरतें नाजुक बनी रहेंगी, मर्द हम पर जुल्म ढाते रहेंगे। यदि हम फूल की तरह कोमल हैं तो हमें आग की चिन्गारी भी बनना पड़ेगा। तुम मेरी हमदर्द और हमराज़ भी हो तो मैं तुमसे अपने दिल का एक राज़ बतला दूँ?''

जहाँआरा ने सतीउन्निसा की ओर प्रश्नवाचक दृष्टि से देखा। उसे लगा कि सतीउन्निसा कहीं खो गयी है। ''आप मुझसे क्या बतलाना चाह रही थीं?'' सतीउन्निसा ने चौंकते हुए पूछा।

''मैं तुमसे अपने दिल का एक राज़ बतलाना चाहती हूँ। मेरे अलावा सिर्फ एक आदमी इस बात का राजदान है। ओफ! मैं तो पहेली बुझाने लगी। मैं उस्ताद ईसा से बेइन्तिहा प्यार करती हूँ। मुझे लगता है कि अब्बाजान को और दारा भाईजान को यह बात जरूर बतला दूँ। मेरे लिये दोनों उदार हैं लेकिन इस बात से मुतमइन नहीं हूँ कि दोनों नाराज नहीं होंगे।'' सतीउन्निसा आश्चर्यचकित होकर जहाँआरा को सुन रही थी। उसे विश्वास ही नहीं हो रहा था कि हिन्दुस्तान के बादशाह की बेटी ने ताजमहल के नक़्शानिगार उस्ताद ईसा को दिल दे दिया। सतीउन्निसा की जिन्दगी क्या थी? वो मुमताज महल के साथ छाया की तरह रही। मुमताज महल की खुशियाँ उसकी खुशियाँ थीं और मुमताज का ग़म उसका ग़म था। उसे सुहाग का जोड़ा भी नसीब नहीं हुआ। वह महसूस कर रही थी कि जहाँआरा और उस्ताद ईसा के सम्बन्ध को शाहजहाँ और दाराशिकोह भले स्वीकार कर लें लेकिन औरंगजेब जरूर नाराज़ हो जायगा। ''अब मैं रुख़सत होती हूँ शब्बा खैर बेगम साहिबा।'' जहाँआरा ने उसके अभिवादन का उत्तर दिया। सतीउन्निसा चली गयी और यहाँ जहाँआरा के शयनकक्ष में सूनापन छा गया।

जहाँआरा को लग रहा था कि आज यदि अम्मीजान होतीं तो उस्ताद ईसा के सम्बन्ध में उसका समर्थन करती। मुमताज महल की मौत से दो साल पहले की घटना उसे याद आ रही थी। फागुन महीने की दोपहर थी। वह अपनी माँ के साथ शयनकक्ष में बैठी हुई थी। दाराशिकोह और औरंगजेब भी पास में थे। औरंगजेब ने व्यंग्य करते हुए कहा--''अम्मीजान! दाराभाईजान तो अब्बाजान के आँखों के तारे हैं, हम तो उनके लिये पराये हैं।'' सभी ने औरंगजेब को ध्यान से देखा। मुमताज महल ने औरंगजेब को प्यार से अपने पास बुलाया और उसको पुचकारते हुए समझाया--''तुमने ऐसा कैसे सोचा? माँ-बाप की नज़र में उनके सारे औलाद बराबर होते हैं। वे एक

को दुलार दें और दूसरे को दुत्कारें, यह नामुमकिन है। मैं तुम्हारी माँ हूँ और तुम्हें यह नेक सलाह दे रही हूँ कि तुम अपने अब्बाजान के बारे में ऐसा कभी मत सोचना।'' औरंगजेब ने सबको ध्यान से देखा और यह कहते हुए वहाँ से निकल गया ''तुम जो भी कहो अम्मीजान लेकिन मुझे तो ऐसा ही लगता है कि अब्बाजान मुझे बहुत प्यार नहीं करते।'' मुमताज महल स्तब्ध रह गयी। दस साल का बच्चा ऐसा सोच रहा है? उसे लगा कि परवरिश में कोई कमी नहीं फिर भी औरंगजेब के दिमाग में ऐसी बात कैसे आयी। ''अम्मीजान! आप अब्बाजान से कहिये कि वे औरंगजेब को समझायें, नहीं तो उसके अन्दर धीरे-धीरे बगावत की भावना आ जायगी।'' जहाँआरा के ऐसा कहने पर मुमताज महल को लगा कि पन्द्रह साल की एक लड़की बुजुर्गों जैसी बात कर रही है। उसने इशारे से कहा कि वे अब खेलने जायँ। कुछ देर बाद जहाँआरा ने औरंगजेब को अकेले में समझाते हुए कहा था--

''हमारे अब्बाजान सिर्फ अब्बाजान नहीं हैं, वे उस हिन्दुस्तान के बादशाह हैं जिसने दुनिया को इल्म की रोशनी दी। मुगल खानदान का दुनिया में बड़ा नाम है। मुगल सल्तनत अपने इन्साफ और अमन-चैन के लिये जानी जाती है। तुम्हारे दिल में यह ख़्याल आया कैसे कि अब्बाजान तुममें और दाराभाईजान में भेदभाव करते हैं। हम सभी उनके ज़िगर के टुकड़े हैं, उनके लिये सभी बराबर हैं।'' औरंगजेब ने कोई जवाब नहीं दिया। जहाँआरा को लगा कि औरंगजेब उसकी बातों से सन्तुष्ट है।

आज जहाँआरा देख रही थी कि दोनों भाइयों में कितना वैमनस्य है। औरंगजेब दारा को बिल्कुल पसन्द नहीं करता था। शाहंशाह ने दाराशिकोह को अपने साम्राज्य का वली-अहद बना दिया था, इस बात को भी औरंगजेब पचा नहीं पाया। 'तो क्या कुछ सालों बाद मेरे भाइयों के बीच सत्ता के लिये संघर्ष होगा?

हे परवरदिगार! हमारे खानदान में अमन चैन कायम रहे। मैं अपने खानदान के सलामती की दुआयें माँगती हूँ।'

'नीले आसमान में माहताब की खूबसूरती है और इधर मैं मुगल सल्तनत की शहजादी जहाँआरा तन्हा हूँ। ओह! उस्ताद ईसा! तुम मेरे ख़्वाबों में बसे हो लेकिन क्या तुम मेरे हो पाओगे? हम दोनों का प्रेम सिर्फ सतीउन्निसा को पता है। रोशनआरा और औरंगजेब को पता चलेगा तो दोनों बेहद नाराज़ होंगे।' काफी देर तक करवटें बदलने के बाद जहाँआरा को नींद आ गयी।

अगले दिन उस्ताद ईसा ने जहाँआरा से जमाल और तबस्सुम के बारे में बातचीत की। जहाँआरा ने जवाब दिया था--

''मैं अब्बाजान से कह दूँगी लेकिन उन दोनों को चिन्ता करने की जरूरत नहीं है। जब तक उनके आशियाने का इन्तज़ाम नहीं हो जाता, तब तक वे आगरे के

किले में शौक से रह सकते हैं। हमारा खानदान दरियादिल है उस्ताद ईसा, सिर्फ अपनी बेटियों के लिये तंगदिल है।'' उस्ताद ईसा उदास हो गया। ताजमहल के निर्माण से जुड़े सारे बड़े-बड़े कलाकार अपने वतन जा चुके थे, सिर्फ उस्ताद ईसा हिन्दुस्तान में रह गया था। हिन्दुस्तान के कलाकार भी अपने-अपने घर लौट चुके थे। ''अम्मीजान के गुजर जाने के बाद अब्बाजान के ख़्वाबगाह की रौनक जाती रही। मैं जानती हूँ कि अब्बाजान ने इस किले में ख़ास महल को कितने मन से बनवाया था। और ख़ासमहल के बीचो-बीच ख़्वाबगाह को बनवा करके अब्बाजान ने सुकून पाया। अम्मीजान के बिना अब्बाजान कितने तन्हा हैं, इस बात को मैं बखूबी जानती हूँ। अच्छा उस्ताद ईसा! मैं आपसे एक सवाल पूछ रही हूँ। यदि अब्बाजान हमारी शादी के लिये राजी हो जायें तो क्या आप शादी करके मुझे ईरान ले चलेंगे? शादी के बाद हमारा हिन्दुस्तान में रहना ठीक नहीं रहेगा।'' उस्ताद ईसा चकित होकर जहाँआरा को देख रहा था। ''बेगम साहिबा! काश हमारा ख़्वाब पूरा होता। हमारे और आपके दरमियाँ बहुत बड़ा फासला है। आप दुनिया के सबसे बड़े सल्तनत की शहजादी हैं और मैं अदना-सा एक नक्शानिगार। बेगम साहिबा! सियासत जज़्बात को नहीं समझती। हिन्दुस्तान के शाहंशाह की बेटी की शादी एक नक़्शानिगार से मुमकिन नहीं है।'' काफी देर तक खामोशी छायी रही। उस्ताद ईसा बिना कुछ बोले वहाँ से चला गया।

38

शाहजहाँ को नूरजहाँ की मौत की सूचना मिली। वह बहुत दुखी हुआ। हिन्दुस्तान की मलिका-ए-तरन्नुम नूरजहाँ गुमनामी का जीवन जी रही थी। लगभग सत्रह साल की गुमनामी के बाद उसने जब दुनिया को अलविदा किया तो उस समय उसके पास उसकी बेटी लाड़ली बेगम साथ में थी। नूरजहाँ को गुलाब का शौक विरासत में मिला था। उसकी माँ अस्मत बेगम ने गुलाब के इत्र का आविष्कार किया था।

शाहजहाँ ने अपने दुख को किसी के सामने व्यक्त नहीं किया लेकिन जहाँआरा गम में डूब गयी। जब नूरजहाँ ने लाहौर के लिये प्रस्थान किया था, उस समय जहाँआरा चौदह साल की थी। जहाँआरा को नूरजहाँ द्वारा लिखित ग़ज़ल की चार पंक्तियाँ याद आ रही थीं-

''दिल न सूरत पर दिया और न सीरत मालूम।
बन्दए इश्क़ हूँ, सत्तार ब दो मिल्लत मालूम।।
ज़ाहिदा हौले क़यामत न दिखा तू मुझको।
हिज्र का हौल उठाया है, क़यामत मालूम।।''

जहाँआरा ने ये पंक्तियाँ नूरजहाँ से सुनी थीं। उसने पूछा था--''दादीअम्माँ! इन पंक्तियों का मतलब समझाइये।'' जहाँआरा के सवाल पर नूरजहाँ ने मुस्कराते हुए उत्तर दिया था--

''यह इश्क़ और मुहब्बत की शायरी है। तुम्हारी उम्र अभी कम है लेकिन तुम्हारे कौतूहल को देखते हुए मैं इसका मतलब बतलाती हूँ। मैंने तुमको अपना दिल शक्ल और सूरत की वजह से नहीं दिया है। मैं तो इश्क़ और मुहब्बत की शैदाई हूँ। ऐ पूजा करनेवाले शख़्स! क़यामत की कठिन घड़ी में कुछ मत कहना।

मैंने जुदाई के दर्द को उठाया है और मुझे क़यामत की असलियत अच्छी तरह मालूम नहीं है।'' जहाँआरा भाव विभोर होकर नूरजहाँ को सुन रही थी। ''बेटी, तुम मुगल खानदान की असलियत बाद में समझोगी। मुगलों को इस बात का ग़रूर है कि वे सबसे बड़े ख़ानदान से हैं। कभी-कभी तुम्हारे दादाजान से इस बारे में बहस हो जाती है। मेरे वालिद मिर्ज़ा गियासबेग भी ईरान के एक बड़े घराने से ताल्लुक रखते थे। मैं अपने परवरदिगार से दुआ माँगती हूँ कि वे इस ख़ानदान के मर्दों को अक्ल दें, वे अपनी बेटियों के भविष्य का ख़्याल रखें। यह कहाँ का इन्साफ़ है कि मर्द कई शादियाँ करें लेकिन शहजादियों के हाथों में शादी की मेंहदी भी न लगे।''

आज जहाँआरा को अच्छी तरह मालूम हो गया था कि मलिका-ए-तरन्नुम के साथ इन्साफ नहीं हुआ था। वे भले ही उसकी सगी दादी नहीं थी लेकिन उसके अम्मीजान की फूफी तो थीं। एक ख़ानदान की दो औरतों के साथ क्या इन्साफ हुआ? जिसके इशारे पर पूरी सियासत चलती थी, वो जिन्दगी के आखिरी वर्षों में गुमनाम रही, इससे दुखद बात क्या हो सकती है। और उसके अम्मीजान के साथ क्या हुआ? बेशक अब्बाजान अम्मीजान को दिलों-जान से चाहते थे लेकिन क्या उन्होंने अम्मीजान का ख़याल रखा?

बसन्त का खुशनुमा मौसम था। जमाल और तबस्सुम एक बाग में बैठे हुए थे। बाग से यमुना नदी दिखलायी दे रही थी। दोपहर का वक्त था और प्रकृति अपने पूरे यौवन पर थी। ''हम लोग आगरा क्यों आये तबस्सुम? तुम देख रही हो कि आगरा का किला षड्यन्त्रों का केन्द्र है। रही बात शाहंशाह की तो उनके बारे में क्या कहा जाय। उनका ख़ासमहल ऐयाशी के लिये है। जब तक मुमताज बेगम जिन्दा थीं ख़्वाबगाह में उनके लिये कोई नहीं रहता था। इधर कई दिनों से खबरें मिल रही हैं कि ख़्वाबगाह में शहनाज़ का आना-जाना लगा है।'' तबस्सुम को उसकी बात अच्छी नहीं लगी।

''हम छोटे लोग हैं, हमें उनकी बातों का ध्यान नहीं देना चाहिए। हमारी कोशिश यह है कि हमें एक छोटा-सा आशियाना मिल जाय। पता नहीं हमारा ख़्वाब पूरा होगा या नहीं।''

''चलो यमुना के किनारे चलते हैं।'' तबस्सुम के ऐसा कहने पर जमाल उसके साथ बगीचे से निकलकर यमुना की ओर बढ़ने लगा। बसन्त की हवा में अजीब तरह का अल्हड़पन था। दोनों एक मनोरम संसार में विचरण कर रहे थे। दूर सरसों के खेत दिखायी दे रहे थे। उनके कदम आहिस्ते-आहिस्ते आगे बढ़ रहे थे। यमुना में नौकाएँ तैर रही थीं।

‘‘वो देखो जमाल! यमुना के किनारे बैठा हुआ शख़्स उस्ताद ईसा जैसे लग रहा है, चलो पास चलकर देखते हैं। शायद उस्ताद ईसा ही हों।’’

दोनों पास पहुँचे तो उन्होंने देखा कि उस्ताद ईसा ही थे। उनके बड़े-बड़े बाल कन्धे तक लटके हुए थे। उनकी आँखों में अजीब तरह का सम्मोहन था। एकटक यमुना की लहरों को देख रहे थे। जमाल के अभिवादन से उस्ताद की तन्द्रा टूटी।

‘‘ओह! जमाल और तबस्सुम, दुनिया की एक खूबसूरत जोड़ी। ख़ुदा इस जोड़ी को सलामत रखें।’’ उस्ताद ईसा ने अट्टहास किया। तबस्सुम भी खिलखिलाकर हँस दी।

‘‘तुम दोनों को पता है कि नहीं, कल बेगम साहिबा के कपड़े में आग लग गयी, उनके शरीर का कई हिस्सा जल गया है। बादशाह बहुत परेशान हैं। वज़ीर खाँ की देख-रेख में उनका इलाज चल रहा है।’’

‘‘आग कैसे लगी उस्ताद, कुछ पता चला?’’ जमाल ने पूछा। वह चिन्ताग्रस्त भी हो गया। उसे आश्चर्य हुआ कि इतनी बड़ी घटना की जानकारी उसे कैसे नहीं हुई।

‘‘आग कैसे लगी, पता नहीं चल पाया है। मैं आज सुबह बेगम साहिबा को देखने गया था। तुम दोनों आज उनसे मिल लो।’’ जमाल ने ध्यान दिया कि उस्ताद ईसा के चेहरे पर उदासी छायी हुई थी। यमुना की लहरों में पक्षी तैर रहे थे। तरह-तरह के पक्षी थे, जैसे--जलकाक, पण्डुक आदि।

‘‘कितना खूबसूरत है आज का दिन। नीला आसमान, उड़ते हुए पंछी, आसमान में चमकता हुआ आफ़ताब, मौज़ों का शोर! सब-कुछ के बावजूद मैं कितना अकेला हूँ। ताजमहल की तामीर के लिये कई मशहूर कलाकार आये थे। अमानत खाँ शीराजी, उस्ताद मुहम्मद हनीफ़, इस्माइल खाँ, मुहम्मद, मोहनलाल, मनोहर सिंह वगैरह। सभी अपने वतन लौट गये लेकिन मैं यहीं रह गया। मुझे अपने वतन की बेपनाह याद आ रही है। अब यहाँ रह कर क्या करूँ? सोच रहा हूँ कि वतन लौटने की तैयारी करूँ।’’

उस्ताद ईसा को लगा कि वे इतना बोल गये लेकिन क्या उनका अभी लौटना सम्भव है। ‘‘बेगम साहिबा को छोड़कर ईरान लौट जाऊँ? ओह! कितना बेरहम और संगदिल हूँ मैं। वे मुझसे बेपनाह मुहब्बत करती हैं। उन पर क्या बीतेगी! क्या मैं बादशाह से कह दूँ कि मैं जहाँआरा को पाना चाहता हूँ। मैंने ताजमहल का नक़्शा बनाया लेकिन मुझे मिला क्या? तारीख़ में लिखा जायगा कि मुगल बादशाह शाहजहाँ ने ताजमहल बनवाया, सिर्फ एक पंक्ति में यह लिखा जायगा कि उसके नक़्शानिगार थे उस्ताद ईसा।’’ ईसा की आँखों में आँसू थे।

''आपकी आँखों में आँसू हैं उस्ताद? क्या बात है?''

''यूँ ही आँसू आ गये जमाल। कोई विशेष बात नहीं है। ये खुशी के आँसू हैं, ग़म के नहीं। दुनिया को मुहब्बत का पैगाम देनेवाली इमारत ताजमहल तामीर हो रही है। दुनिया कहेगी कि हिन्दुस्तान के एक शाहंशाह ने अपनी बेगम की याद में इस मशहूर इमारत को बनवाया था। ईरान के नक़्शानिगार उस्ताद ईसा का कितना जिक्र होगा? तारीख़ लिखनेवाले अपनी किताब में क्या जमाल और तबस्सुम का जिक्र करेंगे? सियासत बेरहम होती है जमाल। वह गरीबों के आँसू नहीं देखती। हम कलाकारों पर तोहमत लगायी जाती है कि हम लोग दुनियादार नहीं होते। हम दुनिया की शानो-शौकत से महरूम रहते हैं लेकिन दुनिया की खूबसूरत इमारतें हमारे हुनर का परिणाम हैं।'' उस्ताद ईसा चुप हो गये। ''अब हम दोनों चलते हैं उस्ताद।'' उस्ताद ईसा ने कोई जवाब नहीं दिया।

कुछ देर तक वह उन दोनों को जाते हुए देखता रहा। थोड़ी देर बाद दोनों उसके दृष्टिपथ से ओझल हो चुके थे। शाम ढल रही थी। पशुओं का रेवड़ लौट रहा था। पश्चिम के आकाश में नारंगी रंग के बादलों की कुछ आकृतियाँ उभर आयी थीं। उन आकृतियों में कहीं पहाड़ नजर आता था तो कहीं नदी। यमुना के पानी में ढलते हुए सूरज की हल्की-हल्की रोशनी दिखलायी दे रही थी। आसमान में तरह-तरह के पक्षियों का झुण्ड उड़ रहा था।

''आप तो ईरान लौट जायेंगे और भूल जायेंगे जहाँआरा को। मेरे चाहनेवाले हजारों हैं उस्ताद लेकिन मैं सिर्फ आपसे मुहब्बत करती हूँ।'' जहाँआरा ने एक दिन उस्ताद ईसा से कहा था।

''बेगम साहिबा! आपको भुलाना नामुमकिन है। आपकी जैसी खूबसूरत और कला की कद्रदान औरत दुनिया में कहाँ है।'' जहाँआरा ने मुस्कराते हुए सिर्फ ये कहा था--''आप कितने मासूम हैं उस्ताद ईसा।''

39

जहाँआरा अपने सभी भाई बहनों का ख़याल रखती थी लेकिन रोशनआरा अपनी बड़ी बहन को नापसन्द करती थी। जहाँआरा एक नेकदिल और जज़्बाती महिला थी। इसके विपरीत रोशनआरा चंचल और ऐयाश प्रवृत्ति की थी। वह अपनी बड़ी बहन की सलाह नहीं मानती थी और उसकी रोक-टोक से नाराज़ हो गयी। उसने अपनी खबरियों के माध्यम से यह अफ़वाह उड़वा दिया था कि जहाँआरा का बादशाह से नाजायज़ ताल्लुक़ात हैं। इस बात से जहाँआरा को बहुत सदमा पहुँचा। जब वह जली थी तो रोशनआरा उसे देखने तक नहीं आयी।

जहाँआरा अपने शयनकक्ष में लेटी हुई थी। रात्रि का पहला प्रहर था। सतीउन्निसा ने कक्ष में प्रवेश किया। ''आदाब अर्ज़ बेगम साहिबा! कैसी हैं आप?'' जहाँआरा ने उसे अपने पास बैठाया।

''तुम तो मेरे अम्मीजान की कनीज़ रही हो! क्या आगरा के किले में कभी इतना ख़राब माहौल था? रोशनआरा मुझसे तीन साल छोटी है। मेरे लाड़-प्यार और दुलार के बावजूद उसके अन्दर मेरे खिलाफ़ कितना ज़हर भरा है। मैं कब से तुम्हारा इन्तिज़ार कर रही थी। तुम्हारे आने से मेरे दिल को करार आया। हाँ मैं तुमसे एक जरूरी बात कहना चाहती हूँ, इजाज़त हो तो कहूँ।'' सतीउन्निसा को कौतूहल हुआ कि क्या बात हो सकती है।

''बेगम साहिबा! आप मुझसे इजाज़त क्यों माँग रही हैं। मैं आपके अम्मीजान की कनीज़ ही नहीं हमराज भी रही हूँ। आप दिल खोलकर बात कीजिये। आपकी इजाज़त के बगैर मैं आपकी बात दूसरों से नहीं कहूँगी।''

''मैं अपने गमे-दिल की दास्तान किससे कहूँ सतीउन्निसा। तुमसे कहने में संकोच हो रहा है लेकिन यह सोचकर तुमसे कह रही हूँ कि तुमसे न भी कहती तो भी किसी-न-किसी से कहना ही पड़ता।

मुझे उस्ताद ईसा से बेपनाह मुहब्बत है। सोचती हूँ कि अब्बाजान से बतला दूँ लेकिन हिम्मत नहीं पड़ रही है। वैसे तो अब्बाजान मेरी किसी भी बात पर नाराजगी ज़ाहिर नहीं करते लेकिन यह मसला ज़रा अलग-सा है। मेरी बात सुनने पर हो सकता है कि उनके शाही गरूर को चोट पहुँचे।'' जहाँआरा को कुछ क्षणों बाद याद आया कि वह उस्ताद ईसा से अपने प्रेम के बारे में एक बार बतला चुकी है। ''मैं भूल गयी थी, मैंने तुमसे एक बार बतलाया था। ''बेगम साहिबा! मुझे यह बात याद थी।'' सतीउन्निसा ने जवाब दिया। शमा जल रही थी। सतीउन्निसा ने देखा कि जहाँआरा के चेहरे पर थकावट के लक्षण दिखलायी दे रहे थे।

''हम औरतों की जिन्दगी भी अजीब होती है बेगम साहिबा। उदासी का समन्दर है हमारी जिन्दगी। मैं गरीब की बेटी हूँ और आप हिन्दुस्तान के बादशाह की, लेकिन आपकी ज़ाती जिन्दगी और मेरी ज़ाती जिन्दगी में ख़ास फर्क़ नहीं है। अपनी जिन्दगी का ख़ास फैसला न तो आप ले पा रही हैं और न मैं फिर भी मुझे यक़ीन है कि शाहंशाह आपके मसले को अचानक नज़रअन्दाज नहीं कर सकते। उनकी कुछ मजबूरियाँ हो सकती हैं फिर भी आप एक बार उनसे अपने इश्क़ की चर्चा जरूर करें।'' जहाँआरा न जाने किस सोच में डूबी हुई थी। उसे ऐसा लग रहा था कि उसकी अम्मीजान की रूह उसके आसपास भटक रही थी। मुमताज महल ने अपनी मौत से कुछ देर पहले उससे कहा था--

''तुम्हारे अब्बाजान भले ही हिन्दुस्तान के बादशाह हैं लेकिन उनके दिल के अन्दर मासूम बच्चा बैठा हुआ है, इसे सिर्फ मैं जानती हूँ। बेटी, तुम ज़हीन हो और जज़्बाती भी। अपने अब्बाजान का ख़याल रखना।'' सतीउन्निसा ने जहाँआरा को पानी लाकर दिया। एक घूँट पानी पीने के बाद जहाँआरा को खाँसी आयी लेकिन उसने अपने आपको सँभाल लिया।

''आज मुमताज बेगम होतीं तो हो सकता है कि तुम्हारा मसला हल हो जाता। वे मज़हबी महिला थीं लेकिन वे अन्य धर्मों की भी इज़्ज़त करती थीं। जब दकन में अकाल पड़ा था, तब उन्होंने दिल खोलकर खर्च किया था। हिन्दू उनकी दरियादिली से बहुत प्रभावित हुए थे। मुझे पूरा यकीन है कि वे उस्ताद ईसा को तुमसे निकाह की इजाज़त दे देतीं। शाहंशाह भी इन्कार न कर पाते।''

''इस बात की कोई अहमियत नहीं है सतीउन्निसा कि ऐसा होता तो क्या होता। इस दुनिया का रिवाज अजीब है या मैं यह कहूँ कि कुदरत का यह अजीब कानून है नेकदिल लोग जल्दी ही दुनिया से विदा हो जाते हैं। मेरी अम्मीजान की उम्र ही क्या थी, महज सैंतीस साल।

दिल के सुकून के लिये मैं कहाँ-कहाँ गयी लेकिन मेरे दिल को करार कहाँ आया। मैंने अजमेर में ख्वाजा मोइनुद्दीन चिश्ती की मज़ार पर मत्था टेका। मैं शेख निजामुद्दीन औलिया की मज़ार पर भी गयी लेकिन सुकून नहीं मिला। मेरी रूहानी जुस्तजू जारी रही। दारा भाईजान की सलाह पर मैंने गीता को पढ़ना शुरू किया तो बेचैनी में कुछ कमी आयी। पण्डितराज जगन्नाथ के कहने पर मैंने भागवत पुराण को पढ़ना शुरू किया। तुमसे क्या कहूँ सतीउन्निसा की यह अद्भुत किताब है। यह किताब मुहब्बत के अफसाने का समन्दर है। इस किताब को पढ़ते हुए यह महसूस हो रहा है कि क्या वजह है कि दारा भाई हिन्दुओं की किताबों से कितने प्रभावित हैं। कृष्ण और राधा के इश्क़ की कहानी को पढ़ते हुए मेरा दिल बड़ी शिद्दत से मुहब्बत की ख़लिश को महसूस कर रहा है।"

कुछ देर तक खामोशी छायी रही। सतीउन्निसा ने देखा कि जहाँआरा की आँखों में खुमारी छाने लगी है।

"अब मैं चलती हूँ बेगम साहिबा!" कोर्निश करके सतीउन्निसा वहाँ से चली गयी।

जहाँआरा खूबसूरत सपनों के संसार में थी। चारों ओर उन्मादिनी चाँदनी फैली हुई थी। चाँदनी का ऐसा मनोरम संसार उसने कभी नहीं देखा था। वह शाहजहाँ और मुमताज महल के साथ नौका विहार करने गयी थी। यमुना के रेतीले तट पर कुछ पक्षी विचरण कर रहे थे। उसकी नज़र नीम के एक पेड़ पर पड़ी। उस पर सैकड़ों तोते बैठे थे। तोतों के शोरगुल से कुछ देर के लिये वो बेचैन हो गयी। उसे इस बात पर आश्चर्य हो रहा था कि इतने तोते कहाँ से आ गये। दहआरा बाग में वो कई बार गयी थी। वहाँ तोते बहुत थे लेकिन किसी एक पेड़ पर इतने अधिक तोते वहाँ भी नहीं थे। "देखो दरिया जमुना के किनारे एक कश्ती है, वही चलो। हम तीनों यमुना की मौज़ों का आनन्द लेते हैं।" नाव किनारे लगी हुई थी। माँझी नाव लेकर आगे बढ़ा।

"मुमताज! कितना खूबसूरत है महताब! ये अपने पूरे शबाब पर है और हम तीनों दुनियावी फिक्र से दूर एक खूबसूरत दुनिया में सैर कर रहे हैं।" नाव आगे बढ़ती जा रही थी। चाँदनी की चमक और बढ़ रही थी। एकाएक नाव हिचकोले खाने लगी। सब लोग चिल्लाने लगे। नाव में पानी भरने लगा। नाव डूबने ही वाली थी कि जहाँआरा जोर से चीखी। उसकी नींद खुल गयी थी। उसके माथे पर पसीने की बूँदें आ गयी थीं। आज जहाँआरा के सपने में शाहजहाँ और मुमताज महल एक साथ पहली बार आये थे। जहाँआरा को इस समय अमीर खुसरो की शायरी याद आ रही थी। फ़ारसी के शायरों में फ़िरदौसी और शेख सादी आदि को भी उसने पढ़ा था।

इस बहुआयामी प्रतिभा के धनी शख़्स ने फ़ारसी के एक शेर में अपने आपको 'हिन्दुस्तान की तूती' कहा था, ('चुमन तूतीए हिन्दम'।)

जहाँआरा गुनगुना रही थी--

''जे हाले-मिस्कीं मकुन तग़ाफुल
दूराए नैनाँ बनाए बतियाँ।

कि ताबे-हिजराँ न दारम-ऐ-जाँ,
न लिह्यों काहे लगाये छतियाँ।।

सखी पिया को जो मैं न देखूँ,
तो कैसे काटूँ अन्धेरी रतियाँ

न नींद नैना, न अंग चैना,
न आप आवैं, न भेजैं पतियाँ।''

जहाँआरा का एक मन मानो संशय में था। ''उस्ताद ईसा से उसका ताल्लुक़ क्या इस तरह का है कि आँखों की नींद और शरीर का चैन छिन जाय? ओह! फिर भी उनसे मुहब्बत की तिश्नगी बढ़ती ही जा रही है। तो क्या करूँ मैं?''

उस्ताद ईसा ने मुझसे जमाल और तबस्सुम के लिये एक छोटे से आशियाने का जिक्र किया था। मैं उन दोनों की ख़्वाहिश जरूर पूरी करूँगी।' जहाँआरा की नींद गायब हो गयी थी। वह अपने शयनकक्ष से बाहर निकली। कृष्णपक्ष का चन्द्रमा निस्तेज था। उसने रोशनआरा को देखा। वह गलियारे की तरफ जा रही थी। रोशनआरा उसे देख न ले इसलिये वह दीवार के किनारे खड़ी हो गयी। 'रोशनआरा' अभी क्या कर रही है? इससे सावधान रहने की जरूरत है।'' उसे लगा कि यहाँ रुकना ठीक नहीं है। जहाँआरा अपने शयनकक्ष में लौट गयी।

40

जहाँआरा के वस्त्रों में आग लग जाने से शाहजहाँ बहुत परेशान हो गया था। कई दिनों तक गरीबों को हजारों रुपये ख़ैरात में दिये गये। मज़ारों पर मन्नतें माँगी गयीं। बहुत से कैदियों को कारागार से मुक्त कर दिया गया। औरंगजेब उस समय दकन का सूबेदार था। वह अपनी बड़ी बहन को देखने आया। ''चलो तुम भी आ गये। मैं खुशनसीब हूँ कि औरंगजेब को अपने आपा की याद तो आयी।'' जहाँआरा के ऐसा कहने पर औरंगजेब कुछ क्षणों के लिये निरुत्तर हो गया लेकिन शीघ्र ही वह सँभल गया।

''आपा! आप मुझे शर्मिन्दा न करें। मुझे इस बात का मलाल है कि सब लोग मुझे ग़लत समझते हैं। दकन के हालत ठीक नहीं हैं, मैं उसे सँभालने की कोशिश कर रहा हूँ। अब्बाजान तो मुझसे नाखुश ही रहते हैं, दारा भाईजान भी मुझे नीचा दिखाने की कोशिश करते रहते हैं। आपको झरोखा दर्शन का एक वाकया याद होगा। झरोखा दर्शन में अब्बाजान ने सुधाकर और सूरत सुन्दर नामक दो हाथियों का युद्ध करवाया था। सुधाकर मेरे ऊपर टूट पड़ा था। मैं घोड़े पर सवार था। मैं उस समय महज चौदह साल का था। मैंने किसी तरह घोड़े को काबू किया और अपने भाले से हाथी पर वार किया लेकिन हाथी और भड़क गया और उसने मेरे घोड़े को गिरा दिया। मैं तलवार लेकर अकेले हाथी से जूझता रहा। दारा भाईजान खड़े होकर तमाशा देखते रहे। मैं राजा जयसिंह का शुक्रगुज़ार हूँ जिनके कारण मेरी जान बची। मैं इस वाकये को कैसे भूल सकता हूँ आपा।'' औरंगजेब के चेहरे पर उत्तेजना साफ-साफ दिखलायी दे रही थी। जहाँआरा ने औरंगजेब के सिर को सहलाते हुए कहा--

''ऐसा नहीं सोचना चाहिए। दारा तुम्हारे बड़े भाई हैं, वे तुम्हारा बुरा नहीं सोच सकते। तुम अपनी गलतफहमी दूर करो और दारा से मिल-जुल कर रहो। तुम चारों

भाई मुगल खानदान के चिराग हो। ज़रा सोचो, अगर अम्मीजान आज जिन्दा होतीं तो तुम दोनों के दरमियान मनमुटाव को देखकर कितना दुखी होतीं।'' कुछ क्षणों की चुप्पी के बाद जहाँआरा ने कहा--''मुझे वो वाकया अच्छी तरह याद है लेकिन उसके बाद क्या हुआ, तुमने उसका जिक्र नहीं किया। मुझे ठीक से याद है कि अब्बाजान ने खुश होकर तुम्हें गले लगा लिया था। उन्होंने तुमको 'बहादुर' के खिताब से नवाजा था। तीन दिन बाद अब्बाजान ने सोने से तुम्हारा तुलादान करवाया था। तुम्हें पाँच हजार मुहरें मिली थीं। इनाम में सुधाकर हाथी दिया गया था। अब रही दारा की बात, तो तुम्हें शायद न मालूम हो कि उन्होंने सबके सामने तो कुछ नहीं कहा लेकिन उसने मुझसे कहा था--'आपा, मुझे औरंगजेब की बहादुरी पर नाज है।'' औरंगजेब ने कोई जवाब नहीं दिया।

''आपा, मैं आपसे एक और वाकये का जिक्र करना चाहूँगा। दारा भाईजान ने आगरा के किले में यमुना के किनारे तक एक तहखाना बनवाया था जिसमें घुसने का रास्ता सिर्फ एक था। उन्होंने अब्बाजान और हम सभी भाइयों को इसमें बुलाया था लेकिन मैं अन्दर नहीं गया। मुझे शक था कि दारा भाई सबका वध न कर दें।'' औरंगजेब की आँखों से आँसू छलक आये। जहाँआरा को आश्चर्य हुआ क्योंकि सभी लोग उसे कठोर दिल का मानते थे।

''दारा को लेकर फ़िक्रमन्द होने की कोई जरूरत नहीं है। उसके दिल में अपने छोटे भाइयों के लिये बहुत प्यार है। तुम दूसरे लोगों की बातों पर यकीन मत करो। लोग नहीं चाहते हैं कि हमारा परिवार खुशहाल रहे। दारा नर्मदिल और जज़्बाती इन्सान है।''

जहाँआरा से मिलकर औरंगजेब गुजरात लौट गया। उस समय वह गुजरात का सूबेदार था। जहाँआरा दूरदर्शी थी। वह जानती थी कि औरंगजेब अति महत्त्वाकांक्षी है और अपने बड़े भाई दारा के प्रति ईर्ष्यालु भी है। औरंगजेब इस बात से भी नाराज था कि शाहजहाँ ने दारा को मुगल साम्राज्य का 'वली-अहद' (वैध उत्तराधिकारी) नियुक्त कर दिया है। जहाँआरा को मालूम था कि औरंगजेब उसका लिहाज करता था लेकिन वह चाहती थी कि दारा के प्रति औरंगजेब का रवैया बदले।

श्रेष्ठतम चिकित्सकों के इलाज से जहाँआरा चार महीने में पूरी तरह ठीक हो गयी। आगरा के किले में रहनेवाले सभी लोग खुशी से नाच उठे। शाहजहाँ की खुशी का ठिकाना नहीं था। जहाँआरा के स्वस्थ होने की खुशी में एक सप्ताह तक जश्न मनाने का निर्णय किया गया। दीवाने आम और दीवाने ख़ास की इमारतों को बेहतरीन ढंग से सजाया गया।

शाम का समय था। पूरा राजदरबार रोशनी में नहाया हुआ था। शाहजहाँ मयूर सिंहासन पर बैठा हुआ था। उसका चौड़ा ललाट चमक रहा था। उसके शाही वस्त्रों से इत्र की भीनी-भीनी खुशबू आ रही थी। शाहजहाँ के बायीं तरफ एक छोटे सिंहासन पर मुगल साम्राज्य का उत्तराधिकारी दाराशिकोह बैठा हुआ था। कवि और संगीतकार अपने-अपने स्थान पर बैठे हुए थे। लाल खाँ ध्रुपद गायन में मशहूर था। शाहजहाँ को ध्रुपद पसन्द था। लाल खाँ लम्बे कद का छरहरा युवक था। शाहजहाँ का अभिवादन करने के बाद उसने अमीर ख़ुसरो के इस पद को गाना शुरू किया--

"काहे को ब्याहे बिदेस,
अरे, लखिय बाबुल मोरे,
काहे को ब्याहे बिदेस।

भैया को दियो बाबुल महले-दो-महले
हमको दियो परदेस,
अरे! लखिय बाबुल मोरे
काहे को ब्याहे बिदेस।

हम तो बाबुल तोर बेले की कलियाँ
घर-घर माँगे हैं जैहें
अरे लखिय बाबुल मोरे
काहे को ब्याहे बिदेस।

हम तो हैं बाबुल तोरे पिंजरे की चिड़िया
भोर भए उड़ जैहैं
अरे! लखिय बाबुल मोरे
काहे को ब्याहे बिदेस।

डोली का पर्दा उठा के जो देखा
आया पिया का देस,
अरे लखिय बाबुल मोरे
काहे को ब्याहे बिदेस।

अरे! लखिय बाबुल मोरे
काहे को ब्याहे बिदेस
अरे! लखिय बाबुल मोरे।''

श्रोता भाव-विभोर थे। शाहजहाँ और दाराशिकोह की आँखों में आँसू आ गये। जहाँआरा आगे बैठी हुई थी। वो देख रही थी कि उसके अब्बाजान कितने भावुक हो गये हैं लेकिन वह जानती थी उनके अब्बाजान हिन्दुस्तान के बादशाह हैं लेकिन अपनी बेटियों के लिये लाचार इन्सान हैं। सबने आश्चर्यचकित होकर देखा कि बादशाह अपने मयूर सिंहासन से नीचे उतरे और उन्होंने अपने गले का सोने का हार लाल खाँ को पहना दिया। लाल खाँ किंकर्त्तव्यविमूढ़ हो गया।

''खाँ साहब! आपने कमाल का गायन किया। आपकी आवाज में जादू है। आपने मेरी दुखती रग को छेड़ दिया फिर भी खाँ साहब! आपके इस गीत को गाकर मेरे दिल को सुकून दिया।'' श्रोताओं की ओर से वाह-वाह की आवाज उठी। श्रोताओं के बीच में उस्ताद ईसा भी बैठे थे। एक क्षण के लिये उस्ताद ईसा और जहाँआरा की आँखें मिलीं फिर दोनों सावधान हो गये। राजदरबार में सुन्दरदास और चिन्तामणि भी मौजूद थे। वह ग्वालियर का रहनेवाला था। शाहजहाँ ने उसे कविराय की उपाधि दी थी। उसने ब्रजभाषा में रचित कुछ पदों को सुनाया। कवि चिन्तामणि काव्यपाठ के लिये खड़ा हुआ। वह औसत कद का व्यक्ति था लेकिन उसका गोरा रंग और बड़ी-बड़ी आँखें सम्मोहित करती थीं। 'रसमंजरी', 'काव्य विवेक', 'कविकुल कल्पतरु' जैसी काव्य कृतियों से उसकी ख्याति चतुर्दिक् फैल चुकी थी। उसने श्रृंगार रस का एक सुन्दर छन्द पढ़ा--

''कैसरि बारहिं बार उतारत
केसरी अंग लगावन लागी।

आयी है नैननि चंचलता
दृंग आँचल आप छिपावन लागी।

दूलह के अवलोकन को
वा अटारि झरोकन आवनि लागी।

मास दो तीनक ते बतियाँ
मनभावन की मनभावन लागी।''

सभा विसर्जित हो गयी। शीतकाल की रात अपना प्रभाव दिखा रही थी। शाहजहाँ ख़ासमहल के अपने शयनगार ख़्वाबगाह में पहुँचा। जहाँआरा भी साथ थी। चारों ओर चाँदनी छिटकी हुई थी। जालीदार झरोखों से चाँदनी अन्दर पहुँच रही थी। सफेद संगमरमर का फ़र्श, छत और दीवारें सभी चाँदनी में नहायी हुई थीं।

''अब्बाजान! आपसे एक जरूरी बात करनी थी। अजमेर के रहनेवाले जमाल और तबस्सुम यहाँ बहुत समय से रह रहे हैं। उन दोनों की दिली ख़्वाहिश है आगरा में उनका अपना छोटा-सा आशियाना हो।'' शाहजहाँ कुछ देर तक चुप रहा।

''जहाँआरा! तुम निश्चिन्त रहो, उनकी ख़्वाहिश पूरी होगी। मैं कल सादुल्लाह खाँ से कह दूँगा कि वे उनके लिये जमीन का बन्दोबस्त कर दें। और कुछ पूछना है?'' जहाँआरा समझ नहीं पा रही थी कि वह क्या पूछे। उसने सोचा कि यही ठीक समय है कि वह बादशाह से उस्ताद ईसा से अपने मुहब्बत की बात बतला दे।

''अब्बाजान! आप लाखों लोगों की फ़रियाद सुनते हैं और इन्साफ भी करते हैं। दुनिया आपके इन्साफ की तारीफ़ भी करती है। अगर आपकी इजाज़त हो तो हिन्दुस्तान के बादशाह की बेटी जहाँआरा आपसे एक विनती करती है।'' शाहजहाँ को कौतूहल हुआ कि जहाँआरा उससे क्या कहेगी।

''तुम बेफिक्र होकर अपने अब्बाजान से कहो, मैं पूरी कोशिश करूँगा कि तुम्हारे साथ इन्साफ होगा।''

''अब्बाजान! मैं उस्ताद ईसा से प्यार करती हूँ और मेरी दिली ख़्वाहिश है कि मैं उनको अपना हमसफ़र बना सकूँ। मेरी जिन्दगी में शबाब आया तो मैं उस्ताद ईसा पर फ़िदा हो गयी। वे भी मुझे चाहते हैं लेकिन उनकी अपनी मजबूरियाँ हैं। उन्हें लगता है कि एक तरफ तख़्तोताज की दुनिया है और दूसरी तरफ है ताजमहल का एक नक़्शानिगार जिसकी हैसियत शाहंशाह के सामने क्या है।''

जहाँआरा ने देखा कि शाहजहाँ के चेहरे पर तटस्थता का भाव है। शाहजहाँ असमंजस की स्थिति में था। एक तरफ थी उसकी बेटी जहाँआरा जिसे उसने अपनी पूरी ममता उड़ेल दी थी और दूसरी ओर था वह वैभव और ऐश्वर्य जो मुगल सल्तनत का था और जिसकी आँखों में बड़े सपने थे।

''जहाँआरा, तुमने मुझे असमंजस में डाल दिया है। उस्ताद ईसा ज़हीन है और बहुत बड़ा नक़्शानिगार है लेकिन क्या वह हमारी हैसियत के लायक है? मैं इस बात को मानता हूँ कि इश्क़ के लिये जाति और मज़हब के कोई मायने नहीं है लेकिन बेटी तुम्हारा यह बाप आज लाचार है। सियासत जज़्बात को नहीं समझती। औरंगजेब, मुराद और शुजा तुम्हारे इश्क़ की दास्तान सुनकर नाराज हो जायेंगे।''

''फ़ैसला लेने का अधिकार आपको है, मेरे छोटे भाइयों को नहीं। मैं अपने भाइयों को मानती हूँ लेकिन मैं नहीं चाहूँगी कि वे मेरी ज़ाती जिन्दगी में दख़ल दें। मैंने तो किसी की ज़ाती जिन्दगी में दखल नहीं दिया तो मेरे साथ ऐसा क्यों होगा। अब्बाजान! मेरी ज़ाती जिन्दगी में सिर्फ आप दख़ल दे सकते हैं। अगर आपको उस्ताद ईसा से मेरा ताल्लुक कबूल न हो तो आप जो भी कहेंगे मैं करूँगी। आपने मुझे माँ और बाप दोनों का प्यार दिया है। आपका फ़ैसला सिर आँखों पर।'' शाहजहाँ की आँखें भर आयीं। उसने जहाँआरा के मस्तक को चूम लिया।

''कल मैं दारा और औरंगजेब से बात करूँगा। पण्डितराज जगन्नाथ से भी सलाह-मशविरा लूँगा। मुझे पूरा यक़ीन है कि औरंगजेब तो राज़ी नहीं होगा लेकिन पण्डितराज जगन्नाथ और दारा मिलकर कोई-न-कोई रास्ता निकालेंगे ही। मुमताज की भी दिली ख़्वाहिश थी कि उसकी बेटियों की शादी हो।

मैंने मुमताज बेगम से मुहब्बत किया था इसलिये मैं उसकी तिश्नगी को जानता हूँ। मैंने मुमताज बेगम से शादी करके कोई उनके साथ एहसान नहीं किया था। मैंने तो उस पाक मुहब्बत को सिर्फ एक रिश्ते की शक्ल दिया। बेटी! अपने उदास चेहरे को धो डालो। मैं अपनी बेटी का शुगुफ़्ता चेहरा देखना चाहता हूँ।''

शाहजहाँ थका हुआ था। उसका अभिवादन करके जहाँआरा अपने शयनकक्ष में लौट आयी। आज उसके पाँव ज़मीन पर नहीं पड़ रहे थे।

41

दोपहर का वक्त था। शाहजहाँ ने कई लोगों को शाह बुर्ज में बुलाया था। जहाँआरा उसके साथ ही वहाँ पहुँची थी। दाराशिकोह, औरंगजेब, शुजा और मुराद वहाँ मौजूद थे। मीरबख़्शी, इस्लाम खाँ, पण्डित जगन्नाथ मौजूद थे। शाहजहाँ ने कहा--

''आज हम लोग एक अहम मुद्दे पर चर्चा करने के लिये यहाँ इकट्ठा हुए हैं। वह अहम् बात यह है कि शहजादी जहाँआरा ताजमहल के नक़्शानिगार उस्ताद ईसा से मुहब्बत करती हैं और उनकी दिली ख़्वाहिश है कि वे उस्ताद ईसा को अपना हमसफ़र बनायें। बादशाह होने के नाते मैं इस विषय पर एकतरफा फ़ैसला ले सकता था लेकिन मैंने सोचा कि आप लोगों से सलाह मशविरा ले लूँ।''

औरंगजेब आवेश में खड़ा हो गया। ''हिन्दुस्तान के शाहंशाह की बेटी और मेरी बड़ी बहन की शादी एक मामूली नक़्शानिगार से हो, मैं यह बर्दाश्त नहीं कर सकता।'' औरंगजेब सभाकक्ष से उठ गया। दारा, शुजा और मुराद ने उसे रोकने की पूरी कोशिश की लेकिन वह रुका नहीं। सब लोग स्तब्ध थे।

''आलमपनाह! राजकुमार औरंगजेब की अशिष्टता असहनीय है। बेगम साहिबा आपकी सबसे बड़ी सन्तान हैं और उन्हें अपनी जिन्दगी का फ़ैसला लेने का अधिकार है।'' कुछ क्षणों तक शाहबुर्ज में सन्नाटा छाया रहा।

''आलमपनाह! आप इतने बड़े साम्राज्य के शाहंशाह हैं कि आप अहम फैसला ले सकते हैं। मेरा आपसे सिर्फ इतना निवेदन है कि औरंगजेब के साथ थोड़ी-सी सख़्ती से पेश आइये। मुझे शादी में कोई समस्या नज़र नहीं आती।'' पण्डितराज जगन्नाथ की दृढ़ता से सभी प्रभावित हुए। दाराशिकोह इनसे विशेष प्रभावित था। शाहजहाँ ने भी इन्हें 'कविराय' की उपाधि से विभूषित किया था।

इस्लाम खाँ ने अपनी राय दी--''मुझे इस शादी में दो समस्या दिखलायी दे रही है। पहली यह है कि उस्ताद ईसा इतने बड़े सल्तनत की शहजादी के शौहर बनने

के काबिल नहीं हैं। दूसरी बात है कि आलमपनाह का खानदान सुन्नी है जबकि उस्ताद ईसाशिया हैं।''

''मैं आपकी बातों से सहमत नहीं हूँ इस्लाम खाँ। शिया और सुन्नी का कोई मतलब ही नहीं है। हमारी अम्मीजानशिया थीं। हमें इस मुद्दे पर तंगदिल नहीं होना चाहिए। मेरी सलाह यह है कि अब्बाजान और आपा मिलकर कोई फ़ैसला करें।'' शुजा के ऐसा कहने पर शाहजहाँ और जहाँआरा एक दूसरे का मुँह देखने लगे।

''आप लोग मेरे लिये परेशान न हों। कोई हैसियत देख रहा है तो कोई शिया-सुन्नी। अफसोस इस बात का है कि मैं जज़्बाती हूँ और कोई मेरे जज़्बात को समझने की कोशिश नहीं कर रहा है। अब्बाजान! मेरे दिल में वो जज़्बा है जिससे मैं कोई बड़ा फैसला ले सकती हूँ लेकिन मैं नहीं चाहती कि कोई मेरे ऊपर इल्ज़ाम लगाये कि शहजादी जहाँआरा ने अपने स्वार्थ के लिये बादशाह शाहजहाँ का दिल दुखाया।''

''ऐसा मत सोचो जहाँआरा। मेरी मजबूरी समझने की कोशिश करो। मुझे कुछ और दिनों का समय दो ताकि मैं सही फ़ैसला ले सकूँ।'' शाहजहाँ की नज़र मुराद पर पड़ी। अभी तक मुराद कुछ नहीं बोला था। शाहजहाँ को समझ में नहीं आ रहा था कि वह आगे क्या कहे।

''आलमपनाह! हम लोग आज इस अहम् मसले पर चर्चा कर रहे हैं लेकिन इस बात को भूल जा रहे हैं कि उस्ताद ईसा से भी बात करना आवश्यक है। यदि आपकी इजाज़त हो तो मैं उस्ताद ईसा से इस सन्दर्भ में बात करूँगा।'' पण्डितराज जगन्नाथ का ललाट चमक रहा था। शाहजहाँ ने गोष्ठी के समापन का इशारा किया। सभी लोग लौट गये।

रात को जहाँआरा ने सतीउन्निसा को अपने शयनकक्ष में बुलवाया। आज जहाँआरा बहुत उदास थी। उसकी बड़ी-बड़ी आँखों में एक दार्शनिक की गम्भीरता नजर आ रही थी।

''सतीउन्निसा! आज मैंने जिन्दगी के एक नये फ़लसफ़े को समझा। किसी इन्सान की ज़ाती जिन्दगी के कोई मायने नहीं है। अब्बाजान मुझे बहुत मानते हैं लेकिन इतना बड़ा बादशाह अपनी बेटी की ख़्वाहिश के लिये कुछ नहीं कर सकता। ये जो दौलत और शानो शौकत और जो हमें दिखायी देती है, वह तस्वीर का एक पहलू है। दुनिया में मुगल सल्तनत का नाम है लेकिन जो लोग मुफ़लिस हैं, वे किस तरह से अपनी जिन्दगी गुज़ार रहे हैं। गाँवों में लोग मिट्टी के घरों में रहते हैं। उनके पास पलँग नहीं है। वे खाटों और बाँस की चटाइयों पर सोते हैं। हमारे जैसे लोग सोने और चाँदी के बर्तनों में भोजन करते हैं लेकिन गाँव के लोगों को मिट्टी का

बर्तन मयस्सर है। बहुत कम लोगों को दोनों समय भरपेट भोजन मिलता है। दिन में वे चना चबाकर अपनी भूख मिटाते हैं और रात को भरपेट भोजन करते हैं। इसके बावजूद राजदरबार में यह दावा किया जाता है कि चारों ओर खुशहाली है।''

सतीउन्निसा कुछ क्षणों के लिये अवाक हो गयी।

''इतना जज़्बाती मत होइये बेगम साहिबा! मैंने समझा था कि आप सिर्फ आगरा के किले की दुनिया से वाकि़फ हैं। आपने जिन बातों का जिक्र किया, उसे मैं भी नहीं जानती। बुरा न मानना बेगम साहिबा, क्या मैं यह जान सकती हूँ कि रिआया के बारे में ये जानकारी आपको कैसे मिली?

''उस्ताद ईसा एक बेशकीमती कलाकार ही नहीं बल्कि बेहतरीन इन्सान भी हैं। आगरा शहर के आस-पास के गाँवों में वे कई बार गये हैं। उन्होंने वहाँ के लोगों के हालत का बयान मुझसे किया था। उस्ताद ईसा भले ही मेरे हमसफ़र नहीं बन पाये हैं लेकिन वे मेरे हमराज़ तो हैं ही।

हम महलों में रहनेवाले लोग दूसरों के दर्द को कहाँ समझ पाते हैं। ताज़महल बनाने के काम में लगे मजदूरों की हालत अच्छी नहीं है। बहुत से मजदूर आगरा के पास के गाँवों से हैं। बहुतों के पास तो कच्चे घर भी नहीं है, वे झोंपड़ी में रह रहे हैं। उनके छोटे बच्चों को समय से दूध नहीं मिलता। वे बदनसीब बच्चे मुफ़लिसी में पल रहे हैं। मैं अब्बाजान से कहूँगी वे बतौर बादशाह उनकी बेहतर जिन्दगी के लिये कुछ करें।

ताजमहल सिर्फ मुहब्बत की निशानी नहीं है, यह हजारों मेहनतकश इन्सानों का ख़ून और पसीना इसमें लगा है।'' शयनकक्ष में शमा जल रही थी। एक छिपकली बार-बार एक फतिंगे को पकड़ने का प्रयास कर रही थी। कई बार कोशिश करने के बाद उसको कामयाबी मिली।

''बेगम साहिबा! मुफ़लिसी का दौर मैंने भी झेला है। आलमपनाह की नज़र न पड़ी होती तो मैं भी गुमनामी के अँधेरे में खो जाती। मैं मुमताज बेगम की कनीज ही नहीं दोस्त भी थी। मुझे तो लगता है कि अमीर और गरीब होना ऊपरवाले के हाथों में है। गरीबों के बारे में सोचता कौन है, आप बेहद जज़्बाती हैं इसलिये दूसरों का भी इतना अधिक ख़याल रखती हैं। आपके कहने पर शाहंशाह ने जमाल और तबस्सुम के लिये जमीन की व्यवस्था की और सोने और चाँदी के सिक्के भी दिये। उनका घर जल्दी ही तैयार हो जायगा।'' आज जहाँआरा को बहुत थकावट महसूस हो रही थी और उसका सिर भी भारी था।

''सतीउन्निसा! मेरा सिर दर्द कर रहा है। मैंने पूरी जिन्दगी में ऐसी थकावट कभी महसूस नहीं की।''

जहाँआरा अपने पलंग पर लेटी हुई थी। सतीउन्निसा ने उसके सिर को सहलाना शुरू किया। जहाँआरा को आराम मिला। सतीउन्निसा की उँगलियाँ कलात्मक ढंग से जहाँआरा के ललाट और बालों से खेल रही थीं। 'काश! ये मर्द के हाथों की उँगलियाँ होतीं। आज तक किसी मर्द से इतनी नजदीकी क्यों नहीं हो पायी? जिस्मानी सुख से महरूम मेरी जैसी शहज़ादी की जिन्दगी एक ढोंग के सिवा क्या है।' सतीउन्निसा जहाँआरा के पाँव दबाने लगी। ''बेगम साहिबा! आपको आराम मिल रहा है न?''

''तुम्हारे हाथों में जादू है सतीउन्निसा। अम्मीजान के हाथों के स्पर्श से जो सुख मिला था, वह सुख आज तुमसे मिल रहा है।'' सतीउन्निसा ने थोड़ी देर बाद देखा कि जहाँआरा गहरी नींद में आ चुकी है। वह धीरे से शयनकक्ष से बाहर निकली।

गलियारे से आगे बढ़ते हुए वह रोशनआरा के शयनकक्ष की तरफ बढ़ी। रोशनआरा के शयनकक्ष से एक पुरुष निकला और वह तेजी से गायब हो गया। वह उस आदमी को पहचान नहीं पायी। वह बहुत दिनों से रोशनआरा की ऐयाशी के किस्से सुन रही थी। उसे इस बात की जानकारी नहीं थी कि बादशाह को अपनी इस बेटी के कारनामों की जानकारी है या नहीं। जहाँआरा ने उससे कई बार अपनी छोटी बहन की शिकायत की थी।

42

उस्ताद ईसा मानसिक रूप से परेशान रहने लगे। ताजमहल का निर्माण हो चुका था। शाहजहाँ ने खुश होकर उस्ताद ईसा को बहुत-सी स्वर्ण मोहरें दीं और कहा--

"आपके हुनर और अब्दुल हमीद लाहौरी के कुशल नेतृत्त्व में दुनिया की बेमिसाल इमारत तामीर हुई है। तारीख़ में लिखा जायगा कि एक शाहंशाह ने अपनी बेगम की याद में दुनिया को एक बेहतरीन तोहफा दिया है। यदि आपने नायाब नक़्शा न बनाया होता तो इतनी खूबसूरत इमारत न बन पाती। दुनिया बादशाह शाहजहाँ और उस्ताद ईसा दोनों को याद करेगी। उस्ताद! आप मनमाफिक इनाम माँगिये, हिन्दुस्तान का शाहंशाह आपकी ख़्वाहिश पूरी करेगा।" उस्ताद ईसा धर्मसंकट में पड़ गये। दोनों बाग में टहल रहे थे। पूरा वातावरण आम्रमंजरियों की मादक खुशबू से सराबोर था। आम के अतिरिक्त उस बाग में अमरूद, आँवला और नीबू के वृक्ष भी थे। चाँदनी में नहाया हुआ बाग स्वर्गीय आभा से युक्त था। 'क्या मैं बेगम साहिबा को माँग लूँ? लेकिन हिम्मत नहीं पड़ रही है। इन बादशाहों का क्या भरोसा! इनके लिये एक आम आदमी के जज़्बात की कोई कीमत नहीं है।'

"मैं आपकी दरियादिली से खुश हूँ शाहंशाह। मुझे कुछ और नहीं चाहिए। मैं सिर्फ आपका एक सेवक हूँ। मैं अपने आपको ख़ुशनसीब समझूँगा कि मेरे ऊपर शाहंशाह हिन्दुस्तान की कृपा बनी रहे।"

"उस्ताद ईसा! मैंने कभी आपके परिवार के बारे में नहीं पूछा, आपको अपने घर की बहुत याद आती होगी।"

परिवार के बारे में सोचकर उस्ताद ईसा के चेहरे पर रौनक आ गयी। माँ-बाप याद आये, भाइयों की याद आयी और सबसे अधिक याद आयी बड़ी बहन ज़ैनब की।

"जहाँपनाह! मैं खुशनसीब हूँ कि मैं इतने लम्बे समय से आपकी ख़िदमत में हूँ लेकिन अपने मुल्क और परिवार की बहुत याद आती है। मेरे पिता मुहम्मद

अब्बास लकड़ी के कारीगर हैं। मेरी अम्मीजान का नाम गज़ाला बेगम है। अपने भाई-बहनों में सबसे छोटा होने के कारण सबका बहुत दुलारा हूँ। एक मुद्दत हो गयी अपने वतन की मिट्टी की खुशबू को महसूस किये हुए। अभी एक सप्ताह पहले अम्मीजान का एक बेहद जज़्बाती ख़त आया है। उन्होंने जल्दी घर लौटने के लिये और शादी करके दूसरी दुनिया बसाने की बात की है। अभी मैंने उनके पत्र का जवाब नहीं दिया है।''

शाहजहाँ बहुत ध्यान से उस्ताद ईसा को सुन रहा था।

''उस्ताद ईसा! आप मुझसे कुछ छुपाने की कोशिश कर रहे हैं। मैंने सुना है कि आप जहाँआरा से मुहब्बत करते हैं। मुहब्बत करना गुनाह नहीं है। मैंने मुमताज बेगम से बेइन्तिहा मुहब्बत किया था और मेरा दिल आज उनसे उतना ही मुहब्बत करता है, भले ही वे इस फ़ानी दुनिया से बहुत दूर चली गयी है। हमारी सारी ख़्वाहिशें पूरी नहीं होती उस्ताद लेकिन हमें सब्र तो करना ही पड़ता है। आप शाही दरबार के नायाब हीरा हैं, मैं आपको खोना नहीं चाहता लेकिन आपको बेहतर वक्त का इन्तजार करना होगा। ताजमहल सिर्फ एक इमारत नहीं है बल्कि आप जैसे मशहूर कलाकारों ने अपना दर्द इसमें उड़ेल दिया, इमारत की शक्ल में ताज उस महबूबा जैसी है जो बेजुबान है, जिसकी आँखों में अश्क हैं जिन्हें हम देख नहीं पा रहे हैं। ओह मुमताज! तुम्हें इतनी जल्दी जाना था, ऐसा करके तुमने हिन्दुस्तान के ताकतवर बादशाह को तन्हाँ कर दिया।''

शाहजहाँ की आँखों से आँसू छलक आये थे। उस्ताद ईसा को नहीं पता था कि बड़े लोग भी भावुक होते हैं।

''आलमपनाह! अपने आपको सँभालिये, आप कमजोर होंगे तो हिन्दुस्तान पर असर पड़ेगा। यह नाचीज़ इन्सान आपके सामने क्या कहें? हाँ, मैं बेगम साहिबा की इबादत करता हूँ, मैंने उनके सिवा किसी और को नज़र उठाकर नहीं देखा है। मैं यह गुस्ताख़ी नहीं कर पाया कि मैं आपसे कह सकूँ कि मैं बेगम साहिबा से प्यार करता हूँ।''

कुछ क्षणों के लिये शाहजहाँ के चेहरे पर कठोरता के भाव आये और मिट गये। उस्ताद ईसा समझ नहीं पाये कि शाहजहाँ की क्या प्रतिक्रिया होगी।

''उस्ताद मैं एक शर्त पर जहाँआरा का निकाह आपसे कर सकता हूँ। यह शर्त थोड़ी कठिन है। शादी के बाद आपको हिन्दुस्तान में ही रहना होगा। जहाँआरा को मैं अपनी आँखों से बहुत दूर नहीं जाने दे सकता।''

उस्ताद ईसा का चेहरा निस्तेज हो गया। वे किंकर्त्तव्यविमूढ़ से हो गये।

"आलमपनाह! आपने मुझे बहुत बड़े धर्मसंकट में डाल दिया। मैं बेगम साहिबा से बेइन्तिहा मुहब्बत करता हूँ। मैं अपने वतन से इतनी दूर हूँ और अपने ख़ून के रिश्तो से महरूम हूँ।"

चाँदनी और अधिक उन्मादिनी हो गयी थी। "उस्ताद ईसा! अब आप आराम कीजिये। इस मुद्दे पर कभी और बात होगी।" बादशाह शाहजहाँ का अभिवादन करके उस्ताद ईसा अपने शयनकक्ष में लौट आया। उसकी आँखों में नींद नहीं थी। उसने अपनी माँ का पत्र पढ़ना शुरू किया।

"हम सभी बड़ी शिद्दत से तुम्हें याद करते हैं। मेरे प्यारे ईसू हम सबको भूल गये हो। माना कि तुम बड़े नक़्शानिगार हो लेकिन मेरे लिये तो ईसू ही हो। ज़ैनब की शादी में भी मैंने तुम्हें ख़त लिखा लेकिन तुम नहीं आ पाये। शादी में शहनाई बजती है तो खुशी बढ़ जाती है लेकिन मेरे प्यारे ईसू! जब शहनाई बज रही थी तो ज़ैनब फूट-फूटकर रो रही थी। उसका प्यारा और दुलारा भाई उसकी आँखों से दूर जो था। जैसे-तैसे शादी की रस्म पूरी हुई। उसकी शादी पड़ोसी गाँव में ही हुई है। उसके ससुराल की औरतों ने कहा 'ऐसी शहनाज़ तो हमने देखी ही नहीं। शाहबाज़ तो खुशनसीब है।'

राशिद, साहिल और परवेज़ भी तुम्हें बहुत याद करते हैं। तुमने जो आम का पेड़ लगाया था, उसमें बहुत फल लगते हैं। तुम्हारे अब्बाजान को कभी-कभी बहुत खाँसी आती है। हकीम रहमत शाह की दवाओं से राहत मिल जाती है। अब और इन्तज़ार करना मुमकिन नहीं है इसलिये तुम जल्दी वतन लौट आओ।"

ईसा की आँखें नम हो गयीं। ईसा ने पत्र लिखना शुरू किया--

"मोहतरमा वालिदा साहिबा! आप लोगों की बहुत याद आती है। अपने वतन से बहुत दूर रहते हुए एक अरसा गुजर गया। अम्मीजान! तेहरान की गलियाँ मुझे बुलाती हैं। वहाँ की आबोहवा को मैं अपनी साँसो में महसूस करता हूँ। यहाँ मैं शानो-शौकत से रह रहा हूँ। शोहरत मेरे कदमों को चूम रही है लेकिन मैं अपनों के प्यार से महरूम हूँ। वह बुलबुलों की खुशनुमा दुनिया, वह रंग-बिरंगी तितलियों की दुनिया, इस दुनिया से खूबसूरत है। अम्मीजान मैं दिल-ही-दिल में किसी से जुड़ गया हूँ। वो दिलकश और दिलशाद औरत हैं। अम्मीजान! वे कोई और नहीं हिन्दुस्तान के बादशाह शाहजहाँ की बेटी जहाँआरा हैं। हम लोग उनको सम्मान से बेगम साहिबा कहते हैं।

मैंने शाहंशाह के सामने अपने इश्क़ का इज़हार कर दिया है। बादशाह दरियादिल हैं। उन्हें यह रिश्ता मंजूर है लेकिन उनकी एक कड़ी शर्त है। वे बेगम साहिबा को ईरान नहीं भेज सकते इसलिये मुझे मालूम है कि इस जज़्बाती रिश्ते

का अंजाम क्या होगा। अम्मीजान! मैं बेगम साहिबा के बिना नहीं रह सकता लेकिन मैं आप लोगों से दूर भी नहीं रह सकता। मेरी जिन्दगी की किश्ती दरिया की लहरों में फँस गयी है, उसे साहिल नहीं मिल रहा है।

अब्बाजान कैसे हैं? जरूर लिखना! तुम्हारे ख़त से पता चला कि वे कई दिनों से बीमार चल रहे हैं। किसी अच्छे हकीम को दिखलाना। अम्मीजान! अपना ख़याल रखना। मैं आप सभी के सलामती की दुआयेँ माँगता हूँ।''

उस्ताद ईसा अपने शयनकक्ष से बाहर निकल आया। वह सोच रहा था 'अद्भुत है यह कायनात। नीले आसमान में चमकता हुआ चाँद हमें क्यों मदहोश कर रहा है। यह भीनी-भीनी-सी खुशबू कहाँ से आ रही है। मेरी आँखों में नींद नहीं है। क्या बेगम साहिबा की हालत भी मेरी जैसी होगी? काश ऐसा होता कि इस समय बेगम साहिबा मेरे पास होतीं और मैं उनकी गर्म-गर्म साँसों की खुशबू महसूस करता। तो क्या मेरा ख़्वाब हक़ीक़त में तब्दील नहीं होगा। मेरे ज़ेहन में है बेगम साहिबा के गुलाबी होंठ और हूर जैसे रुख़सार।''

43

फरवरी का तीसरा सप्ताह चल रहा था। गुलाबी जाड़ा पड़ रहा था। अल्हड़ हवा एक नितान्त नीरस और घोंचू इन्सान के दिल में भी झुरझुरी उत्पन्न कर रही थी। अगले दिन इलाहाबाद विश्वविद्यालय के सीनेट हॉल के सामनेवाला मैदान में मुशायरा होनेवाला था।

पूर्णेन्दु शेखर मधुमिता के साथ संगम क्षेत्र में पहुँचा। माघ मेला लगभग उजड़ चुका था। इक्का-दुक्का जगहों पर चहल-पहल थी। सबसे अधिक चहल-पहल उस ओर थी जिधर विविध प्रकार के झूले लगे थे।

शाम धीरे-धीरे ढल रही थी। पूर्णेन्दु शेखर को नरेश मेहता के उपन्यास 'डूबते मस्तूल' की ये पंक्तियाँ याद आ रही थीं--

"पश्चिम का आकाश अब धीरे-धीरे गुलाबी होता जा रहा है और साँझ से पतले झीने बादल रंगीन चँवरों की भाँति पेड़ों के ऊपर उड़ रहे हैं। ढेर सारी चिड़िया झुण्ड की झुण्ड चीं-चीं कर उड़ रही हैं।"

"मेरी शादी की बात चल रही है। लड़केवाले बनारस के रहनेवाले हैं। बेनियाबाग में उनकी पुरानी हवेली है। लड़का बरेली के एक कॉलेज में इतिहास का लेक्चरर है। लड़का मम्मी और पापा दोनों को पसन्द है।" मधुमिता की बात सुनकर पूर्णेन्दु शेखर का ध्यान भंग हुआ। "तब तो वह तुम्हें भी पसन्द आ गया होगा। जनाब का नाम क्या है?"

"उसका नाम है--तन्मय बनर्जी। लेकिन तुम मुझ पर व्यंग्य क्यों कर रहे हो? मैंने तो तुम्हें ऐसे ही बतला दिया। अभी मुझसे कुछ पूछा भी नहीं गया है।" पूर्णेन्दु शेखर के मन में अन्तर्द्वन्द्व चल रहा था। 'मधुमिता का निर्णय क्या होगा? कहीं वह हाँ न कह दे। तो मुझे क्या करना चाहिए। ओह मधुमिता! तुम्हारे बिना मैं जीवन

बिताने की कल्पना ही नहीं कर सकता। तुम मेरे लिये क्या हो, यह मेरे सिवा कोई नहीं जान सकता।'

"कहाँ खो गये पूर्णेन्दु? तुम चिन्ता मत करो। मैं पापा से कह दूँगी कि अभी मेरा शादी करने का इरादा नहीं है।"

"मेरे लिये अपने माँ-बाप को नाराज मत करो। हर इन्सान की अपनी जिन्दगी होती है। यह जरूरी नहीं है कि हम जिससे प्रेम करते हों, शादी भी उसी से करें। जीवन का कोई एक दर्शन नहीं होता। हम सभी अपने-अपने ढंग से जीवन जीने की कोशिश करते हैं।" पूर्णेन्दु शेखर को अपने आप पर हँसी आयी कि वह कितना झूठ बोल रहा है। वह चाहता है कि मधुमिता उसकी जीवन-संगिनी बने लेकिन वह उससे कैसे कहे।

तोतों का झुण्ड थोड़ी देर पहले उड़ा था। दोनों आर्मी एरिया से सरस्वती घाट की ओर जा रहे थे।

"कितना उन्मुक्त जीवन है इन पक्षियों का। स्वच्छन्द भाव से खुले आसमान में उड़ रहे हैं और एक हम हैं दुनियावी चिन्ताओं से युक्त परेशान इन्सान।" आसमान में एक पतंग उड़ रही थी। दोनों मनकामेश्वर मन्दिर के पास पहुँच चुके थे।

"सुनते हैं कि मनकामेश्वर मन्दिर में दर्शन करने से हमारी इच्छाएँ पूरी हो जाती हैं। तुम्हारी जो भी कामना हो, भगवान् से माँग लो। जरूर पूरी होगी।" मधुमिता ने हँसते हुए कहा।

"इन्सान की कामनाएँ कभी पूरी हुई हैं? कभी नहीं। मैं मन्दिर में नहीं जाऊँगा।"

दोनों सरस्वती घाट पर पहुँचे। 'निदा फ़ाजली साहब को जानती हो न? वे एक बेहतरीन इन्सान और अच्छे शायर भी हैं। उनकी ये पंक्तियाँ देखो-

"कभी किसी को मुकम्मल जहाँ नहीं मिलता,
कहीं ज़मीं तो कहीं आस्मां नहीं मिलता।

बुझा सका है भला कौन वक्त के शोले,
ये ऐसी आग है जिसमें धुआँ नहीं मिलता।

कहाँ चराग़ जलायें कहाँ गुलाब रखें,
छतें तो मिलती हैं लेकिन मकां नहीं मिलता।"

“तुमने बेहतरीन शायरी का नमूना प्रस्तुत किया। फ़ाज़ली साहब ने ठीक ही कहा है किसी भी इन्सान को अपने मनमाफिक जिन्दगी नहीं मिलती। मुझे तो लगता है कि यह अपूर्णता ही जिन्दगी का सौन्दर्य है।” पूर्णेन्दु शेखर ने महसूस किया कि मधुमिता चीजों को बारीकी से पकड़ती है। उसने निदा फ़ाज़ली की शायरी के मर्म को बखूबी समझा है।

इलाहाबाद विश्वविद्यालय के सीनेट हॉल के सामने स्थित विस्तृत मैदान में मुशायरा आयोजित था। एक दिन पहले रात को हल्की बारिश हुई थी लेकिन सुबह आसमान साफ हो चुका था।

इस मुशायरे में देश के कई मशहूर शायरों को शिरकत करनी थी। इस मुशायरे में कैफ़ी आज़मी, अली सरदार जाफ़री, हंसराज 'रहबर', मजरूह सुल्तानपुरी, वसीम बरेलवी, आलम फतहपुरी शायर आ रहे थे लेकिन इलाहाबाद के साहित्य प्रेमियों को जिस शायर का बेसब्री से इन्तजार था, वे थे जौनपुर के बेहतरीन शायर कामिल शफ़ीक़ी।

बहुत ही खूबसूरत मंच बना था। आज चाँदनी बरस रही थी। चाँदनी में नहाया हुआ सीनेट हॉल किसी स्वप्नलोक के विशालकाय खूबसूरत महल की तरह लग रहा था। मुशायरा सुनने के लिये काकी लोग इकट्ठा हो चुके थे। मुशायरे का संचालन कर रहे थे कमर इलाहाबादी। कमर साहब बेहतरीन अन्दाज़ में संचालन करने के लिये जाने जाते थे।

“इलाहाबाद के सम्मानित प्रोफेसरों और युवा साथियों! आज आप इलाहाबाद की सरज़मीं पर एक ऐसा मुशायरा देखने जा रहे हैं जिसे तारीख याद रखेगी। हिन्दुस्तान के नामचीन शायर इस मंच पर मौजूद हैं।”

मंच के नीचे स्थित पहली-पहली पंक्ति में कुलपति प्रोफेसर मलयज मिश्र विश्वविद्यालय के वरिष्ठ प्रोफेसरों और पदाधिकारियों के साथ बैठे थे। मजरूह सुल्तानपुरी फिल्मी दुनिया में बड़े गीतकार के रूप में भी मशहूर थे। उन्होंने पढ़ा--

“मुझे सहल हो गयी मंज़िलें वो हवा के रुख़ भी बदल गये,
तेरा हाथ-हाथ में आ गया कि चिराग़ राह में जल गये।”

सभा स्थल तालियों से गूँज उठा। पूर्णेन्दु शेखर के बगल में मधुमिता चटर्जी बैठी हुई थी। मधुमिता के चेहरे पर लाली छा गयी। कमर इलाहाबादी ने कहा--

“अब मैं एक ऐसे शायर को आवाज दे रहा हूँ जो शीराज़े हिन्द की धरती से आया है। मेरा मतलब है कि वह जौनपुर से आया है। उर्दू शायरी में कामिल

शफ़ीक़ी ऐसा नाम है जिसने अपनी तरक्की पसन्द शायरी से आवाम का दिल जीता है।

अब आपके सामने आ रहे हैं जनाब कामिल शफ़ीक़ी।'' कामिल शफ़ीक़ी काव्यपाठ के लिये उठे। उन्होंने शेरवानी और कुर्ता पहन रखा था। उन्होंने 'ताजमहल' शीर्षक से नज़्म पढ़ना शुरू किया--

संगे मर-मर से तराशी हुई तख़्लीके-वफ़ा
आज जिस शक्ल में है, कल तो न रह जायगी

कुलजुमे-हस्तीये-फ़ानी को जब आयगा जलाल
शोरिशे वक़्त के तूफ़ान में बह जायगी।

जज़्बये-संग नवाज़ी की ये तस्वीरें हसीं
नज़्रे-हंगामय-आफ़ते ज़माना होगी

नुदरते-शाहजहाँ, हुरमते-मुमताज़ महल
गुमशुदा-जन्नतें-माज़ी का फ़साना होगी।

अह्दे-शाही का ये ताबिन्द ख़्वाशिन्दा जमाल
किसी पाइन्दा मसर्रत का प्यामी तो नहीं

किसलिये दरसे-तलब हो दिले-दीवानय-इश्क़
ताज का हुस्न कोई नक़्शे-दवामी तो नहीं।

लोग कहते हैं इसे मयकदये-इश्क मगर
क़ौम बेदार हो, वो जाम नहीं मिल सकता

हो मुबारक ये सुखे-संग परस्ती लेकिन
पत्थरों से कोई पैग़ाम नहीं मिल सकता।

गुलकदों की नहीं तख़्सीस पये रंगो-बहार
उसअते-दश्त भी है मौजये-निकहत के लिये

माद्दी हुस्न ही मेराजे-तमन्ना तो नहीं
और भी तर्ज़ हैं, इज़हारे-मुहब्बत के लिये।

इश्क़ याकूतो-ज़मुर्रद में कभी तुल न सका
इसने ताजों की तबो-ताब को ठुकराया है

इश्क़ पर गौहरो-अलमास लुटानेवालों
नक़दे-गम सल्तनते-इश्क़ का सरमाया है।

इक नया ताजमहल पेश नहीं कर सकते
इसलिये दूरिये-महबूब गवारा कर लें

हम कि मुफ़लिस हैं, तहीदस्त हैं, बेमाया हैं,
क्या फ़कत इसलिये उल्फ़त से किनारा कर लें।

कब मुहब्बत हुई, मुहताजे-नुमाइश ऐ दोस्त
इश्क़ जागा कहीं बंगाल का जादू बनकर

निकहत अफ़शां है कहीं मुश्के-ख़तन की सूरत
हुस्न परवर है कहीं, वहशते-आंहू बनकर।

चश्मे-ख़य्याम की बेदार तमन्नाओं ने
दिल के पैमाने में सहबायें-मुहब्बत देखी

इसी एहसास को 'हाफिज़' ने ग़ज़ल में ढाला
मीर ने चाँन्द में महबूब की सूरत देखी।

अज़मते-वामिक़ो-अज़रा का वही आलम है
'क़ैस' का आज भी होठों पे है नग़मा कि नहीं

कोई तश्हीर का सामान न था पास मगर
मर के भी सोहिनी-महिवाल हैं ज़िन्दा कि नहीं

एक सरमाए का जादू है, इमारत का फुसूँ
मंज़रे-ताजे-हँसीं हासिले-ताउसो-सुबाब

सीमगों नुक़रई, मेहराबों-फ़सीनो-दरो-बाम
कौन है इनमें ग़रीबों की मुहब्बत का जवाब।

इक तरफ़ ख़ूने जिगर, दूसरी सिम्त आबो-गुहर
जुए-शीर एक तरफ़, ताजे-गिराँ एक तरफ़

कौन अफ़जल है मुहब्बत में बतायें दुनिया
कोहकन एक तरफ़, शाहजहाँ एक तरफ।''

कुछ क्षणों के लिये चारों तरफ सन्नाटा छा गया। लोग तालियाँ बजाना भूल गये। कामिल शफ़ीक़ी के काव्यपाठ का अन्दाज़ बेहतरीन था। इस नज़्म की एक-एक पंक्तियों ने श्रोताओं के दिल को छू लिया। कुलपति प्रोफेसर मलयज मिश्र ने मुशायरे के संचालक कमर इलाहाबादी की ओर इशारा किया। कुलपति महोदय मंच पर गये और उन्होंने कामिल शफ़ीक़ी को माला पहना दिया। पूरा सभास्थल करतल ध्वनि से गूँज उठा। कुलपति महोदय को कहीं जाना था इसलिये उन्होंने मंच से कहा--

''गुस्ताखी माफ हो, मैं मुशायरे के बीच में उठकर जा रहा हूँ। मुझे सिर्फ इतना कहना है कि शायर कामिल शफ़ीक़ी ने इस नज़्म में ताज को एक नये अन्दाज़ में देखा है। ताजमहल पर शकील बदायूँनी और साहिर लुधियानवी ने भी नज़्में लिखी हैं लेकिन कामिल शफ़ीक़ी साहब ने तो कमाल कर दिया है। वे दुनिया से सवाल करते हैं कि मुहब्बत में कौन सर्वश्रेष्ठ है। एक तरफ फरहाद है जिसने अपनी प्रेमिका शीरीं के लिये बे-सतून नामक पहाड़ खोदकर नहर बनायी थी तो दूसरी ओर हैं बादशाह शाहजहाँ जिसने मुमताज की याद में बेमिसाल इमारत बनवायी। मैं इलाहाबाद विश्वविद्यालय परिवार की ओर से शायर कामिल शफ़ीक़ी का इस्तक़बाल करता हूँ।''

प्रोफेसर मलयज मिश्र चले गये लेकिन मुशायरा देर रात तक चला। मधुमिता चटर्जी को एलेनगंज पहुँचाकर अपने छात्रावास में लौट आया पूर्णेन्दु शेखर।

अब बहुत हुआ। उसे एक बड़ा निर्णय लेना ही होगा। वह मधुमिता से अलग अपनी जिन्दगी की कल्पना नहीं कर सकता। उस दिन उसने मधुमिता से कितना

बड़ा झूठ बोला था कि प्रेम और शादी अलग-अलग चीजें हैं। यह जरूरी नहीं है कि हम जिससे प्रेम करें, शादी भी उसी से करें। कितना झूठा था वह। वह अपने आपको कब तक छलता रहेगा? सच्चाई यह है कि हर प्रेमी-प्रेमिका शादी करना चाहते हैं। कभी-कभी हम सोचते हैं--'प्रेम की स्मृति हमें मोहित करती है। प्रिय जब हमारी आँखों से दूर रहेगा, तब उससे मिलने की अभिलाषा बनी रहेगी। प्रिय को पा जाने में वह सुख की अनुभूति नहीं होती है, जो अनुभूति हमें प्रिय-मिलन की उत्कण्ठा में होती है।''

यह आदर्श हो सकता है, यथार्थ नहीं। कहते हैं कि चातक स्वाति नक्षत्र के ही जल को पीता है, भले ही वह प्यासा मर जाय, दूसरा जल नहीं पीता। काश! चातक स्वाति नक्षत्र के जल के बिना भी जिन्दा रहता। मुझे तो यह लगता है कि चातक और मछली के उपमान प्रेम को गरिमा तो प्रदान करते हैं लेकिन प्रेम का यह आदर्श प्रेमियों के साथ अन्याय है।

कामिल शफ़ीक़ी की नज़्म से वह बेहद प्रभावित था। वह उनसे मिलना चाहता था। ''कभी जौनपुर जाकर कामिल साहब से जरूर मिलूँगा। उनसे अपने प्रेम का भी जिक्र करूँगा। वे एक शायर हैं तो प्रेम के विषय में उनका दृष्टिकोण जानना ही चाहिए।''

44

उस्ताद ईसा एक भावुक कलाकार था। वह राज्यसत्ता के वैभव से ऊब चुका था। वह देख रहा था कि आगरा के दुर्ग में चारों ओर षड्यन्त्र हो रहे थे। उसे अपना वतन भी याद आ रहा था। केवल एक चीज थी जो उसे हिन्दुस्तान की धरती पर रोके हुए थी, वह था शहज़ादी जहाँआरा से उसकी मुहब्बत। वह ताजमहल बनानेवाले कारीगरों को याद कर रहा था। गुलतराश अमीर अलीमुल्तानी, इस्माइल ख़ान रूमी, मुहम्मद शरीफ़ समरकन्दी, अता मुहम्मद, सत्तार ख़ान, वहाब ख़ान, अब्दुल गफ़्फ़ार, मोहनलाल, मनोहर सिंह, छोटेलाल, चिरंजीलाल, मुन्नू लाल। कहाँ गये वे कारीगर जिनके हुनर से ताजमहल जैसी बेमिसाल इमारत बनी। उस्ताद ईसा ने कोशिश की लेकिन उन कारीगरों के बारे में उन्हें कोई जानकारी नहीं मिली। उस्ताद ईसा का भावुक मन विद्रोही हो गया। उन्हें ऐसा महसूस हो रहा था कि उनके जैसे कलाकार छले गये हैं। उस्ताद ईसा सोच रहे थे--

''क्या मेरा और इन कारीगरों का नाम तारीख़ में दर्ज़ होगा? या तारीख़ में सिर्फ यह लिखा जायगा कि हिन्दुस्तान के बादशाह शाहजहाँ ने अपनी मरहूम बेगम मुमताज महल की याद में इस इमारत को बनवाया। क्या तारीख सिर्फ बादशाहों, बेगमों, शहजादों और शहजादियों का ही होता है? शाहंशाह ने एक बार मेरी फ़नकारी की तारीफ की थी। क्या वह झूठी तारीफ थी?'

उस्ताद ईसा यमुना के किनारे बैठे हुए थे। शाम ढल रही थी। फागुन की अल्हड़ हवा उनके तन मन को रोमांचित कर रही थी। उन्होंने देखा कि एक नाव तट की ओर आ रही है। उस्ताद ईसा को दूर से लगा कि नाव पर बैठा हुआ शख़्स परिचित-सा लग रहा है। जब नाव एकदम पास आ गयी तो उन्होंने देखा कि आचार्य गिरिधरदास हैं।

“आप तो ईद के चाँद हो गये हैं उस्ताद ईसा। यमुना के उस पार के गाँव में मेरा एक शिष्य बीमार था। मैं उसे देखने गया था। हम जैसे साधु-सन्त लोग भले ही अपना परिवार नहीं बसाते हैं लेकिन दूसरों के दुख से हम जरूर प्रभावित होते हैं।”

गिरिधर दास गेरुए वस्त्र में थे। उनके मस्तक पर चन्दन लगा हुआ था। उनका गोरा रंग दमक रहा था।

“आचार्य जी! समझ में नहीं आ रहा है कि क्या करूँ। मैं एक फ़नकार हूँ जिसने अपना काम कर दिया है, सोचता हूँ कि अपने वतन लौट जाऊँ।” पश्चिम के आकाश का एक कोना सूरज की लालिमा से अनुरंजित हो उठा।

“ओह! मैं तो यह पूछना भूल ही गया था कि जहाँआरा का क्या हालचाल है। आपने बादशाह शाहजहाँ के सामने अपनी बात रखी या नहीं?”

उस्ताद ईसा के चेहरे पर चिन्ता की लकीरें दिखायी दे रही थीं।

“आचार्य जी! मैंने बादशाह से कह दिया है कि मैं बेगम साहिबा से प्यार करता हूँ। बादशाह को यह रिश्ता मंजूर है लेकिन उनकी एक शर्त है।”

“वह शर्त क्या है उस्ताद ईसा? मुझे तो विश्वास नहीं हो रहा है कि बादशाह जहाँआरा का विवाह आपसे करेंगे।” सूरज डूब गया था और हल्का-हल्का अँधेरा छाने लगा था।

“आचार्य जी! मैं झूठ नहीं बोल रहा हूँ। शाहंशाह को हमारी मुहब्बत का पता चल चुका था। वे भी जज़्बाती इन्सान हैं। वे बेगम साहिबा से मेरा विवाह करवाने को तैयार हैं लेकिन उनकी एक शर्त है कि शादी के बाद भी मुझे ताउम्र हिन्दुस्तान में ही रहना होगा। आचार्य जी! मैं उस मुल्क का रहनेवाला हूँ जिसकी सरजमी में फ़रहाद जैसा आशिक़ पैदा हुआ। कहते हैं कि आशिक़ी में सब्र जरूरी है। मेरे दिल में सब्र तो है लेकिन फ़रहाद जैसा जज़्बा मेरे अन्दर नहीं है।”

“उस्ताद ईसा! आप ठीक कह रहे हैं। प्रेम की राह पर चलना आसान नहीं है। मैं मानता हूँ कि आपका प्रेम सच्चा है लेकिन परिस्थितियाँ अपने हाथ में नहीं होतीं। एक धरातल पर हम दोनों समान धर्मा हैं। आप एक कलाकार हैं, आप भावनाओं में जीते हैं। मैं भी सियासत की दुनिया से दूर भगवान् का एक भक्त हूँ। हम भी भावनाओं में जीते हैं। आपसे इतनी अन्तरंगता हो गयी है कि मैं भी अपने दिल के राज़ को आपके सामने व्यक्त कर सकूँ। मेरा जन्म बनारस जनपद के गाँव में एक कायस्थ परिवार में हुआ था। मेरे परिवारवालों ने मेरी शादी तय कर दी जबकि मैं अपने पड़ोसी गाँव की एक क्षत्रिय कन्या से प्यार करता था। उसका नाम था राजलक्ष्मी। मैं एक साधारण परिवार का हूँ जबकि राजलक्ष्मी जमींदार घराने की लड़की

थी। वो भी मुझे बेहद चाहती थी लेकिन उसके पिता ठाकुर संग्राम सिंह इस रिश्ते के खिलाफ़ थे। उनकी लड़की किसी कायस्थ लड़की से शादी करती तो उनकी नाक कट जाती। उन्होंने मुझे गम्भीर परिणाम भुगतने की चेतावनी दी। इधर घरवालों ने मेरी शादी तय कर दी। मैं राजलक्ष्मी को ही जीवन-संगिनी बनाना चाहता था। मेरा सपना टूट गया था इसलिये शादी के एक सप्ताह पहले भोर में मैं घर से भाग गया। उस्ताद जी! मुझे तो इस बात का ज्ञान हो गया है कि समान हैसियतवाले परिवार में ही शादी करनी चाहिए। मेरी अन्तर्रात्मा कह रही है कि जहाँआरा से आपकी शादी नहीं हो पायेगी।''

कुछ क्षणों तक मौन छाया रहा।

''आचार्य जी, आप ठीक कह रहे हैं। मैं बेगम साहिबा की जिन्दगी से हट सकता हूँ लेकिन मैं ताज़महल से दूर रहने की कल्पना नहीं कर सकता। मैं आगरा के किले से बाहर रहने को तैयार हूँ लेकिन आगरा शहर छोड़ना मेरे लिये बहुत मुश्किल है। मैं हर रोज ताज के दीदार से भी अपने आपको सन्तुष्ट रख सकता हूँ। मैं अपने दिल पर पत्थर रखकर बेगम साहिबा से दूर रहने की कोशिश करूँगा लेकिन मेरा जज़्बाती दिल क्या इसे बर्दाश्त कर पायेगा।''

गिरिधरदास ने देखा कि उस्ताद ईसा के चेहरे पर उदासी छायी हुई है। आसमान में चाँद उग आया था। गिरिधरदास ने कहा--

''मुझे विलम्ब हो रहा है उस्ताद ईसा! आप समय निकालकर मेरे आश्रम पर आइये। लेकिन मैं एक बार फिर कहूँगा कि आप जहाँआरा को भूल जाइये। प्रेमियों के लिये यह दुनिया निष्ठुर होती है।'' गिरिधरदास चले गये। उस्ताद ईसा काफी देर तक किंकर्त्तव्यविमूढ़ से बैठे रहे।

उधर आगरा के किले में मुसम्मन बुर्ज में बैठा हुआ शाहजहाँ अपने अतीत का सिंहावलोकन कर रहा था। आसमान में चाँद अठखेलियाँ कर रहा था। हल्की-हल्की हवा चल रही थी। चाँदनी में नहाया हुआ आगरा का किला बड़ा ही मनोरम लग रहा था और दूसरी ओर ताजमहल अपने पूरे वैभव में शान से खड़ा था। वहीं दफ़न है संगमरमरी कब्र में मुमताज महल। 'कैसे हैं आलमपनाह! आप तो मुझे भूल ही गये।' शाहजहाँ का ध्यान भंग हुआ। उसने देखा सामने खड़ी थी दिलकश हुश्न की मलिका शहनाज़।

''ऐसा नहीं है शहनाज़! मुमताज बेगम के चले जाने से मेरी दुनिया वीरान हो गयी है। लगता है कि मेरे जीवन की हरियाली खत्म हो गयी है और मैं सेहरा में भटक रहा हूँ। हमारी मुहब्बत के सफर का आग़ाज दिलकश था। उन्नीस साल का हमारा सफर इस तरह ख़त्म होगा, इसका अन्दाजा ही नहीं था।''

शाहनाज़ के वक्ष और नितम्बों के उभार को देखकर शाहजहाँ बेचैन हो गया। उसका गोरा रंग दमक रहा था। उसके तराशे हुए होंठ किसी भी शख़्स को मदहोश करने के लिये पर्याप्त थे।

''आओ शहनाज़ तुम तो सेहरा में बहार हो। मैं कितना तन्हा हूँ शहनाज़। मेरी तिश्नगी बढ़ती ही जा रही है। हिन्दुस्तान के इस बदनसीब बादशाह को मुहब्बत का एक जाम पिला दो।''

एक तरफ चाँदनी बरस रही थी तो दूसरी तरफ शहनाज़ की सुरभित साँसों का स्पर्श शाहजहाँ को आह्लादित कर रहा था। शहनाज़ के हाथों में हिना की खुशबू थी। उसके फिरोजी होंठ सुलग रहे थे। दोनों काफी देर तक प्रगाढ़ आलिंगन में बद्ध थे। समय मानो ठहर-सा गया था।

''आप अपने आपको तन्हा न समझें शाहंशाह। माना कि मैं मुमताज बेगम का स्थान नहीं ले सकती लेकिन अगर मैं हिन्दुस्तान के बादशाह के कुछ भी काम आ सकी तो मैं अपने आपको खुशनसीब समझूँगी। हुजूर, आपसे मेरी गुज़ारिश है कि कभी मेरे गरीबखाने पर आइये, मैं आपका इस्तकबाल करूँगी।'' पूरे माहौल में मौन संगीत गूँज रहा था। चाँदनी और भी अधिक उन्मादिनी होती जा रही थी।

''शहनाज! तुम हसीन और ज़हीन हो। तुम्हारा हुश्न अभी भी दिलकश है लेकिन मैं चाहकर भी तुमको अपनी बेगम नहीं बना सकता। जहाँआरा, दाराशिकोह, औरंगजेब आदि सभी बड़े हो गये हैं और दुनियादारी को समझते हैं।''

''आलमपनाह! आप परेशान न हों। मैं आपकी ज़ाती जिन्दगी में दख़लअन्दाजी करके आपको परेशान नहीं करूँगी। आपका इक़बाल बुलन्द रहे। मेरी दिली ख़्वाहिश है कि मुगलिया सल्तनत का यह आफ़ताब पूरी दुनिया को रोशनी दे। सिर्फ यही ख़्वाहिश है कि आलमपनाह की नज़रें इनायत मुझ पर बनी रहे।''

शाहजहाँ की उँगलियाँ शहनाज़ के मुलायम केशों के साथ खेल रही थीं। आकाश में तारे टिमटिमा रहे थे।

''मैं अपने खानदान के भविष्य को सोचकर परेशान हूँ शहनाज़। मैंने दाराशिकोह को वली-अहद मान लिया है लेकिन औरंगजेब इस बात से नाराज़ है। उसको मुझसे शिकायत रहती है। ताजमहल तामीर कराकर मैंने बेगम के रूह को सुकून देने की कोशिश की है। ताज सिर्फ एक खूबसूरत इमारत ही नहीं है, वह तो मुहब्बत की ख़ूबसूरत निशानी भी है। शहजादा औरंगजेब मानता है कि ताजमहल बनवाकर मैंने ऐयाशी की है। अपने ही जिगर का टुकड़ा अपने बाप पर इतनी बड़ी तोहमत लगा रहा है। उसने अपने एक ख़त में लिखा था--

"अब्बाजान! दकन के अकाल में हजारों लोग मरे। सड़कें लाशों से पट गयी थीं। इन्सान-इन्सान के लहू का प्यासा हो गया था। लोग कुत्तों और बैलों को मारकर उनका मांस ख़ाने पर मजबूर हो गये थे।

अम्मीजान के मौत हम भी ग़मज़दा थे लेकिन किसी की याद में बेशकीमती इमारत बनवाना मैं फिजूलखर्ची मानता हूँ लेकिन आपके तो फ़ितरत में ऐयाशी है।"

मेरा दिल चाक हो गया शहनाज़।"

शाहजहाँ के आँखों से आँसू झरने लगे। शहनाज़ ने अपने दुपट्टे से आँसुओं को पोंछते हुए कहा--

"शाहंशाह! आप रौनक़-अफ़रोज़ इन्सान हैं। आप शगुफ़्ता गुलाब के मानिन्द तरोताज़ा हैं। आपके चेहरे पर उदासी अच्छी नहीं लगती। औरंगजेब जैसा बेटा आपका दिल दुखा रहा है, ये चिन्ता की बात है लेकिन आपका बड़ा बेटा दाराशिकोह तो आपकी बहुत इज़्ज़त करता है। आप ख़ुशनसीब हैं कि आपके पास जहाँआरा जैसी ज़हीन और हसीन बेटी है।"

वातावरण में अजीब तरह की खामोशी छायी हुई थी।

"शहनाज़! तुम्हारा हुस्न आज भी दिलकश है। तुमसे मिलकर मुमताज बेगम का गम कुछ कम हो जाता है।"

शाहजहाँ की नज़र शहनाज के दाहिने हाथ की एक अँगुली पर पड़ी। उस अँगुली में हीरे की अँगूठी चमक रही थी। शाहजहाँ को याद आया कि उसने कई साल पहले शहनाज़ को हीरे की अँगूठी दी थी। "क्या सोच रहे हैं आलमपनाह?"

"कुछ नहीं शहनाज़। ऐसा क्यों होता है कि जिसे हम ज्यादा चाहते हैं, वो जल्दी दुनिया से चला जाता है। मुमताज बेगम की उमर ही क्या थी।"

कभी-कभी पक्षियों की आवाज सुनायी पड़ जाती थी। यमुना की लहरों में चाँदनी तैर रही थी।

"आलमपनाह! आप जैसा दानिशमन्द सरपरस्त मैंने नहीं देखा है। अपने अज़ीज इन्सान की कमी खलती है लेकिन इस फ़ानी दुनिया में कौन हमेशा रहा है। हम सभी एक-न-एक दिन इस दुनिया से जुदा हो जायेंगे। जो बीत गया है, उसका मातम क्यों? जिन्दगी तो जिन्दादिली का नाम है।"

शाहजहाँ ने शहनाज़ को दुबारा आलिंगन में ले लिया। चाँदनी बरस रही थी, नीले आकाश में तारे टिमटिमा रहे थे और यहाँ दो दीवानें अपनी दुनिया में मदहोश थे।

45

ग्रीष्म का समय था। आसमान में खिला हुआ चाँद मुग्धा नायिका की तरह मानों अपने सौन्दर्य पर ही मुग्ध था। उस्ताद ईसा की आँखों में नींद नहीं थी। एक दिन पहले जमाल और तबस्सुम उनसे मिलने आये थे। जमाल ने उनसे कहा था--

“उस्ताद! मेरे अब्बाजान का इन्तकाल हो गया है। मेरे दोनों भाई मुझसे काफी छोटे हैं। अम्मीजान लगभग अकेली पड़ गयी है इसलिये हम दोनों भारी मन से आगरा छोड़ रहे हैं। आपने और बेगम साहिबा ने हमें जो प्यार दिया, उसे हम ताउम्र नहीं भुला सकते। यह जानकर कि हम दोनों आगरा छोड़ रहे हैं, वे भी उदास हो गयीं। हम साधारण इन्सान हैं लेकिन एहसान फ़रामोश नहीं हैं। हमारी दिली ख़्वाहिश है कि आपकी शादी बेगम साहिबा से ही हो।”

उस्ताद ईसा के चेहरे पर फीकी-सी मुस्कान तैर गयी थी।

“आप दोनों मेरे लिये इतना सोच रहे हैं, उसके लिये शुक्रिया लेकिन बड़े-बड़े बादशाह और मनसबदार इतने दरियादिल नहीं होते। बेगम साहिबा खूबसूरत हैं, ज़हीन हैं और जज़्बाती हैं लेकिन मुगल दरबार में और लोग वैसे नहीं हैं। मुझे अपने वतन ईरान की बहुत याद आ रही है। वहाँ मेरा एक छोटा-सा खुशहाल परिवार है। यहाँ पर दौलत है, शोहरत है लेकिन सुकून नहीं है। मेरी हालत क़फ़स में कैद पंछी की तरह है। बेगम साहिबा की मुहब्बत ही मुझे रोके हुए हैं।” उस्ताद ईसा ने अपने आँसुओं को मुश्किल से रोका था। जमाल और तबस्सुम की रवानगी से उस्ताद ईसा की दुनिया और नीरस हो गयी।

क्या ताजमहल जरूरी था? यदि वह नहीं बनता तो भी दुनिया की रौनक कम नहीं होती। दुनिया वैसी ही खूबसूरत होती। कितनी खूबसूरत है यह कायनात! नीले आसमान से बरसती हुई चाँदनी, टिमटिमाते हुए तारे, यमुना का शफ़्फ़ाक पानी,

परिन्दों की नाजुक दुनिया--क्या ताजमहल इनसे सुन्दर है। माना कि ताजमहल बहुत जरूरी था तो उन कारीगरों की माली हालत पर किसी ने सोचा।

रोशनदान से छनकर चाँदनी शयनकक्ष में आ रही थी। उस्ताद ईसा को गिरिधरदास की बात याद आ रही थी--

"उस्ताद! हमें सियासत से ज्यादा मतलब नहीं है फिर भी एक संवेदनशील नागरिक होने के नाते हमें यह सोचने का अधिकार है कि एक बादशाह की पहली प्राथमिकता उसकी प्रजा होनी चाहिए। मैं इस बात को मानता हूँ कि मुगल बादशाहों ने हिन्दुस्तान की तरक्की के लिये बहुत कुछ किया है लेकिन शासन के पदाधिकारी, मनसबदार और उमरा वर्ग भोग-विलास की जिन्दगी जी रहे। जहाँ तक बादशाह शाहजहाँ का सम्बन्ध है तो एक बात सच है कि शाहंशाह साहित्य, संगीत और कला के कद्रदान हैं लेकिन इनसे कुछ भूलें हुई हैं जिससे ख़ासकर हिन्दू नाराज हैं। शाहंशाह ने ओरछा के कुछ हिन्दू मन्दिरों को नष्ट किया। बादशाह के आदेश पर काशी के बहुत से मन्दिरों को नष्ट कर दिया गया। युद्ध में पकड़े गये हिन्दुओं को इस्लाम धर्म स्वीकार करने के लिये बाध्य किया गया। इन घटनाओं से हिन्दू प्रजा बेहद नाराज थी। बादशाह भाग्यशाली हैं कि शहजादे दाराशिकोह की उदारता की नीति ने हिन्दू मानस को सान्त्वना दी नहीं तो अब तक हिन्दू जनता बागी हो गयी होती।

मेरी बात का बुरा मत मानियेगा। मैं निष्पक्ष होकर कुछ बातें कह रहा हूँ। दक्षिण में अकाल आया था। लोग भूख से मर रहे थे। भूख से व्याकुल लोग पाशविक हो गये थे। लोग मर रहे थे लेकिन बादशाह शाहजहाँ बुरहानपुर के महल में शानो शौकत की जिन्दगी जी रहे थे। नृत्यांगनाओं के घुँघरूओं की झंकार में जनता का आर्त्तनाद दब गया था।"

यदि गिरिधरदास की बात में सच्चाई है तो यह बेहद दुखद बात है। क्या सियासत बेहद संगदिल होती है। मैं उस्ताद ईसा ताजमहल का नक़्शानिगार हूँ लेकिन तारीख़ मुझे किस रूप में याद करेगी? हम सभी शानों-शौकत की जिन्दगी जी रहे हैं लेकिन हजारों मजदूरों की मुफलिसी मेरा दिल दहला देती है। जमाल ने एक दिन मुझसे कहा था--'ताजमहल बन गया। बादशाह शाहजहाँ और बेगम मुमताज महल के मुहब्बत की दास्तान तारीख़ में दर्ज हो गयी लेकिन किसी ने उन हजारों मजदूरों के बारे में नहीं सोचा जिनके ख़ून और पसीने से एक बेमिसाल इमारत तामीर हुई। उस्ताद! मैं बहुत से मजदूरों के घर जा चुका हूँ। झोंपड़ी में रहनेवाले वे मजदूर भरपेट भोजन के लिये मुहताज थे। उनकी खराब हालत देखकर मुझे रोना आ गया।' मैं यहाँ पर ऐशो आराम की जिन्दगी जी रहा हूँ लेकिन मेरे यहाँ रहने

का अब कोई मकसद नहीं रह गया है। मैं शाहंशाह से कह दूँगा कि मुझे अपने वतन लौटने की इजाज़त दें। लेकिन मैं बेगम साहिबा से क्या कहूँगा। क्या मैं उनसे नज़र-से-नज़र मिलाकर बात कर पाऊँगा। हे परवरदिगार! तुम मेरे अन्दर वह ताक़त दो जिसके बल पर मैं अपनी मुहब्बत को ठुकराकर यहाँ से दूर चला जाऊँ। आचार्य जी ने कहा था जनता का आर्त्तनाद! जिस बादशाह के फ़नकार के हुनर और जज़्बात की परवाह न हो, उसकी परवाह मैं क्यों करूँ। मुझे तो लगता है कि दुनिया के सारे बादशाह एक जैसे होते हैं।

उस्ताद ईसा विचारों के झंझावात से जूझ रहे थे। उनकी नज़र उस पत्र पर पड़ गयी जो तीन दिन पहले उनको मिला था। वे अपने आपको रोक नहीं पाये। उन्होंने दुबारा पत्र पढ़ना शुरू किया--

"तुम्हारी बहुत याद आती है ईसू! यहाँ सभी तुम्हें बहुत याद करते हैं। ज़ैनब तुम्हें याद करके रोती है। रेहान दो साल का हो गया है। वह काफी शरारती है। उसका चेहरा तुमसे बहुत मिलता है। राशिद, साहिल और परवेज भी अच्छे हैं। तुम्हारे अब्बाजान की तबीयत अब ठीक है। तुम्हारा मकसद पूरा हो चुका है, अब घर लौट आओ। मुझे पूरा यकीन है कि बादशाह शाहजहाँ अपनी बेटी जहाँआरा की शादी तुमसे नहीं करेंगे। ताजमहल का नक्शा बनाकर तुमने अपने खानदान का नाम रोशन किया है। बेटे! तुम रोशन-ज़मीर हो। हमें नामुमकिन ख़्वाब नहीं देखना चाहिए। वे महलों में रहनेवाले लोग हैं, जिनके पास बेशुमार धन-दौलत है। ऐसे लोग अपनी शहजादी की शादी किसी फ़नकार से नहीं कर सकते। वे तुम्हारी कारीगरी और हुनर पर तवज्जो दे सकते हैं लेकिन उनकी नजर में तुम्हारी हैसियत ऐसी नहीं है वे तुमसे रिश्ता कायम करें। तुम आ जाओ। हम सभी बड़ी बेसब्री से तुम्हारा इन्तजार कर रहे हैं।"

उस्ताद ईसा की आँखें छलछला आयीं। उसे लगा कि अम्मीजान तो ठीक ही कह रही हैं। उसे आचार्य गिरिधरदास की बात याद आ रही थी--

"उस्ताद ईसा! आप आगरा का किला देख रहे हैं। उसमें एक-से-एक खूबसूरत महल हैं। दिल्ली के लाल किले का वैभव देख ही रहे हैं। दुनिया की बेहतरीन इमारतों में शुमार ताजमहल हमारी आँखों के सामने हैं। हजारों मजदूर और कारीगर इसमें लगे लेकिन उनको मिला क्या? उनको नाम मात्र की मजदूरी मिलती थी। जमींदारों के अत्याचार की कहानियाँ सुनकर दिल काँप उठता है। बहुत से जमींदारों ने अपने गाँव के गरीब लोगों को जबरदस्ती ताजमहल के निर्माण कार्य में लगवाया। ऐसा करके वे अपने सूबेदार और बादशाह शाहजहाँ को खुश रखना चाहते थे। वे मजदूर चुपचाप काम में लगे रहे। मजदूरी में उन्हें जो कुछ भी मिला, उन्होंने सन्तोष कर लिया।

बादशाह, शहजादे, अमीर-उमरा, मनसबदार जो भोग-विलास की जिन्दगी जी रहे हैं, वह किसके बलबूते हैं?

आपने मुगल कारखानों को देखा नहीं होगा। बादशाह साल में दो बार अपने मनसबदारों को मौसम के अनुरूप पोशाक प्रदान करता है। कुशल कारीगरों को दूर-दूर से खोजकर लाया जाता है। वे कारीगर बड़ी ईमानदारी से काम करते हैं। इन्हें दैनिक मजदूरी दी जाती है। आगरा, लाहौर, अहमदाबाद और कश्मीर में शाही कारखाने हैं। गढ़ी के भीतर अनेक जगहों पर बड़े-बड़े कमरे हैं, उसमें कारखाने चलते हैं। आप जाकर देखिये, कहीं कारीगर कशीदाकारी कर रहे हैं, कहीं स्वर्णकार अपना काम कर रहे हैं, कहीं लाख की पालिश हो रही है, कहीं रेशम बनाने का काम हो रहा है, कहीं दर्जी और मोची अपना काम कर रहे हैं। बेगमों और शहजादियों के खूबसूरत कपड़े, शाही लश्कर के तम्बू, युद्ध के लिये अस्त्र-शस्त्र इन्हीं कुशल कारीगरों की देन हैं। लेकिन इन्हें मिलता क्या है? इन शिल्पकारों की पूजा होनी चाहिए लेकिन इनके साथ जो व्यवहार होता है, यह जानकर आपका हृदय विदीर्ण हो जायगा। जब किसी मनसबदार को कारीगर की जरूरत होती है तो वह उसे बाजार से जबरदस्ती बुला लेता है। कार्य पूरा होने पर उसके श्रम के हिसाब से नहीं बल्कि अपनी इच्छानुसार थोड़ा बहुत पारिश्रमिक देकर वह अपने को धन्य समझता है।

उस्ताद! हद तो तब हो जाती है जब सरकारी अधिकारी इन कारीगरों को घर से या बाजार से जबरदस्ती पकड़वा लाते हैं और विरोध दर्ज करने पर उनकी पिटाई करते हैं। ये कारीगर धनी होने का तो ख़्वाब ही नहीं दे सकते। ये अपने तन ढकने के लिये वस्त्र की व्यवस्था कर लें और अपने पेट की भूख मिटा सकें, यही बड़ी बात है।

उस्ताद ईसा! इन पूजनीय कारीगरों पर जुल्म ढानेवालों का नाश होगा। धिक्कार है ऐसे शासन को।"

उस्ताद ईसा ने दृढ़ निश्चय कर लिया कि अब उन्हें आगरा जल्दी-से-जल्दी छोड़कर अपने वतन लौट जाना चाहिए। ईसा ने शाही हरम के बारे में सुन रखा था। इस हरम में बेगमों, कनीज़ों, रखैलों और बाँदियों का मेला लगा रहता था। सेवक और सेविकाएँ दबी ज़ुबान से वहाँ के कारनामों की चर्चा करते थे। उस्ताद ईसा को इस परिवेश से घृणा होने लगी।

46

पूर्णेन्दु शेखर बस द्वारा जौनपुर पहुँचा। बस स्टैण्ड के पास होटल में अपना बैग रखकर वह घूमने निकला। उसकी दृष्टि सेमल के एक पेड़ पर पड़ी। सूरज धीरे-धीरे डूब रहा था। सेमल के लाल-लाल फूल दहक रहे थे। सूरज की हल्की-हल्की रोशनी में नहाया हुआ सेमल का पेड़ बड़ा ही मनोरम लग रहा था। मैना और बुलबुलों का कलरव कर्णप्रिय लग रहा था। उसने पढ़ रखा था कि जौनपुर को कभी 'शिराजे हिन्द' कहा जाता था। मध्यकालीन भारत के इतिहास की पुस्तकों में उसने शर्की बादशाहों के बारे में पढ़ा था। उसे जौनपुर के मशहूर शायरों के बारे में भी थोड़ी बहुत जानकारी थी। पूर्णेन्दु शेखर को जौनपुर के नामचीन शायर हफ़ीज़ जौनपुरी की ये पंक्तियाँ बहुत प्रिय थीं--

"बैठ जाता हूँ जहाँ छाँह घनी होती है,
हाय क्या चीज बड़ी गरीबुल वतनी होती है।"

जौनपुर शहर की स्थापना फिरोजशाह तुगलक ने अपने चचेरे भाई जूना खाँ की याद में की थी। शर्की-शासकों ने साहित्य और संगीत को बहुत प्रश्रय दिया। पूर्णेन्दु शेखर ने अपने साथियों से शाही किला और अटाला मस्जिद की तारीफ सुन रखा था। उसने निश्चय किया कि आज थोड़ा-बहुत शहर में घूमने के बाद कल दिन में वह शायर क़ामिल शफ़ीक़ी से मिलेगा।

कुछ देर तक ओलन्दगंज में घूमने के बाद वह शाही पुल पर पहुँचा। सम्राट् अकबर के एक मनसबदार मुनीम खाँ ने इस पुल का निर्माण करवाया था। इसके डिजाइनर अफ़जल अली थे। यह पुल 1567 ई. में बन के पूरा हुआ। अंग्रेजी के विश्वविख्यात कवि रूडयार्ड किपलिंग ने Akabur's Bridge में इस पुल का उल्लेख किया है।

सूरज डूब चुका था। शाहीपुल की खूबसूरती देखकर पूर्णेन्दु शेखर भावविभोर हो गया। शाही पुल से वापस लौटते हुए वह बायीं ओर स्थित बाजार में पहुँचा। वहाँ से सीढ़ियों से नीचे उतरते हुए वह गोमती के तट पर पहुँचा। पीछे ऊँचाई पर एक मन्दिर था। वह मन्दिर पीपल और बरगद के दो पेड़ों से घिरा हुआ था। पीपल का पेड़ पक्षियों की चहचहाहट से गुंजायमान था। धीमी गति से बहती हुई गोमती की धारा सुकून दे रही थी। लहरों में कुछ पक्षी तैर रहे थे। शाही पुल के पाये भव्य लग रहे थे। उसमें सैकड़ों मुक्के बने हुए थे। उनमें चिड़ियों ने अपना बसेरा बना रखा था। तोतों का झुण्ड तेजी से उड़ता हुआ दृष्टिपथ से ओझल हो गया। काफी देर तक वह गोमती के किनारे बैठा रहा। थोड़ी देर बाद वह ओलन्दगंज पहुँचा।

"कैसे हो पूर्णेन्दु? यहाँ कैसे आना हुआ?" उसने देखा कि सामने शैलेन्द्र श्रीवास्तव खड़ा था। वह बी. ए. में उसका सहपाठी था। "तुमने उर्दू के शायर क़ामिल शफ़ीक़ी का नाम सुना है? उन्हीं से मिलने आया हूँ, कल उनसे मिलूँगा और शाम तक इलाहाबाद लौट जाऊँगा।"

" क़ामिल शफ़ीक़ी पर इस शहर को नाज़ है। इलाहाबाद विश्वविद्यालय के मुशायरे मैंने ताजमहल पर उनकी नज्म सुनी थीं। उनके नज़्म की आखिरी दो पंक्तियाँ मुझे याद हैं-

'कौन अफ़ज़ल है मुहब्बत में बतायें दुनिया
कोहकन एक तरफ़, शाहजहाँ एक तरफ।'

"तुम कहाँ रुके हो?" शैलेन्द्र श्रीवास्तव के पूछने पर कुछ क्षणों तक चुप्पी छायी रही।

"मैं रोडवेज के पास एक होटल में रुका हूँ। तुम कहाँ रहते हो?"

"मैं लाइन बाजार में रहता हूँ। घर में बाबू जी, अम्माँ और दो छोटे भाई रहते हैं।" दोनों चाय की दुकान पर बैठे हुए थे। शैलेन्द्र श्रीवास्तव ने कहा--

"होटल में क्यों रुके हो? मेरे यहाँ रुको, कल मैं तुमको रोडवेज तक छोड़ दूँगा।"

"शुक्रिया शैलेन्द्र! आज मैं तुम्हारे यहाँ नहीं रुक पाऊँगा। अगली बार जौनपुर आने पर तुम्हारे यहाँ जरूर रुकूँगा। अच्छा अब चलते हैं।" पूर्णेन्दु शेखर अपने होटल में चला गया।

सुबह का अपना सारा काम निपटाने के बाद पूर्णेन्दु शेखर दोपहर को होटल से निकला। आज उसे शायर क़ामिल शफ़ीक़ी से मिलना था। काफी संख्या में रिक्शे चल रहे थे। थोड़े बहुत ऑटो भी चल रहे थे लेकिन उसने पैदल चलने का निर्णय

किया। इलाहाबाद में पूर्णेन्दु शेखर खूब पैदल चलता था। पूर्णेन्दु शेखर और उसके साथी किराये की साइकिल का भी खूब प्रयोग करते थे। यूनिवर्सिटी रोड पर किराये की साइकिल पचास पैसे प्रति घण्टे के हिसाब से मिलती थी। यह इत्तेफ़ाक़ है कि इलाहाबाद में पचास पैसे में एक गिलास चाय भी मिलती थी। शाही पुल पार करते हुए वह आगे बढ़ा। सड़क के दोनों ओर खूबसूरत दुकानें थीं। उसकी नजर सड़क के दाहिनी ओर स्थित 'किताब घर' पर पड़ी।

शैलेन्द्र श्रीवास्तव से ज्ञात हुआ था कि 'किताब घर' जौनपुर में साहित्यिक पुस्तकों और पत्रिकाओं की सबसे मशहूर दुकान है। 'किताब घर' पर जाकर उसने पानदरीबा रोड का पता पूछा।

''आपको कहाँ जाना है और किससे मिलना है?'' दुकानदार के यह पूछने पर पूर्णेन्दु शेखर ने जवाब दिया--

''शेख़ मुहामिद मोहल्ले में मुझे उर्दू के शायर क़ामिल शफ़ीक़ी साहब से मिलना है।''

''ओह! आपको शफ़ीक़ी साहब के यहाँ जाना है। वे अवाम के बहुत बड़े शायर हैं। आप यहाँ से कोतवाली चौराहे की ओर जायँ। कोतवाली चौराहे से लगभग सौ मीटर पहले एक ढलाननुमा गली है। उस गली में आगे बढ़ने पर आप दाहिनी ओर स्थित पानदरीबा रोड पर चल दीजियेगा। वहीं पर कल्लू का इमामबाड़ा मशहूर है। वहाँ से आप क़ामिल शफ़ीक़ी के घर के बारे में पूछ लेना।

''बहुत-बहुत धन्यवाद सर।'' कहते हुए पूर्णेन्दु शेखर वहाँ से चल दिया। वह कल्लू के इमामबाड़े के पास पहुँचा। यह शीयाओं का इमामबाड़ा था। उसने एक आदमी से कामिल शफ़ीक़ी के बारे में पूछा। उसने बतलाया--

''क़ामिल शफ़ीक़ी साहब का घर यहाँ से सिर्फ दो सौ मीटर दूर है। आप कहाँ से आ रहे हैं?''

''मैं इलाहाबाद से आ रहा हूँ। इलाहाबाद के मुशायरे में उनकी नज्म सुनकर मैं उनका मुरीद हो गया हूँ।''

''आप खुशनसीब हैं कि आप क़ामिल शफ़ीक़ी साहब से मिलने जा रहे हैं। आपकी जानकारी के लिये एक बात बतला दूँ, क़ामिल शफ़ीक़ी साहब ने 'अंजुमन जाफ़रिया' के लिये एक नौहा लिखा था जिसके बोल हैं--

'ये कर्बला की ज़मीं है इसे सलाम करो।
है इसमें ख़ूने-हुसैन इसका एहतराम करो।।'

उनका लिखा यह नौहा बी. बी. सी. लन्दन के रेडियो प्रसारण में कई साल तक नवीं मोहर्रम को प्रसारित किया गया।''

वह आगे बढ़ा। उसने जौनपुर की दुपहरिया के बारे में सोचा। महाकवि विद्यापति ने 'कीर्तिलता' में जौनपुर के बाजारों का सजीव चित्रण किया था। लोग दोपहर में पैदल, बैलगाड़ी या ताँगा से दोपहर को बाजार में आते थे और शाम को खरीदारी करके अपने गाँव लौट जाते थे।

वह क़ामिल शफ़ीक़ी के घर के पास पहुँच चुका था। घर के सामने नीम के दो पेड़ थे। पूरा परिवेश चिड़ियों की चहचहाहट से गुंजायमान था। सामने सफेद रंग का इकमंजिला मकान था। पूर्णेन्दु शेखर ने दरवाजे पर दस्तक दी। दरवाजा एक युवक ने खोला। उसकी उम्र लगभग तीस थी। उसका रंग साँवला था और चेहरे पर हल्की-हल्की दाढ़ी थी। "आपको किससे मिलना है?" युवक के पूछने पर पूर्णेन्दु शेखर ने बतलाया--

"मैं पूर्णेन्दु शेखर, इलाहाबाद से आया हूँ। मैं क़ामिल शफ़ीक़ी साहब से मिलना चाहता हूँ।

"आइये, बैठिये! मैं अब्बाजान को बुलाता हूँ।" पूर्णेन्दु शेखर बैठका में क़ामिल शफ़ीक़ी की प्रतीक्षा करने लगा। उसकी प्रतीक्षा की घड़ी जल्दी ही समाप्त हो गयी। पाँच मिनट बाद ही क़ामिल शफ़ीक़ी उसके सामने थे।

"बेटा! तुम इलाहाबाद में क्या करते हो? एक सुखद आश्चर्य है कि मुझे कैसे जानते हो?"

क़ामिल शफ़ीक़ी का रंग हल्का गोरा था। उनकी बड़ी-बड़ी आँखों में एक कलाकार झलक रहा था।

"सर, मैं इलाहाबाद विश्वविद्यालय में अंग्रेजी में शोध कर रहा हूँ। इलाहाबाद विश्वविद्यालय में मुशायरा हुआ था जिसमें मैंने आपको सुना। 'ताजमहल' नज़्म सुनकर मैं आपका मुरीद हो गया हूँ। ताजमहल पर मैंने शकील बदायूंनी और साहिर लुधियानवी की नज्मों को पढ़ा है। आपने एक नये नजरिये से ताजमहल को देखा है।"

कुछ क्षणों तक मौन छाया रहा। ऐसा लग रहा था कि क़ामिल शफ़ीक़ी यादों में खोये हुए हों।

"तुमने मेरी यादों को छेड़ दिया है। कम उम्र में ही शायरी का शौक लग गया था। मैं मद्रास, भोपाल, इन्दौर, कोलकाता, मुम्बई, अहमदाबाद, रतलाम, खम्भात आदि शहरों के मुशायरों में सम्मिलित हो चुका हूँ। मुम्बई के मुशायरे की याद आ रही है। देश के कई नामचीन शायर उस मुशायरे में शिरकत कर रहे थे। मैंने ताजमहल नज़्म पढ़ी। दर्शकों से बहुत वाहवाही मिली। मुशायरा खत्म होने के बाद साहिर लुधियानवी ने मेरी बहुत तारीफ की। उन्होंने कहा--'तुम्हारी इस बेहतरीन

नज़्म को सुनकर दिल खुश हो गया। ताजमहल के प्रति तुम्हारा नज़रिया मुझसे और शक़ील से अलग है।''

''शफ़ीक़ी साहब! उर्दू के किसी मशहूर शायर से आपका घनिष्ठ सम्बन्ध रहा है?''

क़ामिल शफ़ीक़ी के चेहरे पर हल्की-सी मुस्कान तैर गयी। ''वैसे तो उर्दू के कई शायरों से मेरा परिचय रहा है। लेकिन मैं ख़ासतौर पर मजरूह सुल्तानपुरी का ज़िक्र करना चाहूँगा। मजरूह जौनपुर में कई साल तक रहे उस दरमियान उन्होंने मौलाना रईस से फ़ारसी की तालीम ली। मैं भी उनके साथ पढ़ने जाता था। हमारी अच्छी दोस्ती हो गयी। बाद में वे फिल्मी दुनिया में बतौर गीतकार मशहूर हो गये। मुम्बई में एक मुलाकात के दौरान उन्होंने मुझसे फिल्मों में गीत लिखने की पेशकश की। शर्त यह थी कि मेहनताने के रूप में पैसा मुझे मिलेगा लेकिन गीतकार के रूप में मजरूह सुल्तानपुरी का नाम जायगा। जानते हो बेटा कि मैंने क्या जवाब दिया था?'' पूर्णेन्दु शेखर बड़े ध्यान से क़ामिल शफ़ीक़ी को सुन रहा था। जिस युवक ने दरवाजा खोला था, वह ट्रे लेकर बैठका में दाखिल हुआ। दो कप चाय थी और साथ में समोसे।

''पहले चाय पी लो फिर बातचीत का सिलसिला आगे बढ़ाते हैं लेकिन चाय पीते हुए दूसरी बातें तो कर ही सकते हैं। जौनपुर में बेनीराम की इमरती मशहूर है, इसे खिलाकर ही तुम्हें भेजूँगा। जौनपुर का इत्र भी मशहूर है। मैं उसे तोहफे के रूप में तुम्हें दूँगा।''

समोसा बहुत स्वादिष्ट था। चाय पीने के बाद बातचीत का सिलसिला आगे बढ़ा।

''ये मेरे सुपुत्र आकिल जौनपुरी हैं। जनाब को शायरी करने का भी शौक है। एक घर को बर्बाद करने के लिये एक शायर काफी है। यहाँ तो बाप और बेटा दोनों शायर हैं। तुम्हारी चाची तो कहती हैं कि मैं तो दो शायरों को झेल रही हूँ।''

इतना कहकर क़ामिल शफ़ीक़ी साहब ने जोरदार ठहाका लगाया। पूर्णेन्दु शेखर को भी हँसी आ गयी।

''हाँ तो क़ामिल साहब। आप मजरूह सुल्तानपुरी का किस्सा सुना रहे थे।''

''तुम सही कह रहे हो, हम लोग भी बहक जाते हैं।''

मजरूह सुल्तानपुरी ने मुझसे कहा--''देखो क़ामिल! फिल्मी दुनिया में मेरा रुतबा है इसलिये एक दोस्त होने के नाते मैंने तुमसे पेशकश की।'' इस पर मैंने जवाब दिया--

"मजरूह साहब! आपका ऑफर बहुत ही आकर्षक है लेकिन आपको यह पता नहीं है कि आप यह बात किससे कर रहे हैं। क़ामिल शफ़ीक़ी वह शायर जो अपनी कलम बेच नहीं सकता।"

क़ामिल शफ़ीक़ी की पत्नी ने बीच में हस्तक्षेप करते हुए कहा--

"आप लोग सिर्फ बातचीत में मशगूल हैं। आपने पूर्णेन्दु से यह पूछा नहीं कि उसने भोजन किया है या नहीं।"

"अम्माँ जी! मैं भरपेट खाना खाकर आया हूँ। आप लोगों के यहाँ जो स्नेह और अपनत्त्व मिल रहा है, उससे मैं बहुत खुश हूँ। इलाहाबाद से मेरा यहाँ आना सार्थक रहा।"

"बेटा! तुम कुछ भी करो लेकिन हमारा भी कुछ फ़र्ज़ बनता है। बहू! तुम प्याज के पकौड़े बनाओ।"

क़ामिल शफ़ीक़ी साहब बैठका में टहलने लगे।

"आपसे कुछ पूछना था लेकिन पूछने में संकोच हो रहा है।" क़ामिल शफ़ीक़ी ने कहा--"संकोच कैसा? तुम संकोच छोड़कर सवाल पूछो, मैं जवाब दूँगा।"

कुछ क्षणों की चुप्पी के बाद पूर्णेन्दु शेखर ने कहा--

"दरअसल बात यह है कि मैं अपनी क्लासमेट मधुमिता चटर्जी से प्यार करता हूँ। मेरे पिता जी कॉलेज में प्रोफेसर हैं। उनकीं हार्दिक इच्छा है कि अब मैं शादी कर लूँ। मैं शादी तो करूँगा लेकिन मधुमिता से ही करूँ या किसी और से, इसका निश्चय नहीं हो पा रहा है। मुझे ऐसा लगता है कि किसी दूसरी लड़की से शादी करने पर मधुमिता के प्रेम की स्मृति बची रहेगी।"

क़ामिल शफ़ीक़ी ने सिगरेट का कश खींचते हुए कहा--

"तुम किससे शादी करते हो, यह तुम्हारा ज़ाती मामला है लेकिन मैं एक बात जरूर कहूँगा कि प्रेम और शादी को लेकर इतने डाइलेमा में मत रहो। शादी न करके प्रेम की स्मृतियों में खोये हुए किरदार कहानियों और उपन्यासों में अच्छे लगते हैं, असल जिन्दगी में नहीं। यदि मधुमिता के माँ-बाप तुमसे अपनी बेटी की शादी करना चाहते हैं तो खुशी-खुशी शादी कर लो। तुम्हें क्या लगता है कि वे लोग इस शादी के लिये राजी होंगे?"

"सर, मैं इस विषय में कुछ नहीं कह सकता क्योंकि इस शादी में जो सबसे बड़ी तकनीकी समस्या आयेगी, वो जाति की होगी। मैं कायस्थ हूँ जबकि मधुमिता ब्राह्मण है।"

"देखो बेटा! मुहब्बत बड़ी चीज है। अपनी महबूबा से तुम्हारी शादी नहीं हो पाती है और तुम्हें नाक़ामी हाथ लगती तो मैं तुम्हें दिलासा देने के लिये उर्दू शायर अहमद 'राही' की नज़्म की कुछ पंक्तियाँ सुनाता हूँ--

'तेरी पलकों पे सरअश्कों के सितारे कैसे
तुझको ग़म है तेरी महबूब तुझे मिल न सकी

और जो ज़ीस्त तराशी थी तेरे ख़्वाबों ने
तेरी नाकामी नयी बात नहीं दोस्त मेरे।'

जिन्दगी केवल जज़्बात पर नहीं चलती। अपने दिल को मजबूत बनाओ और व्यावहारिक बनो।"

पूर्णेन्दु शेखर ने देखा सामने नीम के एक पेड़ पर बगुलों का झुण्ड बैठा था।

"बहुत-बहुत शुक्रिया क़ामिल साहब! अब मैं चलता हूँ।"

"तुम शौक से जाओ लेकिन हमारी तरफ से दो उपहार लेते जाओ।" क़ामिल शफ़ीक़ी ने एक किताब उठाते हुए कहा--

यह है मेरी नज्मों का मजमूआ 'नयी आवाज'। दूसरा उपहार है इमरती का यह पैकेट। मेरी किताब अपने दोस्तों को भी पढ़ाना। फिर मौका मिले तो कभी जौनपुर आना। कभी इलाहाबाद आना हुआ तो तुम्हें जरूर इत्तिला करूँगा।"

सबको नमस्कार करके पूर्णेन्दु ने वहाँ से प्रस्थान किया। क़ामिल शफ़ीक़ी का परिवार जिस गर्मजोशी से उससे मिला था, उससे वह अभिभूत था।

47

दोपहर को आगरे के किले में खलबली मच गयी थी। एक दासी घबरायी हुई जहाँआरा के कक्ष में दाखिल हुई। "क्या बात है गुलजारा, तुम्हारे चेहरे पर इतनी घबराहट क्यों है?"

गुलजारा की आँखों में आँसू आ गये।

"बेगम साहिबा! इधर कई दिनों से उस्ताद ईसा को नाश्ता देने मैं जाती थी। आज जब मैं उनके कमरे में गयी तो वे वहाँ नहीं थे। उनका नाश्ता रखकर मैं चली आयी। मेरा दिल धड़क रहा था। मैं दुबारा गयी तो मैंने देखा कि नाश्ता वैसे ही पड़ा हुआ था। मैंने कई बाँदियों और नौकरों से उस्ताद ईसा के बारे में पूछा लेकिन सभी ने यही जवाब दिया कि कल शाम के बाद हमने उन्हें नहीं देखा।"

जहाँआरा के चेहरे पर उदासी छा गयी। 'अब्बाजान झरोखा दर्शन के बाद अब दीवाने आम में होंगे।' उसने सोचा। वह तेजी से दीवाने आम के पास पहुँची। लाल पत्थर से बना हुआ दीवाने आम आगरा के किले का सबसे बड़ा हाल था। चौसठ खम्भों पर खड़ी यह इमारत मुगल स्थापत्य के वैभव को बतला रही थी।

शाही दरबार लगा था। बादशाह शाहजहाँ मयूर सिंहासन पर बैठे हुए थे। उनके बायें ओर स्वर्णजटित छोटे सिंहासन पर दाराशिकोह बैठा हुआ था। मुगल दरबार के तमाम मनसबदार और पदाधिकारी अपनी-अपनी जगह पर खड़े थे। जहाँआरा घबराकर शाहजहाँ के सामने पहुँची। सभी लोग आश्चर्यचकित थे।

"क्या हुआ आपा, आप इतनी परेशान क्यों हैं?" कुछ क्षणों तक जहाँआरा के मुँह से बोल नहीं फूटे। उसने सिसकते हुए जवाब दिया--

"अब्बाजान! उस्ताद ईसा का पता नहीं चल रहा है। नौकर-चाकरों से पूछने पर पता चला कि कल शाम से वे दिखायी नहीं पड़े हैं।"

शाहजहाँ को जहाँआरा की व्याकुलता समझते देर नहीं लगी। उन्हें पता था कि उनकी बेटी उस्ताद ईसा से मुहब्बत करती है। शाही दरबार विसर्जित हो गया। शाहजहाँ ने वज़ीरे-ए-आजम सादुल्ला खाँ से कहा--

''मैं अपने कमरे में जा रहा हूँ। आप घुड़सवारों को भेजकर पता लगवाइये। आसपास के इलाके में मुनादी करवा दीजिये। मुझे उस्ताद ईसा की गुमशुदगी का राज़ समझ में नहीं आ रहा है।''

शाहजहाँ और जहाँआरा आहिस्ते-आहिस्ते चल रहे थे। चैत का महीना था। पेड़ों में नये पत्ते आ गये थे। शाहजहाँ के चेहरे पर चिन्ता की रेखाएँ साफ-दिखलायी दे रही थीं। शाहजहाँ अपने शयनकक्ष में पहुँचा। जहाँआरा भी साथ में थी।

''उस्ताद ईसा से तुम्हारी आख़िरी मुलाकात कब हुई थी?''

''तकरीबन पन्द्रह दिन पहले उनसे मेरी मुलाकात हुई थी लेकिन अब्बाजान आप मुझसे यह सवाल क्यों कर रहे हैं?''कुछ क्षणों तक खामोशी छायी रही।

''तकरीबन एक महीने पहले उस्ताद ईसा मुझसे मिले थे। तुम्हारे बारे में बातचीत हुई। मैंने उनको अपना फैसला सुना दिया कि आपका निकाह जहाँआरा से हो जायेगा बशर्ते आप ताउम्र हिन्दुस्तान में ही रहें। तुम्हीं बतलाओ, मैं अपने जिगर के टुकड़े को अपनी आँखों से इतनी दूर ईरान कैसे भेज दूँ। उन्होंने कोई जवाब नहीं दिया। मैं क्या समझूँ कि उनके मन में क्या चल रहा था।''

आसमान में उड़ते हुए परिन्दों की आवाज आ रही थी। ''अब्बाजान! मैं अपने आपको थोड़ा-सा नासाज़ महसूस कर रही हूँ। मुझे आराम की सख़्त जरूरत है। आप परेशान न हो। मुझे जल्दी ही आराम मिल जायगा।''

जहाँआरा अपने कक्ष में चली गयी।

वज़ीर-ए-आजम सादुल्ला खाँ मात्र दो अंग रक्षकों के साथ गिरिधरदास के आश्रम पर पहुँचा। उसे मालूम था कि उस्ताद ईसा यहाँ यदा-कदा पहुँचते थे।

''आइये वज़ीरे-ए-आजम साहब! कहिये मैं आपकी क्या सेवा कर सकता हूँ।'' सादुल्ला खाँ जल्दबाजी में था। ''आचार्य जी! उस्ताद ईसा के बारे में आपको कुछ पता है?''

''उस्ताद ईसा को क्या हुआ है?'' गिरिधरदास ने आश्चर्यचकित होते हुए पूछा।

''उस्ताद ईसा पता नहीं कहाँ चले गये हैं। बेगम साहिबा बेहद उदास हैं। आलमपनाह भी बहुत परेशान हैं। चारों तरफ उनकी खोजबीन की जा रही है।''

''खाँ साहब! यह सच है कि उस्ताद ईसा मेरे आश्रम पर कभी-कभी आते हैं। वह बेहद भावुक और नेकदिल इन्सान हैं। मुझसे वे अपने दिल की बात साझा करते

थे लेकिन इधर कई दिनों से वे मेरे यहाँ नहीं आये। मैं ईश्वर से प्रार्थना करता हूँ कि उस्ताद ईसा सही सलामत मिल जायँ।''

तीनों घुड़सवार तेज गति से निकले। आचार्य गिरिधरदास उस्ताद ईसा को लेकर चिन्तित हो गये।

'उस्ताद कहाँ चले गये? वे बेगम साहिबा को दिलोंजान से चाहते थे। कहीं उन्होंने ईरान जाने का निर्णय तो नहीं कर लिया।'

शाम तक उस्ताद ईसा की कोई खबर नहीं मिली। रात तक घुड़सवार निराश होकर लौट आये।

चैत्र शुक्ल का चन्द्रमा आकाश में अपनी मद्धिम रोशनी बिखेर रहा था। आज आसमान में तारे बहुत कम दिखलायी पड़ रहे थे। जहाँआरा उस्ताद ईसा के कक्ष में दाखिल हुई। उसकी नजर एक पत्र पर पड़ी। उसने पत्र को आहिस्ते से उठाया। उस्ताद ईसा का पत्र था।

''मोहतरमा बेगम साहिबा! मुगल दरबार के शानो-शौकत को छोड़कर मैं जा रहा हूँ। जब तक आपलोग मेरी खोजबीन करेंगे, तब तक मैं बहुत दूर निकल जाऊँगा। मुझे आपसे कोई शिकवा-शिकायत नहीं है बल्कि आप तो मेरी हमदर्द थीं। आप मेरा हमसफ़र भी बन सकती थीं लेकिन मैं कितना बदनसीब हूँ कि आप जैसी अनमोल रतन से महरूम होकर मैं दूर जा रहा हूँ। मैं एक फ़नकार हूँ। मेरा दायरा अलग था। आगरा में सिर्फ दो लोग थे जिनसे मैं अपने दिल की बात साझा करता था। एक थीं आप और दूसरे आचार्य गिरिधरदास।

मैं तो लकड़ी के एक कारीगर का बेटा था। मेरी छोटी-सी दुनिया थी। उस दुनिया में सिर्फ कुदरत की खूबसूरती थी। दरिया का किनारा या बाग में घूमना मेरा मनपसन्द काम था। मैंने कभी अमीर बनने का ख़्वाब नहीं देखा। मैं एक नक़्शानिगार था और हिन्दुस्तान मेरे ख़्वाबों में था।

ताजमहल का नक़्शा बनाकर यह लगा कि अब मेरा काम पूरा हो गया है और मुझे अपने वतन लौट जाना चाहिए लेकिन अफसोस ऐसा हो न सका। मैं लम्बे समय तक आगरा में रहने का ख़्वाहिशमन्द नहीं था लेकिन आप जैसी खूबसूरत और दानिशमन्द औरत ने मेरे ऊपर न जाने कौन-सा जादू कर दिया कि हिन्दुस्तान की धरती पर रुका रहा।

बेगम साहिबा! हम फ़नकार लोग जज़्बाती और तरक्कीपसन्द होते हैं। मेरे ज़ेहन में ताजमहल को बनानेवाले कारीगरों का ख़्याल आया। मैं उन हजारों कारीगरों और दस्तकारों के बारे में सोचता था और उनकी हालत पे मुझे रोना आता था।

हिन्दुस्तान के बादशाह शाहजहाँ ने ताजमहल बनवाकर दुनिया को एक बेहतरीन तोहफा तो दे दिया लेकिन उन्होंने रिआया की बेहतरी के लिये क्या किया है? ये मत सोचियेगा कि मेरे अन्दर एक कलाकार का अहम् बोल रहा है।

काश! कुछ और समय तक मैं आगरा में रुकता और ताजमहल की खूबसूरती को देखता, देखता रहता मैं जमुना की लहरों को लेकिन अफसोस यह हो न सका। एक बार मेरे मन में आया कि शाहंशाह की शर्त को मंजूर करते हुए आपसे शादी कर लूँ और शानो-शौकत की जिन्दगी जिउँ। मैंने ऐसा सोचा कि आप जैसा हमराज और हमसफ़र दुबारा नहीं मिलेगा लेकिन मैं ऐसा कैसे करता। मैं अपने अब्बाजान, अम्मीजान, ज़ैनब आपा और भाइयों को हमेशा के लिये छोड़कर संगदिल कैसे हो जाता। मैं आपके दर्द को समझ सकता हूँ बेगम साहिबा लेकिन मेरे पास इसके सिवा कोई और रास्ता नहीं था।

बेगम साहिबा! आपसे बेइन्तिहा मुहब्बत करता हूँ और आप भी मुझसे मुहब्बत करती हैं लेकिन आप सोच रही होंगी कि 'कितना बेवफ़ा निकला उस्ताद ईसा।' आमिर ख़ुसरो साहब ने लिखा है--

'मेरा जो मन तुमने लिया, तुमने उठा गम को दिया,
तुमने मुझे ऐसा किया, जैसा पतंगा आग पर।'

एक और बात कहूँ बेगम साहिबा! सनत्कारी के हिसाब से ताजमहल एक बेमिसाल इमारत है। मैंने इसको दूर से भी देखा और नजदीक से भी। इसकी खूबसूरती आँखों को सुकून देती थी लेकिन बाद में मैंने ताजमहल को देखा मुझे ऐसा लगा कि मेरी रूह बेचैन हो गयी है। मेरे ज़ेहन में यह ख़्याल आया कि हजारों मजदूरों का क्या हुआ? क्या उनकी मुफ़लिसी खत्म हुई? मुझे लगा कि मैं तो आलीशान महल में रह रहा हूँ, शानो-शौकत की जिन्दगी जी रहा हूँ। वे अपने शिकस्ता मकानों में अपने हालात पर आँसू बहा रहे होंगे। मेरा ज़मीर यहाँ रहने को राज़ी नहीं हो सका। मैंने अपने दिल पर पत्थर रखकर आगरा शहर को अलविदा कह दिया। मैं इस मुग़ालते में नहीं हूँ कि तारीख़ में मेरा नाम होगा।

जब मैं ताजमहल को देखता था तब मेरी आँखों के सामने एक खूबसूरत औरत दिखलायी देती थी जिसकी आँखों में आँसू थे। हो सकता है यह मेरा वहम हो। इतना ही नहीं जब कभी दुपहरिया के सन्नाटे में मैं ताजमहल के पास टहलता था तो मुझे कभी-कभी एक औरत की चीख सुनायी पड़ती थी। आप महलों में रहनेवाले लोग

हैं और मैं एक मामूली फ़नकार हूँ। फिर भी आप लोगों ने मुझे बहुत सम्मान दिया, इसके लिये मैं आप लोगों का शुक्रगुज़ार हूँ।

बेगम साहिबा! आप ख़ुशमिज़ाज हैं, रहमदिल हैं, पाक़ीज़ा हैं। मैं ख़ुशक़िस्मत हूँ कि एक लम्बे अरसे तक मुझे बादशाह और आपकी सरपरस्ती में रहने का अवसर मिला लेकिन मैं कितना बदनसीब हूँ कि मैं एक ख़ुशमिजाज माशूक को छोड़कर सहरा में जा रहा हूँ।

मेरी ख़्वाबीदा आँखें देख रही हैं कि आपकी आँखों में आँसू हैं। ये दुनिया मेरे और आप जैसे जज़्बाती लोगों के लिये नहीं बनी है। ये दुनिया उन संगदिल आमिर-उमरावों, मनसबदारों और सिपहसालारों के लिये बनी है जिनके लिये आँसुओं का कोई मतलब नहीं होता। मैं देख रहा हूँ ताजमहल के आँसू, बेगमात के आँसू, जहाँआरा के आँसू। बेगम साहिबा! मुझे माफ कर दीजियेगा। मैंने आपके नाजुक दिल को दुखाया। इस जन्म में आपसे शायद ही मुलाकात हो पाये। अलविदा बेगम साहिबा।''

जहाँआरा की दुनिया वीरान हो गयी थी। उसकी आँखों से टप-टप आँसू टपक रहे थे। आसमान के सितारे भी मानो रो रहे थे। उसकी किश्ती ऐसे मझधार में फँसी थी कि साहिल नहीं मिल रहा था। उसका चमन उजड़ गया था। वहाँ पतझड़-ही-पतझड़ था।

'मेरी बेपनाह मुहब्बत भी आपको रोक नहीं पायी। आप इतने संगदिल तो नहीं थे। आप जहाँ भी रहें, मैं आपकी सलामती की दुआ माँगती हूँ।' जहाँआरा फूट-फूटकर रोने लगी।

48

ताजमहल की कहानी ख़त्म हो गयी। उस्ताद ईसा का पता नहीं चला। इतिहास की किताबों में केवल उनका नामोल्लेख होता है। जहाँआरा बेगम की जिन्दगी कैसे कटी होगी, हम सिर्फ कल्पना कर सकते हैं। दुख का समन्दर लहराता रहा और हमारे किरदार उसमें डूबते-उतराते रहे। वक्त बड़ा बेरहम होता है। वह इस बात की परवाह नहीं करता कि "ऐसा होना, वैसा होना होना चाहिए।"

उपन्यासकार पूर्णेन्दु शेखर की कहानी कुछ ऐसी ही थी। मधुमिता चटर्जी की शादी तन्मय बनर्जी से हो गयी। शादी से पहले उसका छोटा-सा पत्र मिला था। "आज से दस दिन बाद मेरी शादी है। जानते हो किससे? उसी तन्मय बनर्जी से जिसके बारे में मैंने तुमको बताया था। तन्मय की दादी महीनों से बेड पर पड़ी हुई हैं। उनकी दिली ख़्वाहिश है कि उनके पौत्र की शादी तुरन्त कर दी जाय। मैं यह शादी नहीं करना चाहती थी। मैंने मम्मी से कहा भी। उनकी आँखों में आँसू थे। पापा और बुआ ने कहा कि अच्छे रिश्ते मुश्किल से मिलते हैं। मेरी शादी में जरूर आना। मुझे खुशी मिलेगी।"

पूर्णेन्दु शेखर की अजीब हालत हो गयी थी। वह प्रतिदिन विश्वविद्यालय जाता, वहाँ से लौटने के बाद कुछ देर अध्ययन करता और शाम को कभी कम्पनीबाग में और कभी सिविल लाइन्स में निरुउद्देश्य घूमता रहता। जिस दिन मधुमिता की शादी थी, उस दिन वह दिन-भर घर से नहीं निकला। उसका एक मन कहता था--

"मुझे शादी में जाना चाहिए। दुल्हन के वेश में मधुमिता कैसी लग रही होगी। शेफाली को देखे बहुत दिन हो गये।"

शाम को वह छात्रावास से तैयार होकर निकला। एलेनगंज न जाकर वह संगम क्षेत्र की ओर निकल पड़ा। वह सरस्वती घाट पहुँचा। वहाँ वह बहुत देर तक बैठा रहा। आसमान में चाँद निकल आया था। लहरों पर चाँदनी तैर रही थी। उसे ऐसा

महसूस हो रहा था कि उसका एक महत्त्वपूर्ण अंश उससे अलग हो गया हो। लहरों में कुछ दीपक भी तैर रहे थे। इलाहाबाद का किला भी चाँदनी में नहाया हुआ था। समय का प्रवाह मानो थम गया था। देर रात को वह अपने छात्रावास में लौट आया लेकिन उसका मन नहीं लग रहा था। छात्रावास के खूबसूरत लॉन में टहलने के बाद वह छत पर चला गया। छत पर कई गुम्बद बने हुए थे। चाँदनी का विस्तार चारों ओर फैल गया। चाँदनी में नहाया हुआ इमली का पेड़ अजीब लग रहा था। वह अपने कमरे में लौट आया। बिस्तर पर लेटे-लेटे उसको नींद आ गयी। वह सपनों की दुनिया में सैर कर रहा था।

नीले आसमान में तारे टिमटिमा रहे थे। बहुत ही खूबसूरत चाँद निकला हुआ था। ऐसा चाँद उसने कभी नहीं देखा। वह यमुना के किनारे खड़ा था। वातावरण में फूलों की भीनी-भीनी खुशबू आ रही थी। यमुना के किनारे एक भी आदमी का नामोनिशान नहीं था। यमुना के किनारे एक नाव बँधी थी। नाव लेकर वह यमुना की लहरों में उतर पड़ा। लहरों से खेलता हुआ वह उस पार पहुँचा। वह ताजमहल के सामने था। श्वेत संगमरमर का यह ताजमहल चाँदनी में नहाकर अद्‌भुत लग रहा था। संगमरमर के आयताकार चबूतरे पर निर्मित ताजमहल एक दूसरी दुनिया की इमारत लग रही थी। चारों मीनारें बेहद खूबसूरत लग रही थीं। आयताकार तालाब में चाँद का अक्श उतर आया था। उसे लगा कि वह जादुई महल के सामने खड़ा है। थोड़ी देर बाद उसे ताजमहल के अन्दर से एक नारी स्वर सुनायी पड़ा। सब कुछ इन्द्रजाल सदृश था। भारी और बुलन्द आवाज में कोई बोल रहा था--

''मैं दुनिया की एक नायाब इमारत ताजमहल हूँ। यहाँ कब्र में लेटी है हिन्दुस्तान की मलिका मुमताज महल। आज जहाँ मैं हूँ वहाँ कभी शिकस्ता दरो-दीवार रहे होंगे लेकिन शाही हुकूमत कुछ भी कर सकती है। मैं ताजमहल हूँ, हिन्दुस्तान की धरोहर जिस पर वह नाज़ करता है।

चारों ओर खुशनुमा चाँदनी छिटकी हुई है लेकिन मैं उदास हूँ। यमुना कि कल-कल-छल-छल करती हुई लहरें मुझे आह्लादित और उन्मादित कर जाती थीं लेकिन आज मेरी आँखों में आँसू हैं। कवि और शायर प्रेमी को पत्थरदिल कहते हैं लेकिन मेरा मानना है कि पत्थर भी नाजुक दिल हो सकते हैं। मेरी आँखों में सिर्फ हिन्दुस्तान की मलिका मुमताज महल के लिये ही आँसू नहीं हैं वरन् मेरा दिल रोता है उन कारीगरों और हजारों मजदूरों की बदनसीबी पर जिन्होंने अपना ख़ून-पसीना बहाकर हिन्दुस्तान को एक नायाब तोहफा दिया। तारीख़ में उनका नाम दर्ज़ नहीं है।

जब अपने माज़ी की ओर मेरी नज़र जाती है तो मैं देखता हूँ कि मेरे वजूद के पहले हिन्दुस्तान की मलिका बुरहानपुर में एक कब्र में दफ़न थीं। दुनिया कहती

है ताजमहल बादशाह शाहजहाँ और मुमताज महल के मुहब्बत की निशानी है। बेशक बादशाह मलिका से बेपनाह मुहब्बत करते थे लेकिन क्या उन्होंने मुमताज महल की सेहत का ख़याल रखा? उन्नीस साल में सत्रह बच्चे। क्या वह बच्चा जनने-वाली मशीन थी। जब मैं इस बात को सोचता हूँ तो मेरी आँखों में आँसू आ जाते हैं।

सबके सपनों में एक ताजमहल होता है। दुनिया का हर प्रेमी अपने को बादशाह शाहजहाँ और अपनी प्रेमिका को मुमताज महल समझता है।'

मलिका मुमताज महल की लाश को बुरहानपुर से आगरा लाया गया और इसी बाग में नौ साल तक दफ़न रहीं। अब वे मेरे आगोश में दफ़न हैं। सामने यमुना का नीला पानी लहरा रहा है। उसमें मेरे आँसू भी हैं। रात के सन्नाटे में मुझे मुमताज महल के रोने की आवाज सुनायी देती है। लगता है उनकी रूह बेचैन है। वे ख़ुशमिज़ाज, रोशनख़्याल और अवाम को प्यार करने वाली औरत थीं। उनसे ख़ता हुई कि उन्हें इस फ़ानी दुनिया को असमय अलविदा कहना पड़ा। बादशाह शाहजहाँ की ऐय्याशी का ख़ामियाजा उन्हें भुगतना पड़ा। हिन्दुस्तान की उस खूबसूरत मलिका की असामयिक मौत को जानकर मेरी आँखें भर जाती हैं।" पूर्णेन्दु शेखर एक ऐन्द्रजालिक संसार को देख रहा था। उसकी आँखों के सामने थी हिन्दुस्तान की मलिका मुमताज महल। उसके दाहिने हाथ में गुलाब का फूल था। वह रत्नजड़ित वस्त्रों में थी। पूर्णेन्दु शेखर रोमांचित था, विस्मित था। ओह कितना निर्व्याज सौन्दर्य है। काश! वक्त ठहर जाता और वह इस सौन्दर्य को अनन्तकाल तक देखता रहता। अफसोस! मुमताज महल गायब हो गयी। रह गयी ख़ामोश चाँदनी, यमुना की लहरों पर तैरते हुए कुछ पक्षी।

ताजमहल के अन्दर से एक बुलन्द आवाज आयी-

'एक शाहंशाह ने दौलत का सहारा लेकर
हम ग़रीबों की मोहब्बत का उड़ाया है मज़ाक।'

चाँदनी और चटख होती जा रही थी, तारों की चमक और बढ़ने लगी थी। यमुना की लहरों का शोर थोड़ा बढ़ने लगा था। ताजमहल वैसे ही शान्त खड़ा था--निर्वाक और निस्पन्द।

●●●